피뢰침

피뢰침

헬렌 디윗
장편소설

김지현
옮김

LIGHTNING RODS
by HELEN DEWITT

이 책은 실로 꿰매어 제본하는 정통적인 사철 방식으로 만들어졌습니다.
사철 방식으로 제본된 책은 오랫동안 보관해도 손상되지 않습니다.

차례

실패는
가장 훌륭한
배움길이다

허리케인 에드나

그 모든 일은 허리케인 에드나가 몰고 온 불운한 파장이었다고 할 수 있다.

세일즈맨 일을 하다 보면 인생만사가 새옹지마라는 것을 알게 된다. 그는 미주리주 유레카에 살았다. 그 지역을 선택한 건 그저 다른 자원자가 아무도 없었기 때문이었는데, 왜 자원자가 없었는지는 곧 알게 되었다. 열두 권짜리 또는 열일곱 권짜리 백과사전 한 세트를 언제든 열어 볼 수 있게 된다고 해서 삶이 변할 거라고 생각하지 않는 사람들에게 『브리태니커 백과사전』을 아무리 팔아 보려 해봤자 헛수고였다. 그는 6개월 동안 거기서 살면서 단 한 건의 매상도 올리지 못했다.

그러던 어느 날 그는 생각했다. 없어도 사는 데에 아무 지장 없는 물건을 팔려고 드는 게 문제 아닐까. 누구나 필요로 하는 물건이라면 훨씬 잘 팔릴 텐데! 구입 권유를 해도 사람들이 괴상한 표정으로 쳐다보지 않을 법한 물건! 이를테면 청소기라든지. 어쨌든 문제의 원인이 그에게 있지 않다는 건 분명했다. 상품이 문제인 것도 아니었다. 문제는 고객들이었다.

그는 꾸물거리는 성격이 아니었으므로, 쇠뿔도 단김에 뽑으려 가장 가까운 일렉트로룩스사(社) 지점으로 향했다.

지리학적으로 말하자면 그 회사는 보통 사람들이 인근이라고 표현하지도 않을 법한 거리에 있었다. 미주리 주에서 가까운 주의 이름을 대라고 했을 때 플로리다를 꼽을 사람은 매우 드물 것이다. 그나마도 지도를 보고 나면 자기 생각이 틀렸다고 할 것이다. 이런 경우는 그저 사람이 잘못된 추측에 휩쓸렸을 때 명백한 사실을 간과하고 섣불리 결론으로 비약하기가 얼마나 쉬운지를 보여 주는 사례일 뿐이다.

그 외의 사람들 대다수는 그냥 지도를 보고 결정하면 된다고 생각할 것이다. 하지만 그들이 간과하는 사실이 있다. 새로운 일을 시작하는 사람은 거기에 모든 걸 쏟아부어야 한다는 점이다.

새로운 일을 제대로 하려면 101퍼센트의 노력을, 하루 중 25시간 동안, 1년에 366일을 투자해야 한다. 그저 일 외의 다른 것에는 신경을 쓸 여유가 없기 때문이다. 그런데 당신이 예전 일을 그만둔 이유가 노력에 비해 보수가 부족하기 때문이었다면, 새로운 일에만 전념하지 못하게 발목을 잡는 빚이 생길 위험이 높다. 과거와 똑같은 말썽에 엮여서 신경이 분산되면 곤란하니 새로운 일터는 그럴 위험이 아예 없는 지역으로 잡아야 한다. 따라서 그는 예측 가능한 방해 요인이 없는 지역을 물색했고, 그 조건에 부합하는 지역들 중에서 〈그나마 가장 가까운〉 일렉트로룩스 지점을 선택한 다음 그곳으로 직행한 것이다.

세일즈맨이 무조건 팔아야 할 것이 한 가지 있다. 바로 자기 자신이다. 그는 회사에 직행한 다음 자신이 일렉트로룩스 영업을 위해 무엇을 할 수 있는지 떠벌렸다. 회사에서는 당신이 그렇게나 유능하냐고 되물었다. 그래서 제 능력을 보여 드릴 기회만 주십쇼, 했더니 회사에서는 좋다, 얼마나 대단한 인재인지 한번 보여 줘봐라, 하고는 한 구역을 맡겼다.

그는 상품을 공부한 뒤 플로리다주 유레카로 이사 가서 트레일러 한 채를 빌렸다. 그다음 날 곧바로 일을 개시했다.

한 주쯤 지나자 그는 일이 겉보기만큼 쉽지 않다는 것을 깨달았다. 방문하는 집마다 똑같은 대답이 돌아왔기 때문이다. 일렉트로룩스 청소기를 이미 쓰고 있다고, 허리케인 에드나 때문에 집이 초토화됐을 때 구입했는데 이제까지 자기네가 산 것 중 최고라고. 그러고는 부득부득 청소기를 꺼내 보여 주면서 얼마나 충직한 제품인지 칭찬을 늘어놓는 것이었다. 튼튼하다마다요, 요놈이 고장 나기 전에 제가 먼저 죽을걸요! 하나같이 그렇게 말했다.

사실 그곳은 세일즈맨에겐 악몽 같은 지역이었다. 시장이 포화 상태에 이르다 못해 푹푹 썩어 가는 늪이 되어 있었다. 허리케인 에드나가 휩쓸고 간 자취를 따라 다른 세일즈맨이 동네를 싹 쓸어버렸고, 그때 그 사람이 팔아 치운 제품들이 집집마다 여전히 멀쩡하게 작동하고 있었다.

물론 그는 그동안 시간이 흘러서 기술이 변했으며 신제품은 성능이 더욱 좋다는 말로 고객들을 설득하려 애썼다. 하지만 허리케인 에드나가 또 그를 박살내 버렸다. 고객들은 예전에 쓰던 청소기도 바꿀 마음이 전혀 없었다고, 그때 벌어진 아수라장이 얼마나 대단했으면 바꿨겠느냐며 혀를 내둘렀다. 일렉트로룩스는 보통 청소기에는 기대도 안 하는 일까지 해낸다는 것이었다.

그래도 막 이사 온 집에서 간신히 한 개는 팔았다.

이런 식이다 보니 한번 일하러 나가려면 에너지가 너무 많이 들어서 트레일러 안에서 꾸물거리는 시간이 많아졌다. 그는 침대에 누워서 잡지를 보거나, 영상을 보거나, 머릿속 판타지를 구상하면서 시간을 보냈다.

처음 떠올린 판타지의 소재는 담장이었다. 여자의 상체가 담장 위로 드러나고 하체는 담장 밑에 가려져 있는 판타지.

가끔, 아니 대체로, 여자의 상체는 옷을 완전히 차려 입은 모습으로 상상했다. 그 모습만 보면 담장 밑에서 무슨 일이 벌어지는지 전혀 티 나지 않게끔.

여자의 하체는 가끔 벌거벗은 모습으로 상상했다. 하지만 대개는 짧고 꽉 끼는 스커트를 입었다고 설정하고, 그 스커트를 걷어 올리고 팬티를 끌어 내리는 장면을 상상했다. 가끔은 팬티를 안 입고 있는 편이 나은가 싶어서 갈등하기도 했다. 여하튼 가장 중요한 건 스커트를 천천히 걷어 올렸을 때 탄탄하고 팽팽하고 순진무구한 엉덩이가 드러나는 장면이었다. 그런 다음 그녀의 안에 자지가 들어가는데, 이때부터 관찰의 시점이 담장 맞은편 위쪽으로 옮겨 간다. 즉 옷을 완전히 차려입은 여자의 상체만 보이고 그녀가 뒤에서 단단한 자지에 박히고 있는 줄은 전혀 알 수 없는 시야로 바뀐다. 여자는 어떤 이유 때문에 남들에게 아무 내색도 하지 않고 시치미를 떼야 하는 상황이다.

이 판타지의 문제는 그의 목적에 걸맞은 종류의 담장을 찾기가 어렵다는 점이었다. 여자가 부엌 조리대 같은 데에 기대고 있고 그 너머의 식당에서 그녀를 관찰하는 걸로 할까? 하지만 그러면 여자의 뒤에서 무슨 일이 벌어지는지 훤히 보이게 된다. 블라인드를 쳐서 가릴까? 하지만 그런 데에 블라인드를 쳐놓을 이유가 없지 않나? 게다가 그래 봤자 티는 날 터였다. 아니면 여자가 2층 창밖을 내다보는 걸로 할까? 내리닫이 창문이 반쯤 열려 있고 블라인드가 내려져 있는 것이다. 여자는 창밖으로 고개를 빼고, 이를테면, 옆집 사람과 대화를 나누고 있다. 창문은 너무 뻑뻑해서 그 이상 올릴 수 없다고 하자. 그러는 동안 여자의 집 1층에 사는 세입자가 다가와서 그녀의 허벅지를 쓸어올리고, 꽉 끼는 스커트를 당겨 올린 다음, 집세에 더해 예상 밖의 특별 보너스를 제공한다. 창밖에서는 여자가 옆집 사람과 쾌활하게 이야기하는 모습만 보일 것이다. 쾌활하면서도 어쩐지 경직된 표정으로.

그런데 이 판타지는 떠올릴 때는 괜찮은 듯한데 지나고 보면 불만족스러웠다. 무언가 핵심적인 재료가 빠진 느낌이었다. 옆집 사람이 문제일까? 옆집 사람이 아니라 여자의 상사라고 하면 어떨까? 중요한 클라이언트라든가? 아니면 창문 안의 상황이 문제인 걸까?

그러다 일어나서 트레일러를 빠져나가 새로운 골목의 집들에 덤벼들었다. 사실 어떤 집에 가도 그를 반겨

주긴 했다. 그가 현관문으로 다가가 초인종을 누르면, 안에서 누군가가 문을 열어 줬다가 그가 세일즈맨인 걸 알고는 으레 뜨악한 표정을 지었지만, 일렉트로룩스에서 나왔다는 한마디만 들으면 태도가 완전히 돌변했다.

「일렉트로룩스라고요!」 고객은 탄성을 질렀다. 「진작 말씀하셨어야죠! 어서 들어오세요. 뭐 갖다드릴까요? 커피? 차? 탄산음료? 뭐 드시고 싶은 건 없으세요? 아이스크림 없은 호박파이 좋아하시려나? 초콜릿 케이크도 있고요. 아니면 초콜릿 칩 쿠키는 어떠세요?」

30분이 지나 그 집에서 겨우 빠져나오고 보면 땀으로 축축해진 손에 초콜릿 칩 쿠키들이 든 조그만 지퍼락 봉지가 쥐어져 있기 십상이었다.

그는 억지로 몸을 움직여 그 길에 있는 모든 집을 방문했다. 그렇게 몇 시간 동안 배 속에 커피를 들이붓고 호박, 사과, 체리, 피칸, 초콜릿 머랭, 레몬 머랭, 배노피 파이[1]와 블루베리 파이를 잔뜩 욱여넣은 뒤, 일렉트로룩스에 대한 칭찬과 허리케인 에드나의 여파와 맞서 싸운 청소기에 대한 감동적인 무용담으로 귀가 쟁쟁 울릴 때쯤 되어서, 그는 잡지 한두 권을 사 가지고 트레일러로 돌아가는 것이었다.

그는 침대에 누워 잡지들을 빠르게 훑어보았다.

하지만 그가 찾는 것은 어디에도 나오지 않았다. 어

---

1 바나나, 크림, 토피로 만든 파이. 이하 모든 주는 옮긴이의 주임.

쩌다 가끔 창밖으로 상체를 내민 여자의 벌거벗은 하체 사진이 실린 잡지도 있긴 했다. 문제는 옷을 입은 상체를 찍은 사진은 절대로 안 나온다는 점이었다.

이런 소재는 영상 매체가 더 잘 다룰 것 같겠지만, 영상에서도 옷을 입은 상반신은 안 나오거나, 나오더라도 여자의 반응이 너무 과장스러워서 분위기를 다 잡치기 일쑤였다.

그는 모로 돌아누운 채 조용히 손을 위아래로 움직이며 창문, 스커트, 엉덩이, 옷을 완전히 갖춰 입은 상체, 여자의 경직된 표정을 상상하려 애썼다.

희한하게도 그러고 있는 동안에는 진심으로 죄책감을 느꼈다. 얼른 일어나서 밖으로 나가 청소기를 팔아야 한다는 생각이 자꾸만 들었다. 일어나서 밖으로 나가야 하는데, 인생에서 뭐라도 이뤄 내야 하는데, 이렇게 드러누워 빈둥빈둥 허송세월이나 하고 있다니. 그는 손을 계속 움직였지만 기분은 별로 좋지 않았다. 자신은 서른세 살 한창나이였고 그 진가를 발휘해 낼 만큼의 활력도 있었다. 그런데 대낮부터 침대에 누워서는, 하다못해 제대로 자위를 하는 것도 아니고, 그저 머릿속 판타지가 입맛에 딱 맞게 짜일 때까지 꿈지럭거리고만 있는 것이다. 기분이 좋을 리가 없었다.

그가 생각하기에는, 허리케인 에드나 직후 이 지역을 싹쓸이했던 세일즈맨은 자신과 완전히 다른 종류의 세일즈맨이었을 것 같았다. 그는 나가서 잡지를 사고, 잡지를 집으로 가져오고, 잡지를 펼친 다음, 이달의 젖가슴 사진을 보고, 딸을 치고, 잡지를 덮고, 나가서 청소기를 팔았을 것이다.

어쩔 땐 블라인드 걱정을 하느라 15분이나 꿈지럭거리며 누워 있기도 했다. 그러다가 그 세일즈맨을 떠올리면 〈이 짓을 당장 집어치워야 돼. 난 새 사람이 되어야 한다고〉라고 생각하게 되었다. 대체 어떻게 15분 동안 퍼드러져 빌어먹을 블라인드 걱정 따위나 하고 있을 수가 있나? 역겨운 짓거리였다. 그래서 그냥 잡지를 꺼내 들고 4월의 모델 아가씨 가슴에 의지해 일을 해치운 다음, 밖으로 나가서 상품을 팔아 치우려 애를 썼다.

이 일은 선입견이 사람의 시야를 얼마나 가릴 수 있는지를 보여 주는 사례일 뿐이다. 당시에는 잘 몰랐지만, 사실 청소기를 팔러 다녔던 시간이야말로 그에게는 진짜 허송세월이었고 평생 수치심과 자기혐오를 불러일으키는 기억으로 남았다. 효율적인 자위 방법을 개발하려던 자신의 타당한 노력을 폄하했던 것도 전적인 오판이었다.

천재란 보통 사람들과 다를 수밖에 없다. 그는 그 사실을 몰랐던 것이다. 천재는 보통 사람들처럼 시간을 낭비하지 않는다. 남들 눈에는 시간 낭비를 하는 것처럼 보이겠지만 실제로는 가장 생산적으로 시간을 활용하는 사람들이 바로 천재다. 보통 사람들의 규칙대로 행동하려고 노력하는 것이야말로 천재에게는 시간 낭비다.

그가 손을 꿈지럭거리며 블라인드 걱정을 하면서 보냈던 시간이 나중에는 수백만 미국인의 삶을 개선할 수백만 달러 규모의 산업으로 발전하리라는 것을, 그때는 미처 몰랐다.

그의 또 다른 판타지의 배경은 게임 쇼 프로그램이었다. 참가자 세 명이 담장에 난 구멍으로 각각 상체를 내민 채 진행되는 게임이다. 게임 전반전에서는 세 참가자 중 한 명만 뒤에서 박히는 벌칙을 받는다. 쇼의 패널들은 셋 중 누가 벌칙을 받는 중인지 알아맞혀야 하고, 오답이 나올 때마다 참가자들이 점수를 따는 방식이다. 한편 시청자들은 화면 한편에 삽입된 두 번째 화면을 통해 한 참가자에게 철로를 개통해 주고 있는 남자의 들썩이는 엉덩이를 볼 수 있다. 후반전에서는 세 참가자 중 몇 명이든 박힐 수 있는 것으로 규칙이 바뀐다. 한 명도 안 박힐 수가 있고(그가 이 쇼 프로그램을 보는 동안 이런 경우는 한 번도 없었지만), 셋 다 박힐 수도 있다(놀랍게도 이런 경우가 잦았다). 패널들은 셋 중에 박히고 있는 여자가 몇 명인지, 그게 누구인지 맞혀야 한다.

패널들은 참가자들에게 질문을 하거나 미션을 준다.

그 과정에서 참가자들이 하는 행동을 보면서 누가 거짓말을 하는지 추측한 다음 정답을 제시해야 한다.

이 판타지를 구상하다 보니 참가자들 중 한 명에게 캐릭터를 부여하게 되었다. 그녀는 20회 연속으로 우승한 참가자였다. 핑크색 재킷을 입고 티 한 점 없이 말끔히 화장한 얼굴에 핑크색 립스틱을 발랐으며, 파마한 검은 머리카락을 스프레이로 고정한 여자. 사람들은 두 번째 화면 속에서 들썩거리는 남자의 엉덩이를 뻔히 보면서도 자기 눈을 **믿지** 못한다. 저렇게 차분한 여자가 뒤에서는 24시 대형 드러그스토어 풀 서비스 수준의 접객을 받고 있다니. 그녀가 우승하고 나면 쇼 진행자는 그 놀라운 연기를 다시 한번 보여 달라고 요청한다.

마지막 결승전에서 매우 심술궂은 여자 패널 한 명이 매니큐어를 발라 보라는 미션을 준다. 그러자 그녀는 핑크색 매니큐어 병을 받아 들고 모두가 보는 앞에서 손톱에 칠해 나가고, 마침내 완벽하게 칠해진 손톱들을 내보인다. 나중에 정답이 밝혀지고 보니 이때는 세 참가자 모두가 시험을 받고 있던 중이었다. 한 명은 매니큐어가 손톱 밖으로 마구 삐져나왔고 또 한 명은 매니큐어 병을 손에서 떨어뜨렸지만, 수지 — 그 여자 이름을 수지라고 정했다 — 만은 줄곧 침착하게 매니큐어를 발랐다.

이후에 진행자가 말한다. 〈이렇게 대단한 건 처음 보

는데요. 진심으로 경의를 표합니다. 그럼 한 번 더 보여주시죠.〉

화면이 다시 둘로 갈라진다. 한 화면에서는 불쑥거리는 엉덩이가 나오고, 또 한 화면에서는 수지가 차분하게 손톱을 칠하는 장면이 나온다.

진행자: 와, 제 눈으로 보면서도 믿을 수가 없군요. 비결이 뭔가요?

수지: 그건 비밀이죠.

그는 수지가 정말로 마음에 들었다. 그리고 항상 공정하게 판타지를 전개시켰다. 그녀의 게임 실적 중에서 하이라이트 부분들을 다시 보는 것이야 얼마든지 괜찮지만, 그녀는 정정당당한 승부로 백만 달러를 따냈으니 더 이상 게임을 할 필요가 없었고, 따라서 그는 이후의 프로그램에서는 더 이상 그녀를 출연시키지 않았다. 가끔은 그녀가 바깥세상에서 사는 모습을 상상하기도 했다. 핑크색 정장을 입고서 백만 달러를 뿌리고 다니는 수지. 그녀는 해야 하는 일을 했고 이제는 하고 싶은 일을 하는 것이다.

다른 남자들도 이럴까, 그는 종종 궁금해졌다. 다른 남자들의 판타지에도 입체적인 캐릭터가 등장할까? 유머 감각도 들어 있을까? 판타지 속 이야기가 몇 회에 걸쳐 전개되기도 할까?

게다가 세일즈맨으로서 그는 자신을 흥분시키는 핵

심적인 요소 하나하나를 아주 미세하게 분석하는 버릇을 멈출 수 없었다. 관건은 눈에 보이는 부분이 아니라 머리로 아는 부분이었다. 벌거벗은 엉덩이나, 팽팽하고 촉촉한 보지를 쑤시고 들어가는 자지가 아니라, 핑크색 재킷을 입고 매니큐어를 칠하는 수지의 모습이야 말로 그의 정신을 매번 하늘로 날려 보내 주는 충직한 도구였다.

그래서 한동안 그는 수지의 눈부신 활약상이 담긴 회차들을 돌려 보며, 이따금씩 현재 방영되는 회차들도 확인하고 쇼가 어떻게 진행되고 있는지 살피다가, 갓 구운 호박파이 한 조각에 아이스크림을 먹고 싶다는 생각이 들면 트레일러 밖으로 나가는 식의 생활을 이어 갔다.

그러던 어느 날 그는 게임이 조작되었다는 것을 알아차렸다.

왠지는 몰라도 이전까지는 눈에 띄지 않았는데, 문제점이 일단 한 번 눈에 띄고 나니 더 이상 무시할 수가 없었다. 게임에 나오는 참가자들은 각양각색이었지만 그중에는 백금발에 핑크색 립스틱을 바른, 커다란 젖가슴 위에 딱 달라붙는 상의를 입은 여자 한 명이 꼭 끼어 있었다. 그 부류의 여자들은 자제력이라곤 전혀 없었다. 장난하나 싶을 정도로 뻔히 티를 내는 여자였다. 진행자가 게임을 시작하겠다고 말하면 갑자기 그 여자가 눈을 휘둥그레 뜨고 핑크색 입술을 딱 벌리며, 〈헉, 내 안에 자지가 들어왔어〉라고 외치는 듯한 표정을 짓는 것이다.

〈무슨 문제 있으십니까?〉 진행자가 달콤한 목소리로 물으면 여자는 〈아뇨〉라고 대답하지만, 이내 숨을 들이켜거나 입술을 깨물거나 눈을 크게 떠서 상황을 더더욱 확실히 알려 준다. 모를래야 모를 수가 없을 정도로.

진행자는 말한다. 〈좋아요. 그럼 게임을 진행하겠습니다. 패널 여러분, 오늘 이 자리에 나와 주신 종마는 아칸소주 보디빌더 대회 4년 연속 우승자, 클린트입니다. 제가 말하고 있는 이 순간에도 클린트는 여기 계신 여자분들 중 한 분에게 트레이닝을 실시하고 있는데요. 진짜 프로 보디빌더만이 할 수 있는 고강도 트레이닝이라고 합니다. 클린트의 서비스 현장, 잠깐 보시죠.〉 그러자 남자 엉덩이가 들썩거리는 영상이 나온다.

〈네, 인간에게 한계란 없다고 생각하는 보디빌더인 것 같군요.〉 진행자의 말에 방청객들이 웃음을 터뜨린다. 〈신사 숙녀 여러분, 우리의 아름다운 여성분들 중에서 누가 이 근사한 수말 같은 남자의 서비스를 받고 있을까요? 이제부터 맞혀 주시기 바랍니다. 엘로이즈, 첫 번째 질문을 해주시죠.〉

그 순간 백금발 여자가 흑, 하는 신음을 내뱉는다든지 〈엄마야〉 하고 탄성을 내지르는 바람에 패널들은 웃음을 터뜨린다. 어쩔 땐 패널들이 그녀의 반응을 진지하게 받아들이지 않는다. 정답이 뭔지는 지극히 명백한데도 그들은 그냥 웃어넘기고 의도적으로 오답을 내놓는다.

그도 그 상황을 즐기곤 했지만, 가끔은 짜증이 났다. 패널들은 할 일을 하고 있을 뿐이겠지만 그래도 짜증스러운 건 어쩔 수 없었다. 그 게임 전체가 설정이라는 걸 알아차리기 전의 시절이 그리워졌다.

어느 날 그는 침대에 모로 누운 채 상상 속 게임 쇼를 보았다. 참가자들 중에는 또 백금발 여자가 한 명 있었다. 이쯤 되니 그 여자들이 대체 다 어디서 나오는지 궁금해졌다. 오늘의 종마들은 대학교에서 나온 자원자들이었다. 그들은 남학생 클럽 파티에서 놀다가 장난삼아 이 프로그램의 시청자 참여 번호로 전화를 걸어 자기들 이름을 남겼고, 나중에 제작 팀의 연락을 받았을 땐 모두 큰일 났다고 생각했지만 결국엔 쇼에 나가기로 결정했다. 색다른 경험이 될 테고, 어차피 화면에는 뒷모습만 나오는 데다, 남들에게 떠벌릴 만한 이야깃거리가 생길뿐더러 돈까지 받을 테니까. 〈또 해볼 생각 있으세요?〉 진행자가 묻자 그들은 답한다.

제프: 전혀요. 그렇다고 오늘 일이 싫었던 건 아니에요. 정말 재밌었어요. 굉장히 특별한 경험이었고, 앞으로 두고두고 생각날 것 같아요. 왜 아니겠어요? 하지만

이걸 일상적으로 하고 싶지는 않네요.

셰인: (웃음) 저희더러 또 나와 달라는 뜻인가요?

진행자: (웃음) 아뇨, 그건 아니고요.

두에인: 글쎄요. 마이크, 제 생각에는, 이 게임엔 보기보다 훨씬 많은 게 들어가는 것 같아요.

진행자: (웃음) 정말로 그렇죠! (방청객 일동 웃음)

두에인: 아니, 전 진지하게 하는 말이에요. 이건 어떤 면에서는 일이기도 하죠. 마음먹기에 따라 프로 같은 자세로 접근할 수도 있어요. 하지만 또 한편으로는 즐기는 것도 중요하죠. 그러니까, 나중에 또 기회가 온다면 저는 당연히 할 거예요. 이번에는 처음 참가해 본 거라서 그 모든 면에서 제 능력을 최대한 발휘할 수 없었으니까요. 그리고 또 하고 싶은 말이 있는데, 오늘 나오신 여성 참가자분들 모두에게 감사드리고 싶어요. 그분들과 같이 일할 수 있어서 기뻤고 정말 특별한 하루였어요.

상상이 이 지점에 이르러 조는 자기 팔을 머리에 베고 누웠다. 손 안의 성기는 어느새 쪼그라들어 축 늘어져 있었다. 〈맙소사.〉 그는 생각했다. 〈맙소사. **바로 이게 문제였어.**〉 자신은 대체 어떻게 돼먹은 인간인가? 청소기를 판답시고 밖을 돌아다니다가 빌어먹을 호박 파이나 스무 조각씩 처먹고 돌아오는 인간이었다. 〈맙소사.〉

그는 침대 밑에서 잡지를 끄집어내 가운데 부분을 펼치고, 여자 가슴 사진을 게슴츠레 내려다보며 딸을 쳤다. 〈맙소사.〉

　그런 다음 침대에서 내려와 바지 지퍼를 잠그고, 트레일러 밖으로 나가서 출입문 앞 계단에 앉았다.

　「이봐, 조.」 그는 말했다. 「이런 식으로 계속 갈 순 없어. 내 말 알아듣겠어? 이렇게는 안 된다고.」

　그는 한숨을 쉬었다. 소나무 숲 너머로 해가 저물고 있었다. 또 하루가 왔다 간 것이다.

　「이봐.」 그는 말했다. 「게임은 조작된 게 아니야. 알겠어? 그게 만약 조작된 거라면 네가 그렇게 만들었기 때문이겠지. 너 몰래 수작 부린 사람은 아무도 없다고. 네가 조작된 게임을 보게 된 건, 다른 누구도 아닌 네가, 너 자신이 가장 잘 아는 이유로, 그 게임이 조작되도록 이끌었기 때문이란 말이야. 그러니까 넌 속임수를 눈치챈 게 아니야. 애초에 눈치챌 속임수랄 게 없었으니까. 그 모든 건 네가 네 머릿속에서 지어낸 상상일 뿐이라고. 그것도 모자라 이제는 너 자신에게 말을 걸고 앉아 있잖아. 이 짓거리는 이제 그만 집어치워.」

　맑은 하늘은 온통 검푸른 빛이었다. 컴컴한 소나무 숲 뒤에서 가느다란 오렌지색 띠 한 줄기만 타오르고 있을 뿐.

　그는 말했다. 「내가 원하는 건 성공이야. 단지 그뿐

이야.」

하늘이 서서히 검게 물들고 별이 돋아났지만 그때까지도 그는 계단 위에 앉아 있었다.

밑바닥에 부딪친 기분이었다. 솔직히 인정할 건 인정해야 했다. 출세하는 남자들, 유명세를 떨치는 남자들, 세상에 큰 영향력을 미치는 남자들은, 성욕은 재깍 해결하고 일에 매진하는 법이었다. 그런 남자들은 순전히 자기만의 상상 속에서 지어낸 게임 쇼가 조작됐는지 아닌지 하는 문제로 전전긍긍하느라 하염없이 누워 있지는 않을 것이다. 그런 남자들은 자위할 때 성적 판타지에 파고들다가 옆길로 새서 급기야는 제프, 셰인, 두에인이라는 이름의 대학생 세 명에 대한 비(非)성적 판타지에 이르지는 않을 것이다. 두에인이라니! 그딴 이름은 대체 어디서 나왔단 말인가? 맙소사.

나중에야 깨달았지만, 사실 바로 이 생각이야말로 그가 평생에 걸쳐 저질러 온 실수였다. 자신이 남들과 다르면 무조건 남들보다 못한 거라는 생각. 남들과 똑같아져야만 괜찮은 사람이 될 거라는 생각. 자신에게서 두드러지는 점들을 모조리 제거하는 데에 열과 성을 쏟아야 한다는 생각. 그의 판타지를 이루는 기본적인 소재들 자체는 대다수의 남자들과 별반 다르지 않을 터였다. 포르노 잡지나 영상 들을 찾아보면 비슷한 유형의 시나리오가 곧잘 나오곤 했으니, 많은 남자들이 그런 시나리오에 끌린다는 뜻이었다. 다만 대다수의 남자들은 수지가 나오는 몇몇 방영분을 돌려 보며 애착을 키우지도 않고, 그녀가 백만 달러를 가지고 뭘 하며 살지 궁금해하지도 않고, 특정 인물들에게 캐릭터를 부여하지도 않으며, 진행자가 재수 없게 군다고 열받아서 어떻게 해야 그놈을 프로그램에서 하차시킬 수 있을지 고민하지도 않고, 어째서 게임이 조작되어야 하는지 고민하지도 않고, 화면 속에서 들썩거리는 엉덩이들의 주인이 제프, 셰인, 두에인이라는 이름의 대학생이라는 설정을 하지도 않을 것이다. 그게 차이점이었다.

만약 당신에게 남들과 다른 차이점이 있다면, 바로 그것이 당신만의 독보적인 셀링 포인트일 수 있다. 그 사실을 그는 진작 알았어야 했다.

그가 인물들에게 점점 캐릭터를 입혀 갔던 것, 온갖 무관련한 이야기들을 꿰어 맞추면서 인물들의 이름까지 지어 줄 수 있었던 것은 사실 그의 숨겨진 능력이었다. 그 인물들은 보통 사람들이 잘 처하지 않는 상황에 휘말렸을 뿐 결국은 우리 모두와 똑같은 보통 사람이라는 것을 그는 알았던 것이다. 또한 그는 여느 남자들처럼 섹스에만 집착하지 않고 섹스가 포함된 큰 그림을 볼 줄 아는 눈이 있었고, 보통 사람이 어떤 계기로 그런 상황에 처할 수 있을지 상상하는 능력도 있었다.

하늘이 벨벳처럼 부드러운 검은색이 되었다. 별이 빛나고 달이 떴다.

그는 말했다. 「정신 차려, 조. 이보다는 더 잘할 수 있잖아.」

그러고 보면 섹스라는 게 대체 뭘까 싶었다. 포르노그래피 산업의 규모는 자그마치 수십억 달러에 이르지 않던가. 물론 포르노를 성관계로 얻는 만족의 부속물쯤으로 이용하는 사람들도 있지만, 그 외의 사람들은? 그들에게 진짜 섹스를 가져다줄 방법만 찾아낸다면 대박을 칠 게 분명했다. 범죄에 연루되거나, 경찰에 체포되거나, 남들에게 들킬 염려조차 없는 방법으로 진짜를 얻게 해줄 수만 있다면.

그는 그 문제를 다른 측면에서 살펴보았다. 그러고 보면 동성애자들에겐 왜 이런 게 문제가 안 될까? 남자 둘이서는 그냥 사무실에서 같이 일하다가, 화장실에서 만났다가, 다시 일터로 돌아가면 된다. 남자들이야 여성 파트너와 이렇게 하더라도 대부분은 별 말썽을 겪지 않을 것이다. 다만 이 경우에는 화장실이 남녀 간에 분리돼 있다는 게 당연히 문제이고, 여자들 쪽은 대부분 큰 말썽을 감수해야 한다는 점도 문제였다.

세일즈맨이라면 누구나 아는 원칙 한 가지가 있다. 자신의 바람에 고객을 끼워 맞추는 게 아니라, 고객을 있는 그대로 상대해야 한다는 것이다.

키 높은 풀숲 속에서 귀뚜라미들이 울고 있었다.

조는 계단에 앉아 호주머니 속 잔돈을 짤그랑거렸다.
「이봐, 조.」 그는 말했다. 「네가 할 수 있는 일이 분명
있을 거야.」
그의 생각은 다시금 허리케인 에드나 이후 이곳을 싹
쓸이한 세일즈맨에게로 흘러갔다. 기본적으로 그 세일
즈맨은 모두에게 닥친 재앙을 인지했고, 그 재앙을 겪
은 모두가 직면한 문제를 파악했으며, 그런 다음 그 문
제를 해결해 줄 방책을 가지고 나와 팔았다.
자정쯤에 아이디어 하나가 떠올랐다.
「조, 너 큰일 났다.」 그는 중얼거렸다.

스페셜 K

아침이 되어 해가 빛나고, 새들이 지저귀고, 풀잎엔 이슬이 맺혔다. 간밤에 했던 미친 발상은 다시 생각해 보니 그리 나쁘지 않은 것 같았다. 진지하게 실행에 옮길 만한 종류의 미친 발상은 아니었지만. 사람은 누구나 가끔씩 미친 생각을 할 때가 있는 법이다. 중요한 건 그 생각으로 뭘 하느냐이다.

이젠 새사람으로 거듭날 때였다. 제대로 먹고, 운동도 좀 하고. 이를테면, 차를 몰지 말고 걸어서 식료품점까지 가는 건 어떨까?

그는 세븐일레븐으로 걸어가서 스페셜 K 시리얼 한 상자와 무지방 우유 한 팩을 샀다.

트레일러 주차장으로 돌아오는 길에 왜가리 한 마리가 호수 위를 날아 갈대숲 사이로 사라지는 것을 보았다. 「차를 가져왔으면 저 광경을 못 볼 뻔했네.」 그는 말했다. 「아름다운 세상이잖아. 넌 여기에 존재할 자격이 있어. 이제 트레일러로 돌아가서 아침을 먹고, 다시 나와서 청소기를 팔아 보자고.」

아침을 먹은 뒤 그릇을 씻고 배수구 뚜껑 위에 놔두었다. 한 주 동안 쌓인 그릇들까지 마저 씻지는 않았다. 모든 일에는 우선순위가 있으니까. 그는 면도를 하고 옷을 입고서 일렉트로룩스 상품을 차에 실었다.

「스쿠비 두비 두, 눈빛을 나누네, 스쿠비 두비 두비 두비 두비.」[2] 그는 노래를 부르며 기어를 주행으로 넣고 주차장 밖으로 빠져나갔다. 그리고 그가 들를 동네들의 목록 중에서 다음 예정지로 향하는 고속 도로로 차를 몰았다.

바다를 낀 고속 도로였다. 그쪽 해변은 워낙 사람이 뜸한 데여서 지금 이 시간에는 텅 비어 있었다. 썰물이 빠져나가는 때였고, 수면과 맞닿은 모래밭이 눈부신 아침 햇살을 받아 반짝거렸다. 오락가락하는 물살을 따라 조그마한 도요새들이 모래 위를 후닥닥 뛰어다녔다. 저 먼 바다에는 펠리컨 여러 마리가 줄지어서 파도 위를 낮게 날고 있었다.

「아름다운 세상이야.」 조가 다시 말했다. 「너는 여기

---

2 프랭크 시나트라의 「밤의 낯선 자들」 가사를 만화 「스쿠비 두」의 주제곡과 섞어 엉터리로 부르고 있다.

존재할 자격이 있어.」

그는 「모든 건 저마다의 아름다움이 있다네」[3]라는 노래를 불렀다. 이 노래를 부르고 싶어질 일이 있을 거라곤 한 번도 생각해 본 적이 없었기에 가사는 첫 소절만 달랑 알고 있을 뿐이었다. 「모든 건 저마다의 아름다움이 있다네.」 조는 그래도 노래했다. 「스쿠비 두비 두, 두비 두, 두비 두, 두비 두비 바이 두……」 스페셜 K로 하루를 시작한 것이 이 노래와 무슨 연관이 있는 걸까 싶었다.

그는 한 손을 운전대에 얹고 〈모든 건 저마다의 아름다움이 있다네〉라는 첫 소절만 되풀이하면서 바다를 내다보며 히죽거렸다. 펠리컨들은 멀리 조그마한 점들로만 보였지만 물가를 뛰어다니는 도요새들은 여전히 잘 보였다.

훗날 그가 강연에서 이 이야기를 하면 청중은 어김없이 웃음을 터뜨렸다. 이건 세대를 관통하는 공감대였으니까. 길거리의 아무 남자들이나 붙잡고 물어보라. 각자 숭배하는 우상은 엘비스 프레슬리, 지미 헨드릭스, 커트 코베인 등 다양하겠지만, 「모든 건 저마다의 아름다움이 있다네」 따위의 노래는 절대로 부르기 싫다는 마음은 다 똑같을 것이다. 누가 머리에 총을 들이대고 협박한다면 모를까 ─ 아니, 그렇게 협박한다 해도 안

3 *Everything Is Beautiful.* 1970년 레이 스티븐슨이 작곡한 곡.

부를 남자들도 있을 수 있다. 하지만 그런 남자들이라 해도, 어느 동틀 녘 일어나 밖으로 나가서 홀로 세상을 마주하며 노래 한 곡 뽑고 싶은 기분이 든 적은 누구나 한 번쯤 있었을 것이다. 그런 상황에서 그가 〈모든 건 저마다의 아름다움이 있다네〉라는 가사 한 줄밖에 못 외웠다고 하니 그들은 웃음을 터뜨리는 것이다. 여기서 또 한 번 청중의 웃음을 끌어내는 대목이 있었다. 그가 그다음 곡으로 「오 아름다운 아침이여」를 불렀다는 이야기였다. 그 노래는 어렸을 때 어머니가 레코드를 미치도록 자주 틀어 줬던 덕분에 가사를 다 외우고 있었다고, 하지만 거액의 저작권료를 내긴 싫어서 자서전에 그 가사를 다 발췌하진 않았다고.

그렇게 「오 아름다운 아침이여」를 다 부르고 보니 그는 어느새 액셀러레이터에서 발을 떼고 있었다. 차의 속력이 점점 줄어들었다. 그는 자기도 모르게 브레이크를 밟고 길 밖으로 차를 뺀 다음, 모래투성이 갓길에 차를 세우고 엔진을 껐다. 부드러운 파도의 속삭임과 도요새들이 삑삑거리는 소리가 들려왔다.

청중 앞에서는 생각이 말로 줄줄 정리되어 나오지만, 당시에는 그렇게 언어적으로 생각하진 않았다. 그는 단지 왜가리의 기다랗고 뾰족한 부리와 작대기 같은 다리를 보고 있었을 뿐이다. 젖은 모래밭을 이리저리 뛰어다니는 도요새들도, 그리고 물고기 한 마리를 통째로 삼킬 수 있을 만큼 커다란 펠리컨들의 부리도 지켜보았다. 펠리컨들이 수면 위를 낮게 나는 건 그 부리로 낚을 물고기가 어디에 있는지 알기 때문일 터였다.

그는 문을 열고 차에서 내렸다. 일렉트로룩스 청소기와 그 부속품 들은 뒷좌석에 그대로 놔둔 채.

문을 닫고 차 지붕에 두 팔을 얹고서 바다를 바라보았다. 「나는 자질이 없군.」 그는 말했다. 이전에는 한 번도 소리 내어 말해 본 적 없는 생각이었다. 그러면 자신이 성공할 수 없다는 사실을 인정해 버리는 셈이 될까 봐. 하지만 지금 이 말은 자책하는 의미가 아니었다. 왜가리가 물고기 한 마리를 통째로 집어삼킬 부리가 없다고 불평하는 걸 본 적 있나? 왜가리가 〈뜻이 있는 곳엔 길이 있다〉라며 부리가 있든 없든 부득부득 수면 위를 낮게 날아다니는 경우가 있던가? 어림도 없는 일이다.

방금 청소기를 산 사람도 새 청소기를 사도록 설득해 내는 남자들이 있다. 기존에 쓰던 청소기를 가전제품이라기보다 한 가족처럼 여기는 사람도 새 청소기로 바꾸고 싶게끔 만드는 남자들이 있다. 허리케인 에드나 이후 일렉트로룩스 청소기를 산 사람들의 절반 정도는 이미 멀쩡히 잘 돌아가는, 허리케인을 거치고도 기적적으로 무사한 청소기를 갖고 있었을 것이다. 그런데도 그들이 새 청소기를 산 까닭은 그들에게 청소기를 팔 운명으로 태어난 남자가 찾아왔기 때문이다. 지금 그들이 새 청소기를 사지 않는 까닭은 그들에게 청소기를 팔 자질이 없는 남자가 찾아왔기 때문이고.

그래, 자질이 없어도 청소기를 팔려고 노력하겠다면야 평생 할 수도 있다. 그러다 죽을 때가 돼서 인생을 돌아보면 호박파이를 잔뜩 먹은 기억밖에 없겠지만.

세일즈맨이라면 있는 그대로의 자신을 상대해야 한다. 원하는 방식에 자신을 끼워 맞추려고 할 게 아니라.

자질이 없는데 〈어떻게 하면 자질이 생기지?〉라고 자문하는 건 엄청난 시간 낭비. 진짜 던져야 할 질문은 〈나한테 있는 자질은 뭐지?〉이다. 있는 그대로의 자신으로서 성공할 수 있는 분야만 찾아낸다면 굳이 엄청난 시간을 들여 자기 자신을 바꾸려 노력할 필요가 없다. 어차피 노력해 봤자 바꿀 수 있는 것도 아니고.

사람들에게 세일즈맨 일에서 가장 힘든 점이 뭐겠느냐고 물어보면 보통은 거절당하는 경험을 꼽는다. 「사람들이 자꾸 나를 쫓아내려고 할 거 아녜요. 기분 나쁘겠죠.」 간혹 여기저기 떠돌아다니는 처지가 힘들어 보인다고 대답하는 사람들도 있다. 온갖 호텔이며 모텔 방을 전전하다 보면 어디나 다 비슷비슷하게 느껴질 테고 무척 외로울 것 같다고. 또 어떤 사람들은 남들에게 필요도 없는 물건을 팔고, 경제적 여력이 없는 상대를 압박해서 물건을 사게끔 만드는 과정이 괴로울 것 같다고 대답하기도 한다.

글쎄, 세일즈맨이라면 그 모든 고충을 한 번쯤은 느끼겠지 싶다. 하지만 이 직업에서 가장 큰 시련은 직업을 바꾼다고 해서 사라지는 종류의 것이 아니다. 사람들을 있는 그대로 봐야 한다는 것, 그것이야말로 가장 큰 시련이다.

보통 사람들은 바로 그 시련을 피하려고 애쓰면서 일생을 보낸다. 보고 싶은 것만 보면서 살려고들 한다. 하지만 세일즈맨은 사람을 보고 싶은 대로 볼 여유가 없다. 세일즈맨은 상대방을 있는 그대로 봐야 하고, 동시에 상대방이 어떤 사람이 되고 싶어 하는지도 봐야 한다. 상대방이 내심으로는 어떤 물건을 간절히 원한다 해도, 그런 물건을 원하는 부류의 사람이 되고 싶어 하지 않는다면 그걸 사게끔 설득하기란 힘겨운 싸움이 될 수밖에 없다. 그 사람이 있는 그대로의 자신을 왜 안 좋아하는지를 간파해 내고, 있는 그대로도 괜찮다는 확신을 심어 줘야만 한다. 아니면 그 사람이 뭘 싫어하는지를 간파해 내고 이 상품을 사면 문제를 고칠 수 있을 거라고 설득해야 한다. 세일즈맨 일에서 무엇보다 어려운 건 바로 이 과정이다.

만약 당신이 판매할 상품이 백과사전이라고 치자. 그러면 당신은 고객이 되고 싶어 하는 사람이 될 수 있게 해주겠다는 관념을 파는 것이다. 여기까진 명백하다. 그러나 상품이 청소기라 하더라도, 고객이 어떤 사람이 될 수 있게 해주겠다는 관념을 파는 건 마찬가지다. 이를테면 고객님이 이 청소기를 사면 계단이며 가구며 커튼 등을 적절한 기구를 이용해 청소할 수 있는 사람이 될 거라는 식이다. 그냥 추수 감사절이나 크리스마스 때만 옆집에서 청소기 한 대 빌려 쓰고 때우면 2백 달러를 절약할 수 있겠지만 말이다. 당신이 고객에게 파는 것은 무언가 잘못된 것을 고칠 수 있다는 생각이다. 기본적으로 **고객 본인은** 아무 잘못도 없고, 그냥 뭘 잘 몰랐을 뿐이거나 또는 우연찮게 더러운 집에서 살게 됐을 뿐인데, 딱 한 가지 부족한 것을 채워 주기만 하면 사태를 시정할 수 있다고 설득하는 것이다.

그렇다면 당연하게도, 고객이 그 물건을 사지 않는다면 **고객 본인에게** 잘못이 있다는 뜻이 된다. 문제를 고칠 수 있었는데 그러지 않기로 선택한 것이니까.

이 선택지에서 세일즈맨의 역할이 필요하다. 사람들은 기존의 물건들만 가지고 지내다 보면 조만간 저걸 좀 처리해야지 생각만 하면서 시간을 흘려보내기 일쑤이기 때문이다. 사람이란 게 원래 그렇다. 그런 타성에서 벗어나 목표를 이루기 위한 실질적인 조치를 취하게 해주는 존재가 바로 세일즈맨이다. 세일즈맨을 만나고 나면 사람들은 심지어 목표라고 생각하지도 못했던 것, 이를테면 『브리태니커 백과사전』을 규칙적으로 읽는 것도 목표가 될 수 있음을 깨닫는다. 게다가 그 목표가 실현 가능성이 있다고 여기게 된다. 기나긴 여정이지만 천리 길도 한 걸음부터라고 했으니, 일단 『브리태니커 백과사전』을 구입함으로써 첫 발짝을 뗄 수 있는 것이다.

그러니 세일즈맨은 끊임없이 인간의 자기기만 능력과 맞닥뜨릴 수밖에 없다. 대부분의 사람은 진실된 자신을 직시하지 않기 위해서라면 거의 수단과 방법을 가리지 않는다. 이 특성을 다루는 것이 세일즈맨 일에서 가장 힘든 부분이다.

그는 차 지붕 너머로 바다를 바라보았다. 파도가 베일 같은 거품을 흐트러뜨렸다 다시 거둬들이고, 도요새들이 반짝이는 모래 위를 종종거리며 울었다.

그는 생각했다. 〈동물은 수치심이 없지.〉

〈동물은 자기가 먹는 걸 사냥하고, 사냥한 걸 먹어.〉

〈녀석들은 똥이 마려우면 똥을 누고, 오줌이 마려우면 오줌을 누지. 그래서 야외에 주차된 차가 새똥으로 뒤덮이는 거잖아. 새들은 본능을 참아 가면서 화장실을 찾아다니지 않아. 화장실이라는 개념이 뭔지도 모르고. 그냥 누고 싶을 땐 누는 거야.〉

그런데 또 이런 생각이 들었다. 〈잠깐, 그런데 개나 고양이는 누가 보는 앞에서 똥을 눌 때는 좀 창피해하지 않나? 게다가 고양이는 똥을 모래로 덮어 버리기도 하고. 그건 야생 동물이었을 적 본능이 남아 있어서 그런 걸까? 천적한테 잡아먹히지 않으려고 자기 흔적을

감춘다든가, 뭐 그런 건가?〉

그때 아주 흥미로운 일이 일어났다. 여느 때처럼 딴 생각이 꼬리에 꼬리를 물고 이어지지 않고, 〈아, 몰라, 좆까라 그래〉라는 마음이 들면서 거기서 딱 그친 것이었다.

다시 말해, 그는 진정으로 중요한 생각을 할 때면 딴생각에 빠지지 않았다. 자신이 하고 있는 생각이 중요한지 아닌지 판별하는 능력이 마음속 어딘가에 있는 모양이었다.

지금 그에게 중요한 생각은, 동물들은 짝짓기를 하려는 본능이 있으며 수치심 없이 그 행위를 한다는 깨달음이었다.

그는 생각했다. 〈그런데 인간들은 수치심 없인 아무것도 못 하잖아.〉

〈하다못해 먹는 행위도 수치스러워하지. 먹으면 살이 찌니까. 어떤 단어들은 너무 창피해서 욕을 할 때가 아니면 쓰지도 않아. 《화장실에 가다》라든지 《같이 자다》 같은 표현이나 쓰고. 실제 행위를 묘사하면 상스러운 말이 돼버려.〉

바다와 새들을 보면서 그는 또 이런 생각도 했다. 〈그러고 보면 사람들의 성욕이란 얼마나 강한지! 섹스를 더 많이 할 수 있게 해주는 거라면 뭐든지 다 잘 팔리잖아. 섹스의 **대체재**라고 할 만한 것들도 뭐든지 다 잘 팔려. 단 한 가지, 섹스 그 자체는 정작 팔 수가 없지. 물론 팔려고 들면 팔 수야 있지만 그러면 꼭 수치심이 따라붙는단 말이야.〉

〈참 웃기네. 사람들이 섹스를 수치스러워하는 탓에 낭비하는 시간이 얼마나 많냐고! 서로 대화 주고받고 관심사가 뭐냐고 물어보느라 버리는 시간이며, 섹스를 상상만 하는 데에 버리는 시간이며……. 게다가 성욕을 해결하려고 엄청난 위험까지 감수하잖아!〉 예전에 어디선가 읽은 일화가 생각났다. 어떤 회사의 남직원이 여직원의 블라우스 주머니에 엠앤엠즈 초콜릿을 떨어트리곤 꺼내 준답시고 성추행을 했는데, 그 바람에 회사 측에서 여직원에게 백만 달러나 배상했다는 것이었다. 어쩌면 그보다 더 많았을 수도 있다.

뻔한 이치였다. 사람들이 그런 위험을 감수하면서까지 추구하는 것이라면 돈이 될 수밖에 없다. 자기 회사를 그 정도의 위험에 빠뜨리면서까지 얻으려고 하는 것인데, 돈을 내고 사라면 당연히 사지 않겠는가. 더 나아가 사람들이 속한 시스템 밖에서 그걸 얻을 수 있는 방법만 주어진다면 훨씬 더 생산적으로 생활할 수 있을 것이다. 세상에는 그와 같이 섹스에 대해 생각만 하는 데에 소모되는 시간을 아까워하는, 그냥 시스템 밖에서 섹스를 해치우고 돌아와 자기 목표를 이루는 데에 에너지를 집중하길 원하는 남자들이 많을 터였다.

    그렇게 생각해 보면 게이 남자들은 별 어려움 없이 시스템 밖에서 섹스를 할 수 있을 듯했다. 문제는 자신들과 같은 남자를 주변에서 많이 만날 수 없다는 점이리라. 반면 보통 남자들은 여자로 가득 찬 사무실 안에 있으면서도 성욕을 풀 배출구를 찾지 못하는 경우가 많다. 사람들을 보고 싶은 대로 보지 않고 있는 그대로 보자면, 유감스럽지만 대부분의 여자들은 남자들과 같은 욕구가 없는 모양이었다. 만약 그런 욕구를 느낀다 하더라도 인정하지 않을 것이다. 아마 그냥 욕구를 안 느끼는 것이겠지만, 어쨌든 느낀다 쳐도 인정하지 않는 듯했다.

    왜냐하면, 사람들을 보고 싶은 대로 보지 않고 있는 그대로 보자면, 유감스럽게도 대부분의 남자들은 자기와 같은 욕구를 가진 여자들을 존중하지 않는 경향이 있기 때문이다. 게다가 남자들은 자기와 같은 욕구를 가지지 않았으면서 남자의 성욕을 풀 배출구 역할을 해주는 여자들 역시 존중하지 않는 경향이 있다. 왜냐하면, 어디까지나 사람들을 있는 그대로 보자면, 대부분의 남자들은 자기 성기를 누군가의 안에 집어넣는 것을 상대방을 지배하는 행위로 여기기 때문이다. 솔직히 말하자면 그렇다는 거다. 있는 그대로의 남자들은 그런 식이다. 섹스에서 그들이 느끼는 건 단지 육체적 쾌감만이 아니다. 그렇기 때문에 자위가 그토록 불만족스러운 것이다. 육체적으로 느껴지는 감각 자체는 자위나 섹스나 별반 다를 것이 없다. 문제는 그들의 머릿속에 일어나는 지배 욕구다.

그래서 설령 여자가 육체적 쾌감을 통해 성욕을 해소하고 싶어 하더라도 스스로 인정하지 않을 가능성이 높은 것이다. 그러면 온갖 말썽이 일어날 수 있으니까.

하지만 여기서 염두에 둘 점은, 어떤 여자들은 적절한 액수의 돈만 얻을 수 있다면 그 온갖 말썽에도 불구하고 남자의 성욕 배출구 역할을 수행한다는 사실이다. 그리고 온갖 말썽에도 불구하고 그 돈을 치르는 남자들 역시 많다. 그들이 겪어야 하는 말썽의 본질이 뭘까? 요약하자면, 자신이 그런 거래를 했다는 사실이 남에게 알려짐으로써 수치를 당하는 것이라고 할 수 있겠다. 성매매가 그토록 불명예스러운 행위로 통하는 것은 바로 그런 이유 때문이다. 매춘부는 자신이 매춘부라는 사실을 누군가가 안다는 것을 안다. 그러므로 그녀는 남은 평생 무슨 일을 하든 간에 과거의 오점이 따라붙을 위험을 안고 살아야 한다. 남자 쪽도 마찬가지다. 그가 매춘부를 샀다는 사실을 설령 아무도 모르더라도, 최소한 그를 상대한 매춘부 당사자는 알고 있다.

그들에게 익명을 보장할 방법만 찾아낸다면, 허리케인 에드나 따위는 변덕스러운 산들바람 정도로 보일 만큼 어마어마한 대재앙의 해결책을 손에 쥔 셈이 될 것이다.

전날 밤에 그가 현관 앞 계단에 걸터앉아 궁리했던 것이 바로 그 익명 보장 방법이었다. 그때는 미친 생각이라고 치부했다.

그런데 지금, 동물들은 수치심을 느끼지 않는다는 것을 깨닫고 보니 생각이 달라졌다.

그걸 미친 발상이라고 치부했던 까닭은 단지 그가 인간이기 때문이었다. 세일즈맨이라면 자신을 있는 그대로 판단해야 한다. 즉 사회에서 수치스러운 것으로 간주되는 것을 파는 행위를 스스로 창피해하는 성향이 있음을 인정해야 한다.

그런데 사회의 고정 관념이 과연 옳은가? 그는 자문하지 않을 수 없었다. 이 경우에 대답은 〈아니오〉여야 할 것이다. 육체적 욕구는 육체적 욕구일 뿐이다. 진정으로 창피한 것은 우리 사회가 그 욕구를 책임지고 처리하지 않고 외면하면서 각자도생하게 방치한다는 점이다. 충족되지 못한 성욕 때문에 어마어마한 자원이 낭비되고 고통이 초래되고 있지 않은가. 여자들은 일터에서 동료 남자들이 억제 불가능한 욕구를 적절하게 배출할 수단이 없다는 이유만으로 추행에 시달리곤 한다. 열심히 일했고 값진 기여를 해온 남자들이 자기 잘못도 아닌 말썽에 휘말려 위험에 처하곤 한다. 사람들이 이 문제에 효율적으로 대처하지 못하는 이유는 다 수치심 때문이다. 거짓된 수치심.

〈인간도 동물이야.〉 그는 생각했다. 〈인간의 동물적 본능은 엄청나게 강한데 온갖 금기 때문에 좌절되고 있는 거야. 그 금기들 중 일부를 깰 방법만 사람들에게 마련해 준다면 돈이 굴러들어 오겠지. 어마어마한 돈이. 하지만 돈이 많이 벌리는 건 그만큼 그 금기들이 강하기 때문이야. 네가 그걸 깰 자신이 정말로 있어, 조? 네 생각을 역겨워하는 사람들의 눈을 똑바로 마주 볼 자신이 있어? 천재적인 발상은 시대를 앞서는 법이잖아. 그러니까 돈이 되는 거지. 사람들이 네 발상을 따라오기까지는 아주 긴 시간이 걸릴 거야. 아예 못 따라올 수도 있고. 너는 너 자신이 옳다는 걸 알아야 해. 남들은 전혀 알아주지 않을 테니까. 사람들이 널 많이, 정말로 많이 슬프게 할 거야. 그러니까 조, 그걸 감당할 자신이 없다면 여기서 마음을 접고 다 잊어버려.〉

또 이렇게 생각했다. 〈내가 감당할 자신이 있는지 없는지는 모르겠어. 그런 시험을 겪어 본 적이 없거든. 내 능력이 어느 정도인지 확인할 기회가 여태껏 한 번도 없었어. 하지만 한 가지는 확실히 알아. 지금 이 발상은 시도해 보고, 최선을 다해 보고, 실패할 가치가 있는 유일한 일이라는 것. 내 능력껏 최선을 다해 보고 그래도 안 되면 어쩔 수 없지만, 아예 시도조차 안 하는 건 달라. 내 인생에서 정말로 대박을 칠 수 있는 기회가 처음

으로 찾아온 거란 말이야. 이 기회를 포기한다면 나라는 인간은 뭐가 되겠어?〉

「이봐, 조.」 그는 말했다. 「너무 심각하게 생각하지 말자고. 고생이야 분명 하겠지. 하지만 그만큼 재밌기도 할 거야. 청소기 파는 일이 엄청 재밌었던 건 아니잖아? 물론 남들이 눈총은 좀 주겠지만, 그거야 그냥 웃어 넘기면 돼. 게다가 이건 결국 모든 사람에게 도움이 되는 일이라고. 기분 좋지 않아? 그러니까 그냥 최선을 다해 보자. 만약 모조리 처참하게 망해 버린다면 언제라도 자살할 수 있다는 것, 기억하고.」

웃음이 실실 나왔다. 그는 신발과 양말을 벗고 바짓단을 걸어 올린 다음, 길가에서 해변으로 이어지는 낮은 둔덕을 따라 서늘하고 부드러운 모래를 디디며 걸어 내려갔다. 도로 가까운 데에 깔린 모래는 거칠었고, 햇볕을 받은 모래는 따스했고, 움푹 꺼져서 그늘진 데는 차가웠다. 이윽고 이랑 무늬가 진 단단한 모래밭이 나오더니 마침내 평평하고 축축한 물가에 이르렀다.

한 줄로 나는 펠리컨들이 파도 사이를 누비며 돌아오고 있었다. 그는 눈가에 손차양을 치고 펠리컨들을 지켜보았다.

「저 아름다운 새들 좀 봐.」 그는 말했다. 「녀석들에게 어디 한 군데라도 잘못된 데가 있어? 조, 저중에 한 마리라도 창피해할 구석이 있냐고?」

　그는 얕은 물가를 따라서 걸었다. 그러다 바다 쪽으로 고개를 돌리고 두 손으로 손나발을 만들어 고함을 질렀다.

　「내 이름은 조오오오오오!」 그는 외쳤다. 「아싸라비야아아아아아!」

일렉트로룩스여, 안녕히

그가 가장 먼저 한 일은 일렉트로룩스 청소기와 부속품 들을 반환한 것이었다.

「인재가 아니었다고 하시니 어쩔 수 없죠!」 영업부 부장은 회의 중이라 자리에 없었고, 그의 비서가 나와서 상품을 수거해 주었다. 한창 다니엘 스틸[4]의 소설책을 읽던 중에 방해받은 그녀는 그가 반갑지 않은 기색이었다.

「아무래도 전 그만한 인재가 아니었던 것 같네요.」 그가 말했다.

비서는 그를 놀리는 눈길로 쳐다보았다.

「저에게는 자질이 없나 봅니다.」

그는 세일즈맨으로서는 드물게도 담담한 확신에 찬 태도로 말했다.

4 미국의 로맨스 소설 작가로 1970년대에 활동했다.

「너무 자책하지 마세요.」 비서가 말했다. 그녀는 여전히 놀리는 눈초리였지만 은근한 동정심을 내비쳤다.

「제 전임자가 진짜 유능한 분이었던 것 같더라고요.」 조가 말했다.

「맞아요. 훌륭했죠.」 비서가 말했다.

「상품 홍보 자료가 필요하시면 그 지역 고객들한테 연락해 보셔야겠던데요. 다들 허리케인 에드나 이후 이 회사 청소기 덕분에 살았다며 칭찬이 자자하거든요.」

「그렇죠? 회사에도 계속 편지가 와요. 그러니까 너무 자책하지 마시란 거예요. 빌리 그레이엄[5]이라도 유레카에서는 한 대도 못 팔았을걸요. 빌리 그레이엄이 그 동네 집집마다 돌아다니면서 예수 그리스도가 직접 추천한 청소기라고 해도 아무도 안 살 거란 말이죠. 저희 부장님 유머 감각이 워낙 좀 짓궂은 데가 있어요. 부장님이 어딘가 다른 지역을 배정해 주셨다면 당신도 분명 실력 발휘를 했을 거예요.」

「뭐, 이번 일이 전화위복이 될 수도 있겠죠.」 조는 비서를 바라보며 말했다. 시선이 자꾸만 그녀의 가슴으로 갔다. 그때마다 그는 자연스럽게 눈을 연필깎이 쪽으로 돌려, 그걸 보려다가 본의 아니게 눈길이 가슴 위를 스쳤던 척했다. 그도 이런 요령을 터득하는 데에 시간깨

5 미국의 침례교 목사로서, 왕성한 전도 활동으로 전 세계에 기독교 복음을 전파함(1918~2018).

나 쏟았던 것이다. 생각해 보면, 이곳 영업부 소속 세일 즈맨들이 긴 여행 끝에 본사로 돌아올 때마다 이 비슷한 일들이 벌어졌을 게 뻔했다. 「직장 내 성추행 문제로 곤란할 때가 많으신가요?」 그가 물었다.

「네?」 비서가 되물었다.

「영업 사원들이 말썽을 일으키진 않나 해서요. 다들 한참을 떠돌아다니면서 지내잖아요. 그 사람들이 힘들게 하진 않을지 궁금해서 여쭤본 거예요.」

「뭐, 제 일이 마음 여린 아가씨들이 할 만한 일은 아니긴 하죠. 이 뜻으로 물어보신 건진 모르겠지만.」 비서가 말했다. 「그런데, 당신을 깎아내리려는 의도는 아니지만요, 제 생각엔 영업 분야에서 성공하는 사람들 특유의 성격이 있는 것 같아요. 그리고 그런 부류의 사람들을 상대할 수 있는 성격도 따로 있고요. 제 직무 자체를 할 수 있는 사람은 많겠지만, 결국 진짜로 필요한 건 사람 대하는 요령이거든요. 받는 월급만큼은 맞춰 줄 수 있어야죠. 이런 자리에서 일하려면 많이들 애를 먹을 거예요. 하지만 회사에서는 그런 문제도 다 감안해서 봉급이며 혜택을 제공하니까요. 그런 걸 보면 저는 꽤 강한 사람인가 봐요. 제 강점을 돈으로 쳐주는 데서 이만큼 월급을 받을 수 있는데, 제 힘이 필요 없는 일자리에서 만족할 이유가 없잖아요?」

조는 세상사란 아무리 봐도 흥미진진하다는 생각이

들었다. 사람들은 이런 식으로 자기 자신에게 무언가를 팔곤 했다. 사람이 자신에게 뭔가를 팔아야 할 필요를 느끼면 그 욕구 자체가 이미 그 사람의 속내를 드러내는 법이었다.

「굉장히 흥미롭군요.」조가 말했다. 「하지만 그래도 난처할 때는 있지 않나요? 그냥 토론하는 의미에서 예를 들어 보자면요, 저 같은 남자가, 그러니까 성공할 리가 없을 게 불 보듯 뻔한 남자가, 복사기 옆에 있는 당신에게 다가와서 뭔가 부적절한 짓을 하는 거예요. 엠앤엠즈 초콜릿 몇 개를 당신 블라우스 주머니에 떨어트리고는 꺼내 주려고 한다든지. 그러면 어떻게 반응하시겠어요?」

「글쎄요, 소프라노 가수와 이중창을 해보고 싶은 은밀한 열망이 있다면야 한번 해보시든지요.」

「그런데 만약 최고의 영업 사원이 그런 짓을 한다고 쳐요. 바로 이 회사에서 가장 잘나가는 영업 사원이 그랬다고 칩시다. 그러면 당신의 감정을 자유롭게 표현하기가 좀 어렵지 않겠어요? 그만한 지위가 아닌 남자를 상대할 때와 비교해서 말이죠.」

「무슨 뜻인지 알겠네요.」그녀가 말했다. 「하지만 어떤 직업이든 나름의 고충은 있잖아요. 그걸 하염없이 곱씹으면서 어딘가 완벽한 직장으로 이직할 생각을 하다 보면 불행해지기만 해요. 세상에 완벽한 직장이란 없으니까요. **완벽한** 직업은 존재할 수가 없어요. 사람은 사람이잖아요. 무슨 일을 하든지 반드시 사람하고 엮이게 되어 있죠. 그리고 제 생각에는, 누가 나한테 지켜야 할 선을 어겼을 경우엔 균형 감각을 가지고 대처해야 한다고 봐요. 그 남자가 돈을 얼마나 벌든, 빌어먹을 청소기를 몇 대나 팔아치우든 난 상관 안 해요. 그런 남자라도 내가 원하지 않는 걸 억지로 하게 만들 순 없단 말이죠. 근무 시간 동안 여기서 나는 정해진 직무 이외의 것은 할 필요 없어요. 그리고 이 건물을 떠나고 나면 나는 자유고요.」

「그렇군요. 의미심장한 말씀이네요.」 조가 말했다.

그런데 사실 그는 또 다른 생각을 하고 있었다. 회사에서 사원들 중 가장 높은 봉급을 받고 그걸 증명할 만한 집과 차를 가진 남자라 해도, 우리의 본능에 따라 세상 무엇보다도 간절히 원할 수밖에 없는 그 무언가를 얻는 문제에 있어서는 조 슈모[6]보다 사정이 나을 것이 없겠구나 하는 생각.

성욕의 배출구를 얻으려면 여자에게 말을 걸어 그녀의 관심사에 대해 이야기하는 데에 시간을 투자해야 한다는 점에서는 그 남자들도 똑같은 것이다. 그런다고 해서 확실히 보상을 받을 수 있다는 보장도 없으면서. 아니면 집에 가서 잡지나 동영상을 보면서 자위나 하거

6 _Joe Schmoe._ 신원 미상 또는 익명의 남성을 뜻하는 관용적 표현.

나, 돈을 내고 누군가와 섹스하면서 온갖 위험을 감수해야 한다. 그런데 회사에서 최고의 봉급을 받는 남자가 현실적으로 여자와 관심사에 대해 이야기하는 데에 쓸 시간이 얼마나 있겠는가? 그렇다고 돈을 내고 누군가를 고용하기엔, 그런 지위의 남자들은 잃을 것이 너무 많다. 명성에 타격을 입을 수 있지 않은가. 그런 남자들이 어떤 선택을 할 수 있겠는가? 직장에서는 심지어 누군가의 블라우스에 엠앤엠즈를 떨어트릴 수조차 없다. 그뿐만 아니라 어떠한 종류의 실질적인 성적 만족도 얻기 어려울 것이다. 더구나 업무만으로 너무 바쁠 테니 그냥 온종일 죽어라 일만 하다 퇴근하고 집에 와서 잡지나 들춰 보는 게 고작이겠지. 딱 조 슈모가 트레일러 안에 앉아서 하듯이 말이다.

트레일러 안의 조 슈모로서는, 죽어라 일하고 정신 똑바로 차리고 살다 보면 잡지에 나오는 것 같은 진짜 여자들을 얻을 수 있으리라고 생각하게 된다. 아무것도 안 하고 그냥 손만 까딱해도 여자들이 넘어올 것이라고 말이다. 글쎄, 만약 그런 일이 가능하다면야 직장에서 누군가에게 은근한 수작을 부리며 꼴려 하는 남자들도 없었을 것이다.

그렇다. 회사에서 가장 잘나가는 사원조차 자기가 원하는 걸 얻을 수 없고, 그걸 얻으려다가는 자기 커리어를 망치고 회사에까지 손해를 끼칠 수도 있는 형편이라면, 거기엔 돈 나올 구멍이 분명히 있다는 뜻이다.

「그럼, 이야기 즐거웠습니다.」 조가 말했다.

「이제 어떻게 하시려고요?」 비서가 물었다.

조는 그녀의 책상 앞에 서 있었다. 책상 뒤편의 벽에는 전면 거울이 붙어 있었고 그 아래에 고무나무 화분들이 늘어섰다. 거울에 비친 고무나무들 사이로 후줄근한 갈색 폴리에스테르 정장 차림의 남자가 보였다. 옷이 구겨지거나 주름이 간 건 아니었다. 애초에 그걸 방지하려고 폴리에스테르로 옷을 만드는 거니까. 하지만 빳빳하지도 않았다. 폴리에스테르는 빳빳해질 수가 없는 천이었다. 화분들 앞에 선 남자의 정장 재킷은 어깨에 축 늘어져 붙어 있었다. 저런 남자가 집에 찾아와 청소기를 사라고 한다면 측은한 마음에 호박파이 한 조각쯤 권하고는 싶겠지만 청소기를 사주지는 않을 것 같았다. 하물며 저런 남자가 회사 사장에게 찾아와 우수 사원들을 위한 획기적 보상 방법을 제안한다면 그 자리에서 거절할 게 뻔했다. 회사에 전혀 적합하지 않은 지저분한 아이디어나 들고 올 법한 남자로 보일 테니까.

「우선 새 정장을 한 벌 사야겠군요.」

02

확률 게임

첫인상

조는 자신이 시작 단계에서 엄청나게 많은 실수를 저질렀음을 인정하지 않을 수 없었다. 그는 온갖 엉뚱한 걱정거리들로 전전긍긍했다. 그가 생각하기에는 처음엔 일을 천천히, 차근차근 진행해야 할 듯했다. 그래서 제딴에 시도하기로 한 것이, 일종의 사무실용 버전 〈유리병 돌리기〉 게임[7] 같은 것이었다. 터무니없는 발상이었다.

그래도 한 가지 판단은 옳았다. 멀끔한 외양의 중요성 말이다. 트레일러에서 면도할 때 쓰는 화장실 거울만 보던 그는 처음으로 회사 사무실의 커다란 거울로 자신의 모습을 보고 충격을 받았다. 저런 정장을 제정신으로 샀던가 의심스러울 정도였다. 똥 색깔 정장을 사는 사람이 어딨단 말인가? 어떻게 단 한순간이라도

---

7 바닥에 유리병을 놓고 돌린 다음, 회전을 멈춘 유리병이 가리키는 사람이 벌칙을 받는 게임. 주로 술자리에서 쓰인다.

그 옷을 괜찮다고 생각할 수가 있었나? 물론 그때 세일 중이긴 했다. 원래는 99.99달러짜리인데 49.99달러 할인가로, 넥타이까지 덤으로 골라 가질 수 있다고 했다. 하지만 그게 왜 99.99달러에 팔리지 않았는지 적어도 궁금해하기라도 할 순 없었나? 그러고 나서 그 옷을 보면, 〈오, 자기가 눈 똥이랑 어울리는 정장을 사고 싶어 하는 사람이 아무도 없어서 99.99달러에 안 팔렸나 보군〉이라는 생각이 들지 않았겠는가? 그런데 그는 무작정 들어가서는 〈우와! 49.99달러라니! 게다가 사이즈도 나한테 맞잖아! 100퍼센트 폴리에스테르라 주름도 안 져!〉라고 외쳤던 것이다. 맙소사.

이제 제정신을 차리고 보니, 그의 목표를 이루는 데에 필요한 멀끔한 외양을 갖추려면 그 정장으로는 어림도 없음이 명백했다.

그는 천 달러짜리 정장을 할부로 샀다. 윤이 흐르는 진회색 정장이었다. 아주 짙은 빛깔이어서 조명에 따라 검은색에 가까워 보이기도 했다. 거기다 심홍색 실크 넥타이도 샀다. 흰 셔츠 열 벌과 묵직한 은제 커프스단추 한 쌍도 샀다. 검정 실크 양말 열 켤레도 샀다. 3백 달러짜리 영국산 구두 두 켤레도 샀다. 또한 청결도 중요하므로 〈조키〉 브랜드의 팬티 열 장과 티셔츠 열 장도 샀다. 빳빳한 흰색 손수건도 한 상자 샀다. 돈 많은 남자로 보이는 것만이 아니라 돈 많은 남자가 평소에 차려입고 다니는 기분을 느끼는 것이 중요했다.

그런 다음 그는 필기 용지와 봉투 등을 인쇄 제작하고 인근의 사업체들에 편지를 보냈다. 자신은 직업 심리학 분야에서 상호 교류에 관한 연구를 하는 사람으로서, 귀사의 직원들이 간단한 실험에 참여해 주시기를 바란다는 내용이었다.

일흔다섯 곳에서는 답장도 하지 않았다. 열다섯 곳에서는 관심이 없다는 답장이 돌아왔다. 열 곳에서 자세한 사항을 알려 달라고 답해 왔다. 그는 그중 첫 번째 회사에 찾아가서 설명했다.

「아시다시피 현대 업무 환경에서 젠더 간 및 젠더 내 상호 교류는 지뢰밭으로 통하는데요. 독일에서 진행된 연구들에 따라, 성적 금기가 존재하는 환경에서 발생하는 긴장을 완화할 수 있는 방법이 개발되었습니다. 저는 그 방법을 피뢰침[8]이라고 부르는데요.」

「피…… 뭐요?」 인사부 담당자가 말했다.

「개인 간 상호 교류를 허용하면서 동시에 제한하는 임의적 기구를 뜻합니다. 대표적인 예로 겨우살이[9]를 들 수 있지요. 그 아래를 걸어가는 사람은 키스를 원한다는 뜻이고, 그걸 피해 가는 사람은 원치 않는다는 뜻

8 영어에서 피뢰침에는 〈비난을 도맡아 받아 주는 사람〉이라는 의미도 있다.
9 크리스마스에 겨우살이 아래에 서 있는 사람에게는 누구나 키스할 수 있다는 풍습이 있다.

이지 않습니까. 독일에서 이루어진 여러 연구 결과에 따르면, 그와 비슷한 기구를 업무 환경에 설치할 시에, 상호간에 원치 않은 접근과 예상치 못한 거절 때문에 악감정이 발생하는 경우가 상당히 감소하는 것으로 밝혀졌습니다.」

그는 해당 기구가 미국의 기업 환경에서도 같은 효과를 발휘하는지 확인하는 과정에 있다고 설명했다.

회사 열 곳 중에서 아홉 곳은 관심이 없다고 답했다. 한 군데만이 실험에 협조하겠다고 했다.

이때 그가 준비한 실험은 〈구멍 뚫린 벽〉 아이디어에서는 거리가 멀어도 한참 먼 방식이었다. 실험 참가자는 컴퓨터 프로그램을 이용해 무작위로 뽑는 것으로 했다. 1차 실험 기간 동안에는 하루에 한 번, 오후 5시마다 실험을 실시한다. 2차 기간에는 점심 시간에 한 번 더 추가 실험을 실시한다. 3차 기간에는 한 시간에 한 번씩 실험이 이루어진다. 매 실험에서 남자 참가자 한 명, 여자 참가자 한 명이 지정되는데, 이 두 사람은 사무실 전체가 잘 보이는 곳에서, 이를테면 사무실의 중앙 벽시계 밑에서 키스해야 한다. 즉 〈유리병 돌리기〉 게임을 하는 것이다.

그 회사의 전 직원이 실험에 참가하겠다는 의사를 밝혔다.

흥미로웠다.

유리병 돌리기

「좋아요.」 조가 말했다. 「오늘이 디데이네요. 제가 프로그램을 작동시켜서 참가자를 뽑아 보겠습니다. 행운의 커플이 누구인지 볼까요?」

그는 칸막이 없이 탁 트인 사무실의 벽시계 밑에 서 있었다. 직원 몇몇은 그를 보고 있었지만, 보지 않는 사람도 있었다. 여기저기서 웃음소리가 얼마간 들려왔지만 그 정도 호응으로는 부족했다. 천 달러짜리 정장을 입고 있어도 큰 효과는 없는 것 같았다.

그는 자신에게 배정된 컴퓨터로 몸을 돌리고 직접 제작한 프로그램 아이콘을 클릭했다. 이것 때문에 꽤나 애를 먹었다. 조는 소프트웨어 개발에 대해서는 완전히 문외한이었다. 하지만 뜻이 있는 곳에는 길이 있다고, 어쨌거나 프로그래머에게 정식으로 의뢰를 맡길 돈은 없으니 별수 없이 『바보도 할 수 있는 프로그래밍』이라는 책을 한 권 사서 어떻게든 자기 손으로 만들어 냈다.

이건 그가 평소에 하던 업무에서 완전히 벗어나는 일이었다. 보통 세일즈맨은 상품 생산에는 관여하지 않으니까. 가격 대비 성능이 좋은 제품을 만드는 건 다른 사람의 몫이다. 세일즈맨은 그 제품의 성능이 정말로 훌륭하다고 사람들을 납득시키기만 하면 그만이었다. 물론 제품의 성능이 정말로 가격 대비 절반에 미치는 수준이라도 된다면 세일즈맨에게도 잘된 일이지만, 만약 그렇지 않다 해도 그건 세일즈맨의 잘못이 아니었다.

그렇게 책임질 게 별로 없는 입장에서 일하면 편한 점이 많았다. 하지만 상품을 직접 만들고 보니 자기가 팔 상품을 속속들이 꿸 수 있어서 좋기도 했다. 게다가 세일즈맨으로서는 상품에 잘못된 데가 있어도 어떻게 조치할 도리가 전혀 없으니 답답해지곤 했는데, 이제는 자신이 상품의 제작자이기도 하니 필요할 때는 언제든 원점부터 뜯어고칠 수 있는 것이다.

그런데 또 한편으로 생각해 보면, 세일즈맨이었을 때는 청소기에 대한 생각조차 안 하고 지낼 때가 많았다. 그건 어차피 그의 손을 떠난 문제였으니까.

그래도 그가 제품을 만듦으로써 득 보는 건 한 가지 있었다. 설령 이 시도가 전부 망한다 해도 최소한 새로운 기술 하나는 터득한 것이다.

화면에 뜬 조그마한 모래시계 모양 아이콘이 빙글빙

글 돌다가 작은 메시지 창이 떴다. 「오늘 추첨된 참가자는 샤론 블레이크와 제프 스미스입니다.」

조는 프로그램이 당연히 제대로 작동할 줄 알았던 척하며, 가장 가까운 자리에 앉은 사원의 모니터를 곁눈으로 훔쳐보았다. 그 화면에도 〈오늘 추첨된 참가자는 샤론 블레이크와 제프 스미스입니다〉라는 메시지가 떠 있었다.

자신이 답을 안다고 확신한 그는 비로소 여유를 갖고 주위를 걸어다니면서 말했다. 「자, 화면에 뜬 결과를 모두 보셨나요? 좋습니다. 준비가 다 됐군요.」

「그럼 지금 바로 하는 건가요?」 어깨까지 내려오는 갈색 머리에 갈색 눈동자의 여자가 그를 올려다보며 물었다. 그녀의 책상 위에 놓인 머그 컵에 샤론이라고 쓰여 있었다.

「그렇습니다.」 조가 말했다. 「결과가 나오자마자 지정된 두 분이 시계 앞으로 나오셔야 합니다.」

「뭐, 하는 데까지 해보죠.」 여자가 일어나서 시계 앞으로 걸어왔다. 그러자 키가 멀쑥하고 목젖이 유난히 두드러진 여드름투성이 남자 하나가 시계 앞으로 나오더니 그녀의 입에 가볍게 뽀뽀했다. 주위에서 박수와 웃음이 드문드문 터져 나왔고, 두 사람은 각자의 자리로 돌아갔다.

〈이거 시간 낭비만 하는 거 아닌가?〉 조는 생각했다.

뭔가 헛다리를 짚은 느낌이 들었다.

그래도 말은 이렇게 했다. 「감사합니다. 그럼 내일 같은 시간, 같은 장소에서 뵙겠습니다.」

「이봐, 조.」 그날 밤 그는 자신에게 말했다. 「만사에 그렇게 비관적으로 굴지 말아 줄래? 네가 이룬 걸 보라고. 우선 네가 만든 프로그램이 제대로 작동했잖아! 게다가 사람들한테 약간 부끄러운 행동을 하게 만들기까지 했어. 이런 상황만 아니라면 딱히 부끄러워할 행동도 아니겠지만. 아무도 너한테 자격증을 보여 달라고 하지도 않았고, 그런 제안을 할 권리가 있느냐고 의심하는 사람조차 없었단 말이야. 겨우 첫째 날인데도 이 정도라고.」

「알아.」 그가 말했다. 「출발이 좋긴 했지. 하지만 이 상태대로라면 딱히 돈이 많이 벌릴 것 같지가 않아서 그래. 여기서 뭔가 더 진전이 있으려면 한참을 더 헤매야 할 것 같은데.」

「글쎄, 그렇게 볼 수도 있겠지.」 그가 말했다. 「하지만 또 다른 관점에서 보자면, 오히려 지금의 단계가 나중보다 더 어려울 수도 있어. 이 방식으로 게임을 할 땐 사람들이 결과를 예상할 수 있잖아. 패를 뻔히 보면서도 참여하는 거란 말이야. 그 사무실의 여직원들은 동료 남직원들 중에 얼굴이 베수비오 화산 표면처럼 울퉁

불퉁한 남자가 있다는 걸 알면서도 네 제안에 응해 준 거야. 그렇게 생긴 남자랑 엮일 수도 있는데도, 아무리 **가벼운** 접촉이라도 어쨌든 접촉하게 될 위험이 있는데 도 참여해 준 거라고. 하지만 나중에 가면 너는 참가자 들 중 누구도 불쾌한 경험을 할 일이 없는 방식을 쓸 계 획이잖아. 낯선 상황에서 성적 교류를 한다는 데에 느 끼는 반감, 그것만 극복하고 나면 나머지는 척척 풀리 게 돼 있어.」

그는 한숨을 쉬었다. 「이러니 저러니 해도 나는 정말 김샜어.」

그렇게 해서 조는 무작위로 뽑힌 두 사람을 키스시키 는 실험을 한동안 반복했다. 하면 할수록 점점 더 잘못 됐다는 생각만 들었다. 입에 혀를 넣어 키스하는 단계 도 추가할까 했지만, 거기서부터 어떻게 〈구멍 뚫린 벽〉까지 진전시킬 수 있을지 막막했다. 부득부득 진전 시킨다 해도 시간이 굉장히 오래 걸릴 것 같았다.

그래도 실험 결과는 매번 기록했다. 흥미로운 점도 없지는 않았다. 이 부서의 여직원 열 명 중에서 매력적 인 여자는 세 명이었고, 남직원 열 명 중에서 잘생긴 남 자는 한 명, 그럭저럭 괜찮은 남자는 두 명이었다. 매력 적이지 못하다고 할 만한 직원들이 게임에 흥미를 보이 는 건 당연했다. 그런데 매력적인 직원들 역시 매력적인 상대와 짝이 될 수 있는 3분의 1의 확률만으로도 게임을 하고 싶어 했다. 그 가능성을 위해서라면 매력적이지 못한 상대와 엮일 3분의 2의 확률도 선뜻 감수하겠다는 태도였다. 그렇게 3주 차가 끝나 가자, 다들 재미있긴 했지만 한 시간에 한 번씩은 너무 잦아서 업무에 방해가 된다고 응답했다.

그때 그는 이런 생각이 들었다. 〈어라, 잠깐만.〉

〈이렇게 해보면 어떨까?〉

〈직원 두 명을 무작위로 뽑되, 그 두 명에겐 자기가 원하는 사람과 키스할 수 있는 선택권을 주는 거야. 키스는 그날 안으로만 하면 되는 걸로 하고! 키스를 한 사람은 그 즉시 뽑기 프로그램을 돌려서 다음 주자를 뽑아야 해. 그리고 다음 주자도 아무 때나 편한 시간에, 24시간 안으로만 응답하면 되는 거지!〉

그는 회의를 열어서 직원들에게 의견을 물었다. 반응은 열광적이었다. 조는 또다시 『바보도 할 수 있는 프로그래밍』과 머리를 맞대야 했지만, 진정 거물이 되려한다면 이 정도 노력은 기꺼이 들여야 하는 법이다. 새로운 프로그램으로 한 주 동안 실험을 진행한 결과, 직원들은 무척 마음에 들어했다. 그들의 애로 사항에 경영진이 드디어 조치를 취해 주었다고 생각하는 분위기였다. 하기 싫은 사람은 언제든 빠지면 되니 문제될 것은 전혀 없다며, 모두들 매우 재미있었다고 답변했다.

사장은 이 기구가 직원 사기 진작에 긍정적인 효과를 미치는 것으로 판단된다며, 뽑기 프로그램을 계속 이용하고 싶다고 말했다.

조는 대답했다. 「이 기구가 개발되기까지 얼마나 많은 연구가 필요했을지는 잘 아실 겁니다. 게다가 아직은 시제품 단계라서 상용화하기엔 부담스럽기도 해요. 하지만 저는 사장님이 협조해 주신 데에 고마운 마음이 큽니다. 직원분들 덕분에 실험이 무척 즐거웠고, 큰 도움이 되었어요. 그러니 천 달러에 영구 사용권을 드리겠습니다.」

사장은 사용권을 구입했다.

흥미로웠다.

고급 전문 인력을 구합니다

이제까지 조가 한 일은 사람들에게 크리스마스 파티 분위기를 연중 내내 즐길 수 있게 해준 것뿐이었다. 적어도 핵심적인 차원에서는 아직 아무런 금기도 깨지 않았다. 그럼에도 그는 전보다 한결 자신감이 들었다. 단지 상품을 팔았기 때문에, 그것도 청소기와는 달리 특별한 설명이 필요한 상품을 파는 데에 성공했기 때문에, 바로 그 이유만으로 그는 자신감이 부풀어 올랐다. 무언가 더 어려운 일에도 덤벼 볼 수 있겠다는 생각이 들었다.

그래서 그는 위험한 줄타기에 나섰다.

일단 어느 값비싼 빌딩의 사무실 한 칸을 한 달만 빌렸다.

그런 다음 으레 여성이 지원할 만한 구직 공고를 냈다. 까다로운 자격 요건과 높은 연봉을 제시하고. 사실 어느 합법적인 기업체의 채용 광고에 나오는 문구들을 그냥 베껴 적은 것이었다.

한 여자가 광고를 보고 연락해 와서 면접 일정을 잡았다. 그녀는 진지한 자세의 진짜 구직자였다. 하지만 만약 그녀가 화를 내고 가버린다 해도 조는 손해 볼 것이 없었다. 면접 자체만으로 좋은 연습이 될 테니까.

그는 말했다. 「죄송하지만, 지원하신 자리는 이미 채용이 끝났습니다. 대신 당신이 갖춘 자격 요건에 걸맞는 또 다른 직책이 있긴 한데요. 보수는 좋습니다. 연봉 6만 달러예요. 하지만 이 제안을 드려도 괜찮을지 무척 조심스러운 게 사실입니다.」

여자가 말했다. 「말씀하세요.」

그가 말했다. 「대단히 특수한 직무가 요구되는 자리입니다만.」

여자가 말했다. 「말씀하세요.」

그가 말했다. 「많은 고용주들이 사내 성추행 문제로 처하는 딜레마에 대해 익히 아실 겁니다. 매우 심각한 우려를 불러일으키는 문제이지요. 마땅히 그래야 하고요. 여성은 원치 않는 성적 관심을 받을 염려 없이 직장 생활을 할 권리가 있으니까요. 예를 들자면, 여성은 성적 대상으로서의 유효성이 아니라 순전히 직무 능력만으로 정당하게 평가받을 권리가 있다는 거지요.」

여자가 말했다. 「사내 성추행 감독관 같은 자리를 제

안하시는 건가요?」

그가 말했다.「그건 아닙니다.」

그가 말했다.「아시다시피 많은 회사에서는 소송으로 이어질 수 있는 부적절한 사태들을 방지하기 위해 사내 윤리 행동 강령을 도입하고 있습니다. 그런데 그 효과는 미미하지요. 강령을 위반해도 신고되지 않는 사례가 많고, 정작 보호받아야 할 사람들이 보호를 받지 **못하고** 있어요. 게다가 직원들 사이에 분위기도 안 좋아지고요. 아무런 사심 없이 서로 대면할 때도 늘 마음 한편에 의심을 드리우게 되니까요.」

그는 덧붙였다.「유감스러운 현실이지요. 게다가 순전히 업무적인 측면에서는 매우 유능한 사람들이 유독 심각한 성추행을 저지르곤 한다는 점도 문제입니다. 고용주들 입장에서는 우수한 인력을 잃지 않기를 간절히 바랄 수밖에 없죠.」

그녀가 말했다.「무슨 말씀을 하시려는 건지 잘 모르겠네요.」

그가 말했다.「그래서 현재 많은 회사들이 〈피뢰침〉이라는 시스템을 통해 성추행 정책을 보강하고 있습니다.」

그녀가 말했다.「피뢰침이라뇨?」

그가 말했다.「설명해 드릴게요. 보통 회사들에는 주로 여자분들이 많이 지원하는 자리가 있죠. 어떤 회사에서는 문서 작성이나 복사 같은 제한된 업무에만 여직원을 쓰기도 하지만, 또 어떤 회사의 여직원들은 그런 업무들에 더해 피뢰침 업무를 병행하면서 높은 상여금을 보장받고 있습니다. 통상적으로 본래의 봉급 자체에 상당하는 금액을 추가로 지급받죠. 그 여성들은 한 주에 2~3회씩 무작위로 선별되어, 일부 사원들에게 성적 접촉을 제공합니다.」

그녀가 말했다. 「**뭐라고요!**」

그가 말했다. 「누구나 할 수 있는 일은 아닙니다. 그래서 당신에게 제안하기를 망설였던 거예요. 만약 일주일에 몇 번쯤 누군가의 손을 잡는 것만으로 연봉을 두 배로 주겠다고 한다면, 누구나 좋은 조건이라고 생각하겠지요? 그리고 이 직무가 손을 잡는 것이나 별 차이가 없다고 생각하는 여성도 천 명 중에 한 명쯤은 있을 수 있겠죠. 저희는 바로 그 천 명 중의 한 명을 찾는 겁니다. 그런 인재를 찾는 어려움이 보수에 반영되었다는 점은 말할 것도 없겠지요.」

그녀는 그의 말을 듣는 동안 계속 노려보면서 대꾸했다. 「그런 얘기는 생전 처음 듣는데요.」

그러다 마침내 이렇게 되물었다. 「채용 공고에 기재된 직무를 맡으면서 다른 사람들과 같이 자기도 하라는 뜻이에요?」

「아뇨, 아뇨, 아뇨, 아뇨!」

조는 그녀가 그런 **생각을** 했다는 것 자체에 질겁했다.

그는 설명했다. 「개인적 접촉으로 번질 가능성은 원천 차단하는 것이 무엇보다도 중요합니다. 당사자들의 신원은 철저히 비밀에 부쳐야 한다는 거죠. 남직원 측은 여직원들 중 누가 피뢰침 업무를 하는지 전혀 몰라야 합니다. 피뢰침 여직원들 역시 어떤 남직원이 선택되었는지 전혀 몰라야 하고요. 통상적인 방법은 남자 화장실과 여자 화장실이 연결되는 특수한 방을 설치하고, 그곳에서 남직원이 상대 여직원의 하반신만 접촉할 수 있게 하는 겁니다.」

여자는 미심쩍은 표정이었다.

조는 더 자세히 설명했다. 「비밀은 최대한으로 보장된다는 점을 강조하고 싶군요. 피뢰침 업무는 인사과에서 지정하지 않습니다. 해당 여직원들의 서류에도 절대로 남지 않고요. 그런 건 다 외부적인 기구를 통해 관리할 겁니다. 인사과에서 보기에 피뢰침 직원들은 사실상 보통 직원들과 전혀 구분되지 않아요.」

여자는 그 일이 지나치게 성매매에 가깝다며, 그런 게 시행되는 회사에서는 일하고 싶지 않다고 넌더리를 냈다.

그가 말했다. 「저희는 매춘부를 구하는 게 아닙니다. 고급 전문 인력을 구하는 겁니다.」

그가 말했다. 「저는 성추행에 대해 매우 강경한 입장

입니다. 제대로 운영되는 조직이라면 소속 직원들을 보호할 수 있어야죠. 사원들의 성적 충동을 실질적으로 관리하지 못하는 회사보다는 피뢰침 시스템이 갖춰진 업무 환경에서 일하시는 편이 더 나을 텐데요.」

여자가 별안간 물었다. 「어떻게 광고에 난 일자리 구인이 벌써 끝났을 수가 있죠? 겨우 어제 신문에 실린 광고였는데요.」

그가 말했다. 「사실 저희는 면접 태도에 대한 조사를 시행하고 있었습니다.」

그가 말했다. 「협조해 주셔서 대단히 감사합니다. 괜찮으시면 설문지를 마저 작성하는 데에 조금 더 시간을 내주실 수 있을까요?」

여자는 그가 이미 자기 시간을 너무 많이 빼앗았다며 화를 냈다.

꽤 유익한 경험이었다. 그는 며칠 더 뜸을 들인 다음 새로운 지원자와 면접 일정을 잡았다. 그로써 광고에 냈던 자리의 적임자는 이미 첫날에 구했다고 말할 수 있게 되었다.

다음 지원자는 더 젊었고 금발이었다. 그는 그녀의 문서 작성 능력을 테스트하기 위해 컴퓨터 앞에 앉으라고 했다. 앉을 때 그녀의 스커트 천이 팽팽하게 당겨지는 것을 눈여겨보았다.

그녀의 타자 속도는 분당 70타였다.

조는 오늘날 많은 회사가 처한 딜레마에 대해서 설명했다.

그리고 요령 좋게 덧붙였다. 「사람들 개개인의 목표가 무엇인지는 제가 알 수 없는 거지요.」

그는 말을 이었다. 「여성들은 저마다 고유한 목표를 추구하는 것 같습니다. 그렇죠, 제가 아는 사연도 다양해요. 한 분은 무척 명랑한 여성이었는데, 로스쿨에 뜻을 두고 있었어요. 5~6년쯤 야학으로 공부하는 과정을 알아보던 참이었죠. 그분이 제 제의를 듣고 이렇게 말하더군요. 〈그럼 제가 특별 대우를 받는 거네요. 그렇게 2년만 벌면 정규 과정 등록금을 충분히 댈 수 있겠어요.〉 단지 직업여성들에게만 국한된 이야기는 아닙니다. 요즘에는 자녀를 혼자 부양하는 여성들도 많잖아요. 어린 자식들의 양육비를 충당하려면 일을 몇 가지는 해야 하고, 그러다 보니 저녁에도 주말에도 일하느라 바쁘죠. 자녀들을 책임감 있는 성인으로 이끌어 줄 도덕적 길잡이 역할을 해줄 시간이 없는 것도 당연해요. 그사이에 아이들은 마약과 범죄에 빠져들고요. 한 여성이 자기 뜻에 따라 선택할 기회를 제가 드릴 수 있다면야, 당연히 그렇게 해야죠.」

그녀가 말했다. 「글쎄요, 잘 모르겠네요.」

그가 말했다. 「아무나 할 수 있는 일은 아닙니다. 저희는 주관과 자신감이 뚜렷한 여성을 찾고 있어요. 이루고자 하는 목표가 확실하신 분. 성숙한 의식을 갖추신 분. 회사에 크게 기여하고 그에 상응하는 보상을 받기를 원하는 분 말입니다.」

그녀가 말했다. 「그냥 저는 무슨 말을 해야 할지 모르겠어요.」

그가 말했다. 「혹시 연애 중이신가요?」

그녀가 말했다. 「음, 아니요.」

무서운 이야기 하나 들려줄까?

진짜로 무서운 이야기인데, 듣고 싶은가?

그 여자가 제안을 받아들였다.

서로 존중하는 분위기

    조가 초기에 저지른 실수들 중 하나는, 여직원들을 구하는 게 가장 까다로운 난관이 되리라고 잘못짚은 것이었다. 그가 생각하기에는 통상적인 사무직을 수행할 수 있는 사람이라면 아무리 많은 급료를 제안받는다 해도 그 이상의 일탈을 감행할 이유가 전혀 없을 것 같았기 때문이다. 그에 비하면 피뢰침 시설을 설치할 회사를 구하기는 상대적으로 수월할 것 같았다. 성추행이 큰 골칫거리라는 거야 누구나 아는 사실이니까. 각종 요강이며 지침을 공표해 봤자 그 문서들은 틀림없이 미결 서류함 맨 밑에 처박혀 있을 테고 문제에 대한 해답이 될 수 없다는 건 너무나 명백하니까. 특히 정해진 경계 안에 머무르지 않는 성과 지향적인 남자들은 성추행에 관한 규약 따위를 읽는 데에 시간을 낭비할 리가 없었다. 사실 그딴 쓰레기를 읽는 데에 시간을 쓰고 싶어 하는 직원이 있다면 애초에 회사의 이익에 도움이 되는 인력이 아닐 것이다. 인원 감축을 한다면 그 사람이야말로 가장 먼저 잘려 나갈 테고, 결국 성추행 정책을 잘 아는 사원들의 수는 오히려 더더욱 줄어든다는 뜻이었다.

이렇게 생각한 탓에 조는 사업을 본격적으로 착수하는 데에 걸릴 시간을 심각하게 과소평가하고 말았다.

그는 겨우 두 주도 안 돼서 총 열아홉 명의 여자들을 천 명 중 한 명꼴의 인재라고 납득시키는 데에 성공했다. 그러고 나니 이제부터는 잘못될 일이라곤 아무것도 없을 것 같았다. 백과사전과 청소기를 팔던 나날 동안 그를 괴롭혔던 자기 불신은 모두 사라졌다. 이런 걸 팔 수 있는 사람인데 세상 그 무엇인들 못 팔겠는가 싶었다. 세일즈맨들은 모두 이 느낌을 이해할 것이다. 제정신 박힌 사람이라면 누구도 안 살 물건을 기적적으로 팔아 치우는 데에 성공했을 때 느끼는 비현실적인 희열을. 도저히 판매 불가능한 상품을 팔아 보려고 쥐어짜낸 구입 권유 방식이 누군가에게 정말로 먹혀들었을 때 찾아오는 황홀한 경이감을.

그 느낌을 열아홉 배로 곱한다고 생각해 보면, 그 무엇도 잘못될 수 없다는 조의 확신이 그리 황당무계하게 들리지는 않을 것이다. 하지만 모든 세일즈맨이 알다시피 이런 확신은 위험하다. 한 번 올린 매상은 딱 그만큼의 역량만을 증명할 뿐이다. 그 상황에서 먹혔던 전략이 또 다른 상황에서도 먹힌다는 보장은 없다. 만약 당신이 한 팔을 등 뒤에 묶고 물구나무를 선 채로도 물건을 팔 수 있겠다는 생각이 든다면, 조만간 당신이 만날 고객은 의문스러워할 것이다. 〈한 팔을 등 뒤에 묶고 물구나무를 선 머저리한테서 무슨 물건을 사겠어?〉라고.

조가 처음 사무실을 세 들었을 때 정말로 여기서 뭔가 될 거라 믿느냐고 누군가가 물었다면, 그는 〈저도 솔직히 잘 모르겠습니다〉라고 대답했을 것이다. 하지만 열아홉 명의 여성과 계약을 맺고, 열아홉 명 모두가 그의 말 한 마디 한 마디를 성경 말씀인 양 고스란히 받아들이는 걸 보고 나니, 만사가 정확히 그가 계획한 대로 진행되지 않을 이유가 없어 보였다. 이제 그가 할 일은 열아홉 명의 여성을 고용할 회사를 찾는 것뿐이었고, 그건 다 된 일이나 마찬가지였다.

바야흐로 비즈니스 세계에 접근할 때였다.

어떤 회사에 연락하든, 중간 과정을 거칠 것 없이 곧바로 최고 경영진에게 접근해야겠다고 마음먹었다. 인사과에서 오래 일한 임원들은 사고방식이 판에 박혀서 새로운 아이디어를 받아들이는 데에 소극적일 것 같아서였다.

그는 사내 성추행 문제 해결법을 제시한다는 내용의 제안서를 작성했다. 물론 상품에 대해 불필요하게 세세한 설명은 적지 않았다.

총 1천 개의 기업에 제안서를 발송했다. 그중 8백 곳에서는 답변하지 않았다.

그 외에 많은 회사들이 자기네 조직은 아무 문제 없이 잘 돌아가고 있다고 답변했다.

그를 만나 보겠다고 한 회사는 스무 군데였다.

처음이 가장 어려웠다. 머릿속으로는 백만 번쯤 상상해 봤어도, 실제로 누군가와 약속을 잡고 그의 사무실에 찾아가 앉아서 자기 계획을 소리 내어 설명한 적은 한 번도 없었다. 조는 의도적으로 최고 경영진과 접촉했으니 그가 상대할 사람은 업계 경쟁을 뚫고 성공할 만큼의 자질을 갖췄고 실제로 정상에 오른 남자라는 뜻이었다. 그 남자는 조만큼이나 비싼 정장을 입고 있었다. 조가 들어오자 그는 일어서서 악수를 한 다음 제안을 구체적으로 이야기해 달라고 했다.

조는 설명해야 할 사항들을 설명했다. 남자는 50대 초반이었다. 그는 별다른 표정 변화 없이 이야기를 듣더니 두어 가지 질문을 했다. 조가 제안하는 바가 확실히 전달되었다 싶었을 때 그는 말했다. 「죄송하지만 잘못 찾아오신 것 같습니다. 더 이상 귀하의 시간을 빼앗지 않겠습니다.」 그는 벨을 눌러 비서를 부르더니 신사분을 밖으로 안내하라고 지시했다.

그날 잡힌 약속은 그게 다였다. 조는 집으로 돌아가

천 달러짜리 정장을 벗어서 옷걸이에 걸었다. 빨간 실크 넥타이를 풀고, 옷깃의 단추도 풀었다.

　그는 침대에 누웠다. 이번에 그가 떠올린 판타지는 어느 미식축구 팀의 로커 룸이 배경이었다. 로커 룸에는 구멍 뚫린 벽이 설치되어 있고, 바로 옆에 치어리더들의 탈의실이 있다. 우선은 치어리더들이 한 명씩 돌아가면서 여러 선수들에게 배출구 역할을 해주는 방식이 있을 것이다. 또 다른 방법은 치어리더 한 명당 선수한 명씩 짝을 지어서 하는 것이다. 아니면 신입 치어리더들을 위한 입단식으로 활용할 수도 있다. 신입 치어리더 하나가 선수들 모두에게 서비스를 받는 식으로. 치어리더 선발 시험도 있을 테고, 단원들은 시험에 통과하기 위해 열심히 움직일 것이다. 그 와중에 단장(매우 심술궂은 여자)은 신입 한 명을 지명해서, 벽에 뚫린구멍 너머에서 굴러든 모종의 물건에 꿇어앉은 채로 시험을 치게 할 것이다. 구멍 뚫린 벽은 로커 룸 한가운데에 있을 수도 있다. 그러면 선수들이 그 앞에 줄을 서서자기 차례를 기다릴 것이다. 아니면 화장실 칸막이 같은 방 안에 따로 마련되어 있을 수도 있다.

　또는 벽 전체에 여러 개의 구멍이 뚫려 있어서 벽 맞은편에 치어리더들이 모두 일렬로 대기하고, 선수들 전원이 동시에 돌격하는 방법도 있다. 게임은 두 가지 방식으로 진행될 것이다. 공격, 그리고 수비.

팀이 경기에서 이겼을 때는 그렇게 보상을 받으면 된
다. 그런데 졌을 때는? 만약 굉장히 중요한 경기에서 패
배한다면 어떻게 될까?

코치가 굉장히 화가 날 것이다.

너희들 지금 좆 박자는 거야, 아니면 보지 핥자는 거
야? 엉? 코치가 윽박지른다. 그리고 치어리더들을 정렬
시킨 뒤, 선수들에게 혀를 넣으라고 명령한다.

아, 코치님!

얼른 넣어! 코치가 소리친다. 5초 안에 안 넣는 놈은
팀에서 아웃이다. 너 말이야, 제르코프스키!

벽 맞은편에 선 치어리더들의 얼굴에는 벅찬 환희의
표정이 번져 간다.

아니면 경기를 완전히 망쳐 버린 선수 한 명에게만
오럴을 시킬 수도 있다. 패스를 못 받았다든가, 킥을 놓
쳤다든가.

좋아, 나머지는 다 가도 돼. 코치가 말한다. 잭슨, 너
는 여기 남아서 치어리더 애들 한 명당 정확히 10분씩
봉사하도록.

「아아, 코치님!」

「얼른 움직여.」

「하지만 생리 중인 애가 있으면요?」

「닥치고 해.」

잭슨은 봉사를 시작한다. 숨을 들이쉬려고 고개를

들 때마다 코치는 그의 얼굴을 다시 처박는다. 훌륭한 코치는 때로는 선수들을 위해서 잔인하게 굴기도 하는 법이다. 바로 다음 게임에서 잭슨은 완전히 차원이 다른 기량을 보여 준다. 그는 감독들의 눈에 띄고, 몇 년 뒤에는 슈퍼 볼에 출전하게 된다. 그건 모두 코치가 경기 내내 치어리더들에게 공중제비 동작을 유난히 많이 시켜서 팬티를 자주 보여 준 덕분이었다. 다른 선수들에게도 꽤 좋은 동기 부여가 되어 주었다.

모로 누워 있던 조는 자신이 또 딴생각에 빠져들었음을 깨달았다. 하지만 그는 여느 때처럼 자책감에 빠져 자신을 한 대 치지 않았다. 그저 상상 속의 미식축구팀을 로커 룸으로 돌려보내고 그들이 거둔 승리에 상을 내려 주었다.

그러고 나서 일어나 앉아 바닥에 발을 내려놓는데, 퍼뜩 이런 생각이 들었다. 〈어라, 잠깐만.〉

뭔가가 마음에 걸렸다.

잠시 고민한 끝에 그는 정확히 무엇이 문제인지 깨달았다. 자신의 상상이 현실적으로 구현 가능한지가 문제였다. 치어리더들의 처음 자세를 생각해 봤을 때, 그들은 당연히 엉덩이를 벽의 구멍으로 향하고 있어야 했다. 그러면 선수들이 짧은 스커트를 제치고 손쉽게 전방 패스를 할 수는 있을 터였다. 하지만 오럴 섹스를 뒤에서 해준다는 건 그냥 말이 안 되는 것 같았다. 그게 가능이나 한가?

그러나 어쩔 땐 판타지의 세세한 내용이 좀 비현실적이더라도 그러려니 하고 받아들이는 게 최선이다. 예전에 그가 정신을 차리기 전이었다면, 판타지를 현실에서 활용하고 싶어질 때를 대비해 문제점을 부득부득 뜯어고쳤을 것이다. 이번에는 그러지 않았으니 그 단계에서는 벗어난 셈이었다. 정확히 뭔지는 몰라도 어쨌든 기존의 사고방식을 탈피했다는 점이 중요했다. 그의 판타지는 비록 명백한 결함들이 있긴 했지만 이만큼의 성취는 이루어 준 것이다.

여기에서 얻을 수 있는 교훈이 있었다.

세일즈맨이라면 뭘 하든 간에 스스로에게 물어야 할 질문이 있다. 〈내가 그걸 왜 했지?〉 이 질문에 대답을 찾고 나면 다른 사람들이 왜 그런 행동을 하는지도 더욱 잘 이해할 수 있다.

그는 거절당할 마음의 준비가 되어 있다고 생각했는데 실은 그렇지 않았던 것이다. 오늘의 경험은 굴욕적이었다. 그 남자는 무슨 말조차 하지 않았다. 그저 이런 종류의 아이디어를 들고 오는 사람이라면 당연히 인간 바퀴벌레 같은 존재이겠거니 치부해 버렸다. 사람들은 바퀴벌레에게 집에 들어오면 안 된다고 설명하는 데에 시간을 낭비하지 않는다. 그저 부엌 바닥이 지저분해지지 않게끔 치워 버리고 싶어 할 뿐이다.

그렇다, 사람이 굴욕을 당하면 다른 누군가에게 굴욕을 주고 싶어지게 마련이다. 하다못해 상상 속에서라도. 이건 그냥 인간 심리의 한 특성이다.

「음, 그런데 뭐 좀 물어보자, 조. 그 회사에 있는 다른 사람들은 굴욕적인 일을 전혀 안 당할 것 같아? 다른 사람들은 실패를 안 할까? 다른 사람들은 부적격자라는 기분에 시달리지 않으면서 살 거라고 생각해? 당연히 아니라는 거, 너도 잘 알잖아.」

그는 옷걸이에 걸린 천 달러짜리 정장을 바라보았다.

「차이점은 딱 하나야. 조직에 소속된 사람들은 흔히 자기보다 낮은 지위의 사람에게 굴욕감을 푼다는 것. 한 사람이 일방적으로 불쾌감을 뒤집어쓰게 되어 있는 거지. 불쾌감을 떠넘긴 사람은 자기가 그랬다는 걸 미처 알기도 전에 이미 조직 내 분위기를 망쳐 놓게 되고. 어떤 연구 결과에서 보니까 우리에 갇힌 개코원숭이 무리도 그런 행동을 보인다잖아. 회사도 일종의 우리라고 할 수 있지. 다만 개코원숭이들은 무슨 성과를 내려고 노력할 필요가 없는 반면, 비즈니스 세계에 몸담은 사람들은 저마다 해야 할 일이 있다는 게 문제야. 상급자한테 화풀이를 당하는 사람들의 업무 능력에 악영향이 가니까. 우선은 자존감이 떨어지지. 위험을 감수하기 싫어하고 방어적인 자세가 되기도 하고. 아니면 오히려 더 무모해져서 **불필요한** 위험까지 떠안으려 할 수도 있겠지. 상급자가 자기 의견을 무조건 반대하니까 그냥 사실 그대로만 전달하게 될 수도 있어. 그런데 사람들 사이에서 일어나는 그 모든 적대감을 쏙 빨아낼 방법이 있다고 생각해 봐. 그러면 다들 일터로 돌아가서 일에 매진할 수 있을 거 아니야. 바로 그런 기회를 마련해 주는 게 피뢰침 시스템이야.」

「그러니까 여기서 우리가 알 수 있는 사실은, 성욕을 배출할 안전한 수단으로서의 기능은 겨우 빙산의 일각이라는 거야. 피뢰침 시스템은 직장인들의 부정적인 감정들을 **차단해** 주고, 직장 동료들에게 공격성이나 적대감을 돌리지 않도록 막아 주는 장치가 될 수 있어. 이건 가치 있는 서비스야. 잊지 말라고.」

그는 일반적인 업무 환경에서 일하는 평범한 남자들의 심리에 대한 통찰을 얻었다. 그런데 생각해 보면, 이 통찰은 결국 그가 굴욕감을 느낄 〈능력이 있는〉 사람이었기에 얻을 수 있었던 것이다. 외부의 영향에 감정적으로 흔들리지 않는 사람들도 있지만, 그런 사람들은 예외적인 경우이다. 보통 남자들의 고민들을 공감하고 살필 줄 알아야 사회에 진정으로 기여할 수도 있는 것이다.

두 번째로 찾아간 사무실에서 만난 남자는 팔꿈치에 구멍이 난 스웨터와 청바지 차림이었고 신발은 벗고 있었다.

조는 설명해야 할 사항들을 설명했다. 그러자 남자가 웃음을 터뜨렸다.

그는 말했다. 「이것 참, 굉장히 독창적인 아이디어로군요. 그거 하나는 알아줘야겠네요.」

그는 또 소리 내어 웃었다.

그가 말했다. 「누가 압니까, 혹시 대박을 칠지. 과연 어떻게 해나가실지 저도 궁금하네요.」

그는 밖으로 나갔다. 온화하고 화창한 날이었다. 버드나무 잎들이 바람에 나부꼈다. 개 한 마리가 총총 걸어가다가 한쪽 다리를 들더니 다시 총총 걸어갔다.

〈라파예트 장군〉 광장 한가운데에는 장군의 동상이 서 있었다. 구리로 된 녹색 삼각 모자도, 구리로 된 녹색 코트의 어깨 부분도 비둘기 똥에 뒤덮여서 하앴다.

소화전 옆의 인도에는 마른 개똥 두 덩이가 뒹굴고 있었다.

그는 생각했다. 〈생각해 봐. 만약 사람들이 저러고 다닌다면 엄청 역겹겠지. 어떤 남자가 그냥 소화전 옆에 쭈그려 앉아서 똥을 두 덩이 눈다면 말이야. 진짜로 역겨울 거야. 그런데 만약 모든 사람이 그렇게 한다면 어떨지 상상이 돼?〉

그는 인도로 이어지는 계단을 내려갔다. 바람에 흐

트러지는 잔디밭이 마치 윤이 흐르는 녹색 동물의 털가죽 같았다.

그는 생각했다. 〈이건 어쩌면 좋은 아이디어가 아닌지도 몰라.〉

청소기를 팔고 다니던, 또는 팔고 다니려 애쓰던 시절이었다면, 그는 자신이 너무 나약한 탓에 이런 종류의 자기 불신에 빠지는 것이라고 여겼을 것이다. 자꾸만 의심하는 버릇이 문제라고. 의심은 그냥 외면해 버리고 잊히기를 바라는 게 상책이라고. 의심하는 버릇만 없었다면 자신도 지금보다는 더 잘나갔을 거라고, 그가 세일즈맨으로서 남들에 비해 성공하지 못하는 이유는 바로 의심 많은 성격 때문이라고 생각했을 것이다.

그러나 사실 훌륭한 세일즈맨들은 모두 의심이 많다. 오히려 여느 사람들보다 의심이 많아야 한다. 고객들이 던질 질문을 스스로에게 미리 던질 수 있어야 하니까. 훌륭한 세일즈맨이라면 다른 사람들보다 더욱 방대한 범위의 질문들을 예측할 줄 알아야 한다. 그리고 의심이 그저 잊히기를 바랄 게 아니라, 고객의 질문을 똑바로 받아칠 수단으로 이용해야 한다. 그렇기 때문에 훌륭한 세일즈맨들은 어떤 경우에도 놀라지 않는 것이다.

그는 마음속의 의심을 외면하지 않고 스스로에게 되물었다. 「그래. 좋은 아이디어가 아니라고 쳐. 그러면 **왜** 좋은 아이디어가 아니지?」

질문을 직시했더니 대답도 뒤따라 떠올랐다.

〈당연히 사람들이 길거리에 똥을 누고 다니면 역겹겠지. 그래서 화장실이 있는 거잖아. 그런 걸 보고 싶어 하는 사람은 아무도 없다고. 그러니까 아무도 안 보이는 데로 치워 버리는 거야.〉

하지만 피뢰침의 기능도 정확히 그것이었다. 젊은 여자가 위험한 지역의 길거리 한복판에서 신변의 위협에 노출되거나 포주에게 착취당하면서 일하지 않고, 안전한 사무실 안에서 일할 수 있는 기회를 주는 것이다. 그러면 그녀는 전과 기록을 쌓는 대신 서류 정리 등의 사무를 보면서 기술을 배워 나갈 수 있다. 더불어 그녀는 남자들을 위한 배출구를 제공하면서 그에 상응하는 대가를 봉급으로 받을 테고, 덕분에 남자들은 스스로를 위험에 빠뜨리는 짓을 하지 않게 될 것이다. 그리고 이모든 것은 화장실 칸막이 안에서 비밀리에 이루어진다. 동료 직원들이 보기에 그녀는 다른 직원들과 똑같다. 그녀를 만나러 가는 남자는 동료 직원들이 보기엔 그저 화장실에 가는 것뿐이다. 그 누구도 범죄나 불화를 일으킬 일이 없게 하는 것, 그것이 바로 피뢰침 시스템의 핵심이다.

그리하여 조는 면담 약속이 잡힌 회사들을 마저 방문해 영업에 매진했다.

일단 문 안에 들어서자마자 그는 이렇게 설명했다. 「도덕적 판단은 제 몫이 아닙니다. 저는 사업가예요. 사람들이 지향하는 바가 아니라, 있는 그대로의 사람들을 상대하는 게 제 일이지요.」

　「사업가로서 말하자면…….」 그는 말을 이어 갔다. 「회사에서 가장 귀중한 인재들이 유독 성추행 문제에 취약한 경우가 많다고 알고 있습니다. 이는 높은 수준의 테스토스테론 분비량이 성과 지향적인 욕구와 무관하지 않기 때문이지요. 사람들이 지향하는 바가 아니라 사람들의 실상 그 자체만 가지고 이야기하자면, 테스토스테론 수치가 높은 사원들은 성적 공격성을 나타낼 확률이 높다는 얘깁니다. 성과 지향적인 사원들은 으레 하루에 스무 시간씩 일하곤 하는데, 그러다 보면 일터 안에서 성적 공격성을 배출할 수단을 찾게 마련이죠.」

　「음, 네.」

　「사장님은 직원 교육에 투자하고 계시죠. 한 남자 사원이 1억 달러의 이익을 벌어들인다고 쳐요. 그런데 그 사원이 겨우 연봉 2만 5천 달러짜리 비서 하나와 잠깐 잘못 엮여서 위험에 빠지도록 방치해 두시겠어요?」

　「글쎄요…….」

　「제대로 운영되는 조직이라면 소속 직원들을 보호해야죠.」

　「물론 그렇죠. 하지만…….」

「저는 성추행에 대해 강경한 입장입니다. 일터에서 성적 접근을 원치 않는 여성들의 의사가 침해당해서는 안 된다고 생각합니다. 또한 오늘날의 경쟁 시장에서 실적을 내는 남성들이 회사에 기여할 수 있는 것은 그들의 특정한 체질 덕분인 만큼, 그 체질로 인한 잠재적인 부작용으로부터 보호받을 권리가 있다고 생각합니다.」

이쯤 되면 이런 질문이 돌아왔다. 「그래서 우리 회사에 매춘부를 고용하라는 겁니까?!」 또는 「그렇다고 해서 설마……!」

「당연히 그건 아니죠.」 조는 항변했다. 「성매매는 관련자 모두가 불명예스러워지는 일입니다. 현대 업무 환경에서는 서로 존중하는 분위기가 필수적이지 않습니까.」

「이해가 잘 안 되는데요.」 상대방은 으레 이렇게 반응했다.

당시만 해도 피뢰침 개념은 너무나 혁명적이라서 사람들은 성매매밖에 연상하지 못했다. 그만큼 그의 발상이 독창적이었던 것이다. 그는 처음부터 끝까지 모든 걸 일일이 설명해야 했다.

그는 사람들의 회의적인 반응에 맞서서 피뢰침 개념을 설명해 나갔다.

기밀 유지의 중요성도 설명했다.

그는 말하곤 했다. 「특정 계층 여성들이 게토화되는 사태는 무엇보다도 지양해야 합니다. 저희가 하는 일은 업무 현장에 고급 전문 인력을 공급하는 것입니다. 이 여성들은 더 보수적인 직장에도 손쉽게 입사할 자격을 갖추었고, 추구하는 목표가 명확하며 회사에 진정으로 기여하고자 하는 분들입니다.」

그는 또 이렇게 말하곤 했다. 「남성들은 평균적으로 5초에 한 번씩 섹스를 생각합니다.」

「그런데 평균적으로…….」 조는 이렇게 덧붙였다. 「회사원들이 성추행 관련 정책을 읽는 데에 쓰는 시간은 1년에 2분이라고 합니다. 고작 그것밖에 안 돼요. 저는 그런 정책은 테스토스테론 수치가 높은 성과 지향적 사원들을 보호하는 데에 적합한 방법이 될 수 없다고 봅니다.」

가끔은 피뢰침 정책을 고성과자들에게만 적용함으로써 그보다 의욕이 낮은 사원들의 동기 부여를 위한 인센티브로 활용해 보라는 제안도 덧붙였다.

가끔 상황이 허락되면 오랑우탄이나 개코원숭이에 대한 연구 사례를 언급하기도 했다. 우리에 갇힌 영장류 무리는 다른 개체에게 굴욕을 주거나 공격적 성행위를 하는 방식으로 계급 사회를 형성한다는 이야기였다.

「인간도 영장류입니다. 회사는 인간을 가두는 일종의 우리이고요. 이 안에서 귀중한 서비스를 제공하는 여성들이 오명을 쓰지 않도록 각고의 조치가 취해져야 합니다. 그러려면 그들의 얼굴이 서비스 이용자들에게 절대로 보이지 않아야겠죠. 겉으로는 여느 사원들과 구분될 수 없어야 합니다.」

개코원숭이에 대한 연구 이야기는 거의 지어내다시피 했다. 실제 연구 내용은 그의 주장을 뒷받침하지 않을 수도 있기 때문이었다.

통계도 마찬가지였다. 유능한 세일즈맨들은 특정한 맥락에서 자신의 주장에 힘을 실어 줄 통계 자료를 인용할 줄 아는 감이 있다. 과학자들이 전혀 다른 맥락에서 산출해 낸 통계를 참조하기보다는, 자신의 감을 그대로 밀어붙이는 것이다.

한 남자는 조의 주장에 딱히 이견은 없지만, 아무리 그래도 고성과자 사원들을 위한 보상으로 젖가슴을 만지지 않는 방식의 섹스를 지급할 수는 없다고 대답했다.

또 다른 남자는 이렇게 물었다. 「만약 남자가 여자 쪽의 하반신을 다 벗겨 놓고 채찍질을 하고 싶어 하면 어쩌죠?」

「누가 그런 걸 하려고 들겠어요?」 조가 되물었다.

속으로는 〈완전 변태 놈이네〉 하고 생각했다.

그 남자는 말했다. 「뭐, 그런 취향을 가진 남자들도 있잖아요.」

조는 생각했다. 〈만약 고성과자 사원 쪽이 엉덩이에 채찍질을 당하고 싶어 하는 취향이라면? 그거야말로 볼 만하겠군.〉

그리고 한 남자는 조의 제안을 한번 시도해 보겠다고 했다.

익명 보장

조는 21세기에 피뢰침 시스템을 적용하고자 하는 회사는 최종적으로 모든 인사 채용을 외부에 위탁하는 수밖에 없다고 믿었다. 그러지 않고서야 어떻게 익명을 보장할 수 있겠는가? 오로지 피뢰침 인력만을 아웃소싱한다면 결국엔 어느 직원이 인사팀에서 관리되고 어느 직원이 외부 업체에서 관리되는지 티가 날 것이다. 그걸 눈치챈 사람이 어째서 외부 업체가 개입하는지도 알아차린다면, 회사에 특별 서비스를 제공하는 직원들이 누구인지도 알 수밖에 없을 것이다.

그런데 문제는 회사의 인사 전체를 아웃소싱하라고 사장을 설득할 방도가 없다는 점이었다. 그가 제공하는 서비스 자체만도 가뜩이나 급진적인데, 인사에 대한 일반적인 통념까지 뒤엎기를 요구하기는 무리였다.

하지만 굳이 기존과 전혀 다른 방식을 즉각 시도하라

고 상대방을 설득할 필요는 없다. 중요한 것은 자신의 궁극적인 목적이 무엇인지를 스스로 인지하는 것이다.

조는 인사에 대한 의문 일체를 철저히 배제해 두었다. 그저 익명을 유지하는 것이 중요하므로, 회사 측에서 **임시직 계약**시에 따르는 모든 요건을 준수해야 하며, 피뢰침인 임시 직원들과 피뢰침이 아닌 임시 직원들을 모두 섞어서 계약해야 한다고만 설명했다. 그렇게 6개월간 시범 운영을 해본 다음 결과를 검토해 보자는 것이다.

사장은 당연히 강력하게 항의했다. 처음 예상했던 것보다 훨씬 부담이 많이 가는 일이라서 힘들다고.

조는 말했다. 「이봐요, 스티브. 나는 이 문제로 당신을 설득할 생각도 없어요. 그냥 잠시 생각만 좀 해보세요. 예전에도 말했지만 또 말씀드릴게요. 이 여성들은 매춘부가 아닙니다. 이게 무슨 뜻이겠어요? 이분들은 어느 회사든 마음대로 취직해 최고 수준의 봉급을 받을 수 있는 고급 전문 인력이라는 뜻이에요. 그런데다, 당연히 아시겠지만, 이 일로 **잠재적인** 위험을 감수해야 한다는 조건까지도 받아들인 분들이죠. 그건 제가 그분들의 신원을 철저히 보호하겠다고 약속했기 때문이었어요. 그분들의 선택이 내 사무실 밖으로 빠져나갈 일은 절대로 없을 거라고 말이죠. 나는 단기간의 이익을 위해 그 약속을 위험에 빠뜨릴 생각은 추호도 없어요.

회사에 신의를 지키고 큰 공헌을 한 여성이 근시안적인 인사 정책 때문에 오명을 뒤집어쓰는 건, 내 양심을 걸고 용납할 수 없는 일입니다. 아무렴요, 절대 안 되죠. 피뢰침 직원들을 파견받는 과정에서 이루어지는 행정적 절차는 어디까지나 단일 직무 사원들을 고용하는 과정과 똑같아 보여야 합니다. 이건 최고로 중요한 문제예요.」

「무슨 말씀인지는 알겠습니다.」 스티브가 말했다. 「하지만 단순한 시범 운영 삼아 시도하기에는 너무 큰 변화라는 것, 아시잖아요.」

「물론 그 점은 이해해요, 스티브.」 조가 말했다. 「그래도 장기적인 관점에서 생각해 보면 오히려 비용을 상당히 절감하실 수 있는 기회인데요. 처음에 임시직으로 일했던 사원을 정직원으로 채용하는 데에 드는 비용은 말할 것도 없죠. 저는 그런 걸로 돈 챙겨 가면서 일하는 사람이 아닙니다. 6개월 뒤에 가서 피뢰침 정책을 중단하길 원하신다면, 얼마든지 그렇게 하셔도 돼요. 저희가 파견해 드린 여성들 중 한 명이나 그 이상을 정식으로 고용하고 싶으시다면 그러셔도 되고요. 아무 조건도 없어요. 중개 수수료 같은 것도 따로 안 받습니다. 단지 피뢰침 서비스만 받지 않기로 선택하실 수 있다는 거예요. 제가 요구하는 건 단지, 귀사에서 피뢰침 〈서비스〉를 이용하는 한에서만 그에 대한 요금을 지불해 달라는 것뿐입니다. 서비스를 제공하는 직원의 수에 대한 정액 요금으로요. 그 직원들 개개인의 급여 문제에는 전혀 관여하실 필요 없습니다. 제 쪽에서 보수를 알맞게 할당해 지급할 겁니다. 정확히 어느 직원이 피뢰침으로 일하는지는 당신도 알 필요가 없다는 얘기죠.」

「허.」 스티브가 신음했다.

「생각 좀 해봐야겠군요.」 스티브가 잠시 침묵 끝에 말했다.

상대방이 생각을 해보는 건 세일즈맨들이 무엇보다도 원치 않는 사태이다.

「아, 그러고 보니…….」 조가 말했다. 「장애인 전용 화장실 좀 보여 주시겠어요?」

두 사람은 복도를 거쳐 남자 화장실로 들어갔다. 화장실 맨 안쪽에 장애인들을 위한 커다란 칸막이가 마련되어 있었다. 여자 화장실은 남자 화장실 바로 옆에 있었다. 여자 화장실까지 들어가 보지는 않았지만, 스티브가 그 안에도 커다란 장애인 전용칸이 설치되어 있다고 말해 주었다.

보통 그렇듯, 여자 화장실 앞에 실제로 〈여자 화장실〉이라는 팻말이 붙어 있지는 않았다. 게다가 이 회사 사장인 스티브는 여자 화장실 문에 〈여성용〉이라고 쓰여 있는 걸 보면 신경이 거슬리는 성격이었기에, 그냥 여성을 표시하는 작은 기호만을 문에 붙여 놓았다. 여자 화장실 문에 기호가 붙었으니 남자 화장실 문에도 당연히 기호가 있었고, 장애인 전용칸 문에는 당연히 휠체어 모양의 기호가 있었다.

스티브와 조는 장애인 칸 안을 둘러보았다.

「아시겠지만······.」 스티브가 말했다. 「저희는 소수자 직원을 고용할 경우를 대비한 시설들을 갖추고 있습니다. 하지만 현재 그런 직원은 없고요. 그 대신 신체 멀쩡한 직원 수백 명이 일하고 있죠. 어쩌다 보니 그렇게 됐네요.」

「이해합니다.」 조가 말했다. 「이런 공간이 사업장에서 실제로 일하고 있는 직원들의 복지 증진을 위해 활용되지 않아야 할 하등의 이유가 없죠. 물론 제 생각을 말할 것 같으면, 신체의 기능이나 형태가 어떤 식으로든 훼손돼서 일반적인 화장실에 가는 데에 어려움을 겪는 사람들에게는 진심으로 안타까운 마음입니다. 그들이 감당하는 고충은 정말이지 존중하지 않을 수가 없죠. 마음 깊이 존중해요. 그러니까, 저 개인적으로는 화장실을 쓸 때마다 휠체어에서 제 몸을 끌어내고 싶지는 않을 것 같고, 그들의 앞길을 가로막는 불필요한 장애물들을 치워 주는 건 우리처럼 운 좋은 사람들의 몫이라고 생각한다는 뜻입니다. 그런데 또 한편으로는, 이모저모 따져 봤을 때, 그것과 정반대의 방면에서 일어나는 고충이 너무 심해질 가능성도 있잖아요.」

「이러다가는 회사에 스파 시설도 갖추라고들 하겠어요.」스티브가 말했다. 「저도 동정심이 없는 건 아니지만, 이런 〈정치적 올바름〉이니 뭐니 하는 건 진짜로 짜증 납니다. 나중에는 회사에 사우나를 설치하지 않았다는 이유로 고소당할 것 같아요.」

「그러게 말입니다.」조는 화장실 칸 안을 훑어보며 말했다. 「제가 보기엔, 이 정도면 아주 합리적인 비용으로 우리 목적에 맞게 개조할 수 있을 것 같군요. 이 칸 바로 옆에 여자 화장실 장애인 전용칸이 붙어 있다고 하셨죠? 이 두 칸 사이의 벽에 구멍을 뚫는 겁니다. 그리고 피뢰침 여직원이 구멍을 통과해 이쪽으로 올 수 있도록, 눈에 잘 띄지 않는 이동기를 설치하고요. 콘돔과 윤활제도 비치해 둬야겠죠. 여분의 화장지 리필 용기처럼 보이는 통에 넣어 두면 됩니다. 간단한 전용 쓰레기통도 두고요.」

「그건 생각 좀 해봐야 할 것 같습니다.」스티브가 말했다.

「그럼요.」조는 주머니에 두 손을 꽂아 넣었다. 「그나저나, 정말 대단하시네요.」그는 칸 안을 다시금 둘러보며 말을 이었다. 「이 정도면 1등급 시설입니다. 모르실 수도 있겠지만, 장애인 전용칸에 세면대가 제대로 갖춰지지 않은 경우도 많거든요.」

「설마요.」스티브가 말했다.

「칸 안에 세면대가 있으니, 이 칸을 본래의 용도와는 다른 목적으로 사용하는 사람들이 위생 관리를 하기에도 꽤 편하겠네요.」 조가 말했다. 「그 사람들이 뒷정리를 잘 하기를 바래야겠지요. 이 시설을 정당하게 사용할 장애인들에게 불편이나 불쾌감을 일으켜서는 안 되니까요.」

스티브가 소리 내어 웃었다. 「거 참, 이 양반이. **나는** 아직 결정 못 하겠다니까요.」

스티브는 전용칸 문을 열고 밖으로 나가더니 소변기들 앞을 서성거렸다.

「당신 말에도 일리는 있어요.」 그가 말했다. 자신이 이미 조의 제안에 동의했다는 사실은 안중에 없었다. 고객들은 상품을 사겠다고 동의한 뒤에야 자신이 그걸 사고 싶지 않은 마음이 얼마나 큰지를 돌이켜 보곤 한다.

「요즘 잘나가는 애들이 어떤지 모르실 겁니다.」 그가 말했다. 「대학을 졸업하자마자 1년에 10만 달러씩 벌어들이죠. 우리 때는 그만한 돈을 만져 보려면 서른은 넘어야 했잖아요. 초년생 시기에는 뭔가를 증명해야 한다고 생각했고요. 글쎄요, 그래도 저는 그런 애들을 쓰면서 좋은 점도 있을 거라고 생각했어요. 자유분방한 요즘 여자들을 상대할 줄 아는 애들일 테니까요. 나는 이제 나이가 너무 들어서 못 따라잡지만, 걔들은 어렸을 때부터 자기와 동등하게 대우받기를 원하는 여자애

들하고 같이 자랐으니, 그래도 뭘 좀 알겠거니 했단 말입니다. 그런데 그러기는커녕…… 음, 뭐라고 할까요, 그놈들은 30년 전 우리 세대도 감히 안 쳤을 법한 사고를 치고 다녀요. 지금은 여자에게 문을 열어 줬다든지 하는 어처구니없는 이유로도 소송을 당하는 시대인데 말이죠.」

훌륭한 세일즈맨은 고객이 말을 하게 내버려 둬야 할 때가 언제인지 아는 법이다. 조는 장애인 전용칸 문 앞에 선 채 공감하는 태도로 그의 이야기를 들었다.

「솔직히 말씀드리면, 정말이지 머리털이 쭈뼛 서는 사건들도 더러 봤어요. 회사 전체가 온통 지뢰밭 같아요. 유독 질 나쁜 짓을 한 두어 놈은 직접 붙잡고 타이르기도 했죠. 확실한 보장은 아무것도 없다, 젊은 여자가 하이힐을 신고 있다고 해서 너를 고소하지 않는다는 의미는 아니다……. 정말 툭 터놓고 말씀드리는데, 우리 직원들 중 몇몇은 언제 고소당해도 이상하지 않을 정도거든요. 당신 아이디어가 썩 점잖은 방식은 아니지만, 그래도 내 입장에서 보기엔 이 어마어마한 규모의 문제에 근본적으로 접근하는 대책 같기는 합니다. 적어도 이제껏 본 그 어떤 대책들보다는요. 솔직히 우리 세대 남자들도 이런 문제로 골머리를 썩긴 하지만, 요즘 애들은 근본적으로 질이 좀 달라요. 그렇다고 그 애들 없이 사업을 했다가는 경쟁력을 잃을 테니, 그것도 안 될 말이고요. 하지만 언제 어떤 여직원이 그 녀석들의 허튼수작으로부터 자기를 보호해 주지 못했다는 이유로 회사에 피해 보상금 1백만 달러를 청구할지 노심초사하는 데에도 이제는 진절머리가 납니다. 아니, 저든 누구든 간에 대체 어떻게 그 여자들을 보호해 준단 말입니까? 그래요, 정 그렇게 보호가 필요하다면 보호책을 마련해 줘야죠. 계약서 보내 주세요. 그런 다음 여기 시설부터 개조하죠.」

시험 관찰

더 많은 고급 전문 인력

조는 당장 동원 가능한 고급 전문 인력이 준비되어 있다고 말했지만, 돌이켜 보면 그건 과장된 표현이었다. 그저 세일즈맨이 **해야만** 하는 종류의 말을 했을 뿐이다. 세일즈맨은 고객이 듣고 싶어 하는 말이 뭔지 알아차리는 감이 있고, 그 말이 거래를 성사시키는 데에 결정적인 역할을 하리라고 직감하곤 한다. 그럴 땐 해야 할 말을 일단 해놓은 다음에 본사에 가서 그 문제를 처리해 달라고 하면 된다. 그런데 이제는 조 자신이 본사였으니 어떤 면에서는 일이 더 쉬웠다. 자신이 벌여 놓은 일을 두고 욕을 얻어먹지는 않아도 되니까. 하지만 한편으로는 본사가 어떤 뒷감당에 부딪치는지를 완전히 새로운 관점에서 깨닫게 되었다. 이제 그는 모든 책임을 스스로 져야 했다. 고객에게 할 수 있다고 말한 일은 무엇이든 자신이 직접 해내야만 하는 입장이었다.

어떻게든 빨리 인력을 마련해야 했다.

당장 동원 가능한 고급 전문 인력이 준비되어 있다고 한 말은 엄밀히 사실이 아니었지만, 당장 동원 가능한 인력이 없지는 않았다. 문제는 그들이 정규직 광고를 보고 지원했다는 점이었다. 대부분은 계약 연장 가능성이 있는 6개월짜리 직책을 위해 현재 다니는 직장을 포기할 생각이 없었다. 그래도 딱 한 명은 6개월 계약직 자리를 받아들이겠다고 했다. 운 좋게도 그녀는 가장 우수한 지원자들 중 한 명으로, 아주 명랑하고, 옷차림이 세련됐고, 일솜씨도 좋고, 조에게서 업무에 대한 설명을 들으면서도 눈썹 하나 까딱하지 않았을 정도로 침착한 여자였다. 단 그녀가 내건 조건이 있었다.

「만약 6개월 계약이 끝난 뒤에 그 회사에서 프로젝트를 유지하지 않기로 한다면…….」 루실이 말했다. 「저는 추가로 6개월을 더 기존 직위에서 근무하면서, 규정보다 30퍼센트 높은 금액의 봉급을 받길 원해요. 만약 그게 안 된다면 〈7개월〉치 봉급의 30퍼센트에 해당하는 금액의 퇴직금을 요구하겠어요. 1개월이 더 붙은 이유는 제가 한 해에 두 번이나 구직을 해야 하는 불편에 대한 보상 차원이에요.」

조는 그녀를 인정하지 않을 수 없었다. 아주 똑 부러지는 여자였다. 그녀가 요구한 조건을 다른 여자들이 알게 되지만 않는다면야 조에겐 아무 상관 없었다.

「그러죠.」 그가 말했다.

「물론 이 사항은 서면으로 작성해 주셔야 해요.」 루실이 말했다.

「그러죠.」 조가 말했다.

사업을 하다 보면 금세 알게 되는 진리가 한 가지 있다. 실수를 했을 땐 자책은 그만두고 그로부터 뭔가를 배울 생각을 해야 한다는 것이다. 실수를 해야만 비로소 배울 수도 있다. 만약 당신이 아무런 실수 없이 일하고 있다면 그건 충분한 위험을 감수하지 않았기 때문일 가능성이 높다. 그리고 때로는 위험을 감수하지 않는 것이야말로 가장 큰 실수일 수 있다.

천 명 중 한 명의 인재라고 힘들게 설득해서 구한 여성들 중 루실을 제외한 열여덟 명이 모조리 계약을 철회했을 때, 조는 그 진리를 되새겼다. 돌이켜 보면 정규직 채용 광고를 낸 건 실수였다. 인정했다. 하지만 다 끝난 일을 두고 후회해 봐야 소용없는 일이다.

그래서 그는 자신을 추스르고 다시 구인을 시작했다. 그렇게 일주일 만에 6개월간 피뢰침으로 일할 인원 다섯 명, 위장을 위해 투입될 인원 다섯 명을 구했다. 이 프로젝트를 위한 소프트웨어도 새로 만들었다. 마지막 난관이 하나 남아 있었다. 상품 혜택을 받을 사원들과 동기 부여를 위한 개인 면담을 실시하는 것이었다.

조는 피뢰침 서비스의 첫 번째 수혜자가 될 남자들을 자신이 직접 만나 이야기해 봐야 한다고 생각했다. 면담은 1대 1로 진행하되 신중하게 말을 골라야 할 터였다. 여러 사람을 모아 놓고 설명하는 방식으로는 절대로 프로젝트를 진전시킬 수 없으리라는 것은 분명했다. 다들 서로의 반응을 살피면서 아슬아슬한 눈치 게임만 벌일 테니까.

그는 하루 날을 잡고 문제의 남직원들과 짧은 면담을 가졌다. 현대 사무 환경에서 일하는 남성들이 의도치 않게 성추행을 저지를 수 있는 위험을 설명하고, 고성과자들이 유독 그런 위험에 직면하는 경우가 많다는 것이 연구 결과로 입증되었다고 이야기했다. 성욕은 들거나 안 들거나 둘 중 하나인데, 일단 성욕이 들면 스위치 끄듯 간단하게 꺼버릴 수는 없는 거라고. 이러한 문제의식에 따라 회사에서 최고 실적의 사원들을 위한 시설을 시범 운영하기로 결정했다고.

프로젝트의 참가자들은 일주일에 적게는 두 번, 많게는 다섯 번까지 억눌린 육체적 욕구를 해소할 기회를 얻게 된다. 횟수는 컴퓨터 프로그램에 의해 무작위로 정해진다. 그때가 되면 지정된 사람의 컴퓨터에 알림창이 뜰 텐데, 그 기회를 받아들일지 말지는 전적으로 참가자 개개인의 선택이다. 프로젝트의 관리자들은 참가자들이 시설을 이용했는지 이용하지 않았는지 전혀 알 수 없다. 이용 여부는 철저히 기밀로 부쳐질 것이다.

조가 그런 이야기를 하는 동안 사원들은 그가 장난치는 것일지도 모른다고 생각해서 으레 아무 말도 하지 않았다. 그래서 조는 우리에 갇힌 개코원숭이 실험 이야기를 통해 프로젝트의 합리적 근거를 보충했다. 경우에 따라서는 영장류 동물학 지식들을 더 인용하기도 했다. 복부 접촉 성교 자세, 즉 이른바 〈정상 체위〉는 다른 영장류 동물들 사이에서는 사실상 찾아볼 수 없는 체위이며, 복부와 배부(背部) 접촉 자세, 즉 이른바 〈후배위〉야말로 인류에게 알려진 거의 모든 영장류가 선호하는 방법이라고, 인간은 자연을 거스르면서 대가를 무릅쓰고 있는 것이라고.

상대방이 그 낯선 지식을 소화하느라 뜸을 들이는 동안 조는 프로젝트 설명을 계속해 나갔다. 알림을 받은 참가자는 그날 근무 시간대 안으로 언제든 시설을 이용할 수 있으며, 그 시간대가 끝나면 유감스럽지만 이용 권한이 만료된다. 시설을 이용하려면 알림창의 메뉴에서 〈지금 이용〉 버튼을 누르거나, 〈나중에〉를 선택하고 원하는 시간을 지정할 수 있고, 아니면 그냥 클릭하지 말고 놔두다가 편한 시간이 됐을 때 〈지금 이용〉을 누르는 방법도 있다.

어떤 방식으로든 이용 수락을 하면 피뢰침 직원에게 알림이 간다. 해당 직원은 그 시간이 괜찮다면 서비스를 제공하러 나올 것이고, 시간이 안 돼서 의뢰를 반려할 경우엔 다른 직원이 그 건을 넘겨받을 것이다. 피뢰침들의 신원은 처음부터 끝까지 기밀로 유지된다.

빌 게이츠 같은 사람이라면 이 정도의 프로그램은 눈 감고도 만들 수 있겠지만 조에게는 엄청난 도전이었다. 사원들이 프로그램의 섬세한 작동 방식을 듣고 감탄해 주었다면 뿌듯했을 것이다. 하지만 대체로 그들의 관심은 다른 데에 있는 듯했다.

사실 그들과 눈을 처음 마주친 순간부터 조는 그놈들이 개자식들이라는 걸 알아차렸다. 그들은 조의 이야기에 한결같이 똑같은 한심한 반응을 보였다.

「한 가지 확실히 하고 싶은데요.」 그들은 물었다. 「그러니까 회사에서 이걸 성추행 대책으로 내놓은 거란 말이죠? 와우!」

조는 그들 덕분에 자신의 사업이 가능한 것이라고 되새겨야 했다. 그들이 개자식이기 때문에 이 경쟁력 있는 회사의 사장이 그들을 다루지 못해 쩔쩔매는 것 아닌가. 그곳의 사장이 피뢰침을 업무 현장에 도입한 최초의 미국인 경영자가 되어 인류 사상 위대한 첫걸음을 내딛게 된 것은 어디까지나 그들이 초특급 개자식이기 때문이었다.

게다가 그들도 개자식이 되고 싶어서 된 게 아니라는 점을 기억해야 했다. 가정 교육을 잘못 받은 것이 그들의 탓은 아니니 말이다. 그저 이야기만 나눠 봐도 그들이 상스럽다는 걸 뻔히 알 수 있었다. 상스럽게 자란 게 그들의 잘못은 아니다. 그냥 그렇게 키워졌을 뿐이다. 한 남자가 여성을 존중하는 법을 못 배우고 자랐고 그건 그의 잘못이 아닌데, 그 약점 때문에 그의 커리어 전체가 위험에 빠져도 되는가? 그런 남자는 **가뜩이나** 불리한 위치에서 하버드나 예일 출신 남자들과 경쟁해야 하는데, 여직원들과 가까이 있을 때마다 커리어가 위태로워지는 불이익까지 짊어져야 한단 말인가?

아니다. 이건 당연히 공정하지 않았다. 그리고 모름지기 민주주의에 헌신하는 평등주의적 경영진이라면 약자들의 앞길을 가로막는 장애물을 치워 주기 위해 최선을 다해야 한다. 젠장, 장애인 전용 화장실을 설치하는 것은 법적 의무이기까지 한데! 비록 법은 고용주들에게 사회적 약점을 지닌 직원들의 욕구까지 배려하라고 강제하진 않지만, 의식이 깬 고용주가 시대를 앞서지 말라는 법은 없다.

조는 그런 논리로 자신을 다잡으며 개새끼 하나하나를 상대해 나갔다.

힘든 일이었다. 확실히 그랬다. 그럼에도 보람은 있었다.

게다가 소프트웨어 프로그래밍이라는 어마어마한 고생에 비하면 그건 아무것도 아니었다.

뭔가 잘못됐다

조는 6개월 동안 『브리태니커 백과사전』을 단 한 질도 팔지 못했다. 또한 집에서 구운 파이 126조각을 먹어 가면서 일렉트로룩스 청소기 한 대를 팔았고, 차라리 파이를 한 조각 먹고 청소기 126대를 팔았으면 좋았을 만큼의 시간을 날려 버렸다. 그런데 이제, 실패를 거쳐 노력하고 노력하고 또 노력한 끝에, 기업 주도적 성추행 방지 시스템이라는 혁신적 상품을 개발해 실제 업무 현장에 6개월간 시험적으로 도입하기에 이르렀다.

모든 게 준비되었다. 이것이야말로 그가 믿는 상품이었다. 목전에 닥쳤던 돈 걱정도 끝이다. 한창 기쁨을 만끽해도 좋을 때였다. 그런데 조는 뭔가 잘못됐다는 느낌을 받았다. 아주 기본적인 단계에서부터 무언가가 잘못되어 있었다.

쇼 비즈니스 업계에 전해지는 격언이 있다. 〈정부(情夫)와는 절대로 결혼하지 마라.〉

이 격언은 당신이 재미로 하는 무언가를 일로 바꾸지 말라는 뜻이다. 그걸 돈벌이로 삼으면 좋아하든 말든 돈 때문에 해야 하는 일이 되어 버리고, 그러면 재미없어지기 십상이기 때문이다.

심지어 성적 판타지 같은 것도 마찬가지다. 아무리 흥분되는 행위라 해도, 내키지 않을 때도 해야 하는 일이 되면 더 이상 같은 효과가 나지 않을 수 있다.

조는 피뢰침 운영을 시작한 지 얼마 되지 않아 이 격언의 진실을 깨달았다.

사람들은 다양한 형태로 수백 번 상상했던 성적 판타지를 실행에 옮기는 것만큼 짜릿한 경험도 없으리라고 생각할 것이다. 상상 속에 그려 왔던 상황을 실제로 체험했을 때에야 비로소 궁극의 성적 쾌감을 느끼게 될 거라고 말이다.

아니, 그게 꼭 그렇지만은 않다.

잘 생각해 보면 그리 놀랍지도 않을 것이다. 커피는 항상 냄새는 무척 좋은데 맛은 그보다 못하지 않던가? 베이컨도 냄새에 비해 맛은 덜하지 않던가? 버터를 안 바르고 굽기만 한 토스트도 냄새는 너무나 맛깔스럽지 않던가? 양파튀김을 입에 넣어 보면 딱히 대단할 것도 없는데 냄새만은 기가 막히지 않던가?

사람들은 이런 현상이 왜 일어나는지는 모르지만 대체로 공감은 한다. 그러니 이 외에도 실제가 기대에 못 미치는 경우가 있다고 해도 놀랄 일은 아닐 것이다.

시설이 설치됐을 때 조는 당연하게도 시스템이 제대로 작동하는지 직접 확인해야 했다. 진짜 살아 있는, 피와 살이 있는 여자를 상대로 자신의 판타지를 실현할 시간이었다. 정말이지 죽여줄 거라고 생각했다. 그런데 막상 해보니 판타지만큼 좋지 않았다. 장애인 전용 화장실 칸 안에서, 벽을 마주하고 서서, 여자의 뒤에만 붙어 있으려니 그럴 수밖에 없었다.

모든 게 뻔히 계획되어 있다는 것도 문제였다. 예전에는 깊이 생각해 보지 않았는데, 그의 판타지를 가장 자극적으로 만들어 주었던 요소는 무엇보다도 〈뜻밖의 전개〉였다. 즉 여자가 창밖으로 몸을 빼고 있든 어쩌든 간에, 자신에게 무슨 일이 일어날지 전혀 모르고 있다가 당한다는 점이 중요했던 것이다. 그러나 피뢰침 시스템은 애초에 여자가 계약서를 읽고 서명을 해야만 가능했다. 남직원들이 성추행 소송의 공포에서 벗어나기 위해 그녀에게 무슨 짓인가를 하리라는 것을 이미 각오한 여자들이 바로 피뢰침이었다.

또 다른 문제가 있었다. 조의 판타지에서 가장 핵심적인 부분은 삽입의 순간 여자가 덜컥 상황을 인지한 표정을 짓는 것이었는데, 당연하게도 뒤에서는 여자의 얼굴을 볼 수 없었다. 조가 벽 너머에 있는 여자의 얼굴을 볼 방법만 있었다면 느낌이 사뭇 달랐을 것이다. 하지만 그런 방법을 찾으려 했다가는 이 프로젝트의 목적 자체가 좌절될 터였다. 게다가 피뢰침 지정 방식 역시 무작위였으므로 조가 시승하고 있는 여자가 피뢰침 팀 중 누구인지는 조 자신조차 알 수 없었다. 응당 그래야 했다. 그러니 행위를 하는 내내 진짜 흥미로운 일은 모두 벽 너머에서 이루어지고 있으리라는 생각을 자꾸만 할 수밖에 없었다. 웃기는 노릇이었다.

어쨌거나 그가 여기 온 것은 즐기기 위해서가 아니라 일하기 위해서였으니 스스로 그렇게 되새기는 수밖에 없었다. 다만 다른 사람들이 이 시설을 즐길 수 있을지가 못내 걱정되었다. 모든 게 제대로 갖춰져 있긴 했다. 세부적인 부분들도 다 정확하게 구현되어 있어서, 고생 끝에 이 단계까지 왔구나 싶어서 뿌듯하기도 했다. 하지만 이곳을 매일같이 쓸 남자들이 원하는 바가 과연 충족될 수 있을까?

세일즈맨이 고객의 신뢰를 얻으려면 스스로 자신감을 가져야 한다. 자신이 팔려는 상품이 최고급이라는 확신을 고객에게 전달하기만 하면, 십중팔구는 고객도 똑같은 확신을 갖게 된다.

「게다가 이걸 생각해 봐.」 조는 자신을 타일렀다. 「여기 남직원들한텐 원래 아무것도 없었잖아. 그들은 찬밥 더운밥 가릴 입장이 아니라고.」

그는 사용한 콘돔을 전용 쓰레기통에 넣으며 실망감을 억눌렀다. 만약 여자가 하의를 입고 있었다면, 그래서 그가 스커트를 걷어 올릴 수 있었더라면 더 나았을지도 모른다. 하지만 여자의 신원을 보호하기 위해 하반신에는 아무런 옷가지도 걸치지 않기로 한 터였다. 아마도 그 때문에 너무 살풍경하고 비인격적인 느낌이 들었던 것 같았다.

하지만 사람은 결함이 있는 세계에 산다. 만사가 자신의 바람대로 흘러갈 수는 없는 법이다. 타협할 줄 아는 자세가 중요하다.

그리고 쇼 비즈니스 업계 사람들이 말하듯, 정부하고는 절대로 결혼하지 말아야 한다.

그렇게 조는 철학적으로 생각하기도 하고 농담을 던지기도 하면서 실망감을 달래려 노력했다. 인생이 생각처럼 풀리지 않을 때 누구나 그러듯이.

이동기가 구멍 저편으로 멀어지고, 구멍의 뚜껑이 닫혔다. 조는 장애인 전용칸에 홀로 남았다.

그는 생각했다. 〈안 돼. 이대로 두고 갈 순 없어. 뭔가 잘못된 느낌이 든단 말이야. 그게 뭔지 지금 당장 알아내야 해. 너무 늦기 전에.〉

그는 칸 안을 서성거렸다. 〈뭔가 잘못됐는데. 뭔가

잘못됐는데…….〉

세일즈맨이라면 누구나 다 안다. 눈을 감고 현실을 외면하다 보면 결국엔 누군가가 뒤통수를 호되게 후려치게 되어 있다는 것을. 더욱이 훌륭한 세일즈맨이라면 현실을 외면할 여유 따윈 없음을 잘 아는 법이다. 상품에 뭔가 문제가 있다면 당연히 그게 무엇인지 알아내야 한다.

조는 계속 서성거렸다. 〈어쨌든 이건 아니야.〉 그는 생각했다. 〈이대로는 안 된다고.〉

그러다 퍼뜩 깨달았다.

〈저 변기를 없애야 돼.〉

조는 칸 밖으로 나와서 소변기들 앞을 오락가락 침울하게 서성거렸다. 이딴 계획을 하다니, 자신이 잠깐 미쳤었던 걸까? 당연히 예상했어야 하는 부분이었다. 그동안 이 판타지를 가지고 온갖 구상을 해왔어도 화장실을 배경으로 상상해 본 적은 단 한 번도 없었는데, 거기엔 그럴 만한 이유가 있었다. 상상 속에서조차 화장실 변기로는 에로틱한 느낌을 조금도 자아낼 수 없었던 것이다. 사실 성관계의 소품으로 변기를 갖다 놓는다는 건 숫제 찬물을 끼얹는 짓이나 마찬가지였다.

현실이란 판타지와는 너무 달랐다. 판타지에서는 변기를 배경의 일부로 넣어 봤다가 영 아니다 싶으면 그냥 배경을 부엌으로 바꿔 버릴 수 있다. 하지만 현실에서는, 일단 장애인 전용 화장실 벽에다 구멍을 뚫어 버렸다면 그걸 돌이키기 위해서는 벽돌로 다시 메우는 수밖에 없다. 그리고 거기 있는 변기가 마음에 안 들어서 없애 버리고 싶다면 누군가가 물리적으로 그걸 떼어 내서 밖으로 치워야 하는 것이다.

「이봐, 조.」 그는 자신에게 말했다. 「마음에 들든 안 들든 변기는 여기 있어야 해. 건물 안에 장애인을 위한 변기를 설치하는 건 법으로 정해진 의무잖아. 이걸 치워 버리면 위법 행위가 된다고.」

기니피그들

한편 사무실에서는 성과 지향적인 사원 스무 명이 〈이건 말도 안 돼〉라고 생각하고 있었다.

그중 열다섯 명은 사측에서 이런 결정을 한 이유를 짐작하고 죄책감을 느끼고 있었다.

그러다 그중 열네 명이 불현듯 생각했다. 〈아니야. 물론 나도 선을 넘긴 했지만, 에드 윌슨에 비하면 나는 아무것도 아니라고.〉

다섯 명은 양심에 거리낌 없이 떳떳했다. 그들은 그냥 에드 윌슨 때문이라고 단정했다. 〈뻔하지. 이건 다 에드 윌슨 때문이야.〉

그리고 에드 윌슨은 이렇게 생각했다. 〈이건 다 나 때문이야.〉

성과 지향적 사원들은 경쟁심이 매우 강하다. 다른 사원이 자신보다 더 높은 성과를 올릴까 봐 늘 경계하고 있다는 뜻이다. 따라서 그들은 모두 같은 결론을 내렸다. 에드 윌슨이 정말로 엄청난 인재인 모양이라고. 그가 일을 잘한다는 건 알고 있었지만 〈이 정도〉인 줄은 몰랐다고. 그러지 않고서야 스티브 잭슨이 돈을 쏟아부어서 에드 윌슨을 위해 이런 짓까지 벌일 리가 없다고 그들은 생각했다. 〈이런 게 필요할 정도로 흉악한 인간인데 회사에서 쫓겨나지도 않는다면 그게 무슨 뜻이겠어? 와우.〉

초창기

    훗날 사업이 매우 커졌을 때, 사람들은 이 사업이 처음에 어떻게 실행될 수가 있었는지 좀처럼 이해하지 못했다. 초창기에 조가 기획했던 서비스를 생각하면 이해하기 어려울 만도 했다. 물론 그 서비스의 타당성에 대해 개개인이 어떻게 생각하든 간에, 서비스가 지향하는 궁극적인 취지로만 보자면 사람들에게 호소력을 발휘할 만한 지점이 있다고 할 순 있었다. 그러니까 그런 서비스를 이용할 준비가 된 사람들에게 호소력이 있었을 거라 이해한다 치고 넘어갈 수는 있다는 뜻이다. 하지만 아무리 그래도, 그 시설이 어떨지 상상을 해보자면, 어쨌든 거기는 화장실이니까 변기가 떡하니 있는 공간을 머릿속에 그려 봐야 하고, 거기에 어떤 남자가 들어와서 그 짓을 하는 대목까지 상상하려다 보면, 그냥 어처구니가 없어지고 마는 것이었다. 그래도 공간만 문제였다면 변기는 어떻게 해서든 신경 쓰지 않고 넘어갈 수도 있을 것이다. 하지만 정말로 납득하기 어려운 건 조가 상품 포장 문제를 해결하기 전, 처음 3주 동안 도대체 어떻게 시스템이 유지되었는가 하는 것이었다.

밥 뉴하트 쇼[10]가 한창 인기를 구가하던 시절, 〈겨드랑이〉라는 이름의 데오도란트에 대한 우스갯소리가 유행한 적이 있었다. 조가 처음 세상에 내놓았던 상품은 사람들에게 바로 그 〈겨드랑이〉 데오도란트를 상기시켰다. 도대체 어느 누가 화장실에서 하반신만 벌거벗은 여자가 벽에 뚫린 구멍으로 나타나 엉덩이를 들이대기를 기다리고 있을 수가 있단 말인가? 프로젝트가 완전히 망해 버리지 않은 게 신기한 일이었다. 다른 건 다 차치하고라도 그 시설을 이용할 사람들에게 모욕적인 처사가 아닌가. 「넌 너무 절박한 처지라서 뭐든 주면 다 받아먹을 거지? **뭐든지** 전부 다! 그럼 이거나 먹어라, 멍청아.」 이런 메시지를 전하는 꼴이나 다름없다고 사람들은 생각했다.

그런데 사실 이 시기의 사람들은 자신들이 사용하는 피뢰침 시스템에 너무나 익숙해져서 그렇게 생각하는 것뿐이었다. 그들이 처한 환경을 지극히 당연하게 여기게 되었기에, 당시의 새로운 상황이 어떻게 받아들여졌

---

10 시트콤 프로그램으로 1972~1978년까지 방영되었으며 배우 밥 뉴하트가 출연했다.

을지를 상상하지 못하는 것이다. 수세식 화장실이 동경의 대상이었던 시절을 현대인들이 상상하기 어려워하는 것처럼.

마이크 뉴섬은 조의 실험에 동원된 최초의 기니피그들 중 하나였고, 훗날 본인이 증언했듯 처음에는 회의적인 입장이었다. 회계 일을 하려면 회의적으로 사고해야 하고, 그런 사고방식은 마음대로 끄고 켤 수 있는 것이 아니다. 그래서 마이크는 이 프로젝트가 사측에서 직원들의 정당한 급여 인상 요청을 회피하려고 마련한 일종의 농간일 것이라고 보았다. 아니면 무슨 종교 이론에서 근거한 얼토당토않은 동기 부여 프로그램이라든지. 이러다가 경영진이 사원들을 죄다 숲속으로 데려가 북이나 두드리라고 하는 건 아닐까 싶었다. 그것도 아니라면, 페미니스트들을 회유하기 위해 나름대로 방안을 강구하려다가 내놓은 결과물이 이 꼴인 것인지도 모른다.

그래도 처음 그의 모니터 화면에 알림창이 떴을 때 장애인 화장실로 가보긴 했다. 오로지 호기심을 해소하기 위해서였다. 솔직히 사측에서 이 프로젝트를 진지하게 진행하는 것이라고는 믿을 수가 없었기 때문이다. 살면서 이런저런 한심한 꼴은 여럿 보았지만 이건 타의 추종을 불허하는 수준이었다.

그래서 마이크는 장애인 전용칸으로 들어가서 문을

닿았다. 아니나 다를까, 화장지 옆에 콘돔이 비치된 용기가 있었다. 이윽고 벽에 달린 뚜껑이 열렸다.

〈음, 그러니까 진짜였군.〉 그는 생각했다. 이때 그가 보인 반응은, 이 프로젝트가 첫날부터 중단되지 않은 것이 신기하다고 생각하는 사람들이 정확히 예상할 법한 종류의 것이었다. 실오라기 하나도 걸치지 않은 여자의 하반신을 보고 흥미가 완전히 식었던 것이다. 마이크는 여자의 엉덩이를 두드려 주며 집으로 가라고 말하고 싶은 충동을 느꼈지만, 그녀와 대화를 나눌 도리가 전혀 없었다. 애초에 이런 여자들은 어디서 구해 온 걸까? 그는 그저 멀거니 선 채 두 손을 주머니에 꽂아 넣었다. 상대방의 어깨와 머리가 보여야 할 자리에 벽만 가로놓여 있는 걸 보고 있으려니, 그 너머에는 진짜 사람의 어깨와 머리가, 그것도 회사 어딘가에서 한 번쯤 보았을 사람의 머리가 있겠구나 싶었다. 벽 건너편에서 어떤 사람이 그가 빨리 시작해 주기를 기다리고 있는 것이다. 어쩐지 강제 수용소 같은 데에 들어온 기분이었다. 화장실 타일이며 칸막이, 오로지 기능성만을 고려한 삭막한 구조 때문이었을까. 왠지 모르게 오싹했다.

그다음으로 마이크가 한 생각 역시 훗날 사람들이 정확히 예상할 법한 종류의 것이었다. 이런 시설을 이용할 사람들은 따로 정해져 있으리라는 생각이었다. 섹스에 너무 목이 말라서 움직이는 것이라면 뭐든 성기를 집어넣고 보는, 그리고 상대방이 어떤 식으로 움직이든 별로 신경 쓰지 않는 사람들. 즉 에드 윌슨 같은 사람이야말로 적격자라고 마이크는 생각했다. 이 프로젝트는 누군가 상스러운 사람이 자기처럼 상스러운 사람을 위해 고안한 것이 분명했다. 즉 에드 윌슨을 위해 고안된 프로젝트일 게 틀림없었다. 그를 제외한 열아홉 명의 남자들은 순전히 이 모든 게 에드 윌슨을 규제하기 위한 방책임을 은폐할 목적으로 동원된 것인지도 모를 일이었다.

그렇게 우두커니 서 있기만 하던 마이크는 뭔가 하기는 해야 한다는 데에 생각이 미쳤다. 하지만 여자 화장실로 가서 이 서비스를 취소하겠다고 말하는 것만은 절대로 할 수 없었다. 꼴을 보아하니 이건 아무렇게나 주먹구구로 만들어진 프로젝트의 전형이었다. 뭔가 예상 밖의 일이 발생해서 상대방에게 메시지를 전해야 할 경우가 생길 수도 있다는 생각은 기획자들 중 어느 누구도 하지 못한 모양이었다. 그냥 미리 협의한 신호 몇 가지가 표시된 조명 스위치를 설치한다든가, 아니면 여러 종류의 문구가 인쇄된 쪽지를 비치해 두고 유사시에 상대방에게 쪽지를 전달할 투입구만 만들어 놓았어도 충분했을 텐데. 하기야 그렇게 쉽게 가줄 리는 없긴 했다. 이마저도 프로젝트가 돌아가는 방식의 일부인 것이다. 선택의 여지를 전혀 주지 않는 방식 말이다. 그런데 한편으로는, 왜 이토록 오싹한 기분이 드는가 생각해 보면 딱히 현실적인 근거는 없었다. 그저 반사적인 반응일 뿐이었다. 여긴 자유 국가가 아닌가. 타인이 원하지 않는 것을 강제로 하게 만들 수 있는 사람은 아무도 없다. 따지고 보면 오히려 회사에서는 직원들의 시간을 보상해 줄 서비스를 제공하느라 기껏 돈을 퍼붓고 있을 터였다. 게다가, 이건 남성 회사원들의 생산성과 직업 만족도를 증진시키는 데에 도움이 된다고 전문가들이 입증한 방법이라 하지 않았던가. 혹시 이 연구 과정에서 뭔가 대단한 발견이 나오는 건 아닐까?

〈인정할 건 인정해야 해. 조라는 사람을 어떻게 평가하건, 그가 사전 조사를 철저히 해왔다는 것만은 확실하다고. 조는 자기가 하는 일을 잘 알고 있었어. 우리에 갇힌 개코원숭이 연구 이야기만 들어봐도…… 그런 건 대충 흘려듣고 무시할 수 있는 종류의 이야기가 아니지 (훗날 마이크는 자신이 조를 지나치게 신뢰했다는 사실을 깨달았지만, 당시에는 그렇게 믿었다).〉 여기까지 생각했을 때 마이크는 불현듯 새로운 깨달음이 떠올랐다. 〈어쩌면 일부러 이렇게 투박하고 살풍경하게 만든 건지도 몰라. 에로틱한 분위기를 연출하지 않으려고.〉 그럴 수도 있었다. 회사 측이 이 시설을 지은 목적은 사원들이 판타지의 세계로 떠날 수 있도록 다리를 놓아 주는 것이 아니니까. 여긴 어디까지나 사원들의 육체적 욕구에 필요한 육체적 배출구를 제공하는 곳이었다.

〈좋아, 그럼. 어쨌든 배출구가 있으니 배출을 해보자고.〉

그래서 마이크는 회의론을 잠시 제쳐 두고 시설을 이용해 보기로 했다. 여러모로 굉장히 희한한 경험이긴 했다. 그래도 그 자체로 즐길 만은 했다.

사무실로 돌아와 일을 시작하자마자 그는 자신이 색다른 행복감을 느끼고 있음을 깨달았다. 그리고 이후로 상당한 시간 동안 평소보다 일에 더 잘 집중할 수 있었다. 이제껏 그는 섹스든 뭐든 집중해야 할 때마다 주의가 자꾸 산만해지곤 했는데 스스로 의식하지 못했을 뿐이었다.

게다가 이날은 퇴근 시간이 되자마자 허둥지둥 헬스장에 가지도 않았다. 남아 있는 일을 마저 처리하고 보니 어느새 퇴근할 시간이 지난 뒤였다.

이 프로젝트가 괜히 추진된 건 아닌 모양이었다. 인간 수컷에게 성적 배출구가 필요하다는 사실을 전문가들이 밝혀낸 것이다. 설령 마이크 자신이 인지하지 못하더라도 성욕을 배출하고 나면 업무 능률이 올라갈 거라는 뜻이었다. 마이크는 이 연구에 참여한 전문가들을 높이 평가하지 않을 수 없었다. 그들은 많은 사람이 사회 규범에 어긋난다고 여길 방법을 과감하게 시도했다. 여기까지 오는 동안 엄청나게 많은 회의론에 부딪쳤을 터였다. 그럼에도 끝까지 밀어붙였기에 자신과 같은 사람들이 그 연구의 효과를 직접 체험하게 된 것이리라고, 마이크는 생각했다.

피뢰침 시스템의 첫 사용자들 스무 명 중 열일곱 명은 마이크와 정확히 똑같은 반응을 보였다.

그들은 뭔가 섹시한 걸 기대하고 갔다가, 실상은 기대에 한참 못 미친다는 것을 깨달았다. 하지만 여자에게 그만두자고 말할 방법이 없었다. 그래서 어떻게 할까 궁리하면서, 이런 삭막한 데서 무슨 재미를 볼 사람은 에드 월슨밖에 없을 거라는 생각을 하고 있다가, 우리에 갇힌 개코원숭이 무리에 대해 들었던 이야기를 떠올렸다. 그리고 에로틱한 분위기라고는 조금도 없는 살풍경한 구조에는 어떤 이유가 있을 거라고 생각하게 되었다. 또한 수컷 동물들은 특정한 육체적 욕구를 해소한 뒤에야 가장 능률적으로 행동한다던 연구 결과 이야기도 떠올렸다.

그 시점에 이르러, 경쟁심 강한 성과 지향적 사원으로서 그들은 프로답게 행동하기로 결정했다. 업무 능률 향상을 위해서라면야 못 할 것도 없다고.

스무 명 중 나머지 세 명은 어떻게 됐냐고?

셋 중 둘은 프로젝트에 아예 참여하지 않았다.

하나는 에드 월슨이었다.

개시

피트는 프로젝트에 참여할 생각이 없었던 남자들 중 한 명이었다. 세상에는 온갖 종류의 미친 인간들이 있다. 그런 미친 인간들의 말을 들을 정도로 미친 인간이 회사 경영진 중에도 있는 모양이라고 피트는 생각했다. 그 미친 작자가 대체 누구인진 몰라도, 피트는 우선 자기 자신에게 이런 질문을 던져 봐야 했다. 〈나는 이런 일에 엮이고 싶은가? 이런 일에 내가 연루됐다는 게 누군가에게 알려진다면, 실제로는 그럴 가능성이 없다 해도 아무튼 그렇게 가정한다면, 나는 과연 괜찮을까? 내가 장애인 화장실에서 어떤 여자를 앞에 세워 놓고 자지를 박았다고?〉 이런 〈질문〉을 구태여 던진다는 건, 피트 자신도 먼 훗날 언젠가는 그런 멍청한 짓을 할 가능성이 있다는 뜻이었다. 그럼에도 그는 자기 자신과 상의를 해 봐야 했다. 자신이 어떤 행동을 싫어한다 해도 그 행동을 하는 사람들 앞에서 싫어하는 티를 내서는 안 되는 경우가 있으니까. 이 경우가 바로 그런 경우였다.

피트가 표면적으로 내세운 거절 사유는 자신이 연애 중이라는 것이었다. 만약 이 프로젝트가 그 자체로는 괜찮은 아이디어라고 쳐도, 애인이 있는 사람이 참여하기엔 바람직하지 못한 일일 수 있었다. 그렇다고 해서 애인이 있는 사람들 모두가 그와 같은 이유로 참여하지 않은 건 아니었다. 하지만 애인에게 들키고 싶지 않은 행동은 가능한 삼가는 것이 상책이다. 결국엔 애인이 무언가 낌새를 채게 마련이니까. 특히 이런 일은 여자가 남자와 같은 사고방식으로 생각해 주기를 기대할 순 없는 법이었다.

그가 생각하기에 이 서비스는 순전히 육체적 편의 시설의 개념이었고 그 기획 의도대로만 사용하게 되어 있었다. 그런 시설을 사용했다고 해서 바람을 피웠다고 볼 수는 없을 것이다. 하지만 진지하게 연애하고 있는 상대에게 그 부분을 납득시키려고 애써 봤자 시간 낭비일 뿐이다. 그게 왜 바람이 〈아닌지〉를 해명하려 하면 할수록 상황은 악화되기만 할 것이다. 여자들은 애인이 다른 사람과 사랑에 빠지면 으레 화를 내지만, 그렇다고 해서 벽에 뚫린 구멍 너머로 다른 사람의 성기에 삽입만 하는 건 괜찮다고 생각한다는 뜻은 아니다. 유감스럽게도 여자들의 심리는 그런 식으로 작동하지 않는다. 그러니 괜히 긁어 부스럼 만들고 싶지 않으면 그냥 관여하지 않는 것이 최선이다.

게다가, 연애를 할 때는 상대방의 욕구를 충족시켜 줄 줄도 알아야 하는 법이다.

한 번쯤이야 해보는 건 나쁘지 않을 듯했다. 그냥 어떻게 돌아가나 확인만 해보는 차원에서. 하지만 그보다는 안전이 더 중요했다. 요즘에는 어디에 위장 카메라가 설치되어 있을지 모르니, 아무리 조심해도 지나치지 않을 터였다.

피트는 그렇게 입장을 정리했다. 그리고 고작 일주일이 지난 시점, 자신의 입장이 옳았음을 입증하는 사건이 일어났다.

아침 11시 직전의 일이었다. 모든 게 평상시와 같은, 여느 날과 다를 바 없는 오전을 보내던 중, 별안간 화재 경보가 울렸다. 보통 대피 훈련을 하는 시간대가 아니었기에 다들 누가 실수로 울렸겠거니 생각했다. 그런데 경보는 꺼지지 않고 계속되었고, 마침내 모두 건물 밖으로 대피하라는 안내 방송이 나왔다. 사원들 모두가 건물을 빠져나가 잔디밭에 둘러서서 기다렸다. 15분쯤 뒤 차 한 대가 나타나더니, 피뢰침 프로젝트에 대해 설명해 줬던 남자가 차에서 내려 건물로 들어갔다. 그리고 10분쯤 지나 다시 밖으로 나와서는 모두 사무실로 돌아가도 된다고 말했다.

이후 소문이 돌았다. 어떤 개자식이 서비스를 이용하다 반칙을 저지르려 했다는 것이었다. 콘돔을 뺐다든지, 애널 섹스 같은 걸 시도하는 바람에 피뢰침 여직원이 경보를 울렸다고. 그런데 그런 경우가 발생하면 시설의 문은 밖에서만 열 수 있도록 설정되는 모양이었다. 그래서 반칙을 저지른 남직원의 신원을 보호하기 위해 다른 사원은 모두 건물 밖으로 내보낸 다음, 피뢰침 서비스의 대표가 직접 찾아와서 그 남직원을 질책하고 앞으로 당분간 혜택을 박탈하겠다고 고지했다는 것이 소문의 내용이었다.

처음에는 모두가 에드 윌슨일 거라고 생각했다. 그런데 알고 보니 에드 윌슨은 당시에 외근 중이었고, 따라서 그 남자가 누구인지는 끝내 밝혀지지 않았다. 그러니 신원이 보호되었다고 할 수 있을 것이다. 하지만 피트가 생각하기에 그런 위험은 잠재적으로라도 엮여서는 안 될 일이었다. 여직원들의 신원 보호를 위해서라도 관련 시스템이 철저히 갖춰져 있긴 하겠구나 싶었지만, 그럼에도 그 보호막이 벗겨질 수도 있는 가능성조차 피트는 전혀 감수하고 싶지 않았다.

빌은 처음엔 미심쩍어했다. 자신이 게이라는 사실을 숨기느라 애를 먹었던 그로서는, 이 프로젝트가 표면적으로는 그저 에드 윌슨을 통제하기 위한 수단일 뿐 아무런 해로운 영향도 없는 것처럼 보이지만 사실은 사원들 중에서 게이를 색출해 내려는 위장 술책이 아닌가 하고 의심할 수밖에 없었다. 하지만 미심쩍은 와중에도 재미있긴 했다. 이건 이성애자들이 게이들의 특정한 문화를 파악하고 그걸 베껴 가면서, 정작 그 문화의 가치 있는 요소들은 죄다 놓쳐 버리는 전형적인 사례라고 할 수 있었다. 결국 이 시도에서 드러난 것은 이성애자들이 궁색하기 그지없는 성생활을 영위하고 있으며 엄청나게 절박한 처지라는 사실이었다. 빌은 군이 시설을 써야 한다면 자신도 쓸 수는 있을 거라고 생각했다. 하지만 애인이 있다는 이유로 참가하지 않는 남직원들이 하나둘 생기는 걸 보고, 빌도 그냥 애인이 있다고 둘러댔다. 그러고 나서 진짜 애인에게 그 이야기를 해주고 같이 한바탕 웃었다.

에드 윌슨은 몇몇 사건이 지나치게 확대 해석되는 바람에 과민 반응이 일어나고 있다고 생각했다. 그가 저지른 실수는 단지 회사 동료들이 유머 감각이 있는 사람들이라고 오해했던 것뿐이었다. 그런데 회사 측에서 그의 실수를 정 그렇게 받아들이겠다면, 애써 마련된 대책을 군이 마다할 필요도 없지 않겠는가?

유레카!

두 주가 지났다. 변기에 대한 불평은 한 건도 나오지 않았다. 〈뜻밖의 전개〉가 없다고 불만을 제기하는 사람도 아무도 없었다. 그러나 조는 계속 신경이 쓰였다. 신경 쓰지 않으려고 노력은 했다. 그는 계속해서 상품을 파는 데에 매진하고 한껏 유창한 언변을 늘어놓으며, 장애인용 변기가 특별 포함된 시설에 대해 확고부동한 자신감을 갖고 있는 척했다. 하지만 그러는 내내 마음 한편에서는 뭔가 잘못됐다는 생각을 지울 수 없었다.

훌륭한 세일즈맨은 직감에 귀를 기울일 줄 안다. 상품이 팔리고 있다 해도, 고객이 만족하는 것처럼 보일지라도, 세일즈맨 자신이 상품의 어떤 특성에 불만을 느낀다면 조만간 고객들도 같은 불만을 느끼게 되어 있다. 또 다른 방식으로 표현하자면, 언젠간 경쟁자가 그 구김살을 말끔하게 다려 없앤 상품을 들고 나오고야 말

거라는 뜻이다. 당신이 기존에 확보한 고객 충성도를 기반으로 그 구김살을 먼저 펴기만 한다면 게임에서 한참 앞서 나갈 수 있다.

물론 평범한 세일즈맨들은 자신의 우려 사항을 본사에 전달하고 상품 개발에 반영되기를 바라는 수밖에 없다. 그러나 조는 스스로 본사이자 상품 개발부이자 영업부였으므로, 세일즈맨으로서의 직감이 잠재의식 속에서 소모전을 벌이도록 놔두기만 하면 되었다. 그러다 보니 마침내 한계가 왔다. 법을 지키고 어기고를 떠나서, 뭔가 조치를 취하긴 해야겠다는 결심이 선 것이다.

그래서 조는 처음으로 하루 날을 잡고 퇴근 후 집에서는 아무런 업무도 보지 않기로 마음먹었다. 그날 저녁은 브레인스토밍만 하면서 뭘 어떻게 하면 좋을지 생각해 볼 작정이었다.

한 번에 하나씩 차근차근 풀어 보기로 했다. 우선은 옷 문제부터. 이유가 뭐든 간에, 옷을 이미 벗은 몸은 옷을 벗지 않은 몸보다 성적으로 덜 흥분되었다. 스트립쇼가 언제나 매력적인 것도 바로 그 이유 때문이었다. 그런데 피뢰침 여직원들이 익명을 보장받으려면 당연히 **자기** 옷은 절대로 걸쳐선 안 된다. 조는 그 원칙을 아예 아무 옷도 입으면 안 된다는 의미라고 받아들였는데, 다시 생각해 보니 그건 근시안적인 발상이었다. 여직원들이 조의 판타지 속에서처럼 타이트한 스커트를 입지 말아야 할 하등의 이유가 없었던 것이다. 어차피 그런 스커트는 보통 여자들이 유감스러운 오해를 불러일으킬 위험을 피하기 위해서라도 일터에서는 입지 않는 종류의 옷이었다. 그러므로 조가 할 일은 짧고 타이트한 인조 호피 가죽 스커트를 대량으로 주문해, 여성 장애인용 화장실의 물품 보관함 같은 데에 비치해 두고 피뢰침 여직원들이 일할 때마다 한 장씩 걸쳐 입게 하는 것뿐이었다.

이 문제를 해결하고 나니 진작 시간을 들여서 고민해 볼걸 하는 후회가 들었다. 변기 문제는 또 다른 차원의 난제였기 때문이다.

그는 생각하고 생각하고 또 생각해 보았다. 하지만 어쩐지 해결책이 도무지 떠오르지 않았다.

사실 이 단계에 와서는, 실험에 참가 중인 기니피그들은 어찌어찌 상황에 적응했고 프로젝트도 처음의 좌충우돌은 벗어나 궤도에 올라 있었다. 기니피그들은 이를테면 비타민 C가 오렌지 맛이 나기를 기대할 순 없다는 식으로 생각하고 있었다. 비타민은 어디까지나 몸에 좋으라고 먹는 것이지 않은가. 그리고 몇 번 시설을 이용해 보고 나니 처음에는 이상해 보였던 부분들도 익숙해져서 이제는 별로 개의치 않는 분위기였다.

그런 상황에서 조가 미니스커트와 하이힐을 도입하자, 프로젝트는 본격적으로 대박을 쳤다.

훗날 사람들은 이 프로젝트가 참가자들에게 미칠 심리학적 파장에 대한 대비가 너무 부족했다는 점을 지적했다. 피뢰침 서비스는 그 사용자들을 보호하는 것이 목적이라지만, 초창기에는 피뢰침 사용자들 개개인에게 어떤 영향이 가는지 사실상 아무것도 밝혀진 바가 없었다. 최소한 조가 참가자들에게 어떤 부작용이 일어나는지 주의 깊게 살펴보기라도 했었어야 했다는 비판이 일었다. 무엇보다도 사람들이 이해하기 어려워한 부분은, 조가 한 회사 사원들에게 컴퓨터 프로그램으로 자동화된 〈유리병 돌리기〉 게임을 시키는 연구 딱 한 차례만 해보고는 곧바로 사업에 뛰어들었다는 사실이었다. 그리고 솔직히 그건 연구라고 부를 수도 없는 수준이었다. 기본적으로 조가 한 일은 일단 저질러 보고 잘 넘어갈 방편을 찾아 나간 것뿐이었다. 결과를 책임질 수 있는 경영 심리학 프로젝트가 전혀 아니었던 것이다.

이런 상황에서 조의 기니피그들 중 일부에게 고통스러운 결과가 나타났다고 해도 놀랄 일은 아니었다. 다만 놀라운 것은 그 결과에 놀라는 사람이 있기는 있었다는 사실이었다.

실망

간단명료해 보이는 성추행 예방책이 뜻밖의 비극적인 결과를 낳을 수 있음을 처음 발견한 사람은 크리스였다.

우습게도, 처음에 크리스는 그 정책을 단지 웃기다고만 생각했다. 그 외에는 긍정적으로든 부정적으로든 별달리 강한 감정을 느끼지 않았다. 다른 데에서 성적 만족을 얻지 못하는 남자들에게는 유용할 수도 있겠구나 싶었을 뿐이었다. 크리스에겐 그런 애로 사항이 없었고, 직장에서는 온전히 일에만 집중하고 싶었기 때문에 시설을 자주 이용할 생각은 들지 않았다.

그러면서 내심 했던 생각은, 이런 종류의 아이디어를 고안한 사람이라면 그 자신도 성적으로 불만족스러운 삶을 사는 사람이겠지 하는 것이었다. 하지만 회사 윗선에서 초빙한 사람에게 쓸데없이 반감을 살 필요는 없으니, 그 사람이 와서 설명해 주었을 때 크리스는 그 냥 와우! 하는 식으로만 반응하고 진심은 숨겼다.

그런데 웃긴 일이 일어났다. 시설이 어떻게 굴러가는지 궁금해서 두어 번 이용해 봤는데, 그러고 나니 문득 자신이 이제껏 이성 관계를 맺을 때 즉각적인 성적 만족을 얻으려는 욕망에 얼마나 치우쳐 왔는지를 새삼 실감한 것이었다. 이를테면 그는 자신처럼 즉각적인 성적 만족에 관심이 있는 여자들이 있을 만한 종류의 장소에만 가는 경향이 있었다. 보통 여자들의 시간 개념은 남자들과 다르지만 모두가 꼭 그런 것은 아니므로, 크리스는 자기 속도대로 관계를 맺더라도 기분이 상하지 않을 만한 여자들만 골라서 만나곤 했던 것이다.

그렇다는 것은 그가 사실 매우 한정된 부류의 여자들만 만나 왔다는 뜻이었다. 더욱이 마케팅 업무는 멈춰 서서 깊이 생각할 시간을 주지 않는, 빠르게 흘러가는 분야였다. 그래도 언젠가는 다른 부류의 여자를 사귀고 싶을 거라는 생각은 막연히 했다. 당연하게도, 바에서 처음 만난 생판 남하고 집에 같이 가는 부류의 여자가 그의 자식을 낳아 길러 주기는 원치 않기 때문이었다. 게다가 가끔씩 그의 어머니가 어떤 여자와 만나는 자리를 주선해 주곤 했는데, 그 여자는 외모가 꼭 닥스훈트 같았다. 크리스는 가급적이면 그의 자식에게 50퍼센트의 닥스훈트 유전자를 물려주고 싶지는 않았으므로, 언젠가는 스스로 신붓감을 찾아보기는 해야겠다는 생각을 늘 하고는 있었다. 하지만 마케팅 분야에서 승승장구하게 해준 그의 욕망은, 그런 욕망을 지닌 남자에게 즉각적으로 부응해 주는 부류의 여자들만을 만나게끔 그를 자꾸만 충동질했다.

그러던 차에 피뢰침 시험 이용을 한 그는 평소처럼 바에 갔고, 여자들이 둘러앉은 테이블을 발견했다. 그런데 그날은 웬일로 그중에서도 조용한 여자에게 눈길이 갔다. 크리스는 그쪽으로 건너가서 대화를 시도했다. 그러다 요란한 여자 두어 명이 다른 남자들에게 춤 신청을 받아 테이블을 떠나길래, 그도 조용한 여자에게 춤추지 않겠냐고 물었다. 여자는 싫다고 했고, 크리스는 그럼 테라스에 나가 보는 건 어떻냐고 했다. 그렇게 해서 두 사람은 테라스에서 호수가 내다보이는 테이블에 자리를 잡았다. 하늘에는 보름달이 떠 있었고 갈대밭에서 오리들이 부드럽게 꽥꽥 울고 있었다. 그녀는 자신이 도서관 사서이고, 원래는 이런 데에 잘 오지 않는데 같은 아파트 건물에 사는 친구들이 하도 부추겨서 나온 참이라고 털어놓았다.

이야기를 좀 나눠 보니 둘 다 필립 K. 딕을 좋아한다는 공통점이 있었다. 그래서 그 주제로 긴 대화를 나누었다. 바로 돌아갔을 땐 그녀의 친구들은 떠나고 없었기에 크리스는 그녀를 차로 바래다주겠다고 했다. 집까지 데려다주면서도 그는 그녀에게 굿나잇 키스조차 시도하지 않았다.

그러고 나서 생각해 보니, 이번에 그가 한 행동들은 평소의 방식과는 전혀 달랐다. 원래 그는 부지불식간에 승산을 계산하고, 상황이 특정한 방향으로 흘러가도록 유도하고, 자신이 특정한 결과를 이끌어 내는 과정을 얼마나 잘 해냈는지를 기준으로 모든 걸 해석하곤 했다. 그런데 이번에는 그런 집착에서 한 걸음 비켜서서 생각할 수 있었고, 그 결과 그녀, 루이즈가 그런 특정한 방향을 전혀 염두에 두지 않는다는 것을 깨달았다. 그가 이렇게 할 수 있었던 까닭은 그날 낮에 회사에서 성적 만족을 이미 얻었기 때문이기도 했지만, 그뿐만이 아니라 다음날에도 그가 원한다면 얼마든지 또 얻을 수 있으리라는 확신이 있었기 때문이었다. 이제부터는 누군가에게 같이 집에 가자고 번거롭게 설득할 필요도, 서로가 성인이라는 것을 확인할 필요도, 아침에 귀찮은 일을 만들지 않고 상대방을 돌려보낼 필요도 없게 된 것이다. 장애인 전용칸에 마련된 시설에는 보통 사람들이 섹스에서 추구하는 요소들이 많이 빠져 있기는 했다. 예컨대 젖가슴도 만질 수 없고, 오럴 섹스의 가능성도 원천 차단되어 있었다. 하지만 그 자체로도 나쁘진 않았다. 게다가 그 시설 덕분에 크리스는 루이즈에게 불쾌한 남자라는 인상을 주지 않고 친해질 수 있었다. 마케팅 분야에서 일하다 보면 직설적인 태도가 몸에 익는데, 그러다 보면 평소 생활에서도 그런 태도가 상황에 어울리지 않게 튀어나오기 십상이다. 그런데 이번만큼은 여느 때와 달리 그런 함정을 피할 수 있었던 것이다.

마케팅 분야에 몸을 담으면 금방 깨닫게 되는 이치 한 가지가 있는데, 사람 마음속에는 본인도 모르는 사이에 엄청나게 많은 일이 벌어진다는 것이다. 그건 다른 사람들만큼이나 크리스 자신도 마찬가지였다. 그는 이제야 자신의 인생에 성욕이 얼마나 많은 영향을 끼쳐왔는지 인지했고, 그러고 나니 루이즈와의 관계를 쌓아나가는 데에 성욕이 방해가 되지 않으려면 무언가 조치를 취해야 한다는 사실을 알 수 있었다.

그래서 크리스는 장애인 전용칸 시설을 적극적으로 이용하기 시작했다. 이와 더불어 루이즈와 데이트를 하기 시작했고 — 저녁을 먹고, 영화를 보고, 공연을 보러가고 — 그녀에게 필요한 만큼 거리를 두면서도 조급해지지 않을 수 있었다.

중요한 것은, 루이즈는 바에서 처음 만난 사람과 집에 같이 가는 타입은 아니었지만, 그렇다고 해서 닥스훈트처럼 생긴 여자도 아니었다는 것이다. 〈쎄끈〉하다고 할 만한 여자는 아니어도 매력이 없는 것은 아니었다. 크리스와 가까워지면 질수록 그녀는 더욱 편안해졌고 그만큼 매력적으로 변했다.

또한 둘 다 밴드 R.E.M.과 스파게티 웨스턴 영화[11]들을 좋아하는 등 더더욱 많은 공통점을 발견하게 되었다. 관계는 점점 더 깊어져 갔다. 어느 토요일에는 루이즈를 데리러 도서관으로 갔다가, 아동 도서 코너에서 그녀가 어린아이들에게 책을 읽어 주는 모습을 보게 되었다. 저런 걸 보면 하물며 자기 자식들에게는 얼마나 많은 공을 들일까 싶었다. 크리스는 지금의 자신이 되기까지 매사를 부모님의 도움 없이 혼자 싸워서 해결해 왔기 때문에, 자기 자식들은 절대로 그렇게 살게 하지 않겠다고 다짐한 터였다.

그는 가족을 꾸릴 준비가 되었다고 판단하고 루이즈에게 청혼했다. 그녀는 승낙했다. 그러니 돌이켜 보면 웃기는 일이었다. 만약 크리스가 그녀에게 시간적 여유를 주지 못했더라면 이 모든 일이 일어나지도 않았을 게 아닌가. 장애인 전용칸 시설은 약혼하고 나서부터는 더 이상 이용할 필요도 없어졌다. 그 목적을 다한 셈이었다. 크리스가 완전히 자각하지 못했던 자신의 성욕을 시설의 통제하에 둠으로써 효용을 봤던 건 루이즈를 처음 만났던 몇 주, 그 결정적이고도 짧은 기간뿐이었다.

그런데 어느 날 둘이서 대화하던 중 루이즈가 말하기

11 서부극 영화의 한 갈래로 1960년대 중반에 생겨났으며, 주로 이탈리아계 감독들의 작품이라는 뜻에서 이런 이름이 붙었다.

를, 자신이 무엇보다도 싫어하는 것은 거짓말이라고 했다. 「나는 다른 건 다 참아도 거짓말은 못 참아.」 그녀가 말했다. 「우리 사이에 비밀이 있으면 안 돼, 크리스.」

그러고 나서는 뭐가 어떻게 된 건지 크리스는 도무지 이해가 되지 않았다. 아마 술을 너무 많이 먹고 들뜬 나머지 그녀에게 무엇이든 다 말해도 괜찮다는 기분이 든 것 같았다. 루이즈는 무언가 그가 숨기는 것이 있음을 눈치채고는, 무엇이든 쉬쉬하다 보면 실제보다 훨씬 더 나쁜 것이 되어 버린다고, 그게 바로 비밀의 문제점이라고 말했다. 그래서 그는 별건 아니고 그냥 직장에서 두어 번 이용한 사내 서비스에 관한 것이라고 했다. 루이즈가 기업 접대 같은 거냐고 되묻기에, 그는 그 비슷한 거라며 진실을 털어놓았다. 그러자 루이즈는 완전히 기겁했다.

장애인 전용칸 시설이 진가를 발휘한 것은 바로 이런 때였다. 완전히 단순한 것만 하고 싶을 때. 아무하고도 말하고 싶지 않을 때. 다만 만사에서 신경을 끄게 해줄 무언가를 원할 때. 그 시설이 없었더라면 크리스는 루이즈 문제로 업무에 큰 지장을 받았을 것이다. 하지만 시설을 이용한 덕분에 그는 걱정을 젖혀 두고 자기 목표를 이루는 데에만 몰두할 수 있었다.

물론 다른 기니피그들도 각자 나름의 변화를 겪었다. 지극히 단순하게만 보였던, 순전히 육체적 편의 시설의 개념으로 도입된 정책이 실제로는 사용자들에게 엄청난 심리 사회적 반향을 일으킨 것이었다.

만약 조가 〈유리병 돌리기〉 실험 참가자들을 대상으로 후속 연구를 했다면 이 문제를 피할 수 있었을지는 미지수다. 피뢰침이 다양한 기업체들의 업무 환경에 설치되는 기본 시스템으로 부상하고 한참 뒤, 어떤 사람이 〈유리병 돌리기〉 체험판 참가자들을 찾아가 인터뷰를 한 적이 있었다. 그런데 놀랍게도 그 회사에서는 조가 프로젝트에서 손을 뗀 지 10년이 지나도록 〈유리병 돌리기〉 게임을 계속하고 있었다는 사실이 밝혀졌다. 직원들 중에서 조보다 더 컴퓨터를 잘 다루는 사람 몇 명이 소프트웨어를 손봐서 새로운 기능을 두어 가지 추가하긴 했지만, 피뢰침의 원형이 된 프로그램의 기본 틀 자체는 여전히 적극적으로 사용되고 있었다. 게다가 그 어떤 뚜렷한 부작용도 발견되지 않았다. 하기 싫은 사람은 안 하면 그만이었고, 대부분이 재미있어한다는 것이었다.

그 회사 사람들은 언론에서 보고 접한 피뢰침 시설이 자기네 프로그램과 연관이 있다는 생각은 전혀 하지 못했다. 사실은 피뢰침 시설 개발자가 〈유리병 돌리기〉 개발자와 동일 인물이며, 이 회사에서 실험을 한 직후 그걸 바탕으로 더욱 본격적인 시스템을 개발했다는 사실을 알게 되자, 사람들은 깜짝 놀랐고 혐오스러워했다. 만약 그런 시설이 사내에 설치됐다면 업무 분위기가 망가졌으리라는 것이 그들의 공통된 생각이었다. 그들은 단지 재미 삼아서, 하루의 기분을 밝혀 줄 이벤트 삼아서 게임을 해왔을 뿐이라며, 피뢰침 시스템으로의 업그레이드는 절대로 원하지 않는다고 답했다.

그러니 조가 〈유리병 돌리기〉 실험에 부작용이 나타났는지의 여부를 더욱 책임감 있게 살폈다 하더라도 어차피 결과적으로 별 소용은 없었을 것이다.

한편 피뢰침 서비스를 제공하는 여직원들로 말할 것 같으면, 〈유리병 돌리기〉 실험을 토대로 그들이 겪을 경험을 아무리 추정해 봤자 만족스러운 가설을 세우기는 상대적으로 어려웠을 것이다.

결과가 어떻게 되든

루실은 자신이 잘 동요하지 않는 성격이라고 늘 자부했다. 스스로 생각하기에, 그녀는 무엇이든 덤덤히 받아들이고 해치울 줄 아는 사람인 것 같았다. 그녀는 주변 상황이 자신을 휘두르도록 놔두지 않았다. 뭐가 어떻게 되건 자신이 해야 할 일을 해나갔다. 또한 세부적인 사항들을 살필 줄 안다는 데에도 자부심이 있었다. 더 정확히 말하자면, 그녀는 세부적인 사항들에 지나치게 집착하지 않으면서도 주의를 기울일 줄 알았다. 요컨대 루실은 맡은 일을 군말 없이 매끄럽게 처리할 수 있는 종류의 사람이었다. 그녀에게 일을 맡기면 그 일은 틀림없이 처리되는 것이다.

처음 취직했을 때는 그 모든 걸 당연하게 생각했다. 〈나는 여기에 일을 하러 왔다. 그러니까 무슨 일을 해야 하는지 보고, 그 일을 하면 된다. 이보다 더 쉬울 순 없다. 그렇지 않은가?〉 그런데 그렇지가 않았다.

직장 생활을 좀 하다 보니, 그녀가 덤덤히 받아들이고 해치우는 일들을 대부분의 사람들은 그냥 대충 얼버무리고 달아나 버린다는 사실을 깨달았다. 직장 생활을 오래 하면 할수록 사람들이 얼마나 일 처리를 제대로 못하는지를 실감하게 되었다. 일 처리를 하라고 돈까지 받는데도 불구하고 일 처리를 못 했다. 그러니 돈을 받고 주어진 일을 해내는 사람은 남들보다 훨씬 돋보일 수밖에 없었다.

뭐, 거기까진 괜찮았다. 사람들이 그녀의 능력을 몰라주는 것도 아니니까. 그녀처럼 신뢰할 만한 동료와 함께 일할 수 있어서 너무나 고맙다고 사람들은 항상 말했다. 위기에 빠졌을 때에도 이성을 잃지 않는 사람과 함께 일할 수 있어서 너무나 기쁘다고 사람들은 항상 말했다. 그녀는 이제껏 여러 회사에서 일해 보았는데, 그때마다 그녀가 일을 잘한다는 소문이 돌다가 마침내는 그녀의 상사도 아닌 사람이 찾아와서 무슨 일을 도와 달라는 부탁을 하곤 했다. 그것도 뭔가 큰 일이 터졌을 때, 그러니까 위기에 빠져도 이성을 잃지 않고 세부적인 사항을 살필 수 있는 사람이 필요할 만큼 큰 일이 터졌을 때 꼭 그랬다. 그래, 거기까지도 뭐 다 좋았다.

보수가 나쁜 것도 아니었다. 회사 측에서 평가하는 그녀의 가치는 봉급에 그대로 반영되었다. 같은 직급에 있는 사람들보다 20퍼센트에서 거의 30퍼센트까지 더 받는 수준이었다. 그러니 사람들이 입으로만 그녀를 대우하고 금전적 대우를 해주지 않는 것은 아니라는 뜻이다. 그녀쪽에서 먼저 졸라서 돈을 뜯어내는 것도 아니었다. 두어 달쯤 일하고 나면 회사 쪽에서 더 주고 싶어서 안달하고, 어떻게든 보너스를 주거나 봉급을 인상해 줄 기회를 잡으려고 애를 태웠다. 사직서를 내면 돈을 더 줄 테니 남아 달라는 제안을 받지 않은 적이 한 번도 없었다.

그런데 문제는, 그 정도의 대우에 만족할 수가 없다는 점이었다. 정말로 솔직하게 말하자면 루실은 자신의 능력이 남들보다 겨우 30퍼센트 낮다고 생각하지 않았다. 30퍼센트가 얼만가, 대체? 0.3이다. 약 3분의 1이라는 뜻이었다. 고작 3분의 1이라고? 그러니까, 그녀의 능력이 평균보다 3분의 1밖에 높지 않다는 건가? 웃기는 얘기였다. 그녀가 생각하기에 자신은 보통의 비서들보다 30배는 더 뛰어나고, 보통의 상급 비서들보다 10배는 더 뛰어난데, 그녀가 버는 돈은 그만한 가치에 전혀 미치지 못했다.

오히려 초과 근무나 많이 떠맡게 될 때가 많았다.

다시 말해, 남들보다 특출나게 뛰어난 사람이 된 결과 그녀는 인생을 자기 뜻대로 살 수 없게 되어 버린 셈이었다.

반면 새로 제안받은 일자리는, 일을 매끄럽게 해치우는 자신의 능력에 어느 정도 상응하는 보수를 보장하는 듯했다. 그쪽에서 약속한 각종 대우는 그녀의 희소가치를 그나마 인정해 주는 방식이라고 볼 수 있었다. 장기적으로 그녀의 자질이 온당한 시장 가격으로 거래되는 영역으로 진출할 기회가 될 것이기 때문이었다. 로스쿨에 들어가고 싶어 했다는 여자의 사례가 유난히 마음에 와닿았다. 〈나라고 그렇게 못할 건 뭐야?〉라는 생각이 드는 것이었다. 〈나도 돈을 모아서 하버드 로스쿨에 가면 되지.〉

처음 몇 번은 사실 불쾌했다. 그녀는 조에게 각종 안전장치들을 요구한 바 있었지만 실제 시설에는 반영되어 있지 않았다. 조는 그렇게 세부적인 사항을 챙기는 재능이 없는 모양이었다. 그렇다면 뭐든 심각하게 잘못될 일은 없다는 뜻이기도 했다. 하의를 다 벗고 구멍 난 벽 앞에 서서 뒤로 삽입당하는 경험은 상당히 불편했지만, 생각해 보면 산부인과 진료받는 것과 그다지 다르지도 않았다. 그냥 덤덤히 받아들이고 해치우는 법을 배워야 하는 것이다. 사람은 누구나 하기 싫은 일도 하면서 살지 않던가. 중요한 것은 자신이 하고 **싶은** 것을 할 수 있을 만큼의 보상이 주어지는 일을 하는 것이다.

또 기억해야 할 점이 있었다. 인생이 우리에게 들이미는 것들이 마음에 들지 않을 때, 그걸 받아들이는 방식은 두 가지로 나눌 수 있다. 첫째는 부정적인 측면들을 강조하고, 작은 요소 하나하나가 마음에 쏙 들게 굴러가지 않는다는 이유로 무너져 버리는 것이다. 그리고 둘째는 마음에 안 드는 상황에 대처하는 법을 연습할 기회라고 여기는 것이다. 즉 주변 상황에 휘둘리지 않는 요령을 익힐 기회라는 뜻이다. 처음에는 사소한 말썽들을 가지고도 연습할 수 있다. 버스가 늦는다든지, 가게에 들를 시간이 없을 때 하필 커피가 떨어졌다든지. 그 정도의 일쯤은 의식하지도 않고 넘어갈 수 있을 만큼 단련이 되면, 다음으로는 조금 더 크고 성가신 일들을 대상으로 삼는다. 예컨대 배차 간격이 한 시간인 버스를 놓치는 일까지도 아무렇지도 않게 받아들일 수 있을 만큼 수련하는 것이다. 그런 다음에는 뭔가 일이 꼬일 때마다 무조건 심란해하지 않고 대처하는 습관을 들여가면 된다. 그러다 정말로 도무지 못 견디겠다 싶은 일이 생기면, 그때야말로 자신이 얼마나 강한지를 시험할 수 있다. 충분히 불쾌해할 만한 일도 마음의 평화를 어지럽히지 않고 헤쳐 나간다면 당신은 무언가를 입증해 낸 것이다. 그 어떤 시련이 닥쳐도 쓰러지지 않는 능력. 그건 엄청나게 강력한 능력이다. 약간의 불쾌함도 감당하지 못하고 몸을 사린다면 그런 능력은 영영 얻을 수 없다.

그래서 루실은 처음 몇 주를 큰 어려움 없이 잘 버텨

냈다. 그러다 조가 피뢰침 직원들에게 스커트를 입히는 정책을 실시했다. 어쩐지 스커트를 입는 것만으로도 더 안전하다는 기분이 들었다. 확실히 상황이 전보다 개선된 셈이었다. 하지만 스커트 없이도 지난 몇 주를 잘 이겨 냈으니, 그녀는 앞으로 무엇이든 할 수 있겠다는 확신이 들었다. 이런 확신이 생긴다는 건 언제나 기쁜 일이었다.

그러나 루실을 제외한 초창기 피뢰침 여성들은 실제 직무에서 부딪친 여러 난점들에 적응하기 힘들어했다. 훗날 그들이 당시의 경험을 돌이켜 보고 공통적으로 술회한 바는, 그때 자신들은 제대로 준비가 되어 있지 않았다는 것이었다. 조는 그들의 컴퓨터 화면에 알림창이 어떻게 뜨는지 보여 주고, 장애인 전용 화장실로 데려가서 이동기를 작동시키는 법을 알려 주었을 뿐이었다. 그들이 받은 교육은 고작 그게 전부였다. 루실은 그 과거를 모두 잊고 1년에 백만 달러를 버는 소송 전문 변호사가 되었지만, 그녀와 달리 과거를 이겨 내지 못한 여자 몇몇의 이야기가 신문에 실린 것을 보았다. 1999년 프로젝트에 참가해 처음 3주 동안 불쾌한 경험을 했던 여자 한 명은 그 충격에서 여태껏 벗어나지 못하고 있다고 고백했다. 그 기사에 숨겨진 의미를 미루어 짐작해 보면, 그 여자는 애초에 그런 종류의 직무를 맡지도 말았어야 했던 사람인 것 같았다. 만약 누군가가 루실의 생각을 물어본다면 ― 그럴 일은 없었지만 ― 그 일은 확실히 강한 사람만이 감당할 수 있는 일이었다고 대답할 것이다. 강하지 못한 사람들을 최전방에 밀어 넣어 봤자 화를 자초하는 짓밖에 되지 않는다고.

04

최대한 최고급으로

입소문

훗날 세간의 비판에 부딪친 조가 한 해명은, 다 지나고 나서 보면 피뢰침 시스템의 성공은 뻔한 일로 생각되겠지만 초창기에는 전혀 그렇지 않았다는 것이었다. 이상적으로 가자면 그도 당연히 여직원들이 일 때문에 힘들어하지 않는지 찬찬히 살피고야 싶었다. 하지만 불행하게도 현실 세계는 이상으로부터 매우 거리가 멀었다. 사업을 성공시키려면 지속 가능한 고객들을 유치하는 것이 매우 필수적인데, 그 책무가 순전히 조 한 사람의 어깨에 달려 있었다. 그들 **모두를** 위해서라도 조는 유감스럽지만 어려운 결정들을 내릴 수밖에 없었다. 배가 가라앉으면 그들 모두 함께 침몰하는 꼴밖에 되지 않았다. 힘겨운 결단이 필요한 입장이었다.

그래서 초창기 피뢰침 직원들이 적응 과정을 거치는 동안, 조는 밖에서 상품을 팔러 다니느라 여념이 없었다. 화장실들에 시설이 설치되는 동안 조는 또 다른 회사들에 편지를 보냈고 또 다른 사장들을 설득하려 열을 올렸다. 그래도 상품을 이미 한 번 팔았고 설치 작업이 정말로 진행되고 있다는 사실에 한층 의욕이 났다. 자신 있는 척하는 연기야 얼마든지 할 수 있지만, 성공을 통해 얻는 자신감은 거짓으로 지어낼 수 없는 법이다. 고객에게 무슨 말을 어떻게 하든 간에 진짜 실적이 어떤지는 스스로 잘 알고 있으니까. 그리고 영업 분야에서 실적을 쌓으려면, 솔직히 말하건대, 정말이지 기막힌 연기를 하는 수밖에 없다.

그러던 차에 자신감을 확 북돋우는 일이 일어났다. 미니스커트 정책을 시행하고 한 달 뒤, 스티브와 같이 골프 치는 사이인 사장들 몇 명에게서 연락이 온 것이었다. 조의 예상대로였다. 일단 회사에 시스템이 도입되고 나니 스티브는 자신이 올바른 결정을 했다고 남들에게 정당화하고 싶어했다.

물론 그 결정에 대해 아예 아무에게도 말하지 않는 편이 여러 면에서 훨씬 나을 것이다. 하지만 사람 마음이 그렇게 되지가 않았다. 정상에 있는 남자는 외로워지게 마련이고, 더욱이 그렇게 중대한 결정을 내리고 나면 다른 사람들도 자신처럼 하기를 바라게 된다. 그래서 스티브는 한 친구에게 털어놓았다. 그는 스티브보다 나이가 더 많은, 타고난 성정이 보수적이고 젊은 세대의 관습을 별로 탐탁잖아하는 남자였다.

「우리는 사업가잖아, 알.」 스티브는 친구에게 말했다. 「결국에는 현실주의자가 될 수밖에 없지. 사람들을 있는 그대로 상대해야지, 보고 싶은 대로 봐서는 안 되니까 말이야. 그러지 못할 거라면, 제기랄, 지금 당장 은퇴하는 게 낫지.」

알은 조에게 전화한 이유를 설명하면서 스티브가 자신에게 그렇게 이야기하더라고 전했다. 그리고 자신은 아직 은퇴하고 관짝에 들어갈 준비가 안 되었다며, 조의 현실적인 접근 방식이 마음에 든다고 말했다. 신선한 공기를 한 모금 들이마신 기분이었다나. 「솔직히 인정할 것은 인정해야 하잖습니까.」 알이 말했다.

「전적으로 동의합니다.」 조가 말했다.

알은 조에게 자신의 회사에 한번 와달라며, 피차 편한 시간을 잡아서 약속을 정했다.

그뿐만이 아니었다. 스티브는 어느 전도유망한 젊은 사업가에게도 조의 프로젝트에 대해 좋게 이야기해 주었다. 스티브의 말로 미루어 짐작해 보면 경영 스타일이 다소 구시대적인 사업가인 모양이었다. 물론 비교적 예민한 정보를 공유할 사람을 고르는 데 그런 이유를 들어 의존하는 건 바람직하지 않지만, 어쨌든 결과적으로 아무 탈도 없었으니 넘어가자. 그 젊은 사업가는 조에게 전화해서 자신이 캔자스시티에 새 사무소를 꾸리고 있다며, 그의 밑에서 일하던 핵심 주자들이 뉴욕에서 건너와 일을 본격적으로 시작할 예정이라고 했다. 그런데 그들의 업무 방식이 중서부 지역 사람들에게는 충격적으로 느껴질 수 있을 것 같다고, 한 팀으로 일해야 할 사람들에게 불쾌감을 불러일으킬까 봐 걱정이라고 했다. 이런 상황에서 피뢰침 시스템을 쓴다면 긴장을 완화할 수도 있을 테고, 외지 출신의 팀원들이 적응하기에도 수월하지 않겠느냐고 그는 물었다.

「물론이죠.」조가 말했다.

「제 생각에는 지금 당장 시설을 설치해서, 업무 개시와 동시에 시설도 사용할 수 있게 하면 좋겠는데요.」

「전적으로 동의합니다.」조가 말했다.

「피뢰침 여직원들은 기존에 데리고 계신 분들을 보내 주시는 편이 좋겠습니다. 아무래도 신개념 프로젝트잖아요. 그리고 캔자스에서 새로 채용하려면 애로 사항이 좀 있을 것 같아서요. 캔자스에 와보신 적은 있습니까?」

「아직은요.」조가 말했다.

「좋은 곳이에요. 아주 좋은 곳이죠. 그리고 좋은 사람들도 많고요. 하지만 세련됐다고 할 만한 사람들은 아니라고 할까요, 무슨 뜻인지 아시죠? 물론 다들 텔레비전으로 보고 접하긴 하지만, 그런 일들이 실생활에서 일어나길 기대하지는 않는다는 거예요. 이해가 되시죠? 애초에 피뢰침 시스템을 여기에 들여오면 좋겠다고 생각했던 것도 바로 그 이유 때문이기도 합니다. 이곳 사람들을 무시할 생각은 없습니다만, 현지에서 채용하려다 보면 제가 원래 생각했던 목적에 어긋나게 될 거예요. 혹시 여직원들을 보내 주시는 데에 어려운 점이 있으십니까?」

「전혀 문제없습니다.」 조가 말했다.

「좋습니다. 좋아요. 그럼 이놈의 캔 뭐시기 도시에 언제 오실 수 있을까요? 이번 주말 어떠십니까?」

〈캔 뭐시기?〉 조는 생각했다. 〈하, 거참, 좀 천천히 합시다.〉

「이번 주말 괜찮습니다.」 조는 말했다.

영업이란 게 이런 식이다. 고객 한 명 만들기도 힘들어서 죽을 지경으로 허덕이다가도, 어느 순간 정신을 차려 보면 도리어 고객을 피해 도망치느라 길거리를 전력 질주하는 처지가 되는 것이다. 그 고객은 상품을 당장 팔아 달라는 둥, 자기 엄마의 삼촌의 청소부가 그 상품에 대해 한 말을 듣고 나니 자기는 그것 없이는 살 가치가 없다는 생각이 든다는 둥 애원하면서 당신을 맹렬히 추격할 것이다.

새로운 터전

조는 그 주 주말에 비행기를 타고 캔 뭐시기 도시로
향했다. 새로 세워진 사무소가 어떤 곳인지 둘러보고
이동기 및 기타 설비들을 설치하기 위한 상담을 진행할
예정이었다. 하늘을 날듯이 들뜰 만한 상황이었다. 또
한 건의 매상을 올릴 테고 현금 흐름도 원활해질 텐데,
그 이상 무엇을 바라겠는가? 그런데 조는 비행하는 내
내 고뇌에 사로잡혔다. 장애인 전용 변기 문제 때문이
었다. 아무리 젖혀 두려고 해도 그 문제가 뇌리를 떠나
지 않고 자꾸만 생각났다. 예전에 블라인드 문제로 골
머리를 앓던 때와 비슷했다. 그보다 수천 배는 더 심각
한 고민이었지만.

도착했을 때는 금요일 늦은 밤이었다. 수하물은 휴
대하고 있었으므로, 비행기에서 내리자마자 그는 힐튼

호텔로 가는 셔틀버스를 타러 갔다. 사업이 이 단계에 이르니 조는 더 이상 숙소를 모텔로 잡을 수 없었다. 모텔에서 묵는다면 현금 흐름에 문제가 있다는 뜻밖에 되지 않을 테니까. 힐튼 호텔이어야만 했다. 최소한 그의 정장은 그만한 숙소에 딱 맞아 보였다.

그런데 희한한 일이 일어났다. 셔틀버스 정류장에서 줄을 서서 기다리고 있는데, 그의 앞에 있던 사람이 여행 가방에서 무언가를 꺼내려고 허리를 구부렸다. 그러자 그 사람 앞에 있던 난쟁이, 그러니까 왜소증 환자가 비로소 조의 시야에 들어왔다. 키가 겨우 120센티미터 남짓 되어 보이는 남자였다. 그보다 더 작은 것 같기도 했다. 그가 딱히 무슨 행동을 하고 있었던 건 아니다. 그냥 조그마한 체구로 그 자리에 서 있을 뿐이었다. 그때 셔틀버스가 정류장에 도착했다.

난쟁이라고는 오래전 영화 「시간 도둑들」에서 보았을 뿐 실제로는 한 번도 마주쳐 본 적 없었던 조는, 난쟁이의 다리가 얼마나 짧을 수 있는지를 그때야 비로소 실감했다. 셔틀버스 입구의 계단은 낮은 편이었다. 하지만 그것도 그 난쟁이 남자에게는 지나치게 높았다. 물론 남자는 이런 상황을 많이 겪어 봤을 테니, 거뜬히 문짝 가운데에 달린 봉을 붙잡고 몸을 끌어올려서 계단 위에 발을 내딛을 수 있었다. 그런데 그다음에는 요금 징수기에 돈을 집어넣어야 했다. 그것 역시 그에게는 지나치게 높았다. 그다음에는 버스 안쪽으로 걸어가서 좌석들 중 하나에 앉았는데, 좌석 역시 그에게는 지나치게 높았으므로 또다시 몸을 끌어올려 앉아야 했다. 저런 식으로 세상을 산다는 건 대체 어떤 경험일까?

조는 요금을 내고 버스 안쪽으로 들어가서 자리에 앉았다. 남자에게서 멀찍이 떨어진 자리였다. 인생을 살다 보면 가장 먼저 깨우치게 되는 교훈들 중 하나가, 신장이 평균 이하인 남자는 무조건 피해야 한다는 것이다. 왜인진 몰라도 남자들은 키가 작으면 뭔가를 증명해야 한다는 의무감을 느끼기 때문이다. 만약 어떤 남자가 167센티미터에서 성장이 멈췄다고 치자. 딱 몇 센티미터만 더 컸더라면 안 그랬을 테지만, 그 몇 센티미터 차이 때문에 그는 공격적으로 굴거나 심술을 부리기까지 한다. 거기서 2센티미터쯤 더 작아지면 그때부터는 그야말로 성깔 더러운 개새끼의 영역으로 진입한다. 그런데 하물며 120센티미터짜리 남자는 얼마나 극악할지 상상도 되지 않았다. 안전거리를 지키는 게 상책이었다.

어쨌거나 버스는 출발했고, 조의 생각은 지긋지긋한 고민거리로 되돌아갔다. 장애인 전용 변기 문제 말이다. 그런데 그때 문득, 그 장애인 전용 변기조차 키가 저만큼 작은 사람에게는 지나치게 높으리라는 데에 생각이 미쳤다. 사실 그 사람들 입장에서는 보통 변기들보다 나을 것도 없었다. 단지 변기 위로 기어 올라가 앉을 수 있게끔 붙잡을 만한 난간이 달려 있다는 차이뿐이었다. 게다가 이제 와 따져 보면 화장실 문에 〈난쟁이〉를 표시한 기호가 붙어 있는 경우를 본 적이나 있던가, 기억도 나지 않았다. 사람들이 생리적 욕구를 해결하고자 할 때마다 변기 위로 기어 올라가야만 하는 세상이라니, 대체 어떻게 돼먹은 세상에서 살고 있었던 것인가?

조가 이런 생각에 빠져 분개하고 있을 때, 승객들 중 한 남자가 난쟁이 남자에게 집적거리기 시작했다. 똥배가 나온 뚱뚱한 거구의 남자였다. 그는 난쟁이 남자와 마찬가지로 버스 앞쪽에 있는, 앞유리가 아니라 옆유리를 마주하도록 설치된 긴 벤치 같은 형태의 좌석에 앉아 있었다. 그가 편안하게 앉을 수 있는 종류의 좌석은 그것뿐이었기 때문이다. 그렇다고 해서 다른 좌석들의 너비가 남자가 앉을 수 없을 만큼 비좁은 것은 아니었다. 그의 체격이 크긴 했지만 그 정도로 크지는 않았다. 문제는 앞뒤로 정렬된 좌석들 사이의 간격에 있었다. 그의 똥배가 너무 거대해서, 한 좌석과 그 앞좌석의 등받이 사이에 비집고 들어가 앉을 수가 없었던 것이다. 그래서 남자는 통로를 향해 배를 내놓고 편안히 숨을 쉴 수 있는 자리에 앉아, 그 맞은편 좌석에서 책을 읽고 있는 난쟁이 남자를 마주 보고 있었다.

뚱뚱한 남자: 「뭐 읽어요, 키다리 양반?」

조는 생각했다. 〈말도 안 돼. 진짜로 말도 안 돼. 키다리 양반? 아무리 무신경한 돼지라도 그렇지, 키에 대해 예민할 수밖에 없을 사람한테 떡하니 저런 말을 하다니?〉 심지어 그는 난쟁이 남자를 괴롭히려고 그러는 것도 아니었다. 표정만 봐도 그냥 호의에서 말을 건 것임이 분명했다. 〈맙소사.〉

조는 이제 틀림없이 난쟁이 남자가 주머니칼을 꺼내서 무방비한 상대방의 똥배에다 내꽂아 버릴 거라고 생각했다. 아니면 발을 쿵 굴러서 신발 밑창에 숨겨져 있던 면도날을 꺼낸다거나. 「킥복싱 한판 해볼까, **키다리 양반?**」 난쟁이 남자는 그렇게 말하곤 뚱뚱한 남자가 상황 파악할 틈도 없이 허공으로 몸을 날릴 테고, 칼날을 휘둘러…….

「『존 포스터 덜레스[12] 유머집』이에요.」 난쟁이 남자가 말했다.

「허.」 뚱뚱한 남자가 말했다. 「재밌습니까?」

「이제 겨우 두 쪽 읽었어요.」

「흠, 솔직히 말하자면, 존 포스터 덜레스가 유머를 연상시키는 사람은 아닌 것 같은데요. 하기야 그 외에도 뭐 딱히 떠오르는 게 없긴 하군요.」

「그런 오해를 많이들 하죠. 하지만 JFD[13]는 겉보기

---

12 공화당 출신 정치가이자 법률가로 1950년대에 미국의 국무 장관을 지냈다.
13 존 포스터 덜레스의 이니셜.

와 다른 사람이에요.」

〈JFD라고?〉 조는 생각했다. 〈뭐? JFD?〉

「그래요? 그나저나 나는 폴이라고 합니다.」

「이언입니다.」

「만나서 반가워요, 이언.」

조는 어째서 캔자스 사람들이 괴상하다는 평판을 얻지 않았는지 궁금해졌다. 존 포스터 덜레스를 JFD라고 부르는 사람이 옆에 있는데 그 누구도 눈썹 하나 깜짝하지 않는다니, 그렇다면 나머지 사람들은 다 어떻단 말인가? 그런데 그 의문을 떠올리자마자 캔자스에 대한 소문이 왜 퍼지지 않는지 알 만도 하다는 생각이 들었다. 보통 사람들은 이곳에서 어떤 이상한 일들이 벌어지는지 알아차리지도 못했던 것이다. 캔자스주가 어떤 곳인지 경험하기도 전에 다들 어딘가 다른 데로 자기 재미를 좇아 떠나 버렸을 테니까. 그래서 외지인들은 계속 외지인으로만 남아 있었을 것이다.

「사람들이 잘 몰라서 그렇지, 그 양반 꽤 흥미로운 사람이에요. 만약 아이크가 인기를 한 몸에 받았다면 그렇게 됐을 것 같다고 할까요.」

「아이크요?」

「아이젠하워 말예요.」

「아아, 그렇군요. 그 사람요. 네.」 폴은 잠깐 말을 끊었다. 「그런데, 제가 워낙 역사 쪽에 약해서 잘은 모르지만, 어쩐지 저는 여태껏 아이젠하워의 이름이 드와이트인 줄 알았거든요. 제가 누군가 다른 사람하고 헷갈리는 걸까요?」

「아이크는 그의 별명이었어요.」 이언이 대답했다.

「오, 이제야 알겠군요.」

「〈나는 아이크가 좋아〉라고, 그가 대통령 선거 출마했을 때 썼던 구호에도 나온 적이 있지요.」

「정말요? 전혀 몰랐는데요.」

「그나저나 어디서 온 분이세요?」 이언이 물었다. 조도 딱 같은 궁금증이 들던 차였다.

「음, 여기저기 떠돌아다니고 있습니다만 고향은 킨입니다. 뉴햄프셔 지역이죠.」

조는 그의 대답을 곱씹었다. 어쩌면 캔자스는 그다지 괴상한 곳이 아닌지도 몰랐다. 뉴햄프셔주 킨이야말로 학계에 아직 보고되지 않은 외딴 생태계일 수도 있다.

이언은 책을 덮고 여행 가방에 달린 주머니에 책을 쑤셔 넣었다. 「저는 그렇게 먼 동부 지역까지는 아직 한 번도 가본 적이 없네요.」 그가 말했다. 「가을에 낙엽 질 때 풍경이 그렇게 멋지다던데요.」

「확실히 멋지죠.」 폴이 말했다. 「볼만한 광경이에요.」

「그래요, 대화 즐거웠습니다. 저는 이제 내릴 때가 돼서요.」 이언이 좌석 옆 기둥에 달린 버튼을 눌렀다. 버스의 속력이 느려지더니 이내 멈춰 섰다. 「캔자스시티에서 즐거운 시간 보내시길.」

「고마워요.」 폴이 말했다. 「당신도 좋은 하루 보내요.」

이언이 버스에서 내리고, 버스가 출발했다.

조는 퍼뜩 생각했다. 〈우리에게 필요한 건 화장실 안에 고정된 장애인용 변기가 아니야. 변기의 높이가 조절 가능하게 되어 있어야 하는 거야. 치과 진료실에 있는 의자처럼! 발로 밟아서 올렸다 내렸다 할 수 있게! 아니면 전자 회로로 작동하게 하든가! 그런데 가만, 변기를 올렸다 내렸다 할 수 있다면 아예 바닥 밑으로 내려 버릴 수도 있지 않나? 눈에 완전히 안 보이게 치워 버리는 거지! 바닥에 뚜껑 같은 걸 만들어서 말이야! 그렇게 해서 장애인 전용칸을 다른 목적으로도, 그러니까 또 다른 생리적 욕구를 해결하기 위한 목적으로 사용할 수 있게 하는 거야!〉

그러자 또 이런 생각이 들었다. 〈어쩌면 높이 조절 변기가 이미 있을지도 몰라!〉

버스는 드넓고 텅 빈 직선 도로를 따라 빠르게 달리고 있었다. 앞에 끼어드는 차는 한 대도 없었다. 이 중대한 의문의 해답을 알고 있을 게 분명한 사람에게서 조는 시시각각 멀어지고 있었던 것이다.

조는 불쑥 외쳤다. 「기사님! 버스 좀 세워 주세요! 방금 정류장을 지나쳤어요!」

「힐튼 호텔로 가시는 것 아니었어요?」기사가 말했다. 친절하기로 유명한 캔자스 사람다웠다.

「운동을 해야 돼서요!」조는 다급하게 말했다. 이러는 중에도 버스는 그 남자에게서 자꾸만 멀어져 가고 있었다.

「그럼 다음 정류장에 세워 드릴게요.」기사가 말했다.

「토할 것 같은데요!」조는 한 손으로 제 입을 틀어막았다.

버스가 조용히 길가에 멈춰 섰다.

눈치를 보아하니, 기사는 조가 거짓말을 하고 있다는 걸 알면서도 예의상 모른 척해 주고 있었다. 조는 기사가 마음을 바꾸기 전에 재빨리 출입문으로 뛰어나갔다.

그러곤 몸을 돌려 먼젓번 정류장 방향으로 뛰었다. 여행 가방이 거치적거려서 욕이 절로 나왔다.

그래도 한 가지 다행인 점은, 이언이 그리 멀리 가지는 못했으리라는 것이었다.

과연 5분쯤 전력 질주한 끝에 조는 못 알아볼래야 못 알아볼 수 없는 남자의 뒷모습을 발견했다.

「잠깐만요!」조는 숨을 몰아쉬며 소리쳤다. 「거기 기다려요!」

그는 헐떡거리며 이언의 옆까지 다가섰다.

「무슨 일이시죠?」이언이 물었다.

「그게…….」조는 숨을 헐떡거렸다. 헐떡거리느라 말

이 안 나왔다. 정말로 운동을 해야 할 것 같았다. 스페셜 K 시리얼이라도 잔뜩 사다 놔야겠다 싶었다. 차를 타지 말고 걸어서 마트까지 가는 것이다. 아니면 더욱 극단적인 조치를 취해야 할 수도 있다. 피트니스 센터에 등록하고, 매일 한 시간씩 운동을 다니면…….

「어…….」 조는 일단 입을 열었다. 이 이야기를 민망하지 않게끔 꺼낼 도리가 없었다. 「부디 오해하시진 말고 들어 주세요. 저는, 음, 제 친구 하나가 여기서 사무소를 연다고 해서 도와주러 왔는데요, 그래서, 음, 그러니까, 건물을 아예 처음부터 짓는 김에, 화장실에 높이 조절이 되는 변기를 설치하면 어떨까 하고 있거든요. 그래서, 어, 혹시 그런 화장실에 대해 아시는 바가 있나 해서요.」

「아뇨.」 이언이 말했다. 「그런 이야기는 처음 들어 보는데요.」

「오.」 조가 말했다. 「오, 그렇군요, 번거롭게 해드려서 죄송합니다.」

「괜찮습니다. 뭐 더 도와드릴 건 없고요?」 남자는 얼른 집에 가서 『존 포스터 덜레스 유머집』을 읽고 싶어서 애가 타는 눈치였다. 뭐, 세상에는 별별 사람이 다 있는 법이다.

「아닙니다.」 조가 말했다. 「도와주셔서 감사합니다. 저, 혹시 여기서 힐튼 호텔까지 어떻게 갈 수 있는지 아시나요?」

「힐튼 호텔이요?」 이언이 되물었다. 「여기서 한참 먼 곳인데요. 걸어가시려고요?」

「더 나은 방법이 있으면 좋고요.」 흥미롭게도, 조는 남자와 직접 대화하다 보니 저렇게 체구가 조그마해도 결국엔 사람이라는 실감이 비로소 들었다. 존 포스터 덜레스를 JFD라고 부르기는 해도 어쨌든 같은 인간인 것이다.

「제 생각엔 가장 빠른 길은…….」 이언이 말했다. 「온 길로 쭉 돌아가셔서, 신호등을 네 개 지나친 다음 오른쪽으로 꺾으세요. 그다음 두세 블록쯤 가면 KFC가 있는 1층짜리 상가가 나올 거예요. 거기서 택시를 탈 수 있어요. 아니면 버스를 타셔도 되지만, 지금은 밤이라 버스가 한 시간에 한 대씩 다녀서요.」

「그렇군요.」 조가 말했다. 「알겠습니다. 신호등 네 개, 오른쪽, 두세 블록이라고 하셨죠? 감사합니다. 정말 큰 도움이 됐습니다.」

조는 온 길로 몸을 돌렸다. 신호등 네 개, 오른쪽, 두 블록. 어려울 건 전혀 없었다.

그의 생각은 다시금 그날 내내 사로잡혀 있던 주제로 되돌아갔다.

여행 가방을 들고 캔자스시티 켄터키 프라이드치킨

으로 걸어가면서 조는 정말 아슬아슬하게 해답을 찾았구나 하고 실감했다.

왠지는 몰라도 그는 피뢰침 시설을 쓸 사람들이 자신과 비슷한 사람일 거라고만 생각해 왔다. 휠체어를 탄 사용자들이 있을 수도 있다는 생각은 미처 못 했다. 신장이 극도로 작은 사용자들의 존재도 미처 예상하지 못했다. 하지만 현대 사회에서 살아남으려면 그런 만일의 사태도 고려하지 않으면 안 된다. 회사에서 놓치고 싶어 하지 않는 성과 지향적 우수 사원들 중에서 그런 부류의 사람이 없으리란 법은 절대로 없는 것이다. 그렇다면 모든 사내 시설은 그런 부류의 사람들도 잠재적으로 사용 가능하도록 설계되어야 한다.

이건 단순한 추상적 평등 개념을 넘어서서 생각할 문제였다. 따져 보면 당연히 장애인들은 불만감을 느낄 때가 많을 터였다. 평생 동안 버스에 탈 때마다 좌석으로 기어 올라가야 하는 삶이라면 자주 불만감을 느낄 수밖에 없을 것이다. 그 불만 중에는 성적 욕구 불만도 포함되어 있으리라고 가정해도 무리가 아니었다. 즉 고용주가 편견에 치우치지 않고 그들에게 피뢰침 서비스를 제공하기만 한다면, 그들은 충분히 시설의 효용을 볼 수 있을 종류의 사람들이라는 뜻이었다.

게다가 그가 당면한 장애인 전용칸 활용 문제를 떠나서라도, 높이 조절 변기라는 아이디어 자체에 굉장한 잠재력이 있는 것 같았다. 어째서 진작 그런 설비가 보편화되지 않은 것일까? 어쩌면 조의 시도는 이 사회에서 너무나 쉽게 외면당하는 사람들의 고충을 더는 데에 작게나마 도움이 될지도 몰랐다. 모든 피뢰침 시설에 높이 조절 변기를 의무적으로 설치해 나간다면, 머잖아 다른 데로도 널리 퍼질 게 분명했다. 깊이 따져 볼 것도 없이 대박이 날 게 뻔한 아이템이었다. 아이를 데리고 다니는 엄마들에게도 큰 도움이 되지 않겠는가. 만약 피뢰침 프로젝트가 잘 안 된다면 그냥 높이 조절 변기의 개발과 마케팅에만 매진해도 충분할 것 같았다.

그리고 또 한 가지 떠오른 생각은, 자신이 왜 세일즈맨으로서 성공하지 못했는지 이제야 알겠다는 것이었다. 물론 나름 일이 잘 될 때도 있었지만, 뭔가 자신에게 딱 맞아떨어지지 않는 느낌이 항상 들었다. 그 이유가 무엇인지 이제는 이해가 되었다. 그는 근본적으로 세일즈맨이 아니었던 것이다. 그는 아이디어맨에 가까웠다. 그 두 가지는 아주 다른 분야였다. 조는 아무도 생각하지 못했던 것들을 생각해 내는 데에, 그리고 사람들이 생각하지 못했던 것이 실은 필수 불가결한 것이었다고 설득하는 데에 재능이 있었다. 세일즈도 그런 활동에 속하는 한 부분이긴 했다. 매우 큰 부분이지만, 어쨌든 더욱 큰 영역에 속하는 일부에 지나지 않는 것이다. 그런데 그 큰 영역을 가능하게 하는 것은 바로 아이디어를 떠올릴 줄 아는 요령이었다.

높이 조절 변기 아이디어를 떠올리고 나니 조는 별
어려움 없이 제리와 거래를 성사시킬 수 있었다. 제리
는 캔자스시티야말로 이 신개념을 도입할 최적의 장소
라면서, 「오클라호마!」 뮤지컬에 나오는 「캔자스시티」
노래까지 불렀다. 조도 거들었다. 고객과 유대감을 형
성할 기회를 절대로 놓쳐서는 안 되니까.
제리가 〈캔자스주〉의 캔자스시티에 대한 노래랍시
고 그 곡을 불렀다는 사실은 그가 얼마나 무식한지를
보여 주는 증거였다. 「오클라호마!」의 〈캔자스시티〉가
미주리주의 캔자스시티를 뜻한다는 건 여느 바보라도
다 아는 사실이다. 그 뮤지컬의 또 다른 곡에서는 〈캔자
스시티, 미주리〉라는 가사까지 나오지 않던가. 하필 두
도시가 강 하나를 사이에 두고 서로 붙어 있는 탓에, 캔
자스주 캔자스시티의 시민들은 이런 오해를 받을 때마
다 더더욱 골치가 아플 터였다. 하지만 세일즈맨이 고
객의 말에 꼬치꼬치 트집을 잡을 수야 없는 노릇이다.
〈고객은 언제나 옳다〉라는 속담도 이 상식을 뒷받침한
다. 만약 상대방이 틀린 말을 할 때마다 시정해 줘야 직
성이 풀리는 성격의 세일즈맨이 있다면, 그는 당장 일
을 멈추고 교사와 중견 세일즈맨의 실소득 차이를 비교
해 보는 편이 나을 것이다. 잘못된 시점에 옳은 말을 하

는 것보다는 올바른 시점에 잘못된 말을 함으로써 엄청난 돈을 벌어들일 수 있는 것이 사실이다.

미국 어린이들의 상당수는 이 이치를 본능적으로 알고 있다. 그래서 페루의 수도를 대라는 질문을 받으면 완전히 틀린 답을 내놓는 경우가 많은 것이다. 정말로 페루의 수도 이름이 뭔지 알아야 할 땐『브리태니커 백과사전』으로 재빨리 정보를 확인해 보면 된다. 하지만 잘 알려지지 않은 외국 수도를 즉석에서 알아맞히는 것보다 더 중요한 일들이 세상에는 많고, 그런 일들에 있어서는 미국인들이 유감없이 실력 발휘를 한다. 하물며 수십만 달러짜리 거래를 안겨다 줄 사람의 기분을 좋게 해주는 일에 있어서라면 말할 것도 없다. 그 건방진 사람이 굳이 자료를 찾아보지 않고도 자기가 옳다고 확신하고서 박수갈채가 쏟아지길 기다리든 말든, 미국인은 그 사람과 거래를 트고 악수를 나눌 것이다.

중요한 것은 높이 조절 변기를 다는 조건에 대해서는 완전히 합의가 됐다는 점이었다. 그렇다면야 조는 화성에 있는 캔자스시티에서라도 성심성의껏 노래해 줄 수 있었다.

결과적으로 조는 예상보다 훨씬 바빠졌다. 제리의 회사에서 일할 인력을 준비하는 것만도 만만치 않았다. 일단 캔 뭐시기 도시를 떠나 피뢰침 여직원들을 채용하러 갔다가, 다시 캔 뭐시기 도시로 돌아와 새로운 변기 설치 작업을 감독해야 했다. 이런저런 이유로 그는 스티브의 회사에서 시행되고 있는 피뢰침 프로젝트에 대해서는 많이 신경을 쓰지 못했다. 다른 데에 온통 신경이 쏠려 있었던 것이다. 그는 높이 조절 변기 프로젝트에 점점 더 열을 올렸고, 그 결과 높이 조절 세면대, 높이 조절 핸드 드라이어, 높이 조절 수건걸이뿐만 아니라, 높이 조절 콘돔 및 윤활제 비치 용기와 높이 조절 이동기까지 갖춰진 장애인 전용 화장실이 탄생했다. 신장이 평균 이하인 사람도 얼마든지 다른 사람들처럼 편안하게 모든 기능을 이용할 수 있도록 설계된 화장실이었다. 조는 이언을 어떻게든 찾아내서 자신이 완성한 시설을 보여 줄 수만 있다면 얼마나 좋을까 생각했다. 조가 아는 사람들 중에서 시설을 체험해 보고 가치를 평가해 줄 수 있는 사람은 이언뿐이었기 때문이다.

물론 조가 캔 뭐시기 도시에서만 머물렀던 것은 아니다. 왔다 갔다 했다. 하지만 관심의 초점은 그곳에 맞춰져 있었다. 프로젝트를 진행하면 할수록 그는 그 시설이 사회 전반의 기준에서 얼마나 이례적인지를 체감할 수 있었다. 모든 회사가 장애인 전용 화장실을 설치하도록 의무화되어 있지만, 막상 체격이 평균에서 벗어나는 사람이 나타나면 이 사회는 〈집에서 나오기 전에 화장실에 들르지 그러셨어요?〉라는 메시지를 던지는 것이다.

조로서는 피뢰침보다 이 일에 더 열의를 쏟게 될 수밖에 없었다. 물론 **어떤 의미에서는** 피뢰침도 사람들을 보호해 주는 기구였다. 사람들이 자기 잘못도 아닌 문제로 곤경에 빠지는 사태, 예컨대 남성 호르몬 불균형 문제 때문에 여성 동료를 모욕하게 되는 사태를 방지해 주는 기능을 했으니까. 하지만 그런 사태는 **어떤 의미에서는** 사람들이 뭔가 대책을 강구할 수 있기라도 했다. 반면 이 사회가 사람들이 키를 자유자재로 조절할 수 있기라도 한 듯이 설계되어 있는 것은 대체 무슨 사태란 말인가? 이건 〈소수자〉라든지, 흔히들 장차 사라지기를 기대하는 부류의 사람들에게만 국한된 문제도 아니었다. 세상에는 어린아이들도 엄청나게 많고 앞으로도 엄청나게 많을 게 분명하지 않은가. 그런데 대체 왜 이렇게 살아야 하나? 조는 아예 피뢰침 프로젝트를 관두고 새로운 아이디어에만 뛰어들고 싶은 생각마저 들었다. 이제껏 누구도 시도한 적 없는 일이니만큼 그 잠재력이란 어마어마할 터였다.

그러나 사람들이 흔히 인지하는 문제에 대한 해결책을 파는 것과, 사람들이 흔히 문제인 줄도 모르는 문제에 대한 해결책을 파는 것 사이에는 차이가 있었다. 백만 달러가 걸린 성추행 소송은 누구나 다 문제라고 생각했다. 반면 키가 작은 사람들의 고충은 문제라고 생각하지 않거나, 적어도 **자신의** 문제는 아니라고 생각하는 사람들이 많았다. 그러니 피뢰침 프로젝트를 계속하는 한 현금 흐름이 막힐 일은 없을 테지만, 높이 조절 변기에만 올인했다가는 유감스럽게도 순식간에 트레일러로 되돌아가 공짜 호박파이조차 못 얻어먹고 빈둥거리며 지내게 되기 십상이었다.

모로 가도 서울로만 가면 된다고 했다. 조는 피뢰침 운영에 있어서는 자신이 전권을 행사해야 한다고 누누이 강조해 왔으니, 이제부터 피뢰침 시설들은 무조건 신장에 구애받지 않고 사용 가능하도록 만들 작정이었다. 그리고 피뢰침 프로젝트가 이대로 승승장구하기만 한다면, 높이 조절 설비들은 차차 사람들에게 친숙해질 테고 종국에는 모든 공중화장실의 표준으로 정착할 것이다.

이렇게 장애인용 변기 문제가 해결되어 조는 한시름 놓았다. 그는 기존의 피뢰침 이동기 작동 메커니즘을 그대로 적용하여, 바닥에 난 구멍 밑으로 변기가 들어감과 동시에 구멍의 뚜껑이 미끄러지듯 움직여 그 위를 덮는 식으로 설계해 두었다. 또한 화장실을 아예 처음부터 짓는 것이니만큼, 그의 첫 고객들에게 제공했던 시설보다 덜 살풍경한 분위기로 연출할 수도 있었다.

유감스럽게도 사람이 두 장소에 동시에 있을 수 있는 법은 아직까지 아무도 개발하지 못했다. 그래서 조가 다른 장소에 매여 있는 동안, 냄비는 끓기 시작했다.

말썽

　인사과에서 일하다 보면 사람들의 어떤 행동에도 놀라지 않는 법을 배우게 된다. 업계에서 아무리 오래 있었어도, 온갖 인간 군상의 온갖 면을 다 봤다고 자신하더라도, 반드시 또 누군가가 놀라운 짓을 벌이게 마련이기 때문이다.

　인사과를 인사과라고 부르던 시절에는 더더욱 그랬다. 인사과는 시간이 흘러 〈인적 자원 관리부〉로 바뀌었지만 어쨌든 기본적으로 사람 다루는 일을 하는 곳이고, 그 분야에서 평생 일하다 보면 사람들이 무슨 짓을 하더라도 새로울 게 없다고 달관하는 단계에 이른다. 상상을 초월할 만큼 착해 보이던 사람들이 뒤에서는 조직적 기물 절도 사건에 관여하기도 했고, 사내 전화로 뻔뻔스럽게 머나먼 외국에 국제 전화를 걸어 대는 사원이 있어서 색출해 보면 역시나 그 누구보다 착해 보이던 사람인 경우도 다반사였다. 정확히 뭔지는 몰라도, 회사 근무 환경에는 사람들이 가정 교육으로 배운 도덕률을 완전히 거스르도록 부추기는 무언가가 있는 모양이었다. 그들이 정말로 도덕률을 배우고 자라긴 했는지는 사실 의문의 여지가 많았지만.

로이는 30년이 넘도록 여러 방면에서 사람 다루는 일을 해온 경륜이 있었으므로, 무언가 이상한 일이 벌어지고 있다는 것을 알아차렸을 때 놀라지 않았다. 사람 다루는 일에 능숙한 베테랑이라면 이상 현상 하나하나를 허투루 넘기지 않는 것이 얼마나 중요한지 아는 법이다. 어떤 부정행위가 점점 많이 일어나고 당연시되다 보면 누구나 그런 행위를 해도 되는 분위기가 조성되고, 결국엔 조직 전체에 상당한 불쾌감을 일으키면서 억지로 그 행위를 근절해야 하기에 이른다. 숙련된 인적 자원 관리자는 불쾌감이 얼마나 많은 손실인지 안다. 가끔은 그런 손실을 감수해야 할 때도 있다. 하지만 거기에는 엄연히 비용이 든다. 정말이다. 그러니 조직 내에서 어떤 부정행위가 천부 인권처럼 통하게 되기 전에, 그것을 근절할 방법만 있다면 당장 근절하는 편이 낫다.

로이는 〈무언가〉 이상한 일이 진행 중이라는 사실에는 놀라지 않았다. 하지만 그토록 오랜 세월 동안 온갖 다양한 인간 군상을 다뤄 왔음에도 불구하고, 실제로 일어난 사건은 로이가 꿈에서조차 상상도 해본 적 없는 일이었다.

사실 로이는 지난 몇 년 사이에 장애인 전용 화장실을 사용하는 습관이 들었다. 그는 어렸을 때도 시어스 로벅[14]의 의류 카탈로그에서 〈다부진 아동〉[15]이라는 항목에 있는 옷들을 찾아 입어야 할 정도의 체형이긴 했지만, 나이를 먹을수록 점점 더 몸이 불어 갔다. 시어스 로벅에는 허리둘레가 180센티미터인 성인 남성을 위한 의류는 따로 없었으므로, 결국 그는 카탈로그 주문 방식을 포기하고 한동안 월마트에서 옷을 사 입으며 지냈다. 그러다 어느 순간 정신이 번쩍 들었다. 인사 담당자로서 그는 자기 자신을 있는 그대로 받아들이는 것이 얼마나 중요한지 익히 잘 알았다. 이를테면 영화 「허슬러」만 보더라도, 폴 뉴먼이 맡은 주인공 캐릭터보다 미네소타 패츠[16]가 옷을 훨씬 더 잘 차려입고 다녔다. 패츠는 자신이 최고의 실력자라는 걸 스스로 알았기에 그에 어울리는 복장을 갖췄던 것이다. 그래서 로이는 5백 달러짜리 정장을 맞춰 입고(그 당시에는 5백 달러가 큰돈이었다) 비행기를 탈 때는 퍼스트 클래스만 타고 화장실에서는 항상 장애인 전용칸을 이용하게 되었다.

---

14 미국의 유통업체로 1886년에 설립되었다.
15 과체중 아동을 위해 생산된 의류에 흔히 붙던 별칭.
16 극 중에서 전설적인 당구의 귀재로 등장하는 캐릭터의 이름.

그러던 어느 날 장애인 전용칸의 변기에 앉아 천천히 볼일을 보고 있는데, 남직원 두어 명이 화장실로 들어와 소변을 눴다. 그런데 그중 한 명이 웃음을 터뜨리며 이렇게 말하는 것이었다. 「이야, 지금이 9시 15분인데 벌써부터 장애인칸 쓰는 사람이 있네. 와우.」

로이가 들은 말은 그게 다였다. 그때는 괘념치 않았다. 그냥 가로대를 붙잡고 변기에서 몸을 일으켰다. 그런데 그다음 날 또 장애인 전용칸에서 볼일을 보고 있을 때, 남직원 두어 명이 들어와서 대화를 나눴다.

그중 한 명이 자기는 오늘 장애인칸을 쓰고 이만 퇴근할 생각이라고 했다.

그러자 다른 한 명이 말했다. 「와우.」

이쯤 되니 로이는 자연히 그 농담이 병가를 낸다는 뜻의 은어 같은 것인가 보다고 생각했다. 그들 사이에 정확히 어떤 관습이 생겨난 건지는 몰라도, 나름의 은어까지 붙었을 정도면 이미 꽤 많이 퍼졌다는 의미였다. 무언가 이상한 일이 벌어지고 있으니 싹을 잘라야 했다.

로이는 사무실로 돌아가자마자 컴퓨터로 지난달의 출결 상황부터 확인했다. 그의 나이대 남자들 중 대다수는 컴퓨터라면 질색을 한다. 로이는 그들에게 늘 단언했다. 15년 전이었다면 1년이 걸려도 다 알아내지 못

했을 사내 현황을 겨우 5분 만에 전체적으로 파악할 수 있게 해주는 게 바로 컴퓨터라고. 단지 컴퓨터가 도구라는 사실만 기억하면 되는 일이었다. 컴퓨터는 사용자가 하고 싶어 하는 것을 할 수 있게 도와주려고 있는 것뿐이다. 제대로 쓰기만 한다면 자기 자신이 정확히 무엇을 원하는지 판단하는 데 큰 도움이 될 것이다. 하지만 컴퓨터의 궁극적인 기능은 인간이 일일이 하려면 너무 오래 걸려서 따분해지는 일들을 대신 처리해 주는 데에 있다. 요컨대 단순한 기계라는 얘기였다. 그 이상, 그 이하도 아니었다.

여하튼 그렇게 해서 로이는 지난 한 달간 사원들의 출결 내역을 분석한 자료를 5분 만에 열어 보았다. 그러고는 모니터를 빤히 쳐다보며 머리를 긁었다. 「맙소사, 이건 말도 안 돼.」 화면에 뜬 조그마한 차트를 들여다보며 그는 중얼거렸다. 지난 30년 동안 이런 경우는 한 번도 본 적 없었다.

직원들의 결근율이 사상 최저였던 것이다. 이 회사의 직원 수가 총 5백 명인데, 지난달에 병가를 낸 사람이 겨우 열 명밖에 되지 않았다. 지지난달에도 마찬가지였다. 로이는 현재로부터 6개월 전까지의 기록을 돌려 보았지만, 결근율은 매달 똑같이 최저선을 맴돌았다. 그러다 7개월 전으로 넘어가자 비로소 수치가 정상으로 돌아왔다.

6개월 전부터 어떤 변화가 일어나고 있었다. 굉장히 충격적인 변화가.

「허, 나 원 참.」 로이는 그렇게 뇌까리고는, 맨 밑 서랍에 보관해 둔 대용량 땅콩 엠앤엠즈 봉지들 중 하나를 꺼내 귀퉁이를 약간 찢었다.

오늘은 초록색부터 먹기로 했다.

그는 엠앤엠즈 몇 알을 사무용지 위에 쏟아 놓고, 초록색 알 한 개만 골라내 집어먹고는 나머지는 그릇에 옮겨 담았다.

「이런 경우는 머리털 나고 처음 본단 말이지.」 그는 초록색 엠앤엠즈를 또 한 알 입에 던져 넣고 다른 색깔 몇 알을 그릇에 던져 넣었다.

컴퓨터가 훌륭한 또 한 가지 이유는, 컴퓨터에게 제대로 된 질문을 던지기만 하면 의자에서 일어나지 않고도 어떤 정보든 알 수 있다는 점이다.

그래서 로이는 결근한 사람의 수가 아니라 결근 날짜를 기준으로 자료를 정렬해 보기로 했다. 그는 엠앤엠즈 서너 알을 꺼내며 검색 파라미터를 지정한 다음 검색을 실행했다.

「어, 이게 뭐야!」 로이는 소리쳤다.

다리가 부러진 남자 딱 한 명을 제외하고는 하루 이상 결근한 사람이 아무도 없었던 것이다.

그는 나이를 기준으로 정렬해 보았다. 이렇다 할 실

마리는 전혀 보이지 않았다. 근무 부서 기준으로 정렬해 보았지만, 역시 실마리는 없었다.

로이는 초록색 땅콩 엠앤엠즈 다섯 알을 입에 털어넣고는 노란색, 갈색, 빨간색, 파란색 엠앤엠즈를 쓸어 내서 그릇에 쏟아 넣었다.

파란색은 늘 마지막까지 먹지 않았다. 그러다 마침내 파란색만 남으면, 그것들을 또 다른 그릇에 담아서 외부인 방문객들이 먹을 수 있게끔 로비의 안내 데스크에 놔두었다. 하지만 방문자가 아무리 많은 날에도 그릇에 담긴 엠앤엠즈는 별로 줄어들지 않았다. 음식을 파란색으로 만들면 안 된다는 법칙을 깬 제조사 마스의 결정은 실수였음을 여실히 보여 주는 사례라고 할 수 있었다. 시도하는 것이야 잘못은 아니지만, 실수는 실수였다고 인정할 만큼 남자다운 사람이 그 회사에 있기를 바라게 되는 건 어쩔 수 없었다.

로이는 성별을 기준으로 다시 검색해 보았다.

「아니, 이건 또 뭐야?」 로이는 중얼거렸다. 병가를 낸 열 명 중 아홉 명은 여자였던 것이다. 나머지 한 명은 다리가 부러진 남자였다.

왠지는 몰라도 여직원들보다는 남직원들이 더 6개월 전보다 출근하기를 좋아하게 된 셈이었다. 하지만 그 변화 자체는 여직원들도 마찬가지였다. 한 달 동안 병가를 낸 여직원이 총 아홉 명이라면 6개월 전에 비해서는 훨씬 줄어든 수치였기 때문이다.

「허.」 로이는 중얼거렸다.

그는 봉지에 남은 엠앤엠즈를 죄다 책상 위에 쏟아 놓고는, 초록색만 다 골라 먹은 뒤 나머지는 그릇에 옮겨 담았다. 그리고 생각에 잠겼다.

다음으로는 빨간색을 먹어 보기로 했다.

30분 뒤 로이는 파란색 땅콩 엠앤엠즈가 든 그릇을 들고 사무실에서 나왔다.

「땅콩 엠앤엠즈 먹을래요, 스텔?」 그는 자신의 비서, 요즘 표현에 따르자면 〈업무 보조원〉에게 말을 걸었다.

「아뇨, 전 괜찮아요.」 스텔라가 대답했다.

로이는 그녀가 방금 한 말을 마스사(社) 관계자들이 들을 수만 있다면 얼마나 좋을까 싶었다. 그러면 엠앤엠즈에 추가된 최신 색깔을 내키지 않아 하는 소비자들에게 상품을 억지로 끼워 파는 짓을 재고할 수도 있을 텐데.

「스텔.」 로이는 어떻게 표현해야 하나 말을 골랐다. 「혹시 최근 들어 우리 회사에서 뭔가 이상하거나 평소와 다른 일이 일어나는 걸 본 적 있습니까? 지난 6개월 동안?」

「잘 모르겠는데요.」 그녀가 말했다. 「어떤 종류의 일을 생각하시는데요?」

「글쎄, 나도 그걸 잘 모르겠어서 말이지요.」로이는 파란 땅콩 엠앤엠즈를 무심결에 집어 먹으면서 대답했다. 그녀의 반응은 전혀 놀랍지 않았다. 그가 생각하기에 비서, 또는 업무 보조원에게 기대할 것은 그저 하루하루를 있는 그대로 받아들일 줄 아는 능력뿐인 듯했다. 무슨 아인슈타인을 채용한 게 아니지 않는가. 우연히 아인슈타인 비서를 두게 됐다면 오히려 그거야말로 곤란한 일이다. 엄청나게 곤란하다. 어느 인사 담당자에게 물어봐도 다 똑같이 대답할 것이다. 스텔라는 셜록 홈스가 아니고, 로이도 셜록 홈스를 원하고 그녀를 채용하지 않았다. 그 사실을 인정하는 것이 바로 채용의 첫 번째 원칙이었다. 직무 수행에 방해가 된다고 판단되는 어떤 특성들을 갖고 있지 않은 사람을 일부러 채용했으면서, 나중 가서는 바로 그 특성들을 갖고 있지 않다는 이유로 그 사원을 비난하거나 탓해서는 안 된다는 것이다. 자명한 이치인 듯 들리겠지만, 이 자명한 원칙을 일순간 감정에 휩쓸려 잊어버리는 사람들이 얼마나 많은지 놀라울 정도다.

로이는 안내 데스크로 내려가는 길에 회사 곳곳을 좀 둘러보기로 했다.

「안녕하세요, 로이.」루실이 모니터에서 눈도 떼지 않고 말했다. 인적 자원 관리부 부장은 꼭 코끼리 같은 발소리를 내며 걸어다녔다. 그녀는 입사하고 첫 주가 끝날 때쯤에 이미 그의 발소리를 알아들을 수 있게 되었다.

「땅콩 엠앤엠즈 먹을래요?」로이가 권했다.

「아뇨, 전 괜찮습니다.」루실은 정중하게 사양했다.

로이는 마스사 관계자들이 이 말도 들었으면 좋겠다고 생각했다.

「스테파니, 땅콩 엠앤엠즈 먹을래요?」

「좋아요.」스테파니가 말했다.

「먹고 싶은 만큼 먹어요.」로이가 권했다. 「다 안내 데스크로 가져갈 참이거든요.」

스테파니가 네 개를 골랐다. 그때 그녀의 책상에 전화벨이 울렸다.

「네, 피터 드레익스 사무실입니다.」

루실은 저 신입 여직원이 피뢰침인지 아닌지 몰랐다. 모를 수 있어서 좋았다. 조가 모처럼 저 할 일을 잘 하고 있다는 뜻이었다.

로이는 머뭇거리다가 전화 통화하는 사람이 없는 쪽으로 건너갔다. 그 틈을 타서 루실은 메모장 뒤에 메시지를 적었다. 「그거 안 먹는 게 좋을걸요.」

스테파니가 전화를 끊고 나서 그녀에게 되물었다. 「왜요?」

루실은 한쪽 눈썹을 치켜올렸다. 「봉지 안을 온통 헤

집어서 색깔별로 골라 먹다가 파란색만 남기거든요. 전부 다 네 번쯤은 손으로 만지작거린 거죠. 한 색깔을 다 끝내고 나야 다음 색깔로 넘어가니까요. 그렇게 해서 남은 것들을 안내 데스크에 갖다 두는 거예요. 어이없죠?」

신입 여직원이 낯을 찌푸렸다. 「으, 역겨워라.」 그녀는 엠앤엠즈를 슬그머니 쓰레기통에 흘려 넣었다. 「어이쿠, 그 사람이 본 것 같아요.」 그녀가 말했다.

로이는 스테파니가 그저 예의상 엠앤엠즈를 받았다는 것을 눈치챘다. 빌어먹을 파란색 엠앤엠즈를 먹고 싶지 않은 건 로이뿐만이 아니라 누구나 다 마찬가지인 것이다. 마스사 관계자들도 이 현실을 알아야 했다.

그는 여기저기 책상들 사이로 돌아다니는 남직원들을 눈여겨보았다. 그들의 발걸음이 여느 때보다 더 경쾌해 보이는 건 기분 탓일까?

사무실 분위기가 여느 때와 다르게 느껴지는 건 기분 탓일까?

로이는 또 무심코 파란색 엠앤엠즈 한 알을 먹었다.

직원들의 사기가 고취되었다면 당연히 환영할 일이지만, 인적 자원 관리부에서는 그 현상의 원인을 항상 파악하고 있어야 했다. 그게 뭔지 알아야 더욱 발전시킬 수도 있을 테니까. 최신 동향을 잘 파악하는 것이 중요한 이유가 바로 여기에 있었다. 안 그러면 사람 다루는 일이 무슨 의미인지 제대로 이해하지 못하는, 즉 자신이 무슨 일을 하는지도 모르는 채 하고 있는 아마추어가 되는 것이다. 그러다 상황이 통제권을 벗어나면 결국 뒷수습은 인적 자원 관리부 직원들의 몫이었다.

로이는 충동적으로 로라 카터의 책상 앞에 멈춰 섰다. 그녀는 로이보다 더 젊은 마케팅부 직원 두 명을 보조하는 비서, 아니, 〈팀 지원 담당자〉였다. 로라는 9개월 전에 어떤 재수 없는 사고를 당한 이후로 일주일에 2~3일꼴로 결근해 왔다. 타당한 의학적 구실이 늘 있긴 했지만, 그녀가 결근하는 패턴을 보면 바보라도 알 수 있을 만큼 뻔한 이유가 따로 있었다.

더욱이 로라가 같은 팀 사람들의 유머 감각에 적응하기 어려워한다는 것은 누구나 알 수 있는 사실이었다. 팀원들이 했던 어떤 언행들이 본의 아니게 그녀에게 불쾌감을 유발했고, 그러자 유감스럽게도 그녀가 아픈 곳을 찔렸다는 것을 눈치챈 팀원 두어 명이 그녀를 놀리고 싶은 충동을 참질 못하고 있었다. 만약 그녀가 아무렇지도 않게 반응했더라면 아마 그들도 그런 충동은 느끼지 않았을 것이다. 예컨대 에드 윌슨도 혈기 어린 방식으로 행동했지만, 대부분의 여직원들은 그의 언행을 그저 덤덤히 받아넘기고 있었다. 하지만 로라는 어쩐지 그러기가 쉽지 않은 모양이었다.

사실 로이는 지난 6개월 동안 결근한 사람들의 〈이름〉도 확인해 버렸는데 — 나이 든 인사 담당자들에게 이런 일 처리 방식은 제2의 천성 같은 것이다 — 무엇보다도 눈에 띈 것은 그 이름들 사이에 로라가 없다는 사실이었다.

어떤 사람들은 인원수가 수백 명에 달하는 조직에서는 사원들 개개인의 행적을 일일이 파악할 수 없을 거라고 생각한다. 그들이 실상을 알면 깜짝 놀랄 것이다. 한 회사에서 충분히 오래 일한 사람이라면 회사 측의 정보망을 빠져나갈 구멍은 거의 없다고 보면 된다.

「안녕하세요, 로이.」 로라가 모니터에서 고개를 들지 않고 인사했다.

「안녕하세요, 로라.」 로이가 말했다. 사무실 안을 둘러보니 에드 윌슨은 자리에 없었다. 잘된 일이었다. 「요즘은 좀 어때요?」

「잘 지내요. 괜찮으시면 지금 보는 일 마저 해도 될까요? 에드가 맡긴 일인데 금방 끝나요.」

「그럼요. 엠앤엠즈 좀 먹을래요?」

「고맙지만 지금은 먹을 짬이 없어요.」

〈거봐. 이렇다니까.〉 로이는 생각했다.

「잘 지내시는 것 같아서 다행이군요.」 로이가 말했다. 「그 직무도 꽤 스트레스 받는 일인데, 적응하기가 만만치는 않잖습니까. 어떤 분들은 꽤 오래 지나고 나서야 안정이 되더라고요.」

「음, 저는 일을 시작할 때 건강 문제가 워낙 심각했

죠.」로라가 말했다. 「그래서 아무래도 쉽지만은 않았고요. 그리고 이제 와 생각해 보면, 솔직히 에드와 제가 성격이 안 맞았어요. 제 성장 환경이 그하고는 달라서 그런 것 같아요. 저는 에드의 어떤 행동들이 부적절하다고 배웠거든요.」

로라는 문서 작성을 다 마치고 프린터로 출력했다.

「이제 엠앤엠즈 한 알 주시겠어요?」그녀가 말했다. 「파란색만 한 그릇에 모아 놓으니 진짜 예뻐요. 안내 데스크에 놓여 있던 것도 당신이 한 일이었나 보네요? 항상 보기 좋다고 생각했거든요. 어렸을 때 파란색 엠앤엠즈는 왜 안 만드나 아쉬웠는데 어느 날 보니까 출시가 됐더라고요. 그 회사에 나 같은 사람이 또 있나 보구나 싶었어요.」

로이는 생각했다. 〈취향도 가지가지로군.〉하지만 인사 담당자로 평생을 일하다 보면 뭐든 덤덤히 받아넘기는 법을 터득하게 마련이다.

「아무튼……」로라는 엠앤엠즈 한 알을 씹으면서 말했다. 「저희 어머니가 늘 하신 말씀이, 나 자신을 존중하며 처신하면 언젠가는 상대방도 내 뜻을 알아듣게 되어 있다고 했어요. 어떤 환경에서 자란 사람을 상대하든지 간에, 나 스스로 온당한 품행이 무엇인지 알고 있기만 하면 그 사람에게도 전달된다는 거예요. 심각하게 불리한 환경에서 자란 사람들은 그 이상 더 나은 방법을 모르니 남들에 비해 의사소통이 더딜 수도 있지만, 그래도 결국에는 이해하게 마련이라고요.」

훌륭한 인사 담당자는 자신이 정확히 어떻게 반응해야 할지 모르는 때가 언제인지 잘 안다. 누구나 그런 때가 있는 법이다. 정 모르겠으면 침묵하는 것이 상책이다.

로이는 엠앤엠즈를 먹었다.

「그래서 저는 꽤 오랜 시간을 그렇게 보냈는데, 그런데도 뚜렷한 변화가 보이지 않으니 막막하기도 했어요.」 로라가 말했다. 「그리고 솔직히 말하자면 에드의 문제만도 아니거든요. 이 팀에 있는 분들 모두가 비슷한 태도예요. 그분들과 성장 배경이 다른 사람이 받아들이기에는 아무래도 쉽지 않죠. 그런데 어느 날 굉장히 희한한 일이 일어났어요. 그분들 모두가 하루아침에 딴사람이 됐지 뭐예요. 정확히 무엇 때문이었는지는 모르겠지만, 드디어 올 때가 온 게 아니었나 싶어요. 어쨌든 우리 중 누군가는 변해야만 하는 상황이었으니까요. 제가 변하지는 않으리라는 걸 분명히 보여 줬으니, 그분들 쪽에서 변해야 한다는 걸 스스로 받아들인 모양이에요.」

「구체적으로 어떤 계기로 그들의 태도가 개선됐는지 짚이는 바는 없고요?」 로이가 물었다. 로라의 입장에서는 아무리 노력해도 큰 그림을 보는 데에 한계가 있을 수밖에 없다. 그녀의 팀에 변화를 불러일으킨 것이 무엇인지는 몰라도, 그것이 회사 전체에 같은 영향을 미치고 있는 듯했다. 인사과에서 일하다 보면 어쩔 수 없이 회의주의자에 가까워진다. 로이는 한 비서가 숙녀답게 처신했다고 해서 주변에 그토록 극적이고 광범위한 파급력을 발휘했다고는 믿기 어려웠다.

「네, 잘 모르겠네요.」로라가 말했다. 「다만 어떤 임시 에이전시에서 나온 신사분이 그분들 모두와 한 번씩 면담을 했던 게 기억나요. 사원들의 요구 사항을 조사하러 나온 분이라고 하던데요. 그분이 뭔가 지나가듯이 한 말 때문에 사람들이 자기 행동을 되돌아본 게 아닐까요?」

그 에이전시의 대표가 이 팀의 모든 남직원들과 개인면담을 했다는 사실을 로이는 그때에야 비로소 알게 되었다. 매우 이례적인 경우였다. 인사과에 먼저 상의해 주었더라면 좋았겠지만, 그러지 않았다고 해서 에이전시를 탓할 순 없었다. 그곳에서는 정말로 최우수 인력을 공급해 주었으니까. 그 여자들은 의심의 여지 없는 최고의 일자리를 제안받을 만한 인재들이었다.

「그래요, 그럼 저는 이만 가볼게요.」로이가 말했다. 「앞으로도 힘내요!」 어떤 이들은 격려의 말이 아무 쓸모도 없다고 하지만, 로이는 그런 말 한마디가 얼마나 중요한지 알았다.

그가 맞닥뜨린 수수께끼의 해답은 여전히 오리무중

이었다. 하지만 수수께끼가 있긴 있다는 것만은 확실했다. 무언가 이상한 일이 벌어지고 있었다. 문제는 그 이상한 일이 정확히 무엇이냐 하는 것이었다.

로이는 갖은 수단과 방법을 동원해 반드시 내막을 밝혀내고야 말겠다고 작정했다.

로이는 남은 파란색 엠앤엠즈를 안내 데스크에 놔두었다.

덩치가 그만큼 크면 앞일을 미리 계획해 두어야 했다. 갑자기 화장실에 가고 싶어지기라도 하면 큰일이었다. 어떻게 해도 화장실에 빨리 도착할 도리가 없기 때문이었다. 그래서 그는 사무실로 돌아가는 길에 예방 조치 삼아 화장실에 들르기로 했다.

로이는 장애인용 변기에 앉아 고민에 잠겼다. 도대체 뭐가 어떻게 돌아가는 것일까? 이렇다 할 실마리도 없었다. 이대로 아무 단서도 찾아내지 못한다면 어쩌나?

그는 고개를 내젓고 한숨을 쉬었다. 이젠 정말로 양을 줄여야 할 것 같았다. 대용량으로 포장된 엠앤엠즈를 하루에 세 봉지나 먹어서야 건강에 이로울 턱이 없었다. 만사에 중용을 지킬 것 — 좌우명으로 삼아야 할 말이었다.

예전에도 엠앤엠즈를 덜 먹으려고 해본 적이 있긴 했

다. 하루에 한 봉지까지 양을 줄였고, 한 달 동안 경건하게 그 규칙을 지켜 냈다. 그러나 그달 말이 되자 패배를 인정하지 않을 수 없었다. 업무에 지장이 생겼기 때문이었다. 사람의 심리란 참 괴상하고도 천차만별이라, 왠지 몰라도 그는 엠앤엠즈를 색깔별로 골라 먹는 행위를 통해야만 심리적으로 최적의 효율을 낼 수 있었다. 그리고 직무상 하루에 맞닥뜨리는 수많은 난제를 처리하기엔 엠앤엠즈 한 봉지만으로는 부족하다는 것이 문제였다. 흡연자들도 같은 이유로 애를 먹는다고 들었다. 흡연은 건강에 나쁜 데다가 주변 동료 모두를 위험에 빠뜨리는 반사회적인 활동이므로 금연 정책은 타협의 여지 없이 적용되어야 한다지만, 그럼에도 로이는 그들의 입장이 이해가 됐고, 동정심도 들었다.

그는 슬슬 몸을 일으키려 했다. 그런데 어디선가 딸깍 하는 해괴한 소리가 들렸다. 그러더니 옆의 벽면이 뚜껑처럼 열려 벽 속으로 미끄러져 들어가기 시작했다. 로이는 그쪽을 빤히 쳐다보았다. 뚜껑이 열리면서 드러난 구멍 속에는 까치발을 디딘 한 쌍의 맨발이 발바닥을 로이 쪽으로 향하고 있었다. 그리고 그가 보고 있는 동안 무슨 기계 장치가 작동하는 듯, 두 발이 점점 가까이 다가오면서 뚜껑이 마저 열려 맨 종아리가 드러나더니, 그다음엔 맨 허벅지가 나타났고, 그다음에는 맨…… 이런 맙소사.

그의 눈앞에 벌거벗은 여자의 하체 일부가 있었다. 기계 장치의 작동은 멎었고 여자의 허리 위로는 더 이상 드러나지 않았다. 더 드러날 필요도 없었다. 이미 충분히 많이 보였으니까. 아니, 충분 그 이상이었다.

〈이건 말도 안 돼.〉

이건 직원들 사이에 일어난 가벼운 치정 사건이 아니었다. 벽에 구멍을 뚫고 이런 장치를 만들기까지 했다니. 얼마나 많은 사람이 연루된 걸까? 주주들은 어떻게 생각할까? 합법이긴 한가?

그러는 동안에도 벌거벗은 여자 엉덩이는 그 자리에 그대로 있었다.

〈여기서 나가야겠어.〉

그는 일어서서 바지를 추어올리고 벨트를 찼다. 변기 물을 내렸다.

벌거벗은 여자 엉덩이는 움직이지 않았다.

〈미치겠네.〉

로이는 여자 친구를 사귀어 본 적이 없었다. 지금보다 젊고 말랐던 시절에 데이트는 몇 번 해봤지만, 그때마다 항상 머쓱해했다. 이 상황은 그의 깜냥을 한참 벗어나는 수준이었다.

〈나는 이러기엔 너무 늙었다고.〉 로이는 생각했다. 그도 젊은 시절에 불미스러운 사건 두어 건을 처리해 본 적은 있었다. 하지만 이런 사건에는 도대체 어떻게 대처해야 하나? 누구한테 말이라도 해본단 말인가? 말을 한다면 또 무슨 말을 하나? 그는 누군가에게, 예컨대 스티브 잭슨에게 벌거벗은 여자 하체 일부에 대해 털어놓는 걸 상상해 보았다.

〈안 돼, 도저히 못 해.〉

더 젊은 세대 남자라면 이런 상황을 덤덤히 받아넘길 수도 있을 것 같았다. 그러나 로이에게는 도저히 불가능했다. 다른 사람 앞에서 무슨 말을 꺼낼 수 있을지 상상조차 되지 않았다. 하지만 그렇다고 해서 이대로 모른 척할 수 있나? 눈과 귀를 막고 없었던 일인 척 시치미를 뗀다면 무책임한 짓이 될 터였다. 〈아니, 하지만 대체 뭘 어떻게 해야 하난 말이야?〉

게다가 또 다른 문제가 있었다. 여기서 어떻게 빠져나가야 하나? 혹시라도 문을 열었는데 밖에 누가 있다면? 그리고 그 사람이 본다면? 그가 이 일에 연루되었다는 오해를 살 터였다. 인사과에서 오래 일한 그는 소문이 어떻게 퍼질지 뻔히 짐작이 갔다. 이런 사건을 비밀로 할 사람은 아무도 없다. 결국 소문은 날 테고, 회사 사람들 모두가 아니 땐 굴뚝에 연기 날 리는 없다고 생각할 것이다.

어떻게든 저 여자를 설득해 여길 떠나게 해야만 했다.

그녀에게 말을 걸 수 있는 스피커 같은 장치가 어디엔가 있지 않을까?

로이는 화장실 칸 안을 둘러보았지만 아무것도 보이지 않았다. 휴지 옆에 뭔지 모를 물건이 있긴 했다. 혹시 이게 통신 장치일까? 그는 그것을 흔들어 보았다. 그러자 포장된 콘돔 하나가 바닥에 떨어졌다.

로이는 콘돔을 집어들고 그 물건 안으로 도로 밀어 넣으려 안간힘을 썼다. 그러자 오히려 콘돔 세 개가 더 튀어나와 바닥에 떨어졌다.

콘돔 네 개를 다시 밀어 넣을까 했지만, 이런 식으로 가다가는 그 안에 든 것들이 죄다 바닥에 쏟아져 나올 것 같았다. 그는 그냥 콘돔 네 개를 재킷 안주머니에 쑤셔 넣었다.

허리 아래만 드러난 상대방과 의사소통을 할 수단은 이 화장실 안을 아무리 둘러봐도 없는 게 확실했다.

글쎄, 그냥 그녀의 다리를 손으로 밀어서 메시지를 전할 순 없을까?

그랬다가 자칫 오해를 사면 어쩌나?

로이는 머뭇거렸다. 정말로 민망한 일이 될 터였다.

이때까지만 해도 로이는 상황이 이보다 더 나쁠 순 없다고 생각하고 있었다. 그런데 여자 손님을 밖으로 몰아낼 방법을 궁리하기만 하면 됐던 상황은 차라리 행운이었음을 그는 곧 깨닫고 말았다.

장애인 전용칸 문손잡이가 살짝 돌아갔던 것이다.

누군가가 안으로 들어오려 하고 있었다.

인간 종마

삶은 굳이 알고 싶지 않았던 자기 자신의 일면을 억지로 일깨워 주곤 한다.

에드는 자신의 성욕이 강하다는 것을 늘 알고는 있었다. 그러나 〈얼마나〉 강한지는 이제껏 몰랐다. 시설이 들어서고 한 달이 지나자 많은 남자들이 애인이 있다거나 하는 이유로 시설을 자주 이용하지 않게 되었다. 그들은 이용 알림이 오면 다른 사람에게 권한을 넘겨주고는 그 대신 위스키 한 병과 같은 대가를 받아 챙겼다. 그래서 에드는 본래 자기 몫보다 더 자주 시설을 이용할 수 있었고, 얼마 안 가서 하루에 대여섯 번씩이나 이용하기에 이르렀다.

예전에는 늘 여직원들이 지나치게 예민하다고만 생각했다. 그런데 이제 보니 그들의 잘못만도 아니었다. 사실 그들은 장애인칸 시설을 비현실적이리만큼 자주 이용해야만 정력을 온전히 발산할 수 있는 인간 종마와 같이 일하고 있었던 것이다. 이제 성욕을 배출할 통로가 생기고 나니 그는 전보다 더 착한 사람이 되었다. 심지어 그가 착해졌다고 칭찬하는 사람들도 있었다.

그는 성욕이 강한 사람들의 심리 기제를 꿰뚫어 보고 이 시스템을 개발한 이들의 공로를 높이 살 수밖에 없었다. 마치 피트니스 센터에 가서 샌드백을 가지고 운동하는 기분이었다. 이제부터는 지나가던 애꿎은 사람을 붙잡고 뭔가를 해소하는 대신, 그 뭔가를 받아 주는 대가로 돈을 받는 사람을 상대로 해소하면 되는 것이다.

자신에게 그런 문제가 있었음을 인지하자, 그는 별로 내키지 않을 때에도 — 그런 경우는 드물었지만 — 일부러라도 시설을 규칙적으로 이용하게 되었다.

오늘은 마이크에게서 알림 메시지가 넘어왔다. 에드는 한창 일하던 중이었지만, 이참에 성욕 해소부터 얼른 해치우는 게 낫겠다 싶어서 〈예〉를 눌렀다. 보내야 할 팩스가 한 더미 있긴 했지만 나가는 길에 아무 여자한테나 맡기면 될 터였다. 로라는 자리에 없었다. 그래서 옆 부서에 들렀다. 일레인이 막 책상에서 일어서던 참이었다. 그는 당장 급하게 보내야 하는 팩스가 있다며 문서를 그녀에게 넘겨주었다.

일레인은 항의하려는 눈치였다.

「이봐요, 난 시간이 없다고.」에드가 말했다. 「그냥

팩스기에 넣고, 팩스기가 알아서 다 할 때까지 기다린 다음, 송출 확인서 첨부해서 내 서류함에 넣어 두라고요. 문제 있으면 아스피린 한 알 먹고 내일 아침에 전화하고.」

그는 저벅저벅 걸음을 옮겼다. 그런데 남자 화장실에 막 들어가려던 참에 자신이 오후 2시에 누군가에게 전화하기로 약속했다는 것이 기억났다. 지금은 2시 5분이었다.

피뢰침은 잠시 기다려도 될 터였다. 어쨌든 그 일을 하려고 돈을 받는 여자 아닌가. 에드는 사무실로 돌아가서 전화기를 집어 들었다.

일레인은 팩스기에 문서들을 넣었지만, 종이가 자동으로 넘어가지 않고 자꾸만 걸리는 바람에 손으로 한장 한 장 집어넣어야 했다. 그러는 내내 그녀는 시간을 헤아리고 있었다. 마침내 마지막 한 장까지 들어간 뒤 팩스기가 발신을 시작했는데, 상대방 번호가 통화 중이었다. 팩스기는 세 차례 더 통신을 시도하더니 송출이 불가능하다는 메시지를 출력하고는 작업을 취소해 버렸다. 그래서 일레인은 처음부터 다시 문서들을 넣었다. 이번에는 통신이 성공했다. 그녀는 거기까지만 확인한 뒤 팩스기를 놔두고 서둘러 화장실로 향했다. 이미 너무 늦었다.

지나는 길에 에드가 사무실에서 통화하는 모습이 보였다. 그는 곧장 팩스 결과를 가져다주기를 바랄 듯했다. 〈뭐, 속 좀 태워 보라지.〉

그녀는 부랴부랴 장애인 전용칸으로 들어갔다. 당연하게도 불이 들어와 있었다. 맞은편 전용칸에 남자가 이미 들어와 있다는 뜻이었다. 오늘은 스커트도 생략해야겠다. 어차피 그 남자도 이미 볼 것은 다 봤을 테니 상관없었다.

그녀는 하의를 벗고 이동기에 들어가 벽 안쪽으로 건너갔다.

그런데 아무 일도 일어나지 않았다.

일레인은 시계를 흘끔거렸다. 빨리 해치우고 사무실로 돌아가고 싶었다. 에드가 팩스 결과를 기다리고 있을 터였다.

시간은 자꾸만 갔다. 맞은편에서 남자가 절박하게 발기시키려 애쓰고 있겠거니 싶었다. 두 칸 사이의 통신 수단만 있었다면 좋았을 텐데. 그녀는 조에게 그런 수단을 마련해 달라고 제안했지만, 아니, 사실 다들 똑같은 제안을 했겠지만, 조는 짬이 나면 설치해 주겠다고 차일피일 미루기만 했다. 그게 무슨 뜻인지는 뻔했다. 예전에도 누군가가 알림창 프로그램 기능을 개선해 달라고 아이디어를 낸 적이 있는데, 조는 아주 단순한 프로그램 수정에도 진땀을 빼는 것이었다.

한편 에드는 짜증이 치밀었다. 전화 통화를 마치고 서둘러 화장실로 갔더니 장애인칸 안에 다른 사람이 있었던 것이다. 다른 칸들은 다 비어 있었고, 이 회사에 장애인 직원이라고는 한 명도 없으므로, 누군가가 에드의 기회를 가로채서 즐기고 있는 것이라고밖에 생각할 수 없었다. 더 정확히 말하자면 마이크의 기회를 가로챈 것이겠지만, 에드는 성욕을 빨리 해소하고 싶어서 시세에 맞는 가격(조니 워커 한 병)을 지불하고 그 기회를 산 참이었다. 그러니 에드는 위스키 한 병을 잃었고 장애인칸 안의 누군가는 그 과정을 이용해 득을 보고 있는 셈이었다.

에드는 문을 덜컹덜컹 흔들었다.

장애인칸 안에서 로이는 퍼뜩 의문이 들었다. 〈저 사람이 왜 하필 여기엘 들어오려고 하지?〉 다른 칸도 다섯 개나 더 있었고, 그중에 비어 있는 칸이 하나도 없을 리는 없었다. 더구나 이 회사에 장애인 직원이라고는 한 명도 없었다. 그렇다면 결론은 단 하나, 장애인 전용 칸 안에서 벌어지는 외설 행위를 알고 있는 누군가가, 아마도 그것을 이용하려는 목적으로 여기에 들어오려고 한다는 뜻이었다.

로이는 진퇴양난에 빠졌다. 문을 열면 그 남자가 누구인지 알 수 있을 터였다. 사원 한 명의 정체를 알아내

따져 묻고, 그렇게 해서 이 추접스러운 일의 전말을 밝혀낼 수 있는 것이다. 책임감 있게 조치를 취하자면 당연히 그렇게 해야 했다. 하지만 그러기에는 한 가지 문제가 있었다.

여기서 문을 열면, 반쯤 벌거벗은 여자와 화장실 칸 안에 있었던 사람은 로이가 되어 버린다는 점이었다. 이 밀회의 당사자가 로이임을 입증할 증거들은 수두룩했다. 반면 저 밖의 남자에게 불리한 증거는 오로지 로이의 말뿐이었다. 실제로는 어디까지 그 남자가 근무 시간에 놀러 나온 것이고, 로이는 단지 지나가다 십자 포화를 얻어맞은 무고한 사람일 뿐이라는 사실을 뒷받침할 **증거**는 어디에도 없는 것이다.

밖에 있던 남자는 급기야 주먹으로 문짝을 두들겨 대기 시작했다.

한편 일레인은 뭔가 읽을거리라도 가져올 짬이 있었다면 좋았을 거라고 아쉬워하고 있었다.

그동안 피뢰침들이 조금씩 가져다 쌓아 둔 잡지들이 있긴 했다. 하지만 그녀는 여기에 있는 『피플』, 『Us 위클리』, 『마드무아젤』, 『엘르』, 『마리 클레르』, 『베터 홈스 앤드 가든스』 등을 이미 모두 한 번 이상 읽었다. 『피플』은 『전쟁과 평화』와 달랐다. 몇 번이고 읽고 또 읽어도 매번 새로운 의미가 생겨나는 책들이 있지만, 이건 그런 책이 아니었다. 그런 책인 척 포장할 필요도 없다. 『Us 위클리』는 그런 척하려고 애쓰긴 하지만. 『마드무 아젤』의 1999년 2월 호를 다시 들춰 보고선 처음 읽었을 때는 너무 어려서 이해하지 못했던 것이 많았음을 불현듯 깨닫는 사람은 아무도 없다. 이건 비판이 아니다. 오히려 바로 그 특성 때문에 사람들이 그런 읽을거리들을 좋아하는 것이다. 다만 어딘가의 대기실에서 발이 묶이게 됐을 때 그곳에 비치된 읽을거리라고는 이미 읽은 『피플』 지난 호들밖에 없다면, 기다리는 시간이 무척 지루해질 거라는 얘기다. 그 이상으로 다양한 잡지들이 갖춰져 있다 해도 이미 읽은 거라면 사정은 매한가지였다.

즉 일레인은 그동안 시간이 남아돌았다는 뜻이었다. 할 일이야 어마어마하게 많았다. 하지만 알림 메시지는 하필 눈코 뜰 새 없이 바쁠 때만 오곤 했다. 하기야 남자들이란 다 그런 식이라, 한가한 시간에 섹스하는 것과 할 일이 어마어마하게 많을 때 섹스하는 것 사이에서 하나만 고르라면 남자들은 반드시 후자만을 고를 것이다. 사실 이런 경우에는 상대방이 특별히 일레인을 지목한 것도 아니었으므로 굳이 요청을 수락할 필요는 없긴 했다. 누군가 다른 사람에게 요청을 넘기면 그만이었다. 하지만 그랬다가는 하루 종일 그 생각이 머릿속을 떠나지 않을 테고, 나중에 오히려 더더욱 바쁜 시간에 요청을 받게 되어 버릴 수도 있었다. 그래서 알림이 떴을 때 그녀는 〈그냥 지금 해치워 버리자〉고 생각했고, 결국은 이렇게 화장실에 틀어박혀 람보가 후딱 일을 개시해 주기를 기다리는 처지가 된 것이다.

그녀는 종종 떠올렸던 의문을 다시금 곱씹었다. 〈이럴 가치가 있나?〉 물론 보수는 좋았지만, 이런 고생까지 감수할 필요가 있을지 의문이었다.

하지만 세상에 완벽한 직업은 없다. 무슨 일을 하든 고생길이고, 이왕 고생할 것이라면 돈이라도 받아야 한다. 그런데 상당수의 회사들은 고생이랄 게 없다는 듯이 말한다. 행복한 대가족 같은 환경에서 일하는 데에 무슨 대가가 필요하겠냐는 둥, 그렇게 좋은 사람들과 일하는 것만도 행운이라는 둥, 중요한 건 돈이 아니라 사람이라는 둥. 〈웃기는 소리지.〉

중요한 것은 자신의 목표를 명확히 하는 것이다. 만약 당신이 매일같이 고생을 허다하게 한다면, 그런데 그 결과로 연말에 남는 것이 당신의 옷장에 잔뜩 채워진 옷들뿐이라면, 은퇴 생활을 즐겨야 할 시기에 중고 옷들을 파는 처지가 되었다고 해서 누굴 탓할 순 없다는 뜻이다. 일레인은 피뢰침 보너스만을 위한 계좌를 마련해 두었고, 그 방면으로 버는 돈은 무조건 그 계좌에 저축했다. 한 푼도 손대지 않고 고스란히 헤일리의 대학교 등록금과 대학 생활을 위한 각종 비용으로 쓸

예정이었다. 일레인은 선택의 자유가 많지 않은 인생을 살았지만 헤일리는 돈이 얼마나 들든 상관없이 가고 싶은 곳은 어디든 가게 해줄 작정이었다. 그런 결정에 있어서 돈 문제는 아예 고려할 필요도 없게끔. 여섯 달 만에 계좌에는 1만 5천 달러가 모였다. 1만 5천 달러를 받기 위해서라면 『피플』 지난 호들을 다시 읽는 것쯤은 견딜 수 있었다.

일레인이 이렇게 현실적인 결론을 내리고 보니 기다린 지 벌써 15분이 되어 가고 있었다. 〈도대체 저 남자는 어디가 잘못된 거야?〉 이보다 더 정통적인 방식으로 남성 고객들의 성욕을 해소해 주는 곳에서도 고객이 예상보다 너무 지체하면 이런 식으로 황당해하는 여자들이 많았다. 하지만 그럴 때는 고객이 노력하는 모습을 볼 수 있기라도 하다. 일레인은 자신의 고객이 도대체 뭘 하고 있는지 알 길이 없었다. 뭘 하고 있기는 한지도 의문이었다. 아니, 아예 자리에 없는 건 아닐까?

16분이 지났다. 지금쯤이면 에드 윌슨이 팩스를 기다리며 서성거리느라 바닥에 구멍이 뚫렸어도 무리가 아니었다. 더 이상은 무리였다. 〈이봐요, 난 분명 당신한테 기회를 줬어요. 당신이 날려 버린 거지.〉

로이가 여전히 진퇴양난에 빠져 어쩔 줄 모르고 있는데 문제가 저절로 해결되었다. 벽에서 나지막히 윙 하는 소리가 나더니 벌거벗은 여자의 하체 일부가 벽 저편으로 점점 멀어지는 것이었다. 이윽고 구멍 너머로 보이는 건 여자의 발뿐이었고, 발마저 사라지더니 뚜껑이 닫혔다. 그는 장애인 전용칸 안에 혼자 남았다.

밖의 남자는 여전히 문을 두들기고 있었다.

로이는 걸쇠를 젖히고 문을 열었다.

〈이걸 내가 왜 예상 못 했지?〉 그는 생각했다.

눈앞에는 분노에 찬 에드 윌슨의 얼굴이 있었다.

에드는 자신이 실수했음을 2초 만에 깨달았다. 다른 칸 다섯 개가 비어 있는데 로이가 하필 이 칸을 선택한 이유가 무엇인지는 너무나 뻔했다. 만약 에드의 체중이 150킬로그램이었다면 앉은 자세에서 아무것도 붙잡지 않고 무릎 관절의 힘만으로 일어서고 싶지는 않을 것 같았다. 로이도 마찬가지일 것이다.

「미안해요, 로이.」 에드는 재빨리 머리를 굴렸다. 「제 운동 가방을 여기다 놔둔 것 같아서요. 마지막으로 뒀던 데가 분명 여기였는데, 어째 안 보이네요. 아마 피트니스 센터에 뒀나 봅니다. 저 때문에 방해되신 건 아니었으면 좋겠네요.」

로이는 평소에 에드의 유머 감각을 별로 좋아하지 않았다. 가장 즐거울 때조차 어쩐지 〈하, 하, 하. 엄청 웃기는구먼〉이라는 반응만 나왔다. 이번에도 더 나은 대답은 떠오르지 않아서 〈하, 하, 하. 엄청 웃기는구먼〉이라고 하려 했는데, 에드는 벌써 밖으로 나가고 있었다.

이제 로이는 진정한 진퇴양난에 빠졌다. 에드 윌슨은 회사의 최고 우수 사원들 중 한 명이었다. 에드가 회사에 터무니없는 요구를 하고 기어이 관철시켰던 전적들을 로이는 누구보다 잘 알았다. 그는 늘 다른 곳에서 스카우트 제의를 받았고, 그런 제의가 들어오는 족족 기회로 삼아서 더더욱 이례적이고 파격적인 수준의 보상을 요구했다. 그가 요구 사항을 제시할 때마다 로이는 이번에는 너무 나갔다고, 저건 진짜 심했다고 생각했지만, 그러고 나면 회사에서 기어이 대준 람보르기니를 유유히 몰고 다니는 에드의 모습을 보게 되는 식이었다.

물론 에드가 개인적으로 벽에다 구멍을 뚫지야 않았을 것이다. 이런 일은 어딘가에서 승인을 해주지 않고는 일어날 수 없다. 그러니 에드가 스티브 잭슨에게 또 요구를 했고 스티브는 항복한 것이라고밖엔 볼 수 없었다. 에드와 스티브 사이의 기묘한 역학 관계를 모르는 외부인들이 보기에는 말도 안 되는 생각 같겠지만.

그런데 도대체 누구에게 이 사실을 보고한단 말인가? 로이가 스티브에게 이 문제를 알린다면, 집에서 구인 광고나 들여다보고 앉아 있게 될 사람은 에드 윌슨이 아닐 것이다.

그런데 스티브는 자신이 무슨 짓을 저질렀는지 알고는 있는 것인가? 이 일이 합법이긴 한가?

진짜 진퇴양난이었다.

일레인은 옷을 입고 팩스기로 돌아가서 문서들과 송출 확인서를 가지고 에드의 사무실로 향했다. 그녀가 막 도착했을 때 에드는 남자 화장실에서 성큼성큼 걸어 나오고 있었다.

「무슨 팩스 보내는 데 20분이나 걸립니까?」 심기가 불편해진 에드가 딱딱거렸다. 「20분이나 걸릴 줄 알았으면 그냥 거기까지 직접 배달하고 오라고 했겠죠.」

「5분밖에 안 걸렸는데요.」 역시 심기가 불편한 일레인이 대꾸했다. 「나머지 15분은 밥이 맡긴 일을 하는 데에 쓴 거고요. 혹시 잊어버렸을까 봐 말해 두는데, 밥은 내 상사예요. 당신이 워낙 급하다고 하니까 내 상사의 일을 도중에 중단한 거라고요. 그리고 나는 팩스를 보내는 일이 급하다는 건 줄 알았지, 팩스를 보냈다는 확인서를 당신에게 가져다주는 게 급하다는 뜻인 줄은 미처 몰랐는데요. 이렇게 유감스러운 오해를 해서 참 미안하군요.」

예전 같았으면 에드는 직설적으로 핵심을 찌르는 말로 받아쳤을 것이다. 하지만 피뢰침을 접하고 나서 그는 전에 없이 높은 수준의 자기 인식에 도달했고, 그래서 지금 자신이 팩스하고는 하등의 상관도 없는 이유로 주변에 있는 아무한테나 덤벼들고 싶어 한다는 사실을 알 수 있었다. 또한 전에는 별로 신경 쓰지 않았던 것들이 선명하게 의식되었다. 그는 늘 여자의 가슴에만 관심이 많았는데, 이제는 그녀의 앞모습 전체를, 더군다나 옷을 입은 모습을 보면서 눈이 즐거워지는 것이었다. 그는 워낙에 화를 오래 품는 성격이 아니기도 했다. 남자에게 이리저리 휘둘리지 않고 자기 입장을 고수하는 여자들에게는 늘 호감이 갔다.

「혹시 화낼 때 예쁘다는 말 들어본 적 없어요?」 그는 씩 웃으며 물었다.

「그렇다고 치죠.」 일레인이 대답했다. 「논점에서 좀 빗나간 것 같습니다만.」

에드는 소리 내어 웃었다. 오늘 시설은 이미 네 번이나 이용했으니, 한 번 못 한 실망감쯤이야 참을 수 있다는 생각이 들었다. 게다가 일레인은 정말 매력적이었다. 검붉은 머리카락, 진갈색 눈, 그리고 길고 도톰한, 섹시한 입술까지. 놀 틈 없이 열심히 일만 하며 살았더니 누군가를 이런 관점으로 보는 건 굉장히 오랜만이었다.

「좋아요, 내가 과민 반응했어요.」 그는 관대하게 말했다. 「인정하죠. 과민 반응이었어요. 어쩌겠어요? 내 특기가 과민 반응인데. 그러니까 사과의 뜻으로 술이라도 한잔 살게요. 오늘 퇴근 후에 시간 어때요?」

「그러면 좋겠지만, 오늘은 일 끝나고 학교 자습실에 헤일리를 데리러 가야 해요. 이후에는 다른 일정도 있고요.」

「그렇다면 말이죠.」 에드는 저 정중한, 아니, 그리 정중하지만도 않은 부정의 말을 문자 그대로 받아들여도 되는지 긴가민가했다. 「제 차로 학교까지 바래다주죠. 어때요? 애를 놀라게 해주는 거예요. 람보르기니를 타고 짠 하고 나타나면 딸이 엄청 좋아할걸요. 그다음에는 집까지 데려다주고 그냥 갈게요. 물론 저녁 일정을 취소하실 수 있다면 참 좋겠지만.」

「어머나, 고마워라.」 일레인이 말했다. 「그것 참 멋진 아이디어네요! 나는 보통 내 차를 몰고 애를 데리러 가거든요. 그래서 기껏 주차해 둔 자리에서 차를 뺄 수밖에 없지요. 다음 날 아침에 출근길에 개를 데려다주고 나면 차를 댈 데가 없어서 한참을 헤맬 때가 많고요. 특히 길에 차가 많은 날은 심각하죠. 그런데 당신이 그렇게 해주면 나는 차를 그냥 그 자리에 놔두고 아침에 출근할 땐 버스를 탈 수 있겠네요. 몇 시에 도착하든 주차 자리를 못 찾을 걱정은 안 해도 되겠죠. 다른 사람들이 전날 밤에 집으로 가져간 차를 다시 끌고 나오기 한참 전에 나는 이미 차를 대놓은 셈이니까. 이 생각을 왜 진작 못 했을까!」

에드는 싱글 웃었다. 「알았어요. 차 열쇠 줘요. 경비

요원들한테 당신 차를 집까지 가져다 놓으라고 할게요. 나한테 신세 진 게 있는 사람들이니 그 정도는 해줄 수 있어요. 어차피 달리 할 일도 없는 사람들이기도 하고. 여기까지 돌아올 택시비만 내주겠다고 하면 불만 없을 걸요. 택시비야 당연히 제가 내야죠, 일레인. 제게 나쁜 뜻이 없다는 걸 보여 주기 위해서라도요.」

일레인은 기가 꺾였다. 에드는 알고 보면 괜찮은 사람이었다. 허튼수작을 순순히 참아 주지 않겠다는 자세를 확실히 보여 주기만 하면 그와 잘 지낼 수 있었다. 로라 카터를 에드의 비서 자리에 앉힌 인사 담당자는 아무리 좋게 봐줘도 미친 게 틀림없었다. 아니면 땅콩 엠앤엠즈에 취해서 해롱거리느라 그런 것이든가.

「음.」그녀가 입을 뗐다.

「그럼 그렇게 정한 겁니다.」에드가 말했다. 「5시 어때요?」

「좋아요.」일레인은 어깨를 으쓱하고 항복했다. 그러고 싶지 않지만 우쭐한 기분이 들었다. 에드는 평소에 아무리 빨라도 9시, 10시에야 퇴근하는 사람이었다. 그런데 순전히 그녀를 위해서 평소 근무 시간의 절반을 포기하겠다는 뜻이었다.

5시 20분, 헤일리의 학교 정문 앞에 람보르기니가 멈춰 섰다. 직장인 학부모들을 위해 방과 후 자율 학습실을 운영하는 학교였다. 친구들과 같이 인도를 따라 걸어 나오던 헤일리가 일레인의 도요타 차를 찾아 주위를 둘러보았다. 그러다 람보르기니 안에 탄 그녀와 눈이 마주쳤다.

그 순간 그 애의 얼굴에 일레인이 한 번도 본 적 없는 표정이 떠올랐다. 천 와트의 전기 충격을 받은 듯한 표정이었다. 마치 크리스마스가 하루 더 생겼으며 오늘이 바로 그날이라는 말을 들은 듯이.

「엄마!」헤일리가 차 쪽으로 건너왔다. 그 애의 친구들도 모두 따라왔다.

「여기는 에드 윌슨 아저씨야. 엄마 회사 동료.」일레인이 말했다. 「에드, 제 딸 헤일리예요.」

「만나서 반갑다.」에드가 일레인 너머로 손을 내밀어 헤일리와 악수했다. 일레인은 차에서 내려 헤일리를 뒷좌석에 태워 주었고, 그녀가 조수석에 돌아와 앉은 뒤 차는 출발했다.

「집에 빨리 가야 해요?」에드가 물었다. 일레인은 〈네〉라고 하려고 했지만 그럴 새도 없이 헤일리가 냉큼 〈아뇨〉라고 해버렸다. 「그럼 해변으로 드라이브 갈래?」그 질문에 일레인은 〈아뇨〉라고 하려 했지만 이번에도 헤일리가 먼저 〈네〉라고 해버렸다.

그렇게 해서 에드는 해안 도로로 차를 몰았다. 이 시간대에는 도로에 차가 별로 많지 않았으므로, 에드는 가끔씩 속도 제한에 아슬아슬하게 걸릴 만큼 속력을 높여서 두 사람에게 람보르기니가 어떤 차인지를 대략적으로나마 선보여 주었다. 그런 다음 햄버거 가게에 들러서 〈로데오 버거 세트〉를 종류별로 여덟 개나 사주었다. 헤일리가 〈로데오 걸스〉 사은품 여덟 종을 한 번에 몽땅 모을 수 있게 해주기 위해서였다. 차 안에 돌아와 앉았을 때, 초콜릿 밀크셰이크와 제각각 다른 카우걸 옷차림의 로데오 걸스 피규어 여덟 개를 든 헤일리는 낯빛이 얼마나 환한지 몸속에 불이 밝혀진 것 같았다.

일레인은 살아오면서 여러 남자와 데이트해 봤다. 상대 남자가 헤일리에게 잘해 주려고 안간힘을 쓰며 앉아 있고, 헤일리는 조용히 예의 바르게 앉아 있는 동안, 일레인 자신은 옆에서 민망함에 움츠러들며 앉아 있었던 적이 얼마나 많았는지 헤아릴 수도 없었다. 그중에서 아이들에게 말을 거는 법을 알았던 남자나, 헤일리의 호감을 끌었던 남자는 한 명도 없었다. 그런데 지금 에드는 별 노력도 없이 그렇게 하고 있었다. 단순히 로데오 걸스 피규어를 사줬기 때문만이 아니었다. 그는 그냥 자연스럽게 아이의 입장에서 세상을 볼 줄 아는 것 같았다. 아이의 입장에서 볼 때 어른이 되어서 좋은 이유는 시즌 특별 상품 전 종류를 한꺼번에 살 수 있다는 점일 텐데, 뭐 하러 하나하나 사 모으며 기다리겠느냐, 이거다. 그걸 다 사줄 만큼 눈치 빠른 남자들은 에드 외에도 있지만, 그런 남자들은 헤일리에게 너무 생색을 내서 차라리 안 사주느니만 못한 결과를 낳았을 게 뻔했다. 반면 에드의 태도는 그냥 이런 식이었다. 「우리가 여기 언제 또 올지 어떻게 알겠어? 평생 다시 올 날이 있기는 할까? 만약 다시 온다고 해도 그때도 이걸 팔고 있을진 모르는 거잖아? 그러니까 신중을 기하기 위해 그냥 지금 다 사버리자.」 즉 열 살 아이의 태도 그 자체였다.

물론 에드가 열 살 아이에게 그토록 잘 공감하는 것은 곧 에드의 정신 연령이 열 살이라는 뜻이라고 추정할 수도 있다. 그리고 에드의 유머 감각에 대해 회사 사람들에게 들은 이야기를 종합해 보면, 그 추정에 상당한 타당성이 있다는 점을 인정하지 않을 수 없었다. 하지만 또 한편으로 생각해 보면, 이 남자는 자기 앞가림도 제대로 못하는 머저리가 아니었다. 그는 회사에서 누구보다도 많은 봉급을 받고, 회사 차로 람보르기니를 요구해서 기어이 받아 내는 사람이 아닌가.

또한 아이들이 어떤 사람에게 취하는 반응을 보면 그 사람의 됨됨이를 어느 정도 알 수 있는 법이다. 아이들은 상대방의 행동이 진솔한지 아니면 순 허튼수작인지 알아차리는 감이 있다. 아이들이 그 사람을 좋아한다면, 다른 때에는 알 수 없었던 그 사람의 일면을 가늠할 수 있는 것이다.

그래서 일레인은 로데오 햄버거 여덟 개 중 하나를 먹으면서, 열 살 이후로 그다지 발전하지 않은 듯한 식탁 예절을 내보이며 감자튀김을 먹는 에드를 지켜보면서 마음이 편안했다. 헤일리를 데리고 누군가와 데이트하면서 〈마음이 편안〉할 수 있다니 해괴한 일이었다. 보통은 서로가 세우는 팽팽한 대립각을 감지하느라 신경이 온통 곤두섰는데 말이다.

한편 로이는 자신의 철칙을 깨고 있었다. 로이의 철칙은 절대로 일거리를 집으로 가져가지 않는다는 것이었다. 퇴근하면 말 그대로 퇴근을 해야 하고, 일은 일터에 놔둬야 하는 법이었다. 그건 그가 늘 지키는 규칙이었다. 그러나 로이는 진퇴양난에 빠져 있었고, 그 진퇴양난을 두고 회사 문을 나서는 것은 도무지 불가능했다.

누군가에게 말해야 할까? 말한다면 누구에게?

쉬운 질문이 아니었다. 쉬운 답도 없었다.

불편한 휴전

이후 3주가 지나도록 로이는 마음의 결정을 내리려고 애를 썼다. 장애인 전용칸은 도저히 다시 갈 엄두가 안 나서 보통 칸에서 어떻게든 때웠다. 그건 지난 몇 년간 한 번도 한 적 없는 일이었고 지금도 가급적이면 하고 싶지 않은 일이었다.

그사이에 일레인과 에드 윌슨 사이에 로맨스가 싹트는 조짐이 엿보였다. 일레인이 에드 같은 평판을 가진 남자와 엮이고 싶어 한다니 놀라울 뿐이었다. 로이는 그녀에게 은근히 조언을 줄 생각도 한두 번 해보았다. 에드가 무슨 짓에 연루되었는지를 그녀가 조금이라도 안다면 뜨거운 감자를 팽개치듯이 그를 팽개칠 터였다. 하지만 그건 은근한 조언 정도로 전달할 수 있는 사안이 아니었다. 다행히도 에드의 평판을 고려하면 둘 사이에서 뭔가 발전될 가능성은 매우 희박했다. 그래서 로이는 그냥 거리를 두고 지켜보면서 관계가 끝나면 일레인이 너무 상심하지 않기만을 바랐다.

3주째 끝에 접어들어 마침내 로이는 더 이상 안 되겠다는 작심이 섰다. 장애인 전용칸을 지날 때마다 움찔거리며 살 수는 없었다. 진정한 용기는 두려움을 느끼지 않는 것이 아니다. 자기 두려움을 직시하고 극복하는 것이다. 그래서 로이는 금요일 오후 남자 화장실에 가서, 잠겨 있지 않은 게 확실한 장애인 전용칸의 문짝을 열어젖히고, 안으로 성큼성큼 걸어 들어갔다.

그런데 벽의 뚜껑이 사라지고 없었다.

로이는 벽 앞으로 다가가서 뚜껑이 있던 자리를 손으로 두드려 보았다. 아무리 봐도 견고한 벽 같았다. 〈혹시 내가 헛것을…… 아니, 그런 헛것을 어떻게 본단 말이야. 그럴 리가 없잖아?〉

그는 칸 안을 서성거렸다. 〈앗, 그러고 보니 그게 있었지!〉

그러나 벽에 붙어 있던 콘돔 배출기 역시 사라지고 없었다.

로이는 기구가 붙어 있던 벽을 유심히 살폈다. 나사구멍 같은 건 전혀 없었다. 하지만 벽에 붙은 새 타일 한 장이 확연히 눈에 띄었다. 게다가 생각해 보니 재킷 안주머니에 넣어 뒀던 콘돔 네 개가 아직 그 자리에 있을 터였다. 그는 주머니 안에 손을 넣어 보았다. 그래, 역시 있었다. 그러니 그가 헛것을 본 건 아니라는 뜻이었다.

그러나 콘돔 네 개는 뭔가 수상적은 일이 벌어지고 있었다는 증거가 되기에는 빈약했다. 그걸로 누군가를 납득시킬 수는 없었다. 지금 이곳에서 무슨 일이 일어났다는 흔적은 그 어디에도 남아 있지 않았다.

뭐, 그럼 뭐가 문제인가? 다 잘된 것 아닌가? 어떤 이유에서인지는 몰라도, 누군지 모를 책임자가 그 설비를 제거한 것이다. 이젠 없다. 그게 중요한 것 아닌가? 그냥 잊어버리고 업무로 복귀하면 그만이었다.

그러나 유감스럽게도 인간의 심리는 그런 식으로 작동하지 않는다. 물리적인 증거도, 해결해야 할 문제도 남지 않게 되자 로이는 그 수수께끼를 계속 곱씹게 되었다. 겉으로는 전과 같이 유능한 인적 자원 관리자로서 일했지만 정신은 딴 데 팔려 있었다. 궁금증이 머릿속을 떠나지 않았다. 어쩌다 그게 설치되는 단계에까지 이르렀는지, 책임자는 누구인지, 그리고 왜 제거한 건지도. 혹시 로이에게 발각되었기 때문일까? 에드 윌슨이 윗선과 얘기를 나눈 것일까? 그들이 먼저 조치를 취하지 않으면 로이가 터뜨릴 거라고?

옛말에 코끼리는 절대로 잊지 않는다는 말이 있다. 만약 그들이 로이를 따돌릴 생각으로 증거를 없애 버린 거라면, 그 속담을 유념하지 않은 탓에 엄청난 헛수고를 한 셈이었다.

　물론 실상은 피뢰침 시험 운영 기간이 끝나서 없어진 것이었다. 6개월 동안 피뢰침 서비스는 점차 확장되어 더욱 많은 직원들에게 허용되었고, 엄격히 업무의 연장선에서 자주 사용하도록 권장되었다. 서비스에 참여함으로써 발생하는 긍정적 효과들이 뚜렷하게 가시화되었기 때문이었다. 조가 스티브와 면담하러 갔을 때 그는 결과에 매우 기뻐하고 있었다. 결근율도 낮아졌고, 수익은 늘어났고, 모든 것이 모든 면에서 최상이었다.

　「그렇다니 정말 기쁩니다, 스티브.」조가 말했다. 「그러면 영구적으로 운영하시겠습니까?」

　「당분간은요.」스티브가 대답했다.

　「물론 영구적이라는 게 정말로 영구적이라는 뜻은 아니죠. 2년 계약으로 할까요?」

　「그럽시다.」

　「아주 좋습니다.」조가 말했다. 「실은 저희 상품에 새로운 기능들이 추가돼서 무척 기대하고 있었거든요. 이 회사에는 반드시 최고의 설비로만 갖춰 드리고 싶어요, 스티브. 제 사업 소신상 그보다 못한 걸 드릴 수야 없는 겁니다. 이 기능들은 다른 데에서 기대 이상의 효과를 보여 준 바 있어요. 그 혜택을 당신도 꼭 보셨으면 좋겠습니다.」

「저는 지금 시설만으로도 충분히 만족스러운데요.」
스티브는 그 새로운 기능들이 공짜는 아니라는 타당한
추측하에 그렇게 말했다.

「그러실 거예요. 하지만 기억하세요, 스티브. 이 서
비스는 무엇보다도 인센티브의 개념으로 제공하는 겁
니다. 그런데 그 인센티브를 최대한 매력적으로 만드는
부분에서 지출을 줄이시면 그건 절약이라고 할 수 없지
않을까요.」

「어떤 계획인지 말씀해 주시죠.」 스티브가 마지못해
말했다. 그래서 조는 높이 조절 변기에 대해 설명했다.

스티브가 뭘 기대했는지는 몰라도, 조의 제안은 기
대와는 달랐던 모양이었다.

「저는 지금 회사에 설치된 시설만으로 아주 만족합
니다.」 그는 재차 단호하게 말했다. 「분위기에 대해 하
신 말씀이 무슨 뜻인지는 알겠어요, 조. 하지만 아주 솔
직히 말씀드리면, 제 직원들이 분위기에 그렇게 예민한
것 같지는 않아서요.」

첫 반응이 부정적이리라는 것은 조도 예상한 바였다.
하지만 결함을 안고 있는 이곳 시제품을 캔자스시티에
서 운영되고 있는 새 모델로 교체하지 않고는 직성이
풀리지 않았다. 「이봐요, 스티브.」 그는 끈기 있게 말했
다. 「이건 자기 인식과 관련된 문제예요. 바로 얼마 전

에 캔자스시티에 완벽한 최신식 시설이 설치되었단 말입니다. 이곳 직원들이 〈캔자스시티〉보다 뒤처진 혜택을 받고 있다는 사실을 알게 되면 뭐라고 생각할까요? 그들이 시골뜨기 취급을 받는다고 여기지 않을까요? 그들이 최첨단 시설을 경험하려면 캔자스시티에 가야겠다고 생각할 텐데, 그러길 원하십니까?」

그 말은 즉, 에드 윌슨이 사무실에서 〈캔자스시티는 최대한 최고급으로 해줬던데요〉라고 고래고래 노래를 부르고 다니기를 원하냐는 뜻이었다.

「음, 아뇨.」 스티브가 대답했다. 「하지만 겨우 6개월 시험한 거잖습니까.」

「그렇죠.」 조가 말했다. 「하지만 스티브, 내 말을 믿어 봐요. 일단 업그레이드하고 나면 그전에는 어떻게 살았나 싶어질걸요.」

그렇게 해서 조는 스티브를 기어이 설득해 높이 조절 시설 열 개를 설치하겠다는 동의를 얻어 냈다. 현금 흐름은 더욱 원활해졌다. 뿌듯해할 만한 일이었다. 그는 피뢰침들의 출입 통로를 높이 조절 규정에 맞게 개조하면서 스티브가 불쾌한 법적 분쟁에 얽혀 들 일이 없게끔 각별히 신경 썼지만, 스티브에게는 긁어 부스럼이 될까 봐 그 상황을 알리지 않았다. 훌륭한 세일즈맨은 무언가가 진실이라고 해서 반드시 고객과 그 진실을 공유할 필요는 없다는 것을 알고 있다. 장애인 직원들을 위해 시설을 개조한 것만으로도 스티브에게는 충분히 통탄스러울 터였다. 쓸데없이 화를 더 부추길 이유는 전혀 없었다.

조는 뒷정리를 깨끗하게 하는 습관이 몸에 배어 있었다. 새로운 시설은 남자 화장실과 여자 화장실의 반대편 맨 끝 칸막이 안에 설치하기로 하고, 한 주 주말에 걸쳐 시공 작업을 완료했다. 그런 다음 시설 이용자들에게 장소 변경을 고지하고 그 주 주말에 장애인 전용 칸에 있던 이동기를 철거하고, 뚜껑을 제거하고, 구멍도 도로 막아 버렸다. 관계자가 아닌 사람이 그 시설을 목격했다는 사실을 조는 전혀 알 길이 없었다. 따라서 그 보안 사고가 얼마나 큰 파장을 불러일으킬지도 전혀 예상하지 못했다.

5

분쟁 조정

천명중한명

당신이 한 말이 나중에 되돌아와 당신을 괴롭히는 경우가 있다. 별생각 없이 무심결에 했던 말인데, 그 말에 얼마나 큰 진실이 담겨 있었는지 나중에야 뼈저리게 깨닫게 되는 것이다.

초창기에 조가 여성 구직자들을 설득하면서 피뢰침이 되는 건 자랑스러운 일이라고, 아주 특별한 사람들의 포부에 어울리는 야심 찬 직무라고 설명할 때, 그는 〈천 명 중 한 명의 여성〉이라는 표현을 쓰곤 했다.

「아마 그런 여성은 천 명 중 한 명꼴일 겁니다. 저희는 바로 그 천 명 중 한 명의 여성, 진정한 팀플레이어인 여성을 찾고 있는 겁니다.」

그렇다, 물론 본인 입으로 그렇게 말하기는 했다. 하지만 어디까지나 지원자의 비위를 맞춰 주려는 입발림으로 그랬을 뿐이었다. 『브리태니커 백과사전』을 사라고 권유할 때 고객에게 입발림하듯이. 사실 그의 솔직한 생각으로는, 그런 말에 속아 넘어갈 여자는 천 명 중에 한 명도 안 될 것 같았다. 그러니 굳이 따지자면 천 명 중 한 명을 찾고 있었던 건 맞았다. 하지만 그 한 명이란 너무나도 멍청한, 그러니까 벽에 난 구멍에다 엉덩이를 들이댄 채 뒤로 펌프질을 당하는 것이 자기 커리어를 꾸려 나가는 데에 있어서 현명한 처사라고 믿을 만큼 멍청한 여자를 뜻하는 것이었다.

그런데 아이러니하게도 조가 했던 말은 그의 의도보다 더 많은 진실을 담고 있었던 것으로 밝혀졌다.

피뢰침은 실로 천 명 중 한 명의 여성을 위한 일이었다. 아직 그의 급여 대상자 명단에 있는 여자들은 천 명까지는 아니고 2백여 명이었지만, 그 2백 명 중에서 루실을 제외하면 닭대가리 수준의 두뇌를 가진 여자는 다섯 명 정도에 지나지 않았다. 나머지는, 솔직히 표현하자면, 닭대가리보다 훨씬 더 덜떨어진 두뇌의 소유자였다.

이렇게 혁신적인 설계를 받아들일 고객을 찾기란 만만치 않다. 그것이 고객에게 확실히 필요한 상품이라고 납득시키기가 어려우니까. 반면 여직원들이 할 일은, 다만 피뢰침 서비스가 조의 약속대로 사원들의 사기를 진작시키고 생산성을 향상시킨다는 사실을 의심의 여지 없이 증명하는 것뿐이었다. 조가 이 회사 저 회사 사장들에게 대세를 따르라고 설득하는 동안, 여직원들은 그저 자기가 맡은 일만 하면 그만이었다.

그런데 뜻밖에도 조는 끊임없는 전화 통화에 시달리게 되었다. 이를테면 중요한 고객과의 면담 도중에 전화벨이 울리고, 비서가 긴급한 일이라고 전하길래 전화를 받아 보면, 어떤 여직원이 펑펑 울면서 어떤 남자가 자기 엉덩이를 때렸다고 하소연하는 식이었다.

그만한 돈을 받는다면 가끔씩 엉덩이 몇 대 맞는 것쯤이야 호들갑 떨지 않고 넘어갈 만도 할 텐데, 그 여직원은 자신을 정중하게 대우해 줄 거라고 호언장담하지 않았느냐는 둥, 조의 말만 믿고 들어왔는데 실상은 전혀 다르다는 둥, 존엄성을 훼손당한 기분이라는 둥 어쩌고저쩌고 이러쿵저러쿵 늘어놓았다.

「무슨 말씀이신지 잘 알겠습니다.」 조는 대답했다. 무슨 말인지는 잘 알 수밖에 없었다. 그녀가 너무 크게 고함을 질러 대서 그 건물 안에 있는 모든 사람이 한 마디 한 마디 죄다 들을 지경이었으니까. 「저기, 이 문제는 제가 심각하게 검토해 봐야겠습니다. 맞아요. 이건 아주 심각한 사안입니다. 이렇게 심각한 걸 섣불리 처리할 수는 없죠. 짬을 내서 심각하게 숙고한 뒤에 다시 연락드리겠습니다.」

그러고는 전화를 끊으면서 생각하는 것이었다. 〈미치겠네.〉

어떤 여직원은 직접 그의 사무실까지 찾아와서 난동

을 부렸다. 어떤 여직원은 조가 지원자들과 면접을 보는 도중 들이닥쳤고, 또 어떤 여직원은 퇴근 후 조가 집에 갈 준비를 하고 있을 때 들이닥쳤다. 어느 쪽이 더 나쁜지 알 수가 없었다.

「내가 이딴 취급을 참아 줄 거라고 생각한다면 큰 오산이에요!」 그들은 천 명 중 한 명의 여자만이 이 일을 할 수 있다는 〈경고〉를 사전에 들은 적이 없다는 듯이 그렇게 말하곤 했다.

조는 대체로 그들이 끝까지 할 말을 하도록 내버려 두었다. 한바탕 난리 법석이 진정되고 나면 그는 이렇게 말했다. 「마음 깊이 유감입니다, 수전(또는 줄리, 니콜, 이본 등등). 이런 일이 일어날 수 있다니 충격적입니다. 우리 고객 중 하나가 이런 식으로 도를 넘는다는 건 꿈에도 상상해 본 적 없어요. 이건 선을 넘어도 너무 넘은 거죠. 도무지 용납할 수가 없군요. 그런데 수전, 전에 면접 때도 설명했다시피, 이 직무는 천 명의 여성 중 한 명을 위한 거예요. 잘 아시겠지만 우리 시도는 매우 혁신적인 접근입니다. 더듬더듬 나아가고 있는 건 우리 모두가 같아요. 고객도 분명 불쾌감을 줄 의도가 아니라 앞을 더듬어 가려다 보니 그렇게 된 거라…….」

이 대목에서 약간 실망스러운 방향 전환이 이루어졌지만 조는 매끄럽게 말을 이어나갔다.

「……생각합니다. 워낙에 전례가 없는 사업이잖아요.

그리고 기억해 주셔야 할 게, 우리 고객 중 대다수가 여러 방면에서 상대적으로 교양이 부족한 젊은이입니다. 그들의 연봉이 높다고 해서, 이런 낯선 상황에서도 세련되게 처신할 만큼의 개념적 틀까지 갖췄다는 의미는 아니거든요. 애초에 그들이 이런 성격의 서비스를 절실히 필요로 하는 까닭도 세련된 처세술이 부족하기 때문이라는 점은 말할 것도 없고요.」

「그건 알겠는데요, 조.」 여직원이 말했다. 「하지만 사람한테 대고 오줌을 싸면 안 된다는 걸 배우는 데 얼마나 많은 예절 교육이 필요하단 말이죠?」

「알아요, 아는데…….」

「오줌은 오줌 누라고 마련된 곳에 눠야 한다는 걸 배우려고 에밀리 포스트[17] 책을 뒤적거려야 할 정도의 똥대가리가 세상에 어디 있냐고요? 도대체 사교 수준이 어느 정도로 뒤떨어진 머저리를 기준으로 말씀하시는 거예요? 미안한데요, 조, 이건 너무 심했다고요. 고추를 끄집어내서 사람한테 오줌을 갈기는 데서 성적 만족을 얻는다니, 대체 얼마나 유아적인 변태 자식이면 그러느냔 말예요. 아니 도대체가, 조, 어쩌고저쩌고 이러쿵저러쿵…….」

「알아요.」 조는 재차 말했다. 「압니다. 저도 정말 진저리가 납니다. 하지만 바로 그게 문제예요. 우리가 상

17 미국의 대표적인 에티켓 지침서들을 쓴 작가(1872~1960).

대하는 사람들 중 일부는 심각한 부적응자라는 겁니다. 자존감이 현저히 떨어지는 사람들 말입니다. 그리고 익히 아시겠지만, 안타깝게도 그런 부류의 사람들이 관습적인 사무 환경에서 일하다 보면 자신의 낮은 자존감에 따르는 감정들을 동료들에게 푸는 경향이 있습니다. 그러면 팀 전체의 효율에 부정적인 영향을 미치고요. 이런 말을 하게 돼서 유감이지만, 그들의 성적 욕구만이 아니라, 낮은 자존감으로 인한 문제들을 해소할 방편을 제공하는 것 역시 피뢰침들의 역할입니다.」

「그렇겠죠, 조. 그건 나도 이해해요. 하지만, 그래도 그렇지…….」

「그리고 이 점도 기억하셔야 해요, 수전. 그들의 사정을 우리는 모르잖아요. 예컨대 그 고객이 상사에게서 모욕적인 방식으로 무슨 일거리를 떠맡았고, 그 직후에 자신이 받은 모욕을 당신에게 풀어 버렸다고 생각해 봐요. 물론 용서할 수 없는 행동이죠. 그게 용인 가능하다는 생각은 단 한순간도 하지 않았습니다. 이 부분부터 먼저 확실히 짚고 넘어가자고요. 다만 제 말뜻은, 이 문제를 더 넓은 시야로 살펴봐야 한다는 겁니다. 긴 안목에서 봐야 하는 일이에요.」

그러다 십중팔구는 여직원들의 불쾌한 기억을 털어 주려고 그들에게 점심을 사주거나 심지어는 고급 레스토랑에서 저녁을 대접하기까지 했다. 전략적으로 그렇게라도 하지 않으면 조만간 여직원들은 문제의 고객이 누구인지 밝혀내 복수할 방법이 필요하다고 생각할 것이기 때문이었다. 피뢰침 시스템의 **의의는** 사내에서 성추행의 공포를 없애 준다는 데에 있는데, 조가 그 목적을 위해 입사시킨 사람들이 도리어 그런 발상을 품는다면 지극히 염려되는 현상이 아닐 수 없었다.

저녁 식사 자리에서 여직원들은 마음이 풀어지고 나면 으레 〈천 명 중 한 명〉 이야기를 들먹이며 조를 놀리면서, 이런 일을 예사롭게 받아들일 수 있는 여자는 지구상에 한 명도 없을 거라고 말하곤 했다. 하지만 정확히 그 지점에서 그들은 틀렸다. 조는 그런 여자 한 명을 알고 있었으니까. 다만 그녀는 천 명 중 한 명이 아니라 백만 명 중 한 명이었던 게 아닐까 하는 생각이 점점 들었다.

급기야 조는 전화기를 집어 들었을 때 상대편 목소리가 여자면 가슴이 철렁 내려앉을 지경에 이르렀다. 하지만 루실의 목소리만은 예외였다.

조는 루실이 제안했던 다양한 안전장치들의 필요성을 미처 생각하지 못했는데, 이후에 일어난 몇몇 사건을 통해 그녀의 혜안이 얼마나 귀중한지 실감했다. 예컨대 가짜 화재 경보도 루실의 아이디어였다. 콘돔을 쓰지 않으려는 상대가 수작 부릴 동안 기다릴 것 없이 초장부터 신의 분노를 맛보게 해주자는 것이었다. 또한 루실의 건의로 남자 장애인 전용칸의 문을 피뢰침들 쪽에서 잠글 수 있는 장치를 추가하기도 했다. 대다수의 사람들은 시설을 책임감 있게 이용하겠지만, 그럼에도 혹여나 폭력을 휘두르는 사람이 있다면 마음대로 도망칠 수 없으리라는 경각심을 이용자들에게 심어 줘서 나쁠 것은 없으니 말이다. 또한 남자 장애인칸에 사람이 두 명 이상 있으면 이동기가 작동하지 않게끔 한 것, 이동기가 작동하는 중에는 남자 장애인칸의 문이 열리지 않고 이동기가 여자 장애인칸으로 완전히 돌아온 다음에야 문을 열 수 있게 한 것도 마찬가지였다.

이 모든 조치는 이를테면 미식축구팀과 치어리더에 대한 판타지에 젖어 있던 사람이 직장에서 성적 서비스 제공자들을 상대로 자기 판타지를 실현시키려 드는 경우를 방지하기 위한 목적이었다. 조는 거기에 반대할 수 있는 입장이 아니었다. 조 자신도 그런 판타지를 갖고 있는 사람이고, 판타지와 현실 사이의 경계가 사람들 생각처럼 그렇게 확고하지만은 않다는 사실을 다름 아닌 피뢰침들이 입증하고 있었으니까. 이후에 피뢰침들이 근무 중 모욕을 받았다고 조를 들볶기 시작하자 조는 루실의 의견에 반대하지 않기를 백번 잘했구나 싶었다. 언뜻 불필요해 보였던 예방 조치들을 실행하지 않았더라면 그의 인생이 어떻게 되었을지 상상만 해도 몸서리가 쳐졌다.

그러다 보니 자신이 피뢰침 지원자들 중에서 적격자를 선발하는 데에 약간 무신경했다는 생각이 들었다. 자책하는 건 아니었다. 어차피 선택의 여지가 없었으니까. 사무와 동시에 피뢰침 일도 할 수 있는 사람을 채용하려면 타이핑 기술이라든지 하는 것들만 필요한 게 아니라 최소한의 외모도 갖추어야 했다. 솔직히 말하자면, 서비스를 이용하려고 전용칸에 들어갔다가 파르르 떨리는 거대한 지방 덩어리를 맞닥뜨렸을 때 조에게 고마워할 사람은 아무도 없을 테니까 말이다. 그래서 조는 기본적인 요건을 충족하고 스스로 피뢰침이 되고자 하는 지원자라면 무조건 고용했는데, 이제 그 대가를 치르고 있는 셈이었다.

　그 결과 조의 피뢰침 부서는 유감스럽게도 루실처럼 냉철하고 흔들림 없는 여성들로 이루어져 있지 않았다. 그보다는 돈이 필요해서 뛰어들긴 했는데 막상 그 돈을 위해 현실적으로 어떤 일을 하게 될지는 제대로 생각해 보지 않은 사람들의 집합이었다. 즉 목표를 이루려고 매진하는 부류가 아니라 달리 선택의 여지가 없었던 부류라고 봐야 했다. 광고를 보고 찾아와 조의 책상 맞은편에 앉았던 한 지원자는 굼뜬 손 글씨와 분당 60타의 타이핑 속도를 조에게 보여 준 뒤, 한때는 손이 이보다 더 빨랐는데 일을 그만두고 집에서 아이들을 키우다 보니 둔해졌다며, 남편이 자신을 떠나는 바람에 별안간

융자금을 갚아야 하는 처지가 되었는데 느린 손 글씨와
분당 45타의 타자 속도로 받을 수 있는 보수로는 다 갚
을 꿈도 꿀 수 없는 금액이라고 털어놓았다. 글쎄, 물론
어떤 측면에서 피뢰침은 그녀에게 목표를 이룰 기회이
긴 했다. 자식들을 전혀 못 보고 투잡을 뛰는 생활을 하
지 않으면서도 집을 유지하겠다는 목표. 하지만 그녀와
같은 처지에서는 그런 관점으로 생각할 수 있을 리가
없었다. 조는 쓴맛을 보고서야 그 이치를 깨달았다.

　그래서 한동안은 직원들로부터 불만스러운 전화를 받
았지만, 불만을 들어 주는 데에도 한계가 있는 법이었다.
조가 그들에게 정말로 하고 싶었던 말은 정 못 해먹겠다
면 빠지라는 것이었다. 그러나 직원들의 안위를 살피는
고용주라면 고객에게서 오줌 세례를 받은 직원에게 그런
발언을 할 수는 없는 노릇이다. 결국 조는 어쩔 수 없이,
성미에는 맞지 않았지만, 순전히 여직원들의 고충을 들
어 주는 일을 맡기기 위한 상담사를 기용해 4만 달러의
연봉을 지급하기에 이르렀다. 그 상담사를 채용하는 과
정도 엄청난 난관이었다! 심층 면접을 두 달간 진행하고
낭비할 여력도 없는 시간을 쪼개 쓴 끝에야 그는 자신이
너무나도 오랫동안 혼자서 감당해 왔던 문제들을 처리할
수 있을 만한 사람을 찾아낼 수 있었다. 그냥 루실에게 맡
길 수 있었더라면 좋았겠지만, 조는 피뢰침으로 엄청난
돈을 벌고 있는 그녀를 스카우트할 형편이 못 되었다.

이례적인 제안

비록 조가 원하는 대로 유능한 루실의 팔에 책임을 떠안기는 것은 불가능했지만, 처음 봤을 때부터 참 영리하다는 인상을 주었던 그녀의 통찰력만큼은 계속해서 빌릴 수 있었다. 어쩔 땐 루실이 애초부터 그가 고안했던 서비스의 내용에 완전히 합의한 것이 아니었다는 의심이 들기도 했다. 루실이 자꾸만 이런저런 방법으로 서비스를 자기 마음에 들게 바꾸려 했기 때문이었다. 다른 피뢰침들과 달리 그녀는 결코 조에게 푸념하지 않았다. 대신 그녀가 전화를 걸 때 용건은 제안이거나 충고거나 지적이었다.

어느 날 조는 이렇게 대답했다. 「그건 무척 흥미로운 아이디어로군요.」

그러다 다시 이렇게 말했다. 「음, 그런데 언제 한번 저녁 같이 하지 않겠어요?」

잠깐 침묵이 흐른 끝에 루실이 대답했다. 「좋죠.」

「그러면, 음, 금요일 어떠세요?」

「좋아요.」

그는 퇴근 후 차를 끌고 그녀의 회사로 찾아가 레스토랑으로 데려갔다. 그녀는 핑크색 정장을 입고 핑크색 구두를 신고 있었다. 머리카락 손질과 화장까지 한 점의 흠도 없었다.

식당에서 두 사람은 방해받지 않을 만한 조용하고 구석진 테이블에 자리를 잡았다.

「그래서 요즘 어떻게 지내십니까?」 그가 물었다.

「그냥 잘 지내요.」 루실이 와인을 한 모금 마셨다.

「제 말을 오해하지는 않으셨으면 좋겠는데, 그러니까, 저도 적격자를 뽑으려고 최선을 다하긴 하지만, 그래도 많이 힘들어하는 여직원들이 있더라고요.」

「그래요?」 루실이 되물었다.

「네. 지원자들이 우리 사업의 취지에 걸맞은 마음가짐으로 일하기를 바랐던 건 너무 낙관적인 생각이었나 싶을 정도입니다.」

「글쎄요, 저는 잘 모르겠네요.」 루실은 와인을 한 모금 더 마셨다. 「우리 육체는 창피해할 게 전혀 아니라고 봐요. 어떤 회사에서 직원들에게 화장실을 제공한다고 흥분하는 사람은 아무도 없잖아요. 구내식당이나 피트니스 센터를 운영한다고 흥분하는 사람도 없죠. 그런데 또 다른 육체적 욕구를 위한 편의 시설을 회사에서 제공하면 안 될 까닭이 있나요?」

조는 휘둥그레진 눈으로 그녀를 바라보았다. 이건 조가 전혀 생각하지 못했던, 정말로 기막힌 표현 방식이었다. 진작 그런 방식으로 접근했더라면 많은 수고를 덜었을 것이다.

「그리고 제가 보기에는요…….」 루실이 말을 이었다. 「식사 전에 이런 말을 해서 죄송합니다만, 화장실에 가서 볼일을 본다고 생각해 보세요. 그러고 나서 그날 오후 내내 화장실 생각을 곱씹으며 시간을 보내진 않잖아요. 안 그래요? 아니, 사실 볼일을 볼 때만 해도 그 시간의 절반쯤은 자신이 뭘 하는지 의식하지도 않아요. 오죽하면 사람들이 화장실에서 책을 읽겠어요? 저는 이것도 마찬가지라고 봐요. 다만 화장실 쓸 때보다는 시간이 조금 더 걸릴 뿐이죠. 저는 보통 시간을 때우려고 잡지를 가져가요. 아니면 손톱 손질을 하거나요.」

이 대목에 이르러 조는 입을 떡 벌리고 그녀를 바라보고 있었다. 루실은 조용히 샐러드를 먹었다. 그녀의 손톱은 한 점 흠도 없었다.

다행스러운 반응이었다. 조는 이제부터 그녀에게 조심스러운 화제를 꺼내야 했다.

「음, 루실.」

「네?」

「그렇게 생각하신다니 다행입니다. 실은, 당신과 상의하고 싶은 문제가 있거든요.」

루실은 와인 한 모금을 마셨다. 「그래요. 말씀해 보세요.」

「그게, 음, 한 고객에게서 요청을 받았어요.」 그가 말했다. 「고객이 그 요구 사항을 가지고 꽤나 말썽을 피우고 있는데요, 솔직히 말씀드리면 이런 성질의 일을 믿고 맡길 만한 사람이 제 직원들 중에는 아무도 없습니다.」

「저는 지금 직무에 아주 만족합니다만.」 루실이 말했다.

「오, 지금 직무는 그대로 하시면 됩니다. 그걸 변경하자는 얘기는 아니고요. 다만 우리에게 가치 있는 고객의 요구를 만족시키는 데에 당신이 기여해 줄 수 있을까 하는 거죠. 그러면 물론 사상 최고의 보수를 받게 되실 테고요.」

「계속 말씀하세요.」 루실이 말했다.

그는 심호흡을 했다. 이 이야기를 민망하지 않게 꺼낼 도리가 없었다.

「엉덩이를 채찍으로 좀 때려 달라는 요청을 받았습니다.」

그런 다음 자칫 오해가 생기겠다 싶어 덧붙였다.

「고객의 엉덩이를요.」

루실이 말했다.「희한하네요.」

「그러게 말입니다.」

「대체 왜 그런 걸 원하는 거죠?」

「누가 알겠습니까. 아무튼 핵심은, 그가 강경하게 요구하고 있고, 그렇게 해서 그가 행복하다면야 뭐 저도 상관은 없습니다만, 음, 이건 우리 소속 여직원 대다수가 적절하다고 여길 영역을 한참 벗어난 요구라고 할까요, 그렇습니다.」

「정확히 어느 정도의 보수가 책정된 거죠?」루실이 물었다.

「1년에 5천 달러로 생각하고 있었어요. 횟수는, 음, 일주일에 두 번이고요. 마침 그 회사의 시설은 엘리베이터 근처에 있으니, 당신은 그냥 정해진 시간에 엘리베이터를 타고 정해진 층으로 가서, 평소처럼 여자 화장실의 장애인 전용칸에 들어가면 됩니다. 다만……」

「알겠어요.」루실이 말했다.「참, 나.」

「정말 기가 막히죠.」

「그러니까 제가 거기 들어가면, 그 뭐냐, 벽장 안에 채찍이 있겠네요?」

「바로 그렇습니다. 필요한 모든 도구가 준비되어 있을 겁니다.」

「너무 시끄럽진 않을까요?」

「그럴 우려는 없어 보입니다.」

「허.」

루실은 와인을 한 모금 더 마시더니 재깍 말했다. 「이 봐요, 조, 못 하겠다는 뜻은 아니에요. 하지만 당신도 알다시피 이건 한 군데의 회사에서만 서비스를 제공한다는 애초의 규정을 넘어서는 시도잖아요. 이 일의 모양새가 어떨지 굳이 말씀드릴 필요는 없겠죠. 그리고 이런 맥락에서 보면 한 회당 50달러라는 보수는 부적절하다는 것 역시 당신도 저만큼이나 잘 알 거예요. 익히 아시다시피 그런 욕구를 충족하는 데에는 높은 위험이 따르고, 그런 종류의 서비스를 다른 데에서 받으려면 훨씬 더 많은 돈을 지불해야 하잖아요. 달리 말하자면 그 고객은 이렇게 위험성이 없고 완벽한 비밀이 보장되는 방법을 택함으로써 부가 가치를 얻고 있는 셈이죠. 그러니 그 가치가 보수에 반영되어야 한다고 생각합니다.」

「어느 정도 금액을 생각하십니까?」

「일주일에 두 번씩 해서 1년에 1만 5천 달러요. 고객이 한 회당 요금을 지불하고 싶다면 매회 2백 달러씩이면 되겠네요.」

루실은 기본적으로 아무런 근거 없이 금액을 제시하고 있었다. 이런 종류의 서비스가 비서 직무의 일환으로 이루어지지 않는 업계에서는 시세가 어느 정도인지 그녀가 알 턱이 없었으니 말이다. 그래도 상대방이 제시한 액수의 세 배를 더 부르는 것은 그녀의 경험상 나쁘지 않은 흥정 법칙이었다. 훗날 그녀가 소송 전문 변호사로서 더욱 공격적인 관행에 적응하면서부터 그녀의 흥정 법칙은 열 배에서 스무 배는 더 부르는 것으로 상향 조정되었다. 하지만 그때 가서도 그녀는 항상 말했다. 비록 첫걸음을 보수적인 방향으로 떼긴 했지만 자신의 직감 자체는 틀린 적이 없다고.

「그렇군요.」조가 말했다.「그래요, 한번 힘써 보겠습니다.」

경력 개발

세월이 흘러 루실이 소송 전문 변호사로서 1년에 백
만 달러를 벌어들이게 됐을 때, 그녀는 거기까지 올라
갈 수 있었던 가장 결정적인 요인이 무엇이냐는 질문을
종종 받았다. 루실은 많은 여성들과 같은 출발선에서
커리어를 시작했기에 그들의 롤 모델로 여겨지고 있었
다. 타자를 안 보고 치는 법을 배우고, 워드 프로세서
두어 종류[18]와 스프레드시트를 배운 뒤, 행정 지원 분야
에서 8년을 일하면서 점점 상급 비서들과 같은 수준에
이르다가, LSAT에서 170점대 고득점을 따고선 유유자
적 하버드 로스쿨로 들어가더니, 또 유유자적하게 남성
중심의 살벌한 소송 분야에 뛰어든 것이었다. 도대체

---

18 오늘날 워드 프로세서는 문서 작성 소프트웨어만을 뜻하지만,
1990년대까지는 흔히 문서 작성 전용으로 제작된 컴퓨터를 지칭하기도
했다.

비결이 뭐냐고 사람들은 물었다.

　루실은 〈그건 비밀이에요〉라고 대응하지 않았다. 그런 말을 했다가는 온 세상 사람들에게 자신의 과거를 캐달라고 광고하는 꼴이 되어 버리니까. 게다가 쓸데없이 사람들을 멀리하는 태도를 취할 이유도 전혀 없었다.

　그래서 그녀는 자신에게 가장 큰 도움이 되었던 것은 10학년 때 배운 속기술이었다고 대답했다. 당시에는 대부분의 직장에서 더 이상 속기술을 요구하지 않는다고 다들 말렸지만, 그녀는 고등학교 내내 속기를 연습했고 직장에 다니는 동안에도 필요하지 않을 때조차 연습을 꾸준히 이어 갔다. 그러다 하버드 로스쿨에 들어가자, 강의 내용을 맹렬한 속도로 받아 적는 데에 집중할 필요가 없었으므로 수업에서 남들보다 많은 것을 얻을 수 있었다. 그리고 매일 밤 자신의 필기를 타자로 쳐서 인쇄해 놓고, 강의에서 다룬 자료도 정리해서 필기 파일과 함께 하드 디스크에 저장해 두었다. 그렇게 하다가 시험을 칠 때가 되면 수업 자료를 이미 한 번 다 봐 두었고 강의 내용도 파일로 모두 정리해 두었으니, 기존의 파일에 새로운 자료와 상호 참조를 엮어 넣어서 공부할 수 있었다. 그러니 모든 사람이 시간 낭비라고 했던 속기술 덕분에 그녀는 하버드 로스쿨에서 최대한 효율적인 시간 관리를 할 수 있었고, 바로 그것이야말로 그녀의 결정적인 성공 요인이라 할 수 있었다.

사람들이 롤 모델에게서 듣고 싶어 하는 이야기는 이런 것이었다. 그녀가 누구나 할 수 있었을 만한 방법을 통해, 즉 남들이 이미 하고 있는 방식의 노력에서 아주 멀리 떨어지지는 않은 방식으로 오늘날의 위치에 도달했다는 이야기를 듣고 싶은 것이다. 세간에서 흔히 과소평가하는 무언가가 언젠가는 놀라운 위력을 발휘한다는 이야기.

그녀의 가장 결정적인 성공 요인이 2년 동안 일주일에 두 번씩 특수 시설이 갖춰진 여자 화장실 장애인 전용칸에서 누군가의 엉덩이를 채찍질한 것이었다는 이야기를 듣고 싶어할 사람은 아무도 없을 것이다.

루실이 생각하기엔, 설령 사람들이 그 간단한 팁을 따라하고 싶어 한다 해도 그럴 기회를 잡긴 어려울 터였다. 게다가 누구든지 속기술을 배워서 나쁠 건 전혀 없지 않은가. 루실이 언급한 공부 요령 몇 가지를 따라 했다가 자기 한계에 부딪쳐 허우적거릴 사람도 없을 것이다. 비록 그 방법을 통해 잘나가는 소송 전문 변호사가 되지는 못할지라도 평균 성적을 올릴 수는 있다. 남에게 들은 공짜 충고로 그만큼 얻는다면 엄청난 이득 아닌가.

그런데 사실 인생에는 평균 성적보다 더 중요한 게 너무나도 많았다.

루실은 위기에서도 언제나 냉정을 유지할 줄 알았다.

언제나 세부 사항에 신경 쓸 줄도 알았다. 이 두 가지 능력 덕분에 그녀는 LSAT에서 최고점을 올릴 수 있었다. 문제는 LSAT가 킬러로서의 본능을 평가하는 시험은 아니라는 점이다. 좋든 싫든 미국 사법 제도의 근간은 당사자주의[19]이고, 이 상호 적대적인 세계에서 킬러의 본능이 없는 사람은 궁지로 몰려나게 되어 있다.

훗날 법조계에 들어서고 나서 루실은 깨달았다. 세부 사항을 살피는 일은 물론 중요하다. 대형 사건에서라면 더더욱. 하지만 그건 다른 사람에게 위임할 수 있다. 훌륭한 비서나 조수 들이 세부 사항을 살필 줄 아는 까닭은 그들이 그런 일을 잘하는 사람으로서 위임을 받았기 때문에, 즉 애초에 그 일이 위임될 수 있는 성질의 것이기 때문이다. 반면 킬러 본능은 다른 차원의 문제다. 다른 건 모두 남에게 맡기더라도 킬러 본능만큼은 대리인을 통해 행사할 수 없는 것이다.

많은 사람들이 언젠가는 그 진실을 깨닫지만, 깨닫고 나면 너무 늦은 경우가 많다. 아니면 진실을 언뜻 알아차리긴 하는데 잘못 해석하고는 킬러 본능이 있으면 나쁜 사람이 된다고 여기기도 한다. 하지만 공사는 구분해야 한다. 상대편을 개인적으로 미워할 필요는 없다. 오히려 개인적인 감정이 개입되면 효율이 떨어질

19 소송의 주도권을 법원이 아닌 소송 당사자가 갖고 공격과 방어로 심리를 진행하는 방식.

가능성이 높다. 루실은 이 사실을 익히 알고 있었다. 킬러 본능의 중요성을 인지했을 때는 이미 그녀가 매주 2회씩 해온 외부 업무 덕분에 그 본능이 언제든 발휘 가능한 상태로 깨어 있었기 때문이다.

　루실은 모든 사람의 내면에는 약간의 공격성이 잠들어 있다는 것을 깨달았다. 일단 일주일에 두 번씩 사람을 채찍으로 때리는 일을 맡았다면, 그리고 그 일을 잘 해내고 싶다면, 자신에게 잠재된 공격성을 끌어내야 하는 것이다. 상대방에게 전혀 유감은 없지만, 아니, 그 사람이 누군지 알지도 못하지만, 일을 잘 해내려면 어디까지나 진지하게 채찍을 내리쳐야 한다. 피를 볼 때까지도 채찍질을 할 수 있어야 하고, 그러고 나면 멈칫하고 〈오, 미안해요, 많이 아파요?〉라거나 〈오, 어떡해요, 너무 세게 때렸나 봐요〉라고 할 게 아니라 시종일관 처음처럼 세차게 휘갈겨야 한다. 아니면 더 세게 하든지.

　법정에서나 협상 테이블에서도 마찬가지다. 공격성을 끌어낼 수 있어야 한다. 진지하게 임해야 한다. 보통 여자들은 상대방에게 겨우 살짝 따끔한 느낌만 주고선 자신이 진지하게 임했다고 여기는가 하면, 심지어 상대방이 기분 상했을까 봐 미소 지으며 사과까지 한다. 하지만 피를 볼 때까지 때린 다음 더 세게 때리는 법을 모른다면 **진지하게** 임하는 법을 안다고 할 수 없다. 문제는 진지하게 임하지 못하고 있다는 게 남들에게도 티가

난다는 점이다.

그래서 결과적으로 다 잘됐지만, 처음에는 그 경험이 커리어에 도움이 되는 귀중한 자산이 되리라고는 전혀 짐작하지 못했다.

루실은 자신이 잘 동요하지 않는 성격이라고 늘 자부했다. 피뢰침 생활에 적응하는 과정은 그 자부심이 옳다는 것을 확인할 계기가 되었을 뿐이다. 그럼에도 벌거벗은 엉덩이에 채찍질을 하는 일에는 정말이지 눈이 휘둥그레질 수밖에 없었다. 그건 비서 업무의 경험을 살려서 할 수 있는 무언가가 아니었다. 그냥 자신의 타고난 역량에 의지해 최선을 다하는 수밖에 없었다.

첫날에는 정확히 뭐가 어떻게 될지 모르는 채 무작정 그곳으로 갔다. 과연 조가 말한 대로 엘리베이터 근처에 화장실이 있었다. 그런데 안에 들어가 보니 그 화장실에 칸막이는 장애인 전용칸 딱 하나뿐이었고, 바깥문은 안에서 빗장으로 걸어 잠그게 되어 있었다. 시끄러울까 봐 걱정할 필요는 없다더니 이런 이유 때문이었구나 싶었다. 그리고 역시나 조가 말한 대로 소화기 보관함 안에 조그마한 채찍도 들어 있었다. 그녀가 준비되었음을 상대방에게 알리는 버튼도 있었다 ── 그놈의 버튼 하나를 모든 시설의 기본 장치로 만들어 달라고 조를 설득하는 데에 다섯 달이나 걸린 터였다. 버튼을 누르자 뚜껑이 벽 속으로 미끄러져 들어가고, 구멍 너머에서 이동기가 그녀 쪽으로 움직여 왔다. 아니나 다를까 이동기 안에서는 고객의 벌거벗은 엉덩이가 채찍질을 기다리고 있었다. 왠지는 몰라도 그는 신발과 양말을 여전히 신고 있었다. 잘 닦인 검정 단화와 검은 실크 양말이었다.

〈저기요, 뭔 사정인진 모르겠는데, 댁 진짜 희한한 인간이네요.〉 루실은 생각했다.

그녀는 이렇게 해석하기로 했다. 〈남자들은 원래 최고로 멀쩡할 때조차 이상한 인간들이잖아. 보통 남자들보다 더 이상한 남자도 있을 수 있지. 게다가 자기가 1만 5천 달러를 내겠다는데 뭐가 대수야? 나는 그냥 앞으로 1년 동안 일주일에 두 번씩 저 남자를 때리기만 하면 돼. 그러면 그 1만 5천 달러를 내가 갖는 거라고.〉

그래서 일단 채찍을 들어 올려서 내리쳐 보았다. 진짜 한심했다.

루실은 이를 악물었다. 그녀는 여기에 일을 하러 온 것이다.

〈정신 차리자.〉 그녀는 생각했다. 〈저 남자한테 돈값을 해줘야지.〉

루실은 다시 채찍을 들어 올린 다음 내리쳤다. 여전히 눈에 띄는 효과는 없었다. 자신이 뭔가 잘못하고 있나 싶었다. 다시 더 세게 내리쳐 보았다. 그러고 나니 엉덩이에 처음 두 번 맞았던 자리가 하얗게 변한 게 눈에 띄었다. 이윽고 두 자국 모두 빨갛게 물들었다.

그렇게 몇 번 하고 나니 손에 요령이 붙었다.

남자는 그날 하루 종일 앉아 있지도 못했겠지만, 그래도 돈 들인 보람은 확실히 있었을 것이다.

나머지 999명

루실이 새로운 직책과 더불어 평소의 비서 및 피뢰침 일을 병행한 지 세 달째 되던 어느 날이었다. 화장실에 들러서 립스틱을 고쳐 바르고 입술에 남은 립스틱을 티슈로 두들겨 정돈하고 있는데, 높이 조절 칸 안에서 누군가가 흐느끼는 소리가 들렸다.

루실은 머뭇거렸다. 높이 조절 칸은 온갖 용도로 사용되고 있었다. 예컨대 급하게 출근해서 옷을 갈아입어야 한다면 높이 조절 칸이 탈의실로 딱 좋았다. 저녁에 약속이 있을 때도 높이 조절 칸에서 옷을 갈아입을 수 있었다. 그러니 거기서 우는 사람이 반드시 피뢰침이라고 생각할 이유는 없었다. 하지만 만약 피뢰침이라면 어쩌나? 신생 서비스업은 워낙에 아무도 예상 못 한 말썽이며 잡음이 생기기 쉽고, 게다가 조가 채용 절차를 충분히 엄정하게 진행하고 있는지도 의심스러웠다. 천 명 중 한 명의 여성을 찾는다는 조의 설명은 아주 그럴 듯했지만, 사실상 길거리에서 타자를 칠 줄 알고 몸에 셀룰라이트가 없고 이 일을 하고 싶다고 하는 여성이면 무조건 데려오는 듯했다. 루실이 이렇게 생각하게 된 까닭은 이 회사에서 일한 지 겨우 9개월 만에 피뢰침들 중 최소 여섯 명의 정체를 알아차렸기 때문이었다. 조가 자기 역할을 제대로 하고 있다면 한 명의 정체도 드러나지 않았어야 했다.

그녀가 어떻게 할까 주저하는 사이에 칸막이 문이 천천히 열리더니, 비품 관리부 소속 여직원이 걸어 나왔다. 얼굴이 눈물로 얼룩져 있었다.

「다이앤.」 루실이 말을 걸었다. 「무슨 일이에요?」

「끔찍한 짓을 해버렸어요.」 다이앤이 다시 눈물을 터뜨리며 말했다. 「이미 저질렀으니 돌이킬 수 없어요. 그 짓을 하지 않았을 때의 나로는 영영 돌아갈 수 없다고요.」 눈물이 자꾸만 그녀의 블라우스에 떨어져 내렸다. 「나는 결혼하고 싶은데, 이런 얘기를 돈에게 어떻게 하죠?」

「무슨 얘기요?」 루실이 물었다.

「실은 여기서……..」

다이앤이 손등으로 얼굴을 문질러 닦았다.

「여기, 티슈 받아요.」

다이앤은 티슈를 건네받고 눈물을 훔쳤다.

「전 한계였어요.」다이앤이 말했다. 「어떻게 해야 할
지 몰랐어요. 물리 치료사 자격증을 따려면 3학점을 마
저 이수해야 하는데, 어머니는 실직해 버렸고, 내가 어
떻게든 어머니를 돕지 않으면 집을 압류당할 거라서,
저는…… 온 가족이 저한테 의지하고 있는 것 같았단 말
예요. 그래서 이 기회가 왔을 때는 하늘이 제 기도를 들
어준 줄 알았어요.」

「글쎄, 당신이 뭘 했는지, 뭘 했다고 생각하는지는
모르겠어요.」루실이 말했다. 「그리고 물론 제가 간섭
할 문제도 아니지요. 하지만 제 생각엔, 이미 벌어진 일
은 흘려보내야 하지 않을까요. 무엇이든 간에 그게 당
신의 인생을 망치게 놔둬선 안 되잖아요. 삶을 함께하
고 싶은 사람을 만났다면, 그냥 새 출발이라 여기고 과
거는 과거로 두면 돼요.」

「그렇겠죠. 하지만 당신은 이해 못 해요. 그렇게 쉽
지가 않다고요.」그 말과 함께 다이앤은 피뢰침 서비스
에 대해서 털어놓았다. 당연하지만 그 행위를 악수 정
도로 여기는, 천 명 중 한 명의 여자다운 태도는 전혀
아니었다.

다이앤은 루실이 그 이야기를 들으면 충격과 공포와
경악에 사로잡힐 줄 아는 눈치였다. 그녀에게서 의심을
받지 않으려면 충격과 공포와 경악에 사로잡힌 척해야
겠지만, 루실은 그런 성격이 못 되었다. 루실은 어떤 경

우에도 자신이 느끼지 않는 감정을 구태여 연기하지는 않았다. 그건 너무 성가신 짓이었다. 남들이 원하는 반응만 내보이려 애쓰고 살다 보면 미쳐 버릴 것이다. 뭐하러 그러겠는가?

「그렇군요.」루실이 말했다.「그래요, 정 맞지 않는다면 그만둬야 하지 않을까요. 이건 아무나 할 수 있는 일은 아니잖아요. 다른 분들 중에서도 막상 해보니 생각보다 너무 힘들다며 그만둔 경우가 몇몇 있다고 알고 있어요.」

이렇게 말하면 다이앤이 좀 진정되겠지 싶었다. 직원들이 히스테리에 빠져 허우적거리고 있어서야 회사에 득이 될 리 만무했다.

다이앤은 입을 딱 벌리고 그녀를 쳐다보았다.「그럼 다른 사람들도 안단 말예요?」

「당신이 결혼을 생각 중이라면 포기하고 싶을 만도 해요.」

「하지만 이걸 돈에게 어떻게 말하죠?」

「그 사람이 당신이 처녀인 줄 아나요?」

「그건 아니지만…….」

「뭐 그럼 그분에게 굳이 알릴 필요는 없겠네요. 안 그래요?」

다이앤이 또 입을 벌렸다.

「이봐요.」루실은 단호하게 말했다.「화장실은 평생

매일매일 다녔잖아요.」

「그야 그렇지만…….」

「그건 **비밀이** 아니에요. 상식이죠. 그걸 사랑하는 사람들에게 세세히 알려 주면서 살지는 않잖아요.」

「그야 그렇지만…….」

「탐폰을 교체할 때마다 신랑에게 말할 계획은 아니겠죠?」

「물론 아니지만…….」

「제 생각에는, 이건 당신이 아는 누군가와 자는 것에 비하자면 외도 축에도 안 들어요. 만약 그런 경우였다면 남편 될 분이 질투할 만도 하겠죠. 하지만 이건 그냥 화장실 가는 것에 한없이 가까운 생리적 활동일 뿐이거든요.」

다이앤은 여전히 소리 없이 울고 있었다.

루실은 티슈를 한 장 더 건네주면서 생각했다. 〈도대체 이런 여자들을 다 어디서 구해 온 거람?〉

나중에 조에게 듣고 보니, 충분한 자격을 갖춘 지원자 자체가 부족해서 어쩔 수가 없었던 것이었다.

미스 퍼펙트

세일즈맨이라면 누구나 겪어 봤을 것이다. 모든 각도와 모든 변수를 대비했다고 생각했는데 전혀 예상치 못한 때에 예상치 못한 장소에서 부메랑이 날아오는 경우를.

어느 날 조가 사무실에 앉아 11시로 예정된 면접을 준비하고 있는데, 10시 58분에 흑인 여자가 들어왔다.

「죄송합니다만 저는 11시에 일정이 있습니다.」 그가 정중하게 말했다.

「제가 몇 분 일찍 왔네요. 제가 르네입니다.」 그녀가 손을 내밀었다. 조는 그녀의 손을 맞잡고 악수하면서 생각했다. 〈제기랄.〉

그가 낸 채용 광고는 〈초일류〉 비서만을 대상으로 했다. 표면적으로만 보면 이 기준은 불필요한 사치로 여겨질 것이다. 그런 우수 인력을 피뢰침으로 쓰려면 5만 달러의 연봉을 100퍼센트 더 올려 줘야 하니까. 반면 타이피스트 수준의 인력을 두 명 쓰면 똑같은 돈으로 두 배의 효과를 누릴 수 있다.

하나 조가 생각하기에 이는 근시안적인 판단이었다.

이전 세대 비즈니스맨들과 대화해 보면, 요즘은 30~40년 전과 같은 수준의 비서들을 구하기가 어렵다는 이야기가 으레 나온다. 옛날엔 대학을 갓 졸업한 똑똑한 여자들은 비서로 취직했고, 그런 다음엔 결혼해서 정착하고 가정을 꾸리거나, 아니면 비서 일을 계속하거나 둘 중 하나였다. 물론 여자가 취할 수 있는 선택지가 그게 전부였던 시절로 돌아가고 싶어 하는 사람은 아무도 없다. 여자가 남자와 똑같은 일을 할 수 있다면야 당연히 그렇게 하고 남자와 같은 봉급을 받아야 하지 않겠는가? 하지만 그런 변화에는 파급 효과가 따르는데, 비즈니스 세계는 그 파급 효과를 직시하지 못하고 있다는 점이 문제였다.

수백만 달러를 운용하는 기업체에서 최고의 자리까지 올라간 남자에게는 최고의 뒷받침이 필요하다. 그런 남자는 필시 국제적인 사안을 다룰 테고, 그의 직위를 넘보지 않으면서 그를 대리할 수 있는 누군가에게 일거리를 맡겨야 한다. 옛날에는 그 정도의 뒷받침을 해줄 인력이 있었다. 하지만 오늘날 그만한 실력이 되는 인재들은 남의 뒷받침을 하는 직업에 관심이 없다. 돈 때문이기도 하지만, 비전이 없는 직업인 탓도 있다.

뭐, 비전이 없는 걸 있게 해줄 수는 없는 노릇이다. 문제는 그렇다고 돈을 더 줄 수도 없다는 점이다. 한 비서에게 연봉을 10만 달러나 주겠다고 하면 주주들이 가만히 있을 리가 없는 데다, 같은 회사에서 일하는 모든 비서들이 열받을 것이다. 제구실을 하는 CEO라면 어디서 굴러들어 온 멍청한 부사장보다야 초일류 비서가 회사에 기여하는 바가 더 크다는 사실을 알지만, 그 앎을 실천으로 옮기기는커녕 말로 시인하지도 못한다. 직원들의 근무 의욕의 중요성이야 어느 경영자나 반드시 알아야 할 상식이니까.

그 결과 초일류 비서는 회사를 떠나 버린다. 최고액의 연봉은 영영 못 받을 게 뻔하니 결국엔 안녕을 고하는 것이다.

이런 상황에서 누군가가 그 비서에게 같은 직무로 시세보다 두 배는 높은 봉급을 주겠다고 제시한다면, 비서는 중간 관리직으로 커리어를 전환하는 방향이 덜 매력적이라고 느끼게 되지 않을까. 바로 이것이 조의 발상이었다.

게다가 여기엔 중대한 원칙이 걸려 있었다. 조는 피뢰침들이 반드시 회사의 모든 지위에 걸쳐 분포되어 있어야 한다는 원칙을 세운 바 있었다. 돈을 아끼느라 수준 낮은 인력만 동원하다 보면, 언젠가는 그가 소개한 인력 전체가 나쁜 평판을 받을 테고 감당하기 어려운 큰 문제가 초래될 것이기 때문이었다.

이런 이유들 때문에 조는 대기업 CEO의 직속 비서를 구한다는 광고를 냈고, 몇 명의 지원자와 면접을 잡았다. 그중 오전 11시로 예정된 첫 번째 면접의 주인공은 이미 이력서부터가 인상적인 인물이었다. 그런데 지금 나타난 여자가 바로 그 지원자였던 것이다.

그녀는 이만한 직위에서 일하려 하는 사람답게 차려입고 있었다. 베이지색 캐시미어 드레스에 굽이 낮은 구찌 구두를 신고, 실크 스카프를 두르고 금시계를 찼다. 조는 생각했다. 〈미치겠네.〉

「우선 이 양식을 작성해 주시겠어요?」 그가 말했다.

그녀는 라 크로스사(社) 펜을 꺼내 양식을 작성하고는 조에게 종이를 돌려주었다.

「감사합니다.」 그가 말했다. 「그러면 기술 부분도 간단히 확인하고 넘어갑시다. 옆방에 워드프로세서가 있습니다. 거기 띄워진 프로그램으로 테스트를 진행하시면 됩니다.」

그녀는 자리에서 일어나 유리벽이 쳐진 칸막이로 들어갔다. 그녀가 메뉴를 선택하고 대화 상자의 버튼을 누르는 듯 가볍게 딸깍 하는 소리가 몇 번 들렸다. 그러더니 별안간 메뚜기 떼가 사무실을 습격하기라도 한 듯 타닥타닥하는 소리가 온 사방에 울려 퍼졌다. 라디오로 들는 탭 댄스 방송 같았다. 뭔지 모를 위성 방송 텔레비전 채널에서 5백 개의 탁구 경기를 **동시** 중계하는 소리 같기도 했다. 그리고 더욱 우려스럽게도, 분당 100타를 치는 사람의 타자 소리 같기도 했다. 그것도 오타 없이.

그녀는 타자 테스트, 문서 작성 테스트, 스프레드시트 테스트, 슬라이드 쇼 테스트, 숫자 키패드 테스트, 속기술 테스트, 철자법 테스트, 알파벳 정렬 테스트, 문법 테스트까지 치른 다음 테스트 결과를 인쇄했다. 그러자 조의 책상 위에 있는 프린터로 인쇄물이 나왔다.

조는 프린터에서 인쇄물을 꺼내 들고 들여다보았다. 타자 속도: 분당 120타. 오타: 0. 문서 작성: 100점 만점에 100점. 스프레드시트: 100점 만점에 100점.

그는 나머지 테스트 결과지들로 눈길을 돌렸다. 마찬가지로 심란한 결과였다.

「대단히 훌륭하군요, 르네.」 그가 말했다.

「감사합니다.」 그녀가 다시 자리에 앉으며 말했다.

「단 한 가지 문제는, 솔직히 말씀드리면, 이 일이 정말로 당신이 원하시는 일일지 잘 모르겠습니다.」 그가 말했다.

「그건 누구보다도 제가 판단해야 할 사항 아닐까요?」 르네가 말했다. 「어떤 점 때문에 그러시죠?」

「그게, 문제가 뭐냐면요.」 조가 말했다.

「이미 마음을 정하신 것 같은데요. 아닌가요?」 그녀

가 싸늘하게 말했다. 「면접까지 나오라고 해서 내 시간을 날렸는데, 이제 와서 안 되겠다고 마음을 정하신 거군요.」

「그런 게 아닙니다.」 조가 말했다.

「그런 게 맞잖아요.」

「이 상황이 어떻게 보일지는 저도 압니다.」

「어떻게 보이는데요?」

「하지만 오히려 정반대의 상황입니다. 당신은 확실히 너무나 총명한 여성입니다. 그렇기 때문에 이런 직무에 관심이 없으실 것 같아서 드린 말씀입니다.」

「그렇군요.」 르네가 말했다. 「글쎄요, 저로서는 지금 당신이 고용 차별 금지법을 명백하게 위반하고 있다고밖에 보이지 않습니다만.」

「그렇게 보이리라는 건 압니다, 하지만…….」 조가 말했다.

「정확히 저의 어떤 점 때문에 이 일에 적합하지 않다고 생각하시는 거죠?」

가끔은 있는 그대로의 진실을 솔직히 털어놓는 것만이 최선일 때가 있다.

「직무에 대해 먼저 설명드리죠.」 조는 그렇게 말했다. 그리고 직무에 대해 설명했다.

「이제 이해가 되실 겁니다. 저희가 아프리카계 미국인을 고용할 경우, 무엇을 어떻게 하더라도 이 시스템의 핵심인 익명성이 파괴될 수밖에 없어요. 당신의 자격 자체에는 아무런 문제도 없습니다. 하지만 단지 저희로서는 당신을 다른 코카서스인 직원들처럼 보호해 줄 수단이 전혀 없다는 거예요. 생각해 보세요. 시설을 이용한 남직원들 모두가 당신의 책상 쪽으로 오다가 그 서비스 제공자가 당신이었음을 알게 된다면 상당히 불쾌하시겠죠.」

책상 건너편에서 조를 쳐다보는 그녀의 눈빛은 사람을 돌덩이로 만들 기세였다.

「이걸 저더러 믿으라고요?」 그녀가 물었다. 「이딴 이야기를 내가 **한 마디라도** 믿을 것 같아요? 이런 황당무계한 헛소리는 생전 처음 들어 보네요. 당신이 내 자격에 정당하게 딴지를 걸겠답시고 꺼낸 핑계가 겨우 이거라면, 당신은 확실히 고용 차별 금지법을 위반하고 있고 이 토론을 마저 이어 가기에 **가장 좋은** 장소는 **법정**이 되겠군요.」

「저기, 서두르지 맙시다. 제가 여직원들 중 한 명에게 연락하겠습니다. 지금 여기로 와서 당신에게 설명해 달라고 할게요. 정말이지 당신의 시간을 불필요하게 빼앗은 것은 진심으로 미안하기 이를 데가 없습니다. 원하신다면 기꺼이 당신의 오전 근무에 해당하는 비용을 변상해 드리겠습니다. 저희 시스템이 굉장히 혁신적이긴 할 거예요. 하지만 제가 말씀드린 건 틀림없이 사실입니다.」

그녀가 대답할 틈을 주지 않고 조는 전화기를 집어 들어 번호를 눌렀다. 신호가 울리자마자 루실이 전화를 받았다.

「루실.」 조는 안도감에 젖어 말했다. 「저기, 지금 큰 일 났어요. 점심시간을 좀 일찍 당겨서 내 사무실로 와줄 수 있겠어요?」

「무슨 일인데요?」 루실이 물었다.

「그게, 어, 여기 계신 지원자분께 우리 일이 정말로 제가 설명한 그대로이고 아프리카계 미국인 지원자는 익명성을 보장해 줄 수가 없어서 적합하지 않다고 이야기 좀 해달라고요.」

「알겠어요.」 루실이 말했다. 「그 말은 즉, 당신 때문에 시간을 낭비해서 불쾌해하는 누군가에게 제가 해명을 해주는 대신 제 〈권리〉인 익명성을 포기하라는 뜻이로군요.」

「어…….」 조가 말했다.

「저에게 합당한 보상을 지급할 생각은 하고 계신 거겠죠?」 루실이 말했다.

「어…….」 조가 말했다.

「천 달러.」 루실이 말했다.

「네?」 조가 말했다.

「알아서 선택하세요.」 루실이 말했다.

조는 지원자를 흘긋 돌아보았다.

「그래요, 그래. 알겠어요.」 그가 말했다. 「상관없어요.」

루실은 10분 만에 도착했다.

「여자분들끼리 이야기하실 수 있게 저는 나가 보겠습니다.」 조는 그렇게 말하고 눈썹이 휘날리도록 재빨리 자리를 빠져나갔다.

조그마한 사무실에 앉아 있으려니, 핑크색 정장을 입은 여자가 들어와서 자신을 소개했다. 르네는 저런 계열의 핑크색은 너무 풍선껌 색깔 같아서 취향에 맞지 않았지만, 그 여자가 나무랄 데 없이 말쑥하게 차려입었다는 건 인정할 수밖에 없었다.

처음에는 의심스러웠다. 면접관이 그냥 아무나 불러서 자기 해명을 입증해 달라고 한대도 막을 도리가 없었으니까. 하지만 루실을 직접 대면하니 그녀의 사무적인 태도에 어쩐지 신뢰가 갔다.

루실은 이 일이 아무나 할 수 있는 일은 아니라고 설명하고, 화장실에 가는 행위에 대한 자신의 견해를 설명하고는, 자신은 탐폰을 교체하고 나서 그 기억을 곱씹지는 않는다고 설명한 다음, 자신이 하버드 로스쿨에 갈 계획이라고 설명했다.

「예전에는 그런 생각을 해본 적이 없어요.」 루실이

말했다. 「당연하지만 그만큼의 돈이 없으니까요. 그런 데 이 에이전시에 처음 지원했을 때 조가 말하기를, 어떤 지원자가 돈을 모아서 로스쿨에 갈 생각이라고 하더라고요. 우습지만 그 말이 저를 멈춰 세웠어요. 의문이 들었죠. 〈그럼 나는 인생에서 뭘 원하는 걸까?〉」

르네는 웬만하면 말문이 막히지 않는 편이었지만, 〈그래서 인생에서 뭘 원하시는데요?〉라고 되물으려니 루실의 질문은 어쩐지 부적절한 말인듯 느껴졌다.

「당신이 인생에서 원하는 것이 많은 **물질이라면**, 당연하지만 돈이 많을수록 더 많이 가질 수 있겠죠. 저는 또 의문이 들었어요. 〈나는 그냥 그런 사람인 건가? 목표도 없이 사는 사람?〉 그래요, 물론 저도 언젠가는 큰 회사 사장의 직속 비서가 되고 싶다는 생각은 늘 하고 있었어요. 그런데 〈겨우 그거야?〉 싶더라고요.」

〈이런 얘길 듣고 있다니 정말 기가 막혀.〉 르네는 생각했다.

루실은 그래서 내친김에 LSAT를 한번 쳐봤다고, 그랬더니 자신에게 진짜 소질이 있더라고 이야기했다. 「생각해 보니 그럴 만도 하다 싶더라고요. 제가 원래 세부 사항을 꼼꼼히 살피는 데에 강하거든요.」

「저는 빚을 좋아하지 않아요.」 루실은 말을 이었다. 「당신이 어떤 스펙을 갖췄는지는 몰라도 내일 일이 어떻게 될지는 아무도 모르는 거죠. 저희 할아버지만 해도 대공황을 겪으셨는걸요. 그때는 하버드 출신 변호사들도 실직자가 됐다고요. 게다가 제 생각엔, 은행에 빚을 많이 지면 다른 사람들에게 통제권을 빼앗기게 돼요. 혹시 아시는지 모르겠지만 하버드에는 무료 법률 일을 하면서 연수입이 3만 5천 달러 이하인 경우 대출을 상환해 주는 제도가 있어요. 하지만 뭐 다 좋긴 한데, 결국 따지고 보면 그것도 내가 아닌 남이 뭐가 가치 있는지를 정해 준다는 점에서는 마찬가지 아닌가요? 그리고 그런 혜택이 열려 있다고 해서 내가 필요할 때 이용할 수 있다는 보장도 없고요. 그런데 하루에 두어 번 화장실에 가는 걸로 그 난관을 모두 피해 갈 수 있다면, 그 정도야 싼값이죠.」

르네는 이 사람들이 그녀를 고용하지 않을 핑계 삼아 역겨운 포르노그래피 같은 날조극을 뻔뻔스럽게 지어내고 있다는 생각에 치솟던 모욕감이 차차 수그러드는 것을 느꼈다. 저 이야기는 사실인 것 같았다. 여전히 역겹기는 하지만 사실인 듯했고, 그렇다면 그 이유로 그녀가 이 직업의 적격자가 못 된다고 해서 모욕감을 느낄 필요는 없었다.

단지 이곳의 방침이 공교롭게도 고용 차별 금지법에 위배되는 것뿐이다.

이 에이전시의 사장이 고용 차별 금지법을 어기고 있다고 해서 그 의지를 꺾고 입사해야 하는 것은 아니다.

하지만 르네는 세부적인 것들에 대한 주의력이 워낙 뛰어나서 오랜 세월 그녀의 가족들을 미칠 지경으로 몰아갈 정도였기에, 이 문제에서도 한 가지 작은 세부 사항을 알아차리지 않을 수 없었다. 이곳의 사장이 고용 차별 금지법을 위반하게 된 이유는 직원들을 파견 보낼 사업장이 아프리카계 미국인이 두드러질 수밖에 없는 환경이기 때문이다. 즉, 이 에이전시는 인종 비율이 50대 50인 사업장을 고객으로 두지 못했기 때문에 그녀의 익명성을 보호해 줄 수 없는 것이다. 그런데 이 사실을 또다른 측면에서 보자면, 그 사업장의 인종 비율이 50대 50이 아니기 때문에, 결과적으로 그곳에서 일하는 아프리카계 미국인들은 봉급을 두 배로 받는 직위로 접근할 권한이 박탈된 셈이었다. 그들에겐 선택의 기회조차 주어지지 않은 것이다. 그냥 자동적으로 배제되었다.

그렇다면 이 시스템을 도입하고자 하는 회사들은 아프리카계 미국인 직원의 수를 늘리는 작업도 동시에 진행해야 마땅했다. 피뢰침 일을 하고 싶어 하는 아프리카계 미국인 직원이 실제로 몇이나 되는지와는 무관하게 말이다. 아마도 그들 중 대부분은 이런 역겨운 성질의 서비스에 연루되지 않기를 택하겠지만, 그럼에도 선택을 할 기회는 주어져야 했다.

흥미로웠다.

30분 뒤 르네는 건물 밖으로 나왔다.

길 건너편에 강변을 따라 조성된 좁은 공원이 있었다. 르네는 길을 건너가서 강물이 내다보이는 벤치에 앉았다.

「그래, 네 생각은 어떤데, 르네?」

르네 — 또는 가족들이 쓰는 별명으로 부르자면, 〈미스 퍼펙트〉 — 는 소용돌이치는 갈색 물결을 바라보며 잠시 침묵했다.

그러다 마침내 말했다. 「내 생각이 어떤지를 모르겠어.」

그녀는 다리를 꼬고서 광이 나는 구찌 구두를 내려다보았다. 짙은 밤색 가죽이 기름 먹인 나뭇결처럼 반질거렸다. 하네스사(社)의 얇은 팬티스타킹으로 덮인 그녀의 다리는 원래 피부색보다 두 단계쯤 밝아 보였고, 캐시미어 드레스는 설탕에 졸인 밤 빛깔이었다. 그녀는 갈색 계열의 신발만 열두 켤레는 더 갖고 있었다. 흙빛 나는 옷들과 매치할 때 정확히 어울리는 색조의 신발이 반드시 준비되어 있어야 하기 때문이었다. 어떤 사람들은 황갈색 구두에 오트밀색 드레스를 매치하거나, 초콜릿색 구두에 붉은 드레스를 매치하기도 한다. 그런 사람들에 대해 할 수 있는 말은, 그런 꼴로 외출할 거라면 그냥 자기 꼴이 어떤지 모르는 편이 낫다는 것이었다. 그 주위 사람들도 대부분 모를 거라고 생각하면 좀 위안이 되었다.

　자기 외양에 정말로 신경을 쓴다면 제대로 차려입는
데 많은 공을 들여야 한다. 어떤 드레스는 그에 어울리
는 액세서리가 필요하다. 어떤 빨간색 드레스에는 빨간
구두와 빨간 가방이 필요하다. 어쩔 때는 무난한 액세
서리가 필요한데, 무난하다고 해서 아무거나 다 어울린
다는 뜻은 아니다. 제대로 매치해야 한다. 그래서 르네
는 이탈리아제 가죽 샌들들을 마젠타, 진홍색, 연두색,
공작색, 라임색, 오렌지 밀크셰이크 색으로 손수 염색
했다. 스웨이드 단화들을 라벤더, 라일락, 아이보리,
크림색, 귤색, 감청색, 진회색, 검은색으로 염색하기도
했다. 앵클부츠는 남색이 세 종류, 갈색은 네 종류가 있
었고, 검정 스웨이드, 검정 가죽, 그리고 검정 스웨이드
테두리가 대어진 검정 가죽 재질로도 한 컬레씩 갖고
있었다. 그 외에도 필수적인 신발들이 60컬레는 더 있
었다. 또한 르네는 사람들이 자주 실수하는 것들의 목
록도 짜두었다.

　금 장신구는 절대로 파란색과 매치하지 말 것. 파란
색 옷을 입는다면 은시계를 차야 한다. 시계 살 돈이 없
다면 파란색은 입지 마라.
　금장 단추는 절대로 안 된다.
　동전이나 메달로 된 단추는 절대로 안 된다.

모조 동전이나 모조 메달로 된 단추는 절대로 안 된다.

금속 테가 둘러진 헝겊 단추는 절대로 안 된다.

인조 섬유로 된 싸개 단추는 절대로 안 된다.

벨벳 싸개 단추도 절대로 안 된다. 면, 실크, 리넨, 모직이라면 괜찮지만 그 외의 싸개 단추는 전부 다 촌스럽다.

묶는 방식의 벨트는 절대로 차지 말 것. 버클로 되어 있지 않은 벨트는 갖고 있지도 말아야 한다.

단추로 잠그는 주머니가 달린 옷은 절대로 입지 말 것.

지퍼로 잠그는 주머니가 달린 옷은 절대로 입지 말 것.

졸라매는 끈이 달린 옷도 절대로 안 된다.

견장 달린 옷은 **무조건** 안 된다.

투톤으로 된 것은 무엇이든 몸에 걸치지 말 것.

신발과 어울리지 않는 레인코트는 입지 말 것. 레인코트는 최소한 열 벌은 필요하다.

이런 원칙들이 2백 개쯤 더 있었다. 그런데 가끔은 패션 잡지에 나오는 코디들도 이 원칙에 어긋나곤 했다. 어떤 사람들은 이런 규칙들을 대수롭지 않게 여겼다. 중요한 것만 제대로 맞춰 놓으면 나머지는 상관없다는 식이었다.

그런데 완벽해지는 것은 습관의 문제다. 뭘 제대로 하고 싶다면 모든 게 제대로 될 때까지 연습해야 한다.

그렇게 해서 항상 **모든 게** 제대로 된다면, 세세한 부분 하나까지 틀림없다면, 그때에야 중요한 것들을 위한 대비가 된 상태인 것이다. 그러지 않으면 무언가가 시간을 들여 제대로 할 **가치가** 있는 일인지를 고민하느라 시간을 되레 낭비하게 된다. 게다가 그럴 가치가 있다고 판단한다 해도 막상 제대로 하려면 어떻게 해야 하는지도 모른다.

미스 퍼펙트는 자신이 기억하는 한 늘 완벽했다. 옷가지들은 늘 개켜진 채 색깔별로 정돈되어 있었다. 장난감들은 늘 새것처럼 보였다. 교과서들은 늘 홈 하나 없이 깨끗했으며, 거기에 빼곡히 들어찬 필기는 완벽한 손 글씨로 완벽하게 가지런한 윤곽을 그리고 있었다. 숙제는 늘 제시간에 제출했고 늘 A를 받았다. 대학에서도 똑같았다. 어떤 직장에서 어떤 일을 맡든 똑같았다. 그렇기 때문에 28세의 나이에 CEO의 비서가 될 자질을 갖춘 것이다.

「어떻게 생각해야 할지를 모르겠어.」 그녀는 다시금 혼잣말을 하고는, 무릎 위에 손을 포갠 채 아름답게 매니큐어를 바른 엄지손톱을 내려다보면서, 피뢰침 시스템이 고용 차별 금지법을 명백하게 위반하고 있다는 사실에 대해 생각했다.

르네는 벤치에 앉아 한쪽 발끝에 걸쳐진 구두를 까딱까딱 흔들었다.

이 세부 사항은 앞으로도 계속 신경 쓰일 것이다. 그럴 수밖에 없었다. 세부적인 것은 **무엇이든** 다 신경 쓰였다. 가끔 르네는 신발 1백 켤레를 수납할 공간을 마련할 필요가 없었으면 좋겠다는 생각도 들었다. 그녀가 스물두 가지 색조의 남색 신발들을 갖고 싶어서 갖고 있는 건 아니었다. 하지만 드레스에 맞지 않는 신발을 신으면 그 색깔이 자꾸만 신경 쓰이고 신경 쓰이고 신경 쓰여서 결국에는 못 참고 새 신발을 사게 되는 것이다. 블라우스의 단추 하나만 느슨해져도 신경 쓰였다. 표준 시각 안내 전화 서비스에서 알려 주는 시간이 그녀의 손목시계와 맞지 않아도 신경 쓰였다. 그러니 이 문제도 줄곧 신경이 쓰일 게 뻔하고도 남았다.

「난 변호사가 필요해.」 그녀는 말했다. 하지만 여전히 뭔가가 신경 쓰였다.

못내 신경 쓰이는 것은, 루실이 하버드 로스쿨에 가겠다는 야망을 털어놓으면서 내보였던 침착하고 자신감 넘치는 태도였다.

더 나아가 못내 신경 쓰이는 것은 자신에게 이 모든 것들이 신경 쓰인다는 사실 그 자체였다. 그냥 세부 사항들을 살필 줄 모르는 성격이었더라면 애초에 변호사를 쓸 일도 없을 것 아닌가.

그냥 스스로 변호사가 되어 버리는 건 어떨까.

르네는 여러 해 동안 나랏일을 하는 사람들을 지켜보

았고, 그들은 자신이 회담 참석자들의 명찰을 관리할 때처럼 완벽주의적으로 일하지 않는다는 것을 깨달았다. 하기야 그녀가 원하는 방식대로 나랏일을 하려고 들면 르네 자신이라도 미쳐 버릴 것이다. 회담을 그녀의 직성에 맞는 수준으로 준비하는 것만도 충분히 힘들었다.

그녀는 한쪽 발을 앞뒤로 흔들었다.

세부 사항을 살피지 않을 줄을 모르는 그녀의 성격은 사실 골칫거리이기도 했다. 세부 사항 하나하나에 신경을 쓰지 않을 수가 없다고 해서 정말 그럴 가치가 있다고 여기는 것은 아니었다. 오히려 정반대였다. 어쩔 땐 정말 짜증났다. 그녀가 새 직장을 찾기로 결심한 것도 바로 그래서였다. 돈을 더 벌고 싶은 마음도 있었지만 그 때문만은 아니었다. 그녀가 더욱 많은 도전과 책임감이 필요한 자리에서 일한다면, 주체할 수 없는 자신의 완벽주의를 정당화할 수 있으리라고 기대했던 것이다.

그런데 이제 와 돌이켜 보면 의문스러웠다. 그녀가 자꾸만 새로운 직장을 찾으려는 까닭은 결국 그녀가 아무리 해도 자신의 완벽주의를 정당화할 수가 없는 직업에 종사하고 있었기 때문이 아닌가? 오히려 **얼마간의 실수를 피할 수 없는 직업에 뛰어들어야만** 그녀의 완벽주의가 정당화되지 않을까? 이제는 그 사실을 받아들여야 할 때가 된 건지도 모른다. 세상을 주도하는 사람들을 구경하면서 그들이 일하는 방식에 신경 쓰고만 있지 않고, 그녀가 직접 나서서 뭔가를 할 수도 있는 것이다. 하버드 로스쿨에 들어가자. 대법원 판사가 되자. 그러기 위해 그녀가 할 일은 다만, 현재 피뢰침으로 일하는 사람들이 뭘 하는지를 살펴보고 개선 방향을 찾아보면 되는 것이다.

「너 좀 멀리 나간 것 같은데, 르네.」 그녀는 말했다.

개 한 마리가 총총 걸어갔다. 녀석은 풀밭에 쭈그려 앉아 길고 가늘고 부드러운 갈색 똥을 누더니, 다시 경쾌하게 총총 걸어갔다.

르네는 풀밭에 떨어진 똥을 바라보았다.

이렇게 가정해 보자. 누군가가 그녀에게 하버드 로스쿨에 들어갈 기회를 주는 대신, 기본 직무에 더해서 하루에 두 번씩 **비닐장갑을 끼고** 개똥을 치우는 일을 맡겼다고. 좀 역겹긴 하겠지만 변기 청소와 별로 다를 것도 없다. 그녀는 열다섯 살 때 돈을 모아 컴퓨터를 사려고 호텔 객실 청소부로 아르바이트를 한 적이 있었다. 그때의 일을 후회하는가? 전혀.

그때와 지금의 차이점은 완전히 다른 삶을 살 기회를 얻는다는 것이다. 약간 역겨운 일을 2년쯤 하면, 그 외의 방법으로는 얻을 수 없는 기회를 얻게 된다. 그렇다면 그 일을 하지 않겠는가? 당연히 할 것이다.

「그것과는 좀 다른 문제인 것 같은데, 르네.」 그녀가 말했다.

그래, 그러면 누군가가 그녀에게 하버드 로스쿨에 들어갈 기회를 주는 대신 **진짜로** 역겨운 일을 2년 동안 해달라고 맡겼다 치자. 2년 동안 온종일 마구간에서 말똥을 삽으로 퍼내야 하는 일이라든지. 2년 동안 말똥을 치우고 나면 하버드 로스쿨에 갈 수 있는 것이다. 아니면 그보다 더 역겨운 예를 들어야 하나? 하수 처리장에서 2년 동안 일해야 한다든지. 사람의 똥을 2년 동안 치워야 한다든지. 어쨌든 그러고 나면 하버드 로스쿨에 갈 수 있다. 아무 조건 없이.

뭐가 됐든 궁극적으로 따지고 보면 다 지구의 일부다. 인간의 몸은 지구의 표면 위에 있는 물질이다. 똥도 물질이다. 지구의 표면에 있는 한 물체를 사용해서 지구의 표면에 있는 또 다른 물체를 움직이는 것뿐이다. 그리고 그렇게 물체를 움직이는 대가로 얻는 것은 그녀의 정신을 사용할 권리다.

비서들은 물리적으로 역겨운 것은 다루지 않는 편이다. 청소부들에게 다 맡기면 되니까. 아니, 다는 아니더라도 대부분은 맡길 수 있다. 르네처럼 만사에 신경이 쓰이는 사람이라면 칫솔로 키보드를 청소하거나, 전화기에 붙어 있는 끈적끈적하고 역겨운 때 덩어리를 발견하고는 반드시 **떼어 내야만** 직성이 풀리거나 하겠지만, 전체적으로 그 직업은 인간의 감각에 불쾌감을 유발하지 않는다.

그런데 다른 한편에서는, 비서로 일하다 보면 자신의 정신에 그다지 두고 싶지 않은 자질구레한 것들이 꽉 들어차 어수선해지게 마련이다. 비서 일은 원래가 그렇다. 정신을 싹 정돈하고 중요한 사안에 초점을 맞출 여유는 결코 오지 않을 것이다. 그런데 사실 로스쿨에 가는 사람들도 대개 사정이 비슷하다. 일단은 빚부터 갚아야 하고, 나중에 정신을 차리고 보면 세금을 어떻게든 덜 낼 구멍을 찾는 데에 온통 신경이 쏠린 처지에도 **감지덕지하게** 된다.

　물리적으로 역겨운 일을 한정된 기간 동안 하는 대신 정신을 자유롭게 사용할 권리를 얻는다는 것이 그리 나쁜 거래는 아닐 수도 있다는 생각에 반박할 사람이 있을 수도 있다.

　하지만 그런 반박을 하는 부류의 사람은 법조계에 들어가지도 못하고 정신적 능력을 썩히는 사람이라고 할 수도 있다.

　르네는 벌떡 일어섰다. 에이전시가 있던 건물 1층에 작은 약국 하나가 있었다. 그녀는 다시 길을 건너서 그 약국으로 들어가 비닐장갑 한 벌을 샀다.

　공원으로 돌아갔다. 개똥은 향긋하고 어린 풀들 사이에 여전히 얌전하게 놓여 있었다. 그녀는 양손에 장갑을 끼고 오른손으로 개똥을 주워서 벤치로 돌아가 앉았다. 그리고 다리를 꼰 다음 한쪽 팔을 무릎 위에 올렸다. 비닐장갑을 낀 손은 캐시미어 드레스의 치맛자락 위에 얹었고, 개똥은 그 손바닥 위에 놓여 있었다.

그녀는 개똥을 담담히 내려다보았다.

꼼꼼한 사람은 역겨운 것들을 처리하는 데에 여느 사람들보다 훨씬 많은 시간을 쓴다. 보통 사람들은 주변 환경의 상태가 어떤지 잘 모른다. 욕조에 생긴 얇은 비누막도, 비가 온 후 유리창에 남은 먼지 얼룩도, 가스레인지에 앉은 기름때나 쓰레기통 밑바닥의 금마다 낀 때도 그들은 눈치채지 못한다. 어지간해서는 역겨워할 일이 없으니 역겨운 것들을 처리할 필요도 없다. 물이 잘 내려가는 변기와 샤워실만 있으면 자기들은 깨끗한 환경에서 살고 있다고 믿는 것이다. 하지만 꼼꼼한 사람은 그 모든 것을 눈치챌 수밖에 없고, 그래서 매일 그것들을 처리할 수밖에 없다. 자신이 처리하지 않으면 아무도 처리하지 않으리라는 것, 그 한 가지 사실만은 확실하기 때문이다.

마침내 르네는 몸을 일으켰다. 마치 그녀의 몸이 뭘 하고 싶은지를 그녀 자신보다 더 잘 아는 듯싶었다. 그녀의 몸은 〈반려동물 배설물〉이라고 표시된 쓰레기통으로 걸어가, 뚜껑을 젖히고 개똥을 떨어트렸다. 그런 다음 〈일반 쓰레기〉라고 적힌 통으로 건너가서 비닐장갑 양쪽을 다 벗어서 떨어트렸다. 그리고 방향을 돌려 길을 건넌 후, 건물로 들어갔다.

차별 시정 조치

「이 일을 하기로 결정했습니다.」 르네는 조의 책상 앞 의자에 우아하게 몸을 묻으며 말했다.

조는 책상 위에 올린 두 손을 깍지 꼈다.

「르네.」 그는 낮고 느긋한, 천 달러짜리 정장에 어울리는 목소리로 말했다. 「루실이 분명히 설명했겠지만, 저희가 당신 같은 자질을 갖춘 분을 아무리 채용하고 싶어도 채용할 자리가 없습니다. 루실이 이야기하지 않던가요?」

「네. 들었어요.」 르네가 말했다. 「이건 아무나 할 수 없는 일이라고요. 천 명 중 한 명의 여성, 조직에 진정으로 기여하고 그에 상응하는 보수를 받길 원하는 여성만을 위한 일이라고요. 그런데, 당신도 익히 아시겠지만, 귀사는 아프리카계 미국인 고용 미달로 인하여 아프리카계 미국인이라면 어떤 자질을 갖췄든 상관없이 무조건 기회를 박탈하고 있고, 이는 고용 차별 금지법 위반입니다.」

조는 한숨을 쉬었다. 루실에게 천 달러를 주고 얻은 결과가 이것이란 말인가? 차라리 나가서 정장이나 한 벌 더 사는 게 나을 뻔했다.

「이봐요, 르네.」 조가 말했다. 「저희도 당신의 요청을 정말로 들어드리고는 싶지만 그건 불가능해요. 우선은, 아프리카계 미국인 직원 수만 늘린다고 해서 문제가 해결되지 않습니다. 심지어 100퍼센트 아프리카계 미국인만 있는 사업장에서 일한다고 해도 익명성을 보장할 수가 없어요. 이유는 간단합니다. 그렇게 되면 그들의 피부색이 짙은 정도가 제각각 다를 테니, 서비스 이용자들이 서비스를 제공한 직원의 정체를 알아볼 수밖에 없지 않겠습니까? 죄송하지만 현실을 직시하셔야죠. 게다가 이런 식으로 가다 보면 어떻게 되겠어요? 50퍼센트는 히스패닉계 미국인, 50퍼센트는 중국계 미국인, 기타 등등 다 채용해야 한다고 하겠죠. 실망시켜 드려서 저도 유감입니다. 당신은 이례적으로 우수한 지원자이고 그 재능을 썩히게 되는 것은 너무나 아까운 일이에요. 하지만 현실주의적으로 생각하세요. 그렇게 거대한 용광로가 될 수 있는 사업장은 한 곳도 없습니다.」

르네는 다리를 꼬고 무릎 위에 두 손을 포갰다.

「조.」그녀가 입을 열었다. 「제 말뜻을 오해하셔서서 공연한 고생을 하고 계신 것 같네요.」

「오, 그런가요?」

「네. 아무래도 이 문제가 제 몫이라고 생각하시는 것 같아서요.」

조는 머뭇거렸다.

「당신은 해결책을 제시할 사람이 저라고 생각하시는 모양인데요.」 르네가 말했다. 「그런데 도대체 몇이나 될지 모를 수많은 회사들을 곤란에 빠뜨린 사람은 바로 당신인데요. 당신 덕분에 이 에이전시와 거래하는 고객은 전부 다 고용 차별 금지법을 명백하게 위반하게 되었으니까요. 그건 제 문제가 아니에요. 당신 문제죠.」

〈와우. 기분 죽이네.〉 그녀는 생각했다.

누군가와 대치하는 게 얼마나 뿌듯한 일인지 그녀는 처음으로 실감했다. 비서로 일할 때는 이렇게 대립각을 세울 일이 별로 없었다. 이따금씩 항공사나 케이터링 업체나 택배사에 서비스가 불만족스러웠다고 항의하는 경우야 있다. 상사가 통화 중이니 연결해 드릴 수 없다고 말하는 경우도 있다. 하지만 누군가에게 〈당신은 인종주의자이고 그건 당신 책임이다〉라고 말하는 경우는 얼마나 있을까? 전혀, 한 번도 없었다.

한편 조는 속으로 욕하고 있었다. 〈제기랄.〉 여자들이란 남자보다 더 파괴적인 동물이라던 말도 떠올랐다.

누가 했는지는 몰라도 정말 맞는 말이었다.

「그렇군요.」 조가 말했다. 「무슨 말씀인지 알겠어요. 일단은 말이죠, 제가 루실과 이야기를 좀 해볼게요. 그녀에게 아이디어가 있냐고 물어봐야겠네요.」

루실은 아까 받기로 한 천 달러의 연장선상에서 추가금 없이 찾아와 주기로 했다.

「저기, 루실.」 5시 37분에 루실이 사무실로 들어왔을 때 조가 말했다. 「당신이 이 아가씨에게 뭐라고 이야기했는지는 모르겠는데, 내가 바랐던 것과 정확히 반대의 효과가 나왔잖아요. 이젠 하버드 로스쿨 생각에 푹 빠져서 난리라고요.」

「아, 그래요?」 루실이 말했다.

「나야 남들의 야망을 가로막고 싶은 마음은 전혀 없지만, 만사에 때와 장소라는 게 있는 법이잖아요. 당신도 알다시피 유색 인종 아가씨들이 사람들 눈에 구분되어 보이지 않게 할 도리가 전혀 없다고요.」

「무슨 이야기인지 알겠네요.」

「지금부터 영원히 고용 차별 금지법을 논하더라도 이 기본적인 현실 자체는 바뀌지가 않는단 말입니다. 나 참, 기가 막혀서, 사람들이 자기를 두고 쑥덕거리고 빈정거리기를 원하는 건가?」

루실은 책상 앞의 의자에 앉아 다리를 꼬았다. 「진정해요, 조.」 그녀가 조언했다. 「그래서는 아무 도움도 안 돼요. 그러니까 그녀가 하는 말의 요지는 이런 거죠? 그 녀는 이 일자리를 원하는데, 익명성을 보장할 방법은 당신이 알아서 강구해라?」

「맞아요.」 조가 말했다. 「미치겠네.」

「음, 일리가 있네요.」

「뭐라고요?」

「그녀의 말에 일리가 있다고요. 당신은 고용 차별 금 지법을 위반하고 있어요.」

「당신은 대체 누구 편이에요?」

「나는 그냥 사실을 지적하는 것뿐이에요.」 루실이 말했다. 「제가 보기엔 차라리 다행이네요. 문제가 당신 손을 떠나 크게 불거지기 전에 뭔가 조치를 취할 수 있 게 됐잖아요.」

「하지만…….」

「1분만 생각 좀 해볼게요.」 루실은 한쪽 다리를 까딱 거리며 생각에 잠겼다. 얇은 하네스사 팬티스타킹을 입 은 그녀의 다리는 아주 창백한 황갈색으로 보였다.

흠.

「아, 아이디어가 떠올랐어요.」 딱 1분이 되었을 때 그녀가 입을 열었다. 루실은 세부 사항에 까다로웠다. 그녀가 1분이라면 1분인 것이다. 59초도, 61초도 아니 다. 딱 1분.

「그래, 말해 봐요.」 조가 말했다.

「음, 제가 봤을 땐 기본적으로 피뢰침의 맨다리가 원래 피부색 그대로 노출된다는 게 문제 같아요. 그러면 두꺼운 유색 팬티스타킹이나, 아니면 아예 고무나 PVC로 된 타이츠에 가랑이 부위에 살짝 구멍만 뚫어서 입게 하는 게 어때요? 남자들은 대부분 옷에 난 구멍으로 삽입한다는 발상을 자극적이라고 여기는 듯하니, 그런 정책을 도입한다고 고객들이 불평하지는 않을 거예요. 그리고 사람들의 피부색 차이에서 비롯되는 문제들은 완전히 해결될 거고요. 따지고 보면 지금 일하고 있는 피뢰침들에게도 필요한 조치예요. 어떤 피뢰침이 바하마에서 몇 주 휴가를 보내고 오면 어떡해요? 거기까진 미처 생각 못 했죠?」

조는 항의하려고 입을 벌렸다. 그리고 다시 다물었다. PVC 타이츠를 도입했다가는 **모든 게** 망가진다. 하지만 이 불만을 그녀에게 설명할 도리가 없었다. 피뢰침 아이디어가 처음에 어떻게 해서 나오게 되었는지를 루실이 안다면 뭐라고 생각할지는 상상도 하고 싶지 않았다. 그래서 상상하지 않으려 애썼다. 다만 한 가지 확실한 것은, 그가 망가진다고 말해 버리면 원래 망가뜨리고 싶지 않은 무언가가 있었다는 사실이 뻔히 드러난다는 점이었다. 즉 여기에 〈뜻밖의 전개〉를 추구하는 그의 판타지가 반영되어 있다는 사실이었다. 그런데 어떤 여자가 검은색 PVC 타이츠를 입는다고 가정한다면,

이후의 전개가 어떻게 될지 그녀가 전혀 예상하지 못했다고 보기에는 상상의 비약이 너무 지나치다. 판타지의 핵심이 완전히 무너지는 것이다. 모든 게 **무너지고** 있는데 조가 파국을 막을 수 있는 방법은 전혀 없었다. 고용 차별 금지법이 그의 머리에 총부리를 겨누고 있었으니까.

정말로 억울했다. 판타지 속에서 조는 흑인 여자들에게도 **수많은** 기회를 주었다. 뿐만 아니라 다른 온갖 인종의 여자들에게도 마찬가지였다. 단지 현실과 상상 사이에 차이가 있을 뿐이었다. 상상 속에서는 무슨 일을 해도 아무런 파급 효과가 일어나지 않지만, 현실에서 무언가를 할 때는 다른 사람이 상처받을 경우를 대비해 장단점을 가늠해야 하는 것이다.

유감스럽게도 이 생각을 루실에게는 도저히 설명할 수 없었다. 하물며 르네에게는 말할 것도 없었다! 고용 차별 금지법에 대해 길길이 날뛰는 그녀의 태도로 봐서는, 자신의 고용주가 흑인 여자, 아니 아프리카계 미국인 여자를 TV 쇼 프로그램 배경의 성적 판타지에 출연시켰다는 사실을 기꺼워할 리가 없을 듯했다. 세일즈맨은 이런 방면에서 직감이 발달하게 마련이다. 그의 직감이 틀렸을 수도 있겠지만, 옳은지 틀린지 확인해 볼 생각은 조금도 들지 않았다.

PVC

이후 이틀 정도 조는 태연하게 처신하려 노력했다. 고용 차별 금지법의 강요에 못 이겨 도입할 수밖에 없게 된, 가랑이 부위가 찢어진 PVC 타이츠에 대해서는 생각하지 않으려 애썼다. 생각하다 보면 우울해질 텐데, 세일즈맨 노릇을 하려면 우울해질 여유가 없다. 〈이게 다 뭔 소용이야?〉라고 생각하면서 영업을 하고 다닐 수는 없으니까. 상품에 대해 그렇게 부정적인 견해를 갖고 있으면 고객에게도 그 견해가 전해지게 마련이고, 그러면 고객의 집 안까지 들어가기 위해 쏟아부었던 온갖 노고가 눈 깜짝할 사이에 죄다 수포로 돌아갈 것이다.

누구나 언젠가는 현실을 직시해야 한다. 그래서 유난히 길었던 어느 하루를 마치고 조는 자기 자신을 억지로 떠밀어 PVC 문제와 정면으로 담판을 지었다.

일단 무언가가 마음에 안 든다면 취할 수 있는 선택지는 두 가지가 있다. 첫째, 세상을 바꾸는 것. 둘째, 나 자신을 바꾸는 것. 이 경우 세상을 바꾸는 것은 불가능했다. 고용 차별 금지법은 어디 가지 않는다. 좋든 싫든 PVC 타이츠, 또는 그것과 유사한 대안은 앞으로 피뢰침 시스템의 기본 방침이 될 수밖에 없었다. 하지만 세상을 바꿀 수는 없더라도 딱 한 가지를 바꾸려는 시도는 할 수 있을 것이다. 즉 자기 자신을.

　조는 독한 버번위스키를 한 잔 따라 놓고 PVC 타이츠 문제에 골똘히 파고들었다.

　이 문제의 핵심은 PVC 타이츠에 자연스러움이 결여되어 있다는 것으로 요약할 수 있었다. 하지만 이렇게 생각해 보면 어떨까. 여자가 운동을 하려고 PVC 타이츠를 입었고, 다리 찢기라든지 뭐 그런 동작을 했는데, 타이츠가 찢어진 것이다. 그런데 하필 그 순간 밖에 누가 온다……. 아니지, **집배원이 초인종을 누른다**. 그녀는 타이츠가 찢어진 데다 속옷 한 장도 안 입고 있어서 문으로 나갈 수가 없다! 그래서 창문으로, 그러니까 너무 뻑뻑해서 한 뼘 정도밖에 열 수 없는 창문으로 가서, 열린 창문 틈으로 고개를 내빼고 상체를 내민다. 그리고 집배원에게 소포를 문 앞에 놔두고 가라고 부탁한다. 하지만 집배원이 수신인의 서명을 받아야 한다고 주장하는 바람에 긴 입씨름이 벌어지고, 입씨름을 벌이는 동안 그녀의 세입자가 뒤에서 다가왔다가, 그녀의 타이츠에 난 구멍을 보고는 그 상황을 이용해 재미를 본다...... 가만, 그 여자가 자기 언니 부부의 집에 얹혀 살고 있다고 하면 어떨까. 운동을 하려고 언니의 PVC 타이츠를 빌렸는데 그녀에게는 너무 타이트했고 ─ 그녀가 뚱뚱해서 그런 건 아니고 그냥 언니보다 더 굴곡진 체형이라서 ─ 그래서 아무런 **속옷도** 입지 않은 채로 바닥에 누워서 타이츠를 다리에 꿰고 힘껏 잡아 올려서 가까스로 입는 데에 성공한다. 그런데 일어서서 몸을 구부렸더니 가랑이 부분이 툭 찢어져 버린다. 그때 초인종 소리가 들리고, 그녀는 〈제기랄, 집배원이 하필 지금 오다니〉라고 생각하고는 창가로 가서 창밖으로 몸을 내민다. 그 와중에 **형부가** 방에 들어왔다가, 가랑이 부분이 찢어진 PVC 타이츠를 입은 그녀의 뒷모습을 보고 자기 아내인 줄로만 알고......

이제 보니 PVC에는 처음 생각했던 것보다 훨씬 많은 잠재력이 있는 듯했다.

그는 침실로 돌아가서 옷매무새를 느슨히 풀어헤치고 PVC 타이츠를 활용한 각종 판타지를 탐구해 보았다. 그 결과 그가 내린 최종적인 결론은, PVC는 최소한 TV 게임 쇼 프로그램만큼이나 효과적인 소재라는 것이었다. 거기엔 진짜 자극적인 구석이 있었다. 어째서 PVC가 자연스럽지 못하다고 생각했을까? 제대로 다루기만 한다면 PVC 타이츠도 얼마든지 다른 옷들처럼 우발적이고 자연스러운 요소가 될 수 있었다. 이 방안은 상품에 가치를 더할뿐더러 기분까지 좋게 해줄 묘안이었던 것이다.

그는 일어나 앉아서 두 발을 바닥에 내렸다. 그리고 고개를 설레설레 흔들며 루실을 생각했다. 착잡한 심정이었지만 그녀가 경탄스럽기도 했다. 궁지에서 벗어나기 위해 천 달러나 쏟아부은 것이 기쁘다고 한다면 당연히 아무도 안 믿겠지만, PVC 아이디어가 지금 조의 생각대로 천재적인 발상이 맞다면, 그 아이디어를 겨우 천 달러 푼돈에 산 것은 가히 세기의 거래라 할 만했다.

게다가 이렇게 되면 고용 차별 금지법에 대한 걱정도 완전히 사라지는 것 아닌가.

균등 기회

조는 PVC 타이츠 개선책을 모든 시설에서 실시하고, 르네를 초일류 비서 및 피뢰침으로 고용하고, 〈피뢰침의 기회는 균등하게 열려 있습니다〉라는 문구를 모든 채용 광고에 삽입했다. 그러고는 순진하게도 모든 문제가 해결됐다고 믿었다.

그런데 사실 진짜 문제는 이제부터 시작이었다.

멋진 로맨스

시간 관리

르네는 만사에 그렇듯 철저한 태도로 새로운 직무 준비에 임했다.

르네가 생각하기에 이 거래의 본질은 다음과 같았다. 짧은 시간 동안 자기 몸을 사용할 권리를 타인에게 팔고, 그 대신 자신의 정신을 가장 가치 있는 곳에 사용할 권리를 얻는 것. 그렇다면 거기서 한 발짝 더 나갈 수도 있지 않을까? 비서 직무 외의 역할을 수행하는 데에 할당된 시간들을 자기 계발에 활용한다면? 외국어를 익힌다든가, 회계 공부를 한다든가. 뭐가 됐든 그 시간마다 꾸준히 뭔가를 한다면, 연말에 가서 한 해를 돌이켜보면 그녀는 하루에 두 번씩 외국어 공부 같은 걸 짬짬이 해온 셈이 될 것이다. 그 시간에 대한 보수는 보수대로 받으면서, 아무도 빼앗을 수 없는 그녀만의 자산까지 쌓을 수 있으리라.

그녀는 정확히 어떤 활동을 해야 진정한 성취감을 얻을 수 있을지 오랫동안 고민했다. 그리고 마침내, 프루스트의 걸작인 『아 라 르셰르슈 뒤 탕 페르뒤』, 즉 『잃어버린 시간을 찾아서』를 프랑스어로 읽을 절호의 기회라고 결론을 내렸다. 피뢰침들이 통상적으로 피뢰침 업무에 쓰는 시간 정도면 프랑스어로 된 글을 조금씩 읽기에는 적당했다. 한 번에 많은 양을 읽을 수는 없을 테니 글이 잘 안 읽힌다고 낙담할 일은 없을 것이다. 하지만 꽤나 긴 장편소설이니만큼, 전권을 완독했을 때쯤에는 하버드 로스쿨에 들어갈 만한 돈이 쌓일 터였다. 책꽂이에 꽂힌 낱권들을 보면서 하버드 로스쿨에 들어가기까지 앞으로 얼마나 남았는지를 가늠할 수 있는 것이다.

그래서 르네는 대학교 서점으로 가서 한 질을 통째로 구입한 다음, 근무 첫날 제1권, 1쪽, 첫째 단락부터 시작했다.

아나나 다를까, 그녀의 아이디어는 완벽하게 주효했다. 프랑스어 문장들과 씨름을 벌이려니 그 외의 상황에는 신경을 쓸 겨를도 없었다. 최대한 많이 읽어 나가면서 이해가 안 되는 단어들은 연필로 밑줄을 쳐두었다. 그리고 밤에 집에서 그 단어들의 뜻을 찾아보고 문제의 단락을 다시 읽었고, 다음 날에는 그다음 단락을 읽어 나갔다. 그렇게 한 달쯤 하니 모르는 단어들이 줄었다. 6개월째가 되자 프랑스어를 거의 영어처럼 읽을 수 있게 되었다. 매일 꾸준히 하는 습관의 힘이란 그런 것이다.

그리하여 여느 피뢰침들과 달리 그녀는 자신이 그 시간 동안 쌓은 업적을 눈으로 확인할 수 있었다. 마사지를 받거나 스파를 하는 동안 책을 읽는 것과 마찬가지였다. 6개월 동안 매일같이 규칙적으로 했다는 점만 다를 뿐. 그러자 불쾌감이 쌓여 정신이 어수선해지기는커녕 지성이 쌓임으로써 정신이 발달했다. 『아 라 르셰르슈 뒤 탕 페르뒤』의 막바지에 이르렀을 때는 그저 프루스트의 소설을 읽은 덕분에 10만 달러를 번 셈이 되었다.

나쁘지 않은 성과였다.

세월이 흘러 르네가 대법원 판사로서 헌법의 역사를 다시 쓰게 됐을 때, 그녀가 거기까지 올라갈 수 있었던 가장 결정적인 요인이 무엇이냐는 질문을 종종 받았다.

르네는 많은 여성의 롤 모델로 여겨지고 있었다. 특히 많은 아프리카계 미국인이 그녀를 롤 모델로 꼽았다. 르네는 누군가에게 종속되는 직위에서 오랜 세월 일하면서 점점 상급자들과 같은 수준에 이르렀고, 그러다 LSAT에서 170점대 고득점을 따고선 유유자적 하버드 로스쿨로 들어가더니, 또 유유자적하게, 별일도 아니라는 듯 대법원으로 훌쩍 걸어 들어간 것이었다. 도대체 비결이 뭐냐고 사람들은 물었다.

르네는 〈그건 비밀이에요〉라고 대응하지 않았다. 내숭 떠는 건 촌스러운 짓이라고 생각했기 때문이다.

그녀는 딱히 한 가지 요인을 꼽을 수는 없고, 그저 뭐든 처음부터 제대로 하려고 노력했을 뿐이라고 답변했다. 효율적인 시간 관리 또한 중요하다고 덧붙였다.

거대한 비밀에 연루되고 싶다면 기업 주도적 성추행 방지 시스템의 기여자가 되는 것이야말로 가장 효과적이라는 말은 구태여 하지 않았다.

대부분의 사람들은 아무리 평범하고 일상적인 일을 하더라도 그 시간의 절반은 자기가 뭘 하는지도 모른다. 더욱이 완전히 새로운, 전례가 없는 무언가를 시도하는 사람들이라면 그 시간의 98.2퍼센트는 뭐가 뭔지 모르면서 하는 것이라고 볼 수 있다. 그러니 그 일에 처음부터 참가함으로써, 이를테면 기체를 공중에 12초 동안 띄움으로써 일단은 중항공기를 발명했다고 간주되는 데까지 성공함으로써만, 그 뒤에 또 얼마나 많은 과제가 남아 있는지를 알게 되는 법이다. 비행기가 모래밭에 추락하는 순간 설계자들과 관중은 어쩐지 환호성을 올리는데, 추락하기에 앞서 어쨌든 12초 동안은 공중에 떠 있었기 때문이다. 하지만 당연하게도, 비행기를 발명한 사람들은 기체가 추락하지 않고 공중에 계속 떠 있게끔 한다면 그것이야말로 진짜 업적이 되리라는 것을 안다. 그 12초의 벽을 무너뜨린다면 그 과정에 남아 있는 **온갖** 결함들은 성공의 흥분에 묻혀서 간과될 것이다.

르네는 비행기 발명만이 아니라 나랏일도 딱 그 모양이라는 것을 깨달았다. 국가는 사람들이 뭘 제대로 알지도 못하면서, 노예제나 성(性)에 대한 세부 사항들을 간과한 채로 어찌어찌 만들어 낸 결과물이다. 당연하게도 그만큼 심각한 과실이 불거져 있으면 그걸 고치느라 나머지 결함들은 간과되기 십상이다. 사람들은 누구나 자신이 처한 법의 테두리 안에서 자라고, 자신이 거기에 익숙하니 자동적으로 옳을 거라고 생각하기 때문이다. 그러나 사실 그런 법들 중 일부는 조 같은 사람들이 만들었고, 나머지 법들은 조 같은 사람들이 어지럽혀 놓은 것들을 치우느라고 생긴 것이다. 그렇기 때문에 법에 유감스러운 점이 그토록 많은 것이다.

그녀가 보기에, 사람들은 중대한 실수일수록 오히려 고치려 하지 않는 경향이 있었다. 그토록 중대한 사안이라면 그 사안에 대해 잘 아는 사람이 어련히 알아서 했겠거니 하고 넘겨짚거나, 무언가 심각한 결함이 있었다면 그 오랜 세월이 지나는 동안 진작 고쳐졌겠거니 해버리는 것이다. 그러나 사실은 그 중대한 것을 만든 사람들도 그걸 만드는 98.2퍼센트의 시간 동안은 뭐가 뭔지 모르고 있었다. 게다가 그것을 개선하는 사람들 역시 그저 용인 가능한 수준까지만, 즉 멍청함의 정도를 50퍼센트쯤으로 낮추는 선까지만 손을 댈 뿐이다. 그러나 보통 사람들은 그 사실을 전혀 모르고, 앞으로 도 전혀 모를 것이다. 그러므로 나라에 뭔가 유감스러운 점이 있다면 직접 나서서 뜯어고치든지 어쩌든지 해야 한다. 자신이 나서지 않으면 아무도 나서지 않으리라는 것, 그 한 가지 사실만은 확실하기 때문이다.

이 간단한 이치를 깨달은 덕분에 르네는 결연하게 대법원까지 나아갈 수 있었던 것이다. 나쁘지 않은 성과였다.

그리고 피뢰침은 그녀를 거대한 비밀에 연루시켰을 뿐만 아니라, 새로 터득한 지식을 활용할 기회를 마련해 주기도 했다.

조는 르네가 회사의 귀중한 자산이라는 사실을 기꺼이 인정했다. 더 나아가, 고용 차별 금지법에 대해 품었던 온갖 야박한 생각들을 취소하기까지 했다. 사실 처음에는 르네에겐 다른 직장을 찾으라고 하고 손쉬운 탈출구로 빠져나가고만 싶었던 것이 솔직한 심정이었다. 그가 애써 품과 비용을 들여 PVC 타이츠 정책을 도입한 것은 순전히 법적 해결책을 찾아야 할 의무 때문이었다.

그런데 뚜껑을 열어 보니, PVC 타이츠 정책은 그 **자체만으로도** 상품의 품질을 대폭 개선해 주는 효과가 있었다. 영원히 해결 불가능할 것으로만 보였던 부적절한 방뇨 문제도 덩달아 해결되었다. 서비스 이용자들 대다수의 만족도도 더욱 높아졌다. 그뿐만 아니라 특출나게 우수한 인재를 고용할 수도 있었다. 고용 차별 금지법이 없었더라면 조는 그녀의 재능을 활용할 기회를 영영 얻지 못했을 것이다.

다만 딱 한 가지 문제가 있었다. 르네가 심지어 루실보다도 더욱 많은 요구 사항을 쏟아부었던 것이다. 르네가 그에게 전화해 무슨 지적이나 권고를 하지 않고 넘어가는 날이 단 하루도 없을 정도였다. 보통 피뢰침이 무슨 건의를 하면 조는 기억해 두었다가 차후에 신중히 검토하겠다고 약속하곤 했고, 그래서 르네에게도 그렇게 대응해 보았다. 그랬더니 다음과 같은 질문이 돌아왔다.

「그러면 언제쯤 조치를 취하실 예정인데요?」

「어, 그건 심도 있게 검토해 보고 나서야 알 수 있을 것 같아요.」 조가 말했다.

「언제 심도 있게 검토할 예정인데요? 오늘 밤이요? 내일?」

「어…….」

「내일 오후에 연락드리죠. 이게 다음 주까지 해결되지 못할 이유가 없어 보이는데요.」

조는 초일류 비서가 이토록 불도저와 비슷한 성향인

줄은 미처 몰랐다.

이제껏 실패해 본 적 없는 방법을 써보기도 했다. 현재로서는 기술상의 한계로 인해 그 건의 사항을 소프트웨어에 적용할 수 없지만, 다음에 프로그램을 업데이트할 때에는 최선을 다해 반영해 보겠다는 답변이었다.

「다음 업데이트는 언제인데요?」

「어…… 글쎄요. 제가 다른 일들로 워낙 바빠서 정확히 언제 여기에 손댈 수 있을지 모르겠어요. 하지만 짬이 나기만 하면 바로 할게요. 확실히 약속드릴…….」

「프로그래밍을 당신이 직접 한다는 뜻이에요?」

사실 조는 너무 창피해서 아직까지도 프로그램을 전문가에게 넘기지 못하고 있었다. 그가 이제껏 해온 것을 전문가가 보면 비웃을 게 뻔했다.

「저는 그쪽이 편해서요.」 조가 말했다. 「제가 소프트웨어 개발자인 데다, 우리 일을 속속들이 다 아는 사람이 저이니만큼 제가 직접 기능들을 추가하는 게 편하거든요.」

「흠, 그도 그렇겠군요. 하지만 이건 꽤 긴급한 사안인데요. 그냥 주말 동안 손보시면 안 되나요?」

「주말 안에 처리할 수 있는 일이 아닌 것 같습니다.」 조가 단호하게 말했다. 「아주 복잡한 문제라서요.」

「그런가요? 제가 보기엔 아주 간단할 것 같은데요. 어느 언어를 쓰고 계신데요?」

「현재로서는 그냥 영어만 씁니다.」 조가 말했다. 「아직까지는 히스패닉계 고객이 많지 않아서 스페인어로 프로그램을 출시할 필요까지는 없는 것으로 판단됩니다. 물론 그럴 필요성이 대두된다면 우리 피뢰침 에이전시는 기꺼이 그 역경에 맞서야겠지요.」

잠시 침묵이 흘렀다.

「어떤 프로그래밍 언어를 쓰시냐고 물은 거예요.」 르네가 말했다.

「오, 오. 그거요.」 조는 사용하는 언어 이름을 말했다.

「그러면 문제없겠네요. 기초 정도는 저도 할 줄 알아요. 이번 주말에 제가 들러서 처리해 볼게요. 당연히 초과 근무 수당은 주셔야 하고요.」

「어…….」

「한 시간에 50달러로요. 그 외에 제가 뭐 더 알아야 할 것 있나요? 없죠? 좋아요, 그럼 그렇게 가는 걸로 하죠.」

그 후로 조는 르네의 불도저가 매일같이 시스템을 갈아엎는 것을 체념하고 받아들였다. 그녀의 요구 사항이 정확히 반영되도록 프로그램을 뜯어고치기까지 초과 근무 수당을 5천 달러나 지불해야 했다. 하지만 공사가 끝나고 먼지 폭풍이 가라앉고 나서 보니, 그럴 만한 가치가 있었구나 싶었다. 마치 완두콩 공주가 디자인한 매트리스를 보는 듯했다. 기존의 시스템에서 르네가 신경에 거슬려하던 잔주름들을 모조리 매만져 펴고 나니, 다른 피뢰침들도 전반적으로 더욱 만족스러워했다. 불만 전화도 훨씬 줄어들었다. 이제는 직원들의 불만을 들어 줄 상담사가 굳이 필요한가 싶을 정도였다.

그런데 유감스럽게도, 르네가 일으킨 값진 혁신들 중 하나는 위험하고도 광범위한 파급 효과를 예고하고 있었다.

르네는 첫날부터 동료 피뢰침들의 프로답지 못한 일 처리 방식에 짜증이 났다. 첫째, 높이 조절 칸 안에 잡지가 잔뜩 쌓여 있었다. 둘째, 쓰고 난 타이츠가 바닥에 아무렇게나 팽개쳐져 있는 경우를 무려 일주일에 두 번 꼴로 맞닥뜨렸다. 셋째, 이 시스템의 가장 필수적인 조건이어야 할 익명성을 다들 그다지 괘념치 않는 분위기였다. 르네는『스완네 집 쪽으로』[20]를 겨우 20쪽 읽었을 때 한 피뢰침 여직원의 정체를 알아차렸다. 40쪽까지 갔을 땐 그녀가 아는 피뢰침이 열 명에 육박했다.

무엇보다도 큰 원인은 피뢰침들 중 대다수가 애초에 채용되지도 말았어야 할 부류라는 데에 있었다. 그들은 르네처럼 정신을 다른 데에 집중하면서 시간을 관리하지 못하고, 이 일의 육체적 측면들에 심적으로 연연하다가 번민에 빠져드는 듯했다. 그러다 보면 결국엔 우

20 『잃어버린 시간을 찾아서』의 제1편.

울해져서 누군가에게 털어놓고 싶어질 수밖에 없으리라. 속에 감정을 잔뜩 쌓아 놓고 있다가, 높이 조절 칸에서 누군가가 나오는 걸 보면 피뢰침이겠거니 단정 짓고 대뜸 말해 버리고픈 충동을 느끼는 것이다. 글쎄, 그걸 정 털어놔야겠다면 최소한 같은 회사 사람들을 상대로 하면 안 되지 않겠는가?

르네는 이 문제에 대해 뭔가 조치를 취하라고 조를 설득하려 노력했다. 그런데 조는 그냥 문제를 회피하려고 노력했다.

더 이상은 참을 수가 없었다. 「이봐요, 조.」 조가 약 5분쯤 문제를 회피하려 하는 꼴을 보다 못한 그녀는 단호히 말을 꺼냈다. 「이건 도저히 용납할 수가 없는 처사입니다. 고객들은 피뢰침들이 이런 업무 환경에서 일하기를 바랄 리가 없을 텐데요. 당신은 그들에게 모든 방면에서 완벽한 익명성을 보장하겠다고 약속했어요. 그런데 지금 그 익명성에 스위스 치즈처럼 구멍이 숭숭 뚫려 있단 말이에요. 피뢰침 프로그램에 참가하는 직원들은 분명히 이보다 더 많은 지원을 받을 필요가 있는 겁니다.」

조는 말을 가로채려 했지만 르네는 거침없이 이야기를 이어 나갔다. 「제가 이전 회사에서 했던 일이 수석 부사장 직속 비서였는데, 그때 직원들의 문제 해결을 위한 사내 온라인 네트워크를 감독하는 일도 맡았어요.

거기 직원들은 게시판에서 어떤 고민이든 공유하고 의견을 주고받을 수 있었죠. 또 업무와 관련해서 뭔가 다 같이 고민해야 할 문제가 있으면 초기 단계에서부터 함께 의논할 수 있었고요. 여기 피뢰침들에게도 그 비슷한 장치가 마련되지 않아야 할 이유가 전혀 없어요. 예전에 제가 이런 걸 개설하고 운영한 경험이 있으니 그 경험을 살려서 맡아 해볼게요. 소프트웨어 개발, 설치 작업, 네트워크 감독까지도요. 그렇게 하면 대부분의 고충은 직원들 내부에서 자체적으로 해결이 될 거예요. 우리 선에서 감당이 안 되는 문제가 있으면 그때 윗선으로 넘기면 되겠죠.」

「어…….」

「지금 받는 보수에 1만 5천 달러를 더 얹어 주시면 되겠네요. 1년 해보고 나서 더 올려야 할 것 같으면 그때 말씀드릴게요.」

「어…….」

「좋아요. 그럼 그렇게 가요.」

르네는 네트워크를 설치했다. 이동기 안에 잡지 비치대도 설치했다. 스커트와 타이츠를 올바르게 정리하자는 취지의 규율도 만들었다. 피뢰침들에게 의견을 올릴 수 있는 게시판을 개설해 주었다. 그리고 이따금씩 거기에 자신의 팁도 공유했다.

르네가 짬 날 때 외국어 공부를 하라고 조언하는 데에서 그쳤다면 조는 쭉 발 뻗고 잘 수 있었을 것이다. 그런데 어느 날, 르네가 『스완네 집 쪽으로』를 반쯤 독파했을 무렵, 게시판에 피뢰침 일이 애정 관계에 미치는 영향에 대한 이야기가 올라왔다. 많은 피뢰침들이 일 때문에 직장 밖에서의 섹스에 관심이 덜해졌으며, 그 때문에 연애에 지장을 받는다고 토로하고 있었다. 한 피뢰침은 남자 친구가 늘 불평한다고, 그가 같은 회사 사람이라서 그녀의 근무가 과중하지 않다는 것을 알기에 그녀가 항상 피곤해하는 이유를 이해하지 못한다고 하소연했다.

르네는 그녀의 남자 친구도 아마 같은 회사의 사내 시설을 통해 욕구를 해소하고 있을 테니, 여자 친구로서 죄책감을 느낄 이유가 전혀 없다고 조언했다. 그녀를 도와주려는 의도에서 한 말이었다. 그런데 르네의 발언은 도리어 많은 논란을 불러일으켰다. 그 피뢰침이 자신의 남자 친구가 시설을 이용하고 있다고 생각하면 도저히 그를 전과 같이 볼 수 없을 거라고 말했기 때문이었다.

공교롭게도 일레인 역시 네트워크를 종종 체크하고 있었다. 그리고 게시판 토론 진행자의 지적에 일리가 있다고 생각했다.

더 나아가, 그녀의 말 덕분에 일레인은 피뢰침 일을

완전히 새로운 각도에서 바라보게 되었다.

　그러고 보면 시설 이용자들 중에는 연애 중이거나 결혼한 남자도 많을 터였다. 그렇다면 그들이 시설을 이용하는 것만으로도 애정 관계가 더욱 돈독해질 수 있겠다는 생각이 들었다. 남자들은 흔히 욕구 해소를 위한 섹스와 애정 관계 자체를 동일시하는 경향이 있고, 그 때문에 갈등이 빚어지곤 한다. 그런데 그들이 일터에서 원할 때 언제든 섹스할 수 있다면, 애정 관계에서는 그 욕구를 통제할 수 있다는 뜻이 된다. 부적절한 때에 부적절한 맥락에서 섹스를 요구하는 바람에 관계가 훼손될 위험이 줄어드는 것이다. 그렇다면 관계가 성공할 가망도 더욱 높아지게 된다.

　그 발상에 일레인은 깊은 인상을 받았다. 그리고 그녀가 깊은 인상을 받은 만큼, 에드 윌슨 역시 영향을 받았다.

결핍

에드는 피뢰침 시설의 단골 이용자이니만큼 새로운 개선 사항들을 다른 이용자들보다 더욱 민감하게 알아차렸다. PVC 타이츠 정책이 도입됐을 땐 그 가치를 인정하지 않을 수 없었다. 하지만 일레인과 첫 즉흥 데이트를 하고 나니, 여자의 매력은 허리 위에도 많다는 사실을 자꾸만 되새기게 되었다. 피뢰침 서비스를 이용하면 할수록 여기에 얼마나 많은 것이 빠져 있는가를 실감하는 것이었다.

로데오 버거 데이트 이후로 에드는 정기적으로 일레인에게 데이트 신청을 했다. 그런데 왠지 몰라도 그 이상으로 일레인과 가까워지질 않았다. 일레인은 학교 수업이 있는 날 저녁에 헤일리를 같이 데려갈 게 아니면 데이트를 하지 않으려 했다. 그런 날에도 헤일리가 숙제를 해야 하기 때문에 너무 늦기 전에 집으로 돌아가야 했다. 집에서는 헤일리가 언제 숙제를 가지고 질문 하러 올지 모른다는 이유로 에드가 그녀의 단추 하나도 끄르지 못하게 했다.

사실 일레인의 이런 행동은 그녀가 피뢰침 네트워크 에서 본 토론에 대해 많이 생각한 끝에 내린 방침이었 다. 타인의 성욕을 해소해 주는 행위는 일레인에겐 직무 의 일환이었다. 그러니 퇴근하고 나면 뭐든지 그녀가 하 고 싶은 것만 하고 싶었다. 물론 애인과 몇 주쯤 여행을 간다면 뭔가 해주기는 해야겠다는 기분을 느낄 것이다. 상대방이 욕구 불만에 사로잡히고 있다는 게 그녀에게 도 느껴질 테니까. 하지만 직장에서 이미 성욕을 해소 하고 있는 사람에게는 죄책감을 느낄 이유가 없지 않은 가? 구내식당에서 따뜻한 식사를 할 수 있는 사람에게 왜 여자 친구가 요리를 해줘야 하는가? 더욱이 여자 친 구가 그 구내식당에서 일하는 사람인데? 게다가 남자들 은 들고나고 하지만 자식이 잘못돼 버리면 어디에다 반 품하고 새 자식으로 교환할 수도 없다. 세상에 어떤 자 식이 아래층에 내려왔다가 어떤 남자가 자기 엄마 뽕브 라를 더듬고 있는 장면을 보고서 좋다고 하겠는가?

그 결과 에드는 하루에 대여섯 번씩 피뢰침 서비스를 이용하는 사람이라고는 믿을 수 없을 만큼 욕구 불만에 빠졌다.

가끔 일레인과 헤일리를 람보르기니에 태우고 드라

이브할 때, 에드는 주위에 D컵 가슴이 있으면 주변 시야만으로 얼마나 많은 것을 식별할 수 있는지 실감하곤 했다. 가끔 집에 들어가서 같이 낱말 맞추기 게임을 할 때는 게임판을 곁눈으로만 지켜보고, 시선의 초점은 절대로 손대지 못하는 뽕브라에서 우러나는 깊은 고뇌를 음미하는 데에 집중했다.

그러는 동안 헤일리의 방 안에는 사은품들이 점점 쌓여 갔다. 패스트푸드점에 갈 때마다 에드는 어떤 사은품이든 모든 종류를 모으자고 고집하며, 그걸 모으는 데에 햄버거가 얼마나 필요하든 필요한 만큼 시켜 버렸다. 사은품의 종류를 손님이 고를 수 있는 곳이면 그래도 괜찮았다. 그러나 사은품이 종이로 싸인 채 랜덤으로 제공돼서 포장을 열어 봐야만 무슨 종류인지 알 수 있는 경우에는 난처해졌다. 그런 경우라도 에드는 사은품 전 종류를 모을 때까지 멈추지 않았다. 얼마나 많은 햄버거를 사야 하든, 얼마나 오래 걸리든 상관없었다. 한번은 럭키 레프리콘 매장에 다섯 시간이나 앉아 있었던 적도 있었다. 매직 밀(햄버거에 중간 사이즈 음료와 중간 사이즈 감자튀김까지 포함해 2.95달러밖에 안 했다)을 사면 랜덤으로 딸려 오는 〈행운의 독버섯〉을 다섯 종류 모아야 하는데, 마지막 한 종류가 도무지 나오질 않았던 것이다.

처음 한 시간 동안 그들은 매직 밀 세 개를 시켜 먹

고, 다섯 종류의 독버섯 중 두 종류를 얻었다.

이후 30분 동안 매직 밀 스무 개를 사서 쓰레기통에 버린 끝에 또 한 종류의 독버섯을 얻었다.

이후 30분 동안 매직 밀 서른 개를 사서 쓰레기통에 버린 끝에 또 한 종류의 독버섯을 얻었다.

그 시점에서 일레인이 단호히 반대하고 나섰다. 세상엔 굶주리는 사람도 많은데 그놈의 〈행운의 독버섯〉을 모으겠다고 음식을 이렇게 내다 버리는 건 **미친 짓이라고.** 에드가 정 이런 식으로 해야 직성이 풀리겠다면, 매직 밀을 사전 주문 식으로 구매해서 사은품만 먼저 받아 확인하고, 그렇게 주문한 매직 밀들은 나중에 본인이 다 먹든지 하라고 그녀는 말했다.

그리하여 세 시간 동안 5백 개의 매직 밀을 사전 주문해서 5백 개의 포장을 푼 끝에, 마침내 마지막 한 종류의 독버섯을 얻어 내고야 말았다.

사전 주문한 햄버거 세트들은 결국 다 먹지 못했다. 헤일리가 매직 밀이라면 생각만 해도 토하고 싶다고 했고 에드도 비슷한 심정이었기에, 나머지는 그냥 노숙인들에게 기부했다. 그래서 에드는 결과적으로 그 쓰잘데기 없는 플라스틱 독버섯 모형에 거의 1천5백 달러나 날린 셈이었다. 당시에는 그렇게만 생각했다. 하지만 시간이 지나고 보니 그 생각이 얼마나 근시안적인 사고방식이었는지를 알 수 있었다. 그 마지막 한 종류의 독버섯은 사실 딱 스무 개만 제작되었고, 따라서 다섯 종류의 독버섯이 모두 모인 세트는 엄청나게 희귀했던 것이다. 10년이 지나자 그 세트는 자그마치 5만 달러를 호가했다. 그리고 그건 헤일리가 열 살이었을 적에 에드가 모아 준 수많은 사은품 세트들 중 하나일 뿐이었다.

훗날 헤일리가 백만장자가 되었을 때 사람들은 그녀가 인맥을 통해 출셋길에 올랐으리라고 생각했다. 수십억만장자인 새아버지가 있으니 출발선이 다를 수밖에 없다고들 했다. 그런 사람들에게 헤일리는 에드가 자신에게 해준 일이 두 가지 있다고 밝혔다. 첫째, 그가 수집가들의 열광을 불러일으킬 만한 물건들을 잔뜩 사준 덕분에 20대 초반이 되었을 땐 그 수집품 세트들이 엄청난 자산이 되었다는 것. 둘째, 무언가 원하는 게 있으면 모든 걸 쏟아부으라는 교훈을 가르쳐 주었다는 것. 에드는 그녀에게 멍청해 보일까 봐 걱정하지 말라고, 남들이 어떻게 생각하든 신경 쓰지 말라고, 그냥 목표를 향해 달리라고 가르쳤더랬다.

에드는 이렇게 말하곤 했다. 「헤일리가 워낙 귀여워서 그랬던 거지요.」

하지만 내심으로 생각한 것은, 그때 자신이 중증 젖가슴 결핍 증세에 시달리고 있지 않았더라면 매직 밀을 553개나 사는 미친 짓까지는 하지 않았으리라는 것이었다.

훗날 피뢰침 시스템에 기본으로 탑재된 기능들은 초창기에는 상상도 못 할 사치였을 것이다. 오늘날은 모든 차에 히터가 기본으로 설치된다. 하지만 옛날에는 온기가 필요하면 벽돌 하나를 오븐으로 데워서 수건으로 싸 가지고 차에 타야 했다. 오늘날 차들에는 라디오가 당연히 달려 있지만, 아직 살아 있는 사람들이 기억하는 가까운 과거에만 해도 차에서 라디오를 듣고 싶으면 거실에 있던 걸 가져다가 앞좌석 위에 올려놓아야 했다. 마찬가지로, 초창기 피뢰침 이용자들은 언젠가는 눈높이에 맞게 설치된 화면이 보편화될 거라고는 상상도 못 했을 것이다. 미래에는 화면 속 가상 파트너의 등과 뒤통수를 볼지, 아니면 망고에서부터 멜론까지 다양한 크기를 아우르는 젖가슴들로 눈요기를 할지를 이용자가 결정할 수 있게 된다고 한다면, 초창기 이용자들은 말도 안 된다고 생각했을 것이다. 당시에는 그런 눈요기는 스스로 알아서 해결해야 했다. 얼마 지나지 않아 남자 화장실 높이 조절 칸에도 잡지들이 쌓여 갔다. 그래서 조는 아예 잡지를 정식으로 공급하자는 묘안을 생각해 냈다. 잡지 여러 종을 대량으로 주문해 놓고 시설 안에 숨겨진 수납함에 비치해 두면 그만이었다. 그는 캔자스시티에서 먼저 시도해 보았고, 호응을 얻자 다른 곳의 시설들에도 모두 적용했다. 믿어지지 않겠지만 2000년에는 겨우 그게 하이 콘셉트[21]로 통했다.

더욱 정교해진 피뢰침 시설을 에드 윌슨이 이용할 수 있었더라면 그의 삶이 더 수월해졌을지는 알 수 없다. 에드 윌슨은 시설을 다른 이용자들보다 훨씬 더 자주 썼으므로 그 결점들 역시 누구보다 더 빨리 체감하고 불만을 품었다. 볼 것이라고는 벽밖에 없는 곳에서 누군가의 뒤에 삽입하기만 하다 보면 김이 새게 마련이다. 심지어 누군가의 뒤에다 삽입하면서 잡지를 읽는다고 해도, 좋기는커녕 기분만 잡칠 때가 생긴다. 벽으로 가로막혀서 얻을 수 없는 온갖 요소들을 잡지가 도리어 더더욱 상기시켜 주기 때문이다.

우리에 갇힌 개코원숭이들의 습성 연구 결과에 따르면, 감금된 환경에서 사는 영장류는 자신의 불만감을 다른 개체에게 푸는 것으로 밝혀졌다고 한다. 에드 윌슨은 불만감을 로이에게 풀기로 했다.

그 선택은 피뢰침 에이전시의 입장에서는 그야말로 최악이었다.

21 서로 무관해 보이는 아이디어들을 조합해 참신한 아이디어를 만들어 내는 전략.

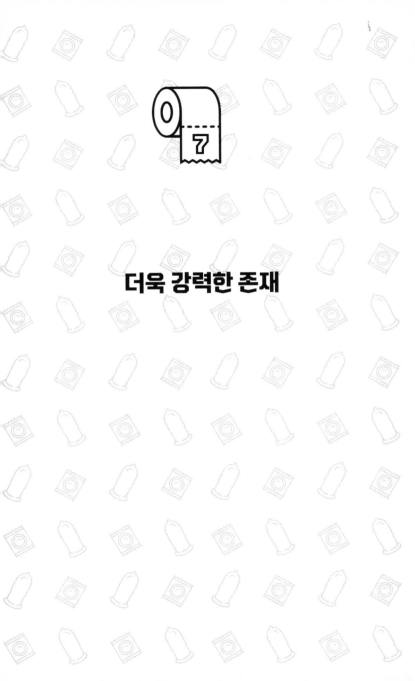

더욱 강력한 존재

결정적 돌파구

아이러니하게도, 조의 문제들이 메이저 리그까지 부상한 원인은 그가 이제부터 자신을 막을 것은 아무것도 없노라고 자신만만해했던 이유와 일맥상통했다. 즉 그가 처음 만난 〈결정적〉 돌파구라고 생각했던 것이 그의 등을 찌른 셈이었다.

물론 그가 최초의 돌파구를 만난 것은 천 개의 회사 중에서 성추행 문제를 혁신적으로 해결할 각오가 된 단 하나의 회사를 발견했을 때였다. 하지만 그 돌파구는 조가 스스로 애를 써서 뚫은 것이었다. 천 개의 업체에 편지를 쓰고, 그중 999곳에서 온갖 형태로 보내온 거절을 감내한 결과였다.

하지만 최초의 **결정적인** 돌파구는 조가 전혀 손도 대지 않은 영역에서 저절로 뚫렸다.

발단은 어떤 큰손이 보렐코사(社)의 인수에 관심을

가지면서 시작되었다. 보렐코사를 세우느라 오랜 시간을 쏟았던 스티브로서는 회사가 남의 손에 완전히 넘어가는 꼴은 보고 싶지 않았다. 그래서 보렐코의 인수를 막기 위해, 비슷한 규모의 회사인 네이미어 앤드 스완슨 주식회사NSI와의 합병을 타진했다. 그러자니 자연히 두 회사의 고용 조건들을 균등하게 맞추는 과정에서 온갖 속임수를 동원하게 되었다.

보렐코가 기업 문화의 일부로서 피뢰침 시스템을 안고 가야 한다는 것까지는 분명했다. 시설 이용에 익숙해진 남직원들에게 합병 때문에 더 이상 혜택을 제공할 수 없다고 하면 그들은 격분할 것이다. 그랬다가는 모든 게 처음부터 어그러질 수도 있었다. 하지만 상대 측에게 이 이야기를 어떻게 꺼내야 할지 모르겠다고 스티브는 털어놓았다.

「이봐요, 스티브.」 조는 스티브의 애로 사항을 듣고는 말했다. 「솔직히 제 생각엔, 당신이 군이 그렇게 무리할 필요가 없는 것 같은데요. 양쪽 회사 모두 직원 화장실은 당연히 제공해야 하는 거잖아요. 그리고 시설 안에 있는 사람이 정확히 뭘 하는지 캐내려 들 사람은 아무도 없을 테고요. 당신은 다만 보렐코사가 전 사업장에 높이 조절 화장실을 도입한 선구적 기업이라고 설명하면 돼요. 이건 당신이 자랑스러워할 만한 업적이고, 합병 과정에서 잃고 싶지 않은 게 당연하죠. 그렇게 해서 일단 예전의 NSI 사업장 전체에 시설 시공을 해놓은 다음, 사내 성추행 방지 정책의 운영을 외부업체에 맡기는 게 가장 효과적이어서 그러기로 했다고만 하세요. 나머지는 제가 다 알아서 할 테니.」

결과적으로 그들은 피뢰침 시설을 NSI로까지 확장했고, 조의 사업은 단번에 두 배로 팽창되었다.

그런데 합병의 부작용도 있었다. 당시에 조는 그 사안의 중요성을 전혀 몰랐지만, 스티브가 인적 자원 관리부를 감축까지는 아니더라도 최소한 구조 조정은 해야 이득이겠다고 판단한 것이었다. 스티브는 오래전부터 로이를 가뜩이나 골칫거리로 여기고 있었다. 그런데다 이제는 그의 회사에서 가장 높은 연봉을 받는 사원과 로이 사이에 모종의 마찰이 감지되기까지 했다. 이참에 합병을 기회 삼아 로이를 물러나게 하면 어떨까 싶었다. 그런데 알고 보니 유감스럽게도 NSI의 CEO 역시 자기네 인적 자원 관리부 부장을 오랜 세월 골칫거리로 여기고 있었고, 스티브보다 한참 앞서 정리 해고 안을 들고 있다가 합병 논의가 나오자마자 전략적 감축부터 들어간 터였다. 그래서 스티브는 로이를 여전히 데리고 있어야 할 뿐더러, 그의 파란색 엠앤엠즈를 대신 먹어 줄 팀원들을 더더욱 많이 붙여 준 꼴이 되어 버렸다. 이번에는 어쩔 수 없었다. 하지만 그는 다음을 기약했다.

합병하고 6개월이 지나자 BNSI(보렐코와 NSI가 합쳐진 새 명칭)는 처음 보렐코를 인수하려 했던 회사와 맞서 싸울 힘이 생겼다. 그리하여 BNSI는 베세이 신디케이츠와 합병하고 BNSV가 되었고, 다시금 높이 조절 화장실 칸들을 사내에 설치하고 성추행 방지 시스템을 외부 업체에 맡겼다. 그러다 BNSV가 싱클레어 프로덕츠와 합병해 BNSVS가 되었고, 그런 다음에도 피뢰침 시스템을 확장 유지했다. 그때쯤 되니 피뢰침이라는 개념은 조가 손끝 하나 까딱하지 않고도 전국에 퍼지기에 이르렀다.

그 과정에서 조가 할 일은 물자를 공급하는 것뿐이었다. 그 일만 하는 데에도 긴장을 늦출 순 없었지만, 그래도 백지상태에서 계약을 따내려고 안간힘을 쓰던 때와 비교하면 아무것도 아니었다.

기업들이 합병할 때마다 반드시 전면적인 구조 조정에 들어간다는 게 조에겐 도움이 되었다. 순식간에 사람들이 정리 해고 당하는 판이니, 그들로서는 성추행 방지 시스템 재편성보다 신경 써야 할 일이 많았다. 게다가 회사에 못 보던 얼굴들이 생기더라도 사람들은 역시나 신경 써야 할 일이 많았으므로 별로 눈길을 주지 않았고, 곳곳에서 온갖 변화가 일어나고 있으니 장애인 전용칸에서 무슨 공사를 하더라도 그런가 보다 하고 넘겼다. 그런 건 그들에겐 전혀 중요한 걱정거리가 아니었던 것이다. 그리하여 조가 직접 말로 구입 권유를 하던 때와는 달리, 그가 굳이 회사들 문을 두드리고 구구절절 구입 권유를 하지 않더라도 이제는 회사들 쪽이 먼저 그의 상품을 사겠다고 줄을 이었다.

당연하게도 이 단계에 이르자 조는 더 이상 모든 걸 혼자서 도맡을 수 없었다. 그래서 이 혁신적인 사업을 받아들이지 못하거나 심지어는 적대적으로 굴 사람들에게 상품을 이해시킬 수 있는 천 명 중 한 명의 인재들을 고용했다. 그렇다고 아주 잘나가는 인재를 찾지는 않았다. 여기가 프리마 돈나들을 위한 직장은 아니라는 사실을 이미 체득했으니까. 그가 원하는 인재상은 오늘날 고용주들이 처한 딜레마를 진정으로 이해하는 사람, 혼자 힘으로 학업을 마치거나 가족을 부양해야 하는 여성들이 처한 딜레마를 진정으로 이해하는 사람, 그러한 딜레마들을 해결하도록 도와주고 싶다는 진정한 욕구를 가진 사람이었다.

완전히 마음에 드는 직원들을 채용하지는 못했지만, 훌륭한 사업가라면 자신이 가진 자원을 최대한 활용할 줄 알아야 한다. 사람들을 있는 그대로 상대해야지, 자신의 바람에 그들을 끼워 맞출 순 없는 법이니까. 그 이치를 알고 그에 따라 행동해야 훌륭한 사업가라 할 수 있다.

아무튼 그렇게 해서 조는 영업 사원을 세 명 고용하

고 채용 담당 부서도 따로 꾸려, 돌파구가 생길 때마다 그 기회를 잘 이용할 수 있는 여건을 갖추었다. 첫 번째 합병이 실시된 건 보렐코에서 피뢰침 시범 운영을 시작한 지 1년 만의 일이었고, 그 뒤로 2년 만에 피뢰침 시스템은 미국 50개 주 전역에 뿌리내렸다.

이로써 얻은 긍정적인 효과라면, 우선은 현금 흐름에 대한 걱정은 끝났다는 것이었다. 게다가 피뢰침 에이전시는 미국 대기업들 중 한 곳이 우선적으로 의존하는 임시 인력 파견 업체로 부상했기에, 그보다 작고 덜 유명한 회사 몇 군데와 거래할 때보다 신뢰도가 훨씬 높아졌다. 그러자 단순한 파견 직원만을 원하는 회사들도 조의 에이전시에 요청하는 경우가 잦아졌다. 그러면 그럴수록 피뢰침 역할을 겸하는 직원들이 게토화될 위험도 줄어들 테니 조의 입장에선 환영할 만한 일이었다. 물론 가능하다면 그 기회를 이용해 피뢰침 서비스를 더욱 홍보하기도 했다.

하지만 부정적인 효과도 나타났다. 스티브가 마침내 로이를 정리 해고한 것이었다. 두 번째 합병 때도 상대 회사가 더 발빠르게 자기네 애물단지를 빼내는 바람에 소원을 이루지 못했던 스티브는 세 번째 기회를 놓치지 않았다. 합병안에 합의가 되자마자 그는 교묘하고도 분명한 방식으로 로이가 이 배에서 내리더라도 자신은 서

운하지 않을 거라는 의사를 밝혔다. 그때까지만 해도 조는 그 싸움의 결과가 자신에게 얼마나 큰 영향을 미칠지 짐작도 못한 채 방관자로서 지켜보고만 있었다. 인적 자원 관리부를 누가 담당하든 임시직 아웃소싱에 관여하지만 않는다면 자신과는 상관없다고 생각했다. 크나큰 오산이었다.

로이는 회사의 압박에 잘 맞서 싸웠지만, 그만둬야 할 때가 왔다는 걸 스스로 알았다. 그는 엠앤엠즈를 하루에 여섯 봉지씩 먹어 치우고 있었다. 계속 이런 식으로 살 수는 없었다. 그래서 결국 사직서를 쓰고, 거액의 퇴직금을 받아들인 뒤, 집에 들어앉아 울분을 곱씹었다. 어쩐지 2년 전의 사건이 머릿속을 떠나질 않았다. 이제 그는 회사에 대해 무슨 말을 해도 잃을 것이 없는 입장이었다. 그래서 어느 날 밤 술을 좀 과하게 마셨다가 그만 처남에게 비밀을 털어놓고 말았다.

그것 자체만으로는 조에게 부정적인 영향이 갈 만한 일은 아니었다. 하지만 로이의 처남, 월터의 생각은 좀 달랐다.

베트남전에서 싸우고 퇴역한 뒤로 월터는 사람 죽이는 짓은 그 정도면 족하다고 늘 생각해 왔다.

그런데 이제 그 생각이 바뀌었다.

좁혀 드는 수사망

어느 날, 조는 여느 때처럼 〈스탠스 그릴〉 식당의 안쪽 칸막이 좌석에 앉아 숯불 버거와 얼음처럼 차가운 버드와이저를 즐기고 있었다. 그는 유난히 긴 하루를 마친 참이었고, 이렇게 긴 하루를 보낸 날에는 스탠스 그릴에 들러 긴장을 푸는 것이 그의 습관이었다. 식당은 거의 비어 있었다. 언제 와도 대체로 한산한 식당이었다. 그런 점 역시 조의 마음에 들었지만, 아마 식당 주인인 스탠에게는 만족스럽지 않을 것이다.

조가 맥주 한 캔을 더 시키려던 차에 식당에 낯선 사람이 들어왔다. 그는 주위를 둘러보더니, 단호하고 규칙적인 걸음걸이로 홀을 가로질러 조의 테이블 앞으로 다가왔다.

「합석해도 되겠습니까?」 낯선 사람이 물었다.

조는 텅 빈 테이블들을 둘러보았다. 그리고 낯선 사

람을 올려다보았다.

「무슨 일이죠?」그가 물었다.

낯선 사람이 재킷 안주머니에서 신분증을 꺼냈다.
「월터 파이크, FBI입니다.」

〈이런 망할.〉조는 생각했다. 「앉으시죠.」

월터라는 수사관은 피뢰침 에이전시에 대해 알 만한
건 다 아는 듯했다. 관계자들의 이름, 관계된 장소, 날
짜 등등은 물론이고 일 자체도. 그뿐만 아니라 법을 무
시무시하게 잘 꿰고 있었다. 그는 피뢰침 서비스가 내
포한 각종 위법 혐의들을 낱낱이 지적했다.

조는 달리 뭐라고 할 말이 생각나지 않아서 계속 〈그
렇습니까? 법이 그렇게 되어 있는 줄은 몰랐네요〉라고
만 대답했다. 그건 사실이었다. 조는 법률에 관해서는
안전한 거리를 지키는 것이 최선이라는 주의였으니까.
그런데 수사관은 어쩐지 그 태도가 신경에 거슬리는 눈
치였다.

「이봐요, 조.」월터가 말했다. 「이 상황의 심각성을 모
르는 것 같은데, 지금 당신은 큰 곤경에 빠진 거요. 이 서
비스를 50개 주 전체에서 운영하고 있잖소. 그렇다는
건 약 25개에 달하는 연방법 조항들뿐만 아니라, 각 주
및 지역 단위의 법률도 892조항쯤 위반하고 있다는 뜻
이오.」

「허.」조가 말했다.

「큰일도 보통 큰일이 아니란 말이오, 이 양반아.」월터는 조가 각 주에서 명백히 위반한 법규들의 목록을 낱낱이 읊었다. 그는 어렸을 때 「드래그넷」[22]을 워낙 많이 보았기에, 범죄자가 스스로를 하찮은 인간쓰레기로 느끼도록 몰아가는 법을 잘 알았다.

한편 조는 주머니에 두 손을 꽂아 넣고 월터의 말이 끝나기를 기다렸다. 혁신적인 사업을 시작하려다 보면 이런 경우는 언제든 닥칠 수 있다. 애초에 그걸 알면서도 뛰어드는 것이다. 장래를 내다봤을 때 그편이 더 중요하다고 판단했으므로.

옛말에 이런 말이 있다.

「주여, 내가 바꿀 수 없는 것들을 받아들일 인내심과, 바꿀 수 있는 것들을 바꿀 용기와, 둘 사이의 차이를 알 지혜를 주옵소서.」

아메리카 합중국은 50개 주로 구성된 연방이니만큼 법체계도 전 세계에서 가장 복잡하다. 그 현실은 절대로 바꿀 수 없다. 그냥 감수하고 사는 법을 배우는 수밖에. 그토록 복잡한 법체계를 처리하려면 많은 훈련이 필요하고, 그렇기 때문에 미국 변호사들이 세계에서 가장 비싼 수임료를 받는 것이다. 그 현실 역시 절대로 바

---

22 미국 라디오 및 텔레비전 범죄 수사극 드라마로 1950년대에 방영을 시작했다. *dragent*은 범인을 잡기 위한 수사망을 뜻한다.

꿀 수 없다. 그렇다는 것은, 사업 초창기에는 법이 뭘 요구하는지 알아내고 싶어도 변호사를 쓸 돈이 부족해서 못한다는 뜻이다. 새로운 사업을 시작할 때는 사업의 몇몇 요소가 법 조항들에 엄밀히 맞아떨어지지 않을 위험이 늘 있다. 하지만 어쩌다 보니 법에 저촉되는 무언가를 하고 있다면 어차피 뭘 어떻게 돌이킬 가망은 전혀 없는 것이다.

당신에게 필요한 것은 현실을 인정하는 지혜와 받아들이는 인내심이다. 정 감당 못 하겠다면, 좋다. 그러면 창업을 아예 하지 마라. 하지만 그런 식으로 모든 사업가가 현행법의 허가를 받을 때까지 기다리기만 했다면 나라가 어떻게 굴러갔을지 의문이 들지 않겠는가?

법도 인간이 만든 것이다. 그러니 온갖 결함과 미비점들이 따를 수밖에 없다. 법을 만드는 사람들 역시 그냥 여느 사람들처럼 최선을 다하고 있을 뿐이다. 그들은 초능력자가 아니다. 과학 천재도 아니다. 앞으로 10년 뒤에 세상이 어떻게 될지는 고사하고 당장 하루 뒤의 일도 헤아릴 수 없는 것은 그들도 마찬가지다. 하물며 당신이 아이디어를 원하는 방식대로 실현시키기까지 얼마나 오랜 세월이 걸릴지는 아무도 모르는 것이다. 달리 말하자면 이 세상은 당신의 아이디어로 사람들이 더욱 행복하게 살 수 있는 곳인데 현행법이 이 세상에 적합하지 않은 경우도 충분히 있을 수 있다는 뜻이다. 정말로 그런지 아닌지 알아보려면 아이디어를 최대한 밀어붙여 보고 잘 먹히는지 어떤지 지켜보는 수밖에 없다.

일이 그럭저럭 잘 된다면 그때는 변호사를 수임해 법적으로 느슨한 부분들을 다듬을 여력이 생길 것이다. 일이 아주 잘 된다면, 그래서 미국에서 가장 큰 기업들의 경영 시스템의 일부로 받아들여졌을 정도라면, 사람들의 필요에 걸맞도록 법에 약간의 수정을 가하는 것도 가능해진다. 만약 그러지 않고 일이 잘 안 된다면, 혹은 잘 되기는 하는데 사회의 편견 때문에 법률 개선이 요원하다면, 그냥 그동안 어찌어찌 벌어들인 수익을 챙겨 가지고 은퇴해 케이맨 제도로 떠나 살면 된다. 케이맨 제도는 눈부신 터키옥색 바다에 씻긴 아름다운 백사장이 있는 곳이다. 그런 환경에서 여생을 보내는 게 만족스럽지 않다면 당신은 어디서 무엇을 해도 불행해질 부류의 인간이고, 따라서 감옥살이를 한대도 별반 다를 게 없을 것이다.

바로 이것이 조가 사업을 시작했을 때 법 문제에 대해 취한 방침이었다. 물론 지금 그의 고객 대다수는 조가 법적인 부분들을 이미 다 검토하고 개업했으리라고 믿을 것이다. 그러니 그들이 법에 딱 들어맞지 않는 무언가에 휘말렸다는 사실을 이제 와서 알게 되면 꽤나 불쾌해하리라. 하지만 그중에는 난국에 대처해 강펀치를 날릴 수 있는 고객들도 있을 터였다. 피뢰침 시설이 회사 경영에 필수적이라 판단했다면, 그들은 조보다 훨씬 더 효과적인 방식으로 법과 맞설 수 있다. 설령 불쾌하다고 해도 감정에 휘둘려 일을 그르칠 수야 없는 노릇이다. 그들은 피뢰침의 가치를 평가하고 그에 따른 조치를 취할 것이다. 그리고 아무도 읽지 않는 성추행 예방 지침, 민망한 워크숍, 성추행 사건 조사 위원회 등이 최선이던 시절로 돌아가고 싶은 고객은 그중에서 단 한 명도 없으리라고 조는 자신했다. 언제 일이 터질지 몰라 조마조마해하다가, 가장 하찮고 불필요한 직원 한 명 때문에 별안간 백만 달러짜리 손해 배상 청구 소송에 휘말리던 시절로 돌아가는 것만은 아무도 원치 않을 것이다.

그래도 FBI 수사관에게 공연히 반감을 살 필요는 없다. 조가 연방법 위반에 대해 아무리 초탈한 마음가짐이라 해도, FBI 요원이 세부 사항을 적시할 때는 정중하게 우려의 표시를 해야 하는 것이다.

「어이쿠.」 조가 말했다. 「끔찍하군요.」

월터가 어딘가 석연찮은 표정을 짓는 것을 보니, 조가 충분한 우려를 표시하지 못한 모양이었다.

가끔은 있는 그대로의 진실을 솔직히 털어놓는 것만이 최선일 때가 있다.

「음, 그런데 제가 보기에는요.」 조가 말했다. 「우리나라를 세운 선조들도 이런 행동을 하지 않았습니까?」

「그게 무슨 뜻이오?」 월터가 물었다.

「제 말은, 애초에 미국 독립 혁명이 일어났던 이유가 대의권 없는 과세 정책에 반대하느라 그런 것 아닙니까?」

「그렇지요.」

「그런데 깊이 들어가 보면 그건 더욱 큰 문제의 일부일 뿐이에요. 궁극적으로는 그때 미국 사람들이 자기네가 세우지도 않은 법에 지배를 받고 있었다는 점이 문제였던 거지요. 따지고 보면 말이죠, 월터 수사관님, 이 나라의 법률 중에서 수사관님과 제가 태어나기도 전에 세워진 법들이 어마어마하게 많습니다. 하지만 우리가 존재하지도 않던 때 살던 사람들이 우리를 대표할 순 없는 거잖습니까. 아시는지 모르겠는데, 토머스 제퍼슨은 사람들이 부모 세대의 법에 얽매이지 않고 자기 세대만의 법을 만들어야 한다고 주장했답니다.」

「제퍼슨이 그런 말을 했는 줄은 몰랐소만.」 월터가 말했다.

「모르는 사람들이 많죠.」 조는 그 사실을 11학년 때 미국 역사 수업 시간에 배웠다. 당시에는 그 수업의 이름이 미국 역사가 아니라 〈미국주의 대 공산주의〉로 불리던 시절이었지만. 어쨌든 그 격언은 이후로도 쭉 그의 기억에 강하게 남아 있었다. 「왜 그렇게 주장했는지 이해할 만하지 않나요? 수사관님의 부모님이 제 부모

님과 비슷하시다면, 그분들도 성적인 방면에서는 상당히 보수적인 관점을 갖고 계셨겠지요. 제퍼슨이 한 말은 현재 사람들이 사는 세상에 걸맞은 법을 만들어야 한다는 뜻이에요.」

「흠, 그건 매우 흥미롭군요.」 월터가 말했다. 「하지만…….」

「같은 의미에서, 남부는 충분히 분리 독립할 만도 했어요.」 조는 연상 작용에 이끌려 11학년 때 배운 또 다른 내용으로 화제를 이어갔다. 「따지고 보면, 영국 식민지들이 영국에서 떨어져 나갔듯이 남부도 분명히 그렇게 할 권리가 있었다는 거죠. 유일한 차이점이라고 한다면 남부는 북부와 같은 대륙에 있었다는 것뿐이었어요. 뭐, 물론 우리가 영국 여왕에게 편지를 써서 사과하고 그건 다 오해였다고 설명해야 한다는 뜻은 아니에요. 하와이가 태평양에 뚝 떨어져 있기 때문에 분리 독립해도 괜찮다는 뜻도 아니고요. 전혀 아니죠. 저도 남부 노예제는 끔찍한 만행이었다고 생각합니다. 링컨이 위대한 사람이 아니라고 생각한 적은 한순간도 없고요. 다만 제가 하고 싶은 말은, 가끔은 게티즈버그 선언에 무작정 휘둘리지 말고 냉정하게 생각해 볼 필요도 있다는 거예요.」

「음, 무슨 뜻인지는 알겠소.」 월터가 말했다. 「솔직히 말하자면 나는 그런 식으로 생각해 본 적이 한 번도 없소. 하지만 현실로 들어가자면 결국 법은 법이지.」

「그건 그렇지요. 하지만 토머스 제퍼슨도 새로운 견해를 취했는데, 우리도 지금까지 오는 길에 어딘가 잘못된 길로 새지는 않았나 점검해 봐야 하지 않겠습니까? 우리는 벼룩 잡으려다 초가삼간을 태우고 있을 수도 있어요. 알갱이와 쭉정이를 구분 못 하고 있을지도 모르고요.」

「이봐요, 조.」 월터가 말했다. 「당신 말이 맞을 수도 있고, 틀렸을 수도 있어요. 그건 내가 판단할 문제가 아니오. 나는 법을 만드는 사람이 아니니까. 내 직업은 어디까지나 현재의 법을 법대로 집행하는 거요.」

「이해합니다, 월터. 직업상 할 일을 하고 계신 것뿐이겠죠.」

「그런데 한편으로는, 국가 안보를 위해서 더 넓은 관점이 필요할 때도 있지.」

그 말을 들은 순간 조는 당장 발등의 불은 꺼졌다는 것을 깨달았다. 나중엔 감옥에 갇힐 수도 있겠지만, 적어도 월터는 지금 바로 그를 감옥에 처박을 생각은 없는 것이다.

「스탠!」 월터가 외쳤다. 「여기 맥주 두 캔 더 갖다주시오.」

맥주가 나오자 월터가 말을 이었다. 「당신 이야기에

서 한 가지는 확실히 옳소. 시대가 변했다는 것 말이오. 그래서 내 생각엔, 당신 업체에서 제공하는 서비스는 나라 전체에도 크게 기여할 수 있을 것 같소.」

「어떻게요?」 조가 물었다.

「뭐, 좋든 싫든 간에, 공직에 있는 남자들의 성욕 때문에 국가 안보가 크게 위협당하는 것이 사실이잖소. 그런 직위에 있는 사람이 받아서는 안 될 온갖 압박에 노출되는 원인이 되니까요. 협박, 강압, 갈취…… 옛날에 언론이 제 역할을 알던 시절에는 그래도 괜찮았어요. 케네디가 뭐든 하고 싶은 대로 해도 언론은 못 본 척해 주었단 말이오. 그런데 요즘은 얘기가 완전히 달라요.」

「정말 맞는 말씀입니다.」

「그래서 내가 보기엔…….」 월터가 말을 이었다. 「익명성을 추구하는 당신네 서비스가 공직자들에게 아주, 아주 큰 도움이 될 거라는 얘기요. 누가 연루되었는지, 상대 여자가 뭐라고 말할지 등등에 대한 걱정이 완전히 사라질 테니. 그 공직자가 벌인 짓을 〈누군가가〉 아는 것 자체는 문제가 아니에요. 국가 안보를 도모하기 위해서라면 우리 수사국은 무엇이든 항상 알고 있어야 하니 말이오. 다만 그 관계에 엮인 〈여자〉 쪽이 상대방 공직자가 누군지를 알 수밖에 없다는 것, 그게 바로 문제요.」

월터는 세파에 지친 미소를 지었다. 「내 말뜻을 오해

하진 않았으면 좋겠소, 조. 죽은 메릴린 먼로[23]를 이 상품으로 어떻게 하자는 이야기가 아니라는 건 당신도 이해할 거요. 세상이 변했잖소. 지금 우리나라 지도자들은 20~30년 전처럼 방종하게 행동해선 안 된다는 걸 알 거예요. 이 서비스의 이점들을 고려하면 굉장히, 굉장히 매력적인 방책이 될 것 같소. 그리고 우리가 같이 의논해서 그 문제를 효과적으로 처리할 수 있는 무언가를 시행하게 되면, 당신이 현재 처한 각종 위법 혐의들을 피해 갈 방법을 내가 강구해 보지요.」

무슨 뜻인지 알 만도 했다. FBI 요원이라면 누구나 J. 에드거 후버가 대통령과 친밀한 관계였던 시절[24]을 그리워한다. FBI로서는 그때만큼의 성과를 유지하는 것이 이상적이다. 아니, 연방 단위와 주 단위를 통틀어 모든 공직자와 그런 관계를 쌓는다면 그거야말로 이상적일 것이다. 더 나아가 모든 미국인과 그런 관계를 쌓을 수 있다면 더더욱 이상적이다.

그러던 차에 월터는 피뢰침 에이전시를 조사하다가, 그러한 이상이 그리 멀고 아득한 얘기만도 아니겠다는 생각이 들었으리라. FBI가 이런 혁신적인 인력 공급 에이전시에 영향력을 행사한다면, FBI의 친목 관계들은

23 수면제 과다 복용으로 1962년에 사망한 메릴린 먼로는 존 및 로버트 케네디 형제와의 치정 관계 때문에 모살당했다는 설이 있다.
24 초대 FBI 국장인 존 에드거 후버는 대통령들을 포함한 정치인들의 스캔들 및 비밀을 확보하고 이를 이용해 막강한 권력을 행사했다.

이제까지 꿈도 꾸지 못했던 수준으로 강화될 수밖에 없을 것이다. 에이전시의 고객층을 더욱 넓혀서 FBI가 가장 중시하는 친밀한 인물들이 포함될 수 있도록 도와줄 방법이야 얼마든지 많고도 많았다.

조는 망설였다. 이 제안은 손쉬운 탈출구이긴 했다. FBI가 그의 편이라면 법에 대해서는 더 이상 걱정할 필요 없을 것이다. 아니, 더 정확히 말하자면, 법에 대한 걱정을 **이제까지처럼 앞으로도** 안 할 수 있을 것이다. FBI가 그의 사업을 속속들이 통제한다는 사실에 안심하면서 말이다. 그 어떤 스타 변호사를 기용하든, 돈을 얼마나 많이 쏟아붓든, 이만한 안전 보장 수단은 어디에도 없다.

그러나 조는 자기 식대로 사업하는 데에 익숙해져 있었다. FBI가 개입한다면 조는 그들의 많은 요구를 거부하지 못하고 따라야 하는 처지가 될 것이다. 이미 월터는 이 회사의 윤리 원칙에서 필수 불가결한 부분을 포기하라고 무심하게 요구하고 있었다. 즉 고객들과 직원들 모두에게 보장했던 익명성을 포기하라는 뜻이었다. 물론 사업을 굴려 가려면 잠재적 서비스 이용자들에게 서비스에 대해 설명하는 절차는 반드시 필요했다. 하지만 조가 서비스를 **제공할** 사람들의 신원을 파악하는 것과, 그걸 실제로 **사용하는** 사람들이 누구인지를 아는 것은 전혀 다른 문제였다. 시설을 이용할 기회는 컴퓨터가 랜덤으로 선택한 지정인에게 부여되지만, 그걸 받아들일지 거절할지는 그 사람의 선택이었다. 조든 누구든 간에 그 사람이 서비스를 실제로 이용했는지의 여부는 아무도 알 수 없게 되어 있었다. 이용자 본인을 제외하고는.

그런데 조가 이런 고민을 한다고 해서 무슨 선택권이 있기는 한가?

「뭔가 문제라도 있소?」 월터가 물었다. FBI 요원들은 상대방에게 실력 행사를 해야 할 때와 약간의 틈을 벌려 줘야 할 때를 아는 법이다. FBI에게 장기간 협조하도록 상대방을 설득할 때는, 본인의 자유 의지로 선택했다고 믿게 해주는 편이 나았다.

「저는 단지…….」 조가 입을 열었다.

「단지?」 월터가 말했다. 「기억하시오. 나는 당신을 도와주려고 온 거요. 우리 수사국은 당신이 매우 중요한 일을 하고 있다고 생각해요, 조. 문제는 규칙을 좀 많이 건너뛰었다는 것이오. 자유주의 사회도 사회 구성원들이 규칙을 지켜야 가능한 거지, 사람들이 법을 우습게 보도록 놔둬선 안 되는 거요. FBI가 필요한 것도 바로 그런 이유 때문이고.」

「단지, 저희 상품의 핵심이 익명성이라서 말입니다.」 조가 말했다. 「이 상품의 이용자들은 저희 에이전시를 신뢰하고 있습니다. 저희가 그들의 신원을 보호해 줄 거라고 믿는 거죠. 사실 성적 만족 그 자체야, 원한다면 어딘가 다른 데서도 얼마든지 얻을 수 있잖습니까. 저희의 셀링 포인트는 익명성이에요. 그걸 파괴한다면, 제 생각엔, 저희가 고객들을 기만하는 처사가 된다고 봅니다. 그건 제가 사업을 하는 방식과는 어긋납니다.」

「이렇게 솔직히 말해 주니 고맙소, 조.」월터가 말했다.「이런 문제들은 완전히 터놓고 이야기해야 하는 법이니.」

조는 그의 말투가 꺼림칙했다. 그는 스탠에게 버드와이저를 두 캔 더 달라고 손짓했다.

「내 생각은 이렇소, 조. 사적인 영역에서야 익명이 어느 정도 유지되어야겠지요. 물론 그 사적 영역의 개인이 어떤 우려를 일으킨다면, 그때는 우리가 그의 행적을 추적해야 하겠지만 말이오. 반면 공적인 영역에서는 전혀 다른 규칙이 필요해요. 그런데 일단은 이 문제 한 가지만 들고파지 맙시다. 당신이 어떻게 우리 사회에 진정한 기여를 할 수 있는지, 우선 그 점부터 이야기하고 넘어가는 게 좋겠소.」

「좋아요. 한번 쏴보세요.」조는 무심코 농담조로 말했다가 상대방이 진짜 총기를 가지고 있다는 사실을 상기했다.「다른 표현으로 바꿀게요.」

월터가 껄껄 웃었다.「괜찮아요, 조. 우리는 최후의 수단으로만 폭력을 사용하도록 훈련받았으니. 걱정할 것 하나도 없소. 당신은 안전해요.」

조는 건성으로 미소를 지었다.

「내가 하고 싶은 이야기가 뭐냐 하면, 조, 당신은 공직에 있는 사람들이 어떻게 사는지 전혀 모른다는 거요. 나는 신문 1면에 대문짝만 하게 실리는 사람들만 얘기하는 게 아니오. 성욕이 너무 강해서 스스로 주체가 안 되는 그런 치들은, 차라리 걱정할 필요가 없는 축이라고 해야겠지. 누구든지 그런 지위에 있으면 지속적인 압박을 받게 되어 있어요. 자기가 권력을 얻을 줄 알고 그 자리에 들어갔는데, 막상 들어가 보니 끊임없이 사람들을 달래 줘야 하는 처지란 말이오. FBI가 심각하게 우려하는 경우는 바로 그런 처지에서도 묵묵히 참고 지내는 사람들이오. 그런 사람들은 언제 어떻게 터질지 아무도 모르거든. 그런데 당신네 서비스를 활용해서 그들에게 안전한 배출구를 마련해 준다면, 그들이 폭발해서 엄청난 해를 끼치기 전에 막을 수 있지 않을까 싶은 거요. 그러면 안전한 배출구를 필요로 하는 그들의 처지를 악용하려 드는 염치 없는 사람들에게 쥐락펴락 휘둘리지 않을 수도 있을 테고요.」

「확실히 그럴 겁니다. 심지어 그 이상의 효과가 있겠죠.」 조가 말했다. 「하지만 저로서는, 고객들을 감시하는 요소를 도입한다는 게 편하지가 않…….」

「그런데 공적 영역에서는 그 특성상 익명 보장이 애

초에 불가능하오.」 월터가 말했다. 「적절한 수준의 감시는 피할 수가 없어요. 하지만 무엇보다도 내가 하고 싶은 말은, 그렇게 취약한 개인들에게 서비스를 제공하는 일, 공익에 크게 이바지하는 일을 한다고 본다면, 이 상품의 특정 측면을 희생시키더라도 충분히 그럴 만한 가치가 있지 않느냐는 거요.」

조는 한숨을 쉬었다.

「무슨 말씀이신진 알겠어요, 월터.」 그가 말했다. 「하지만 이건 피뢰침의 기본 철학에서 정말로 멀리 벗어나는 시도입니다.」

「그 점은 나도 이해하오, 조.」 월터가 말했다. 「하지만 기억해야 할 게, 법적으로 당신네 회사는 내일이면 당장 문을 닫아야 하는 형편인데요. 현재의 형태 그대로 사업을 유지하는 건 어차피 불가능해요.」

조는 버드와이저를 마저 다 마시고 캔을 내려놓았다.

「그리고 또 기억해야 할 점이 있소. 이 시설을 설치할 장소들은 우리 수사국이 알아서 물색할 거요. 당신이 민간 사업가로서 접근하기 어려운 장소들로.」

훌륭한 FBI 요원이라면 자기 말이 먹혀드는지 아닌지를 감지할 수 있다. 월터는 대화가 점점 그의 뜻대로 흘러가고 있다는 것을 느꼈다.

「그래서 아까도 말했던 거요. 이 문제 하나에만 너무 집착할 필요 없다고.」 그가 구변 좋게 말을 이었다. 「요컨대, 우리는 당신이 법적 문제들을 해결하고 상품의 잠재력을 최대치로 끌어올릴 수 있는 기회를 주겠다는 거요.」

일이 정확히 계획대로 풀리지 않을 때도 있는 법이다. 좋든 싫든 조는 지금이 바로 그때임을 인정해야겠다는 생각이 들었다. 그리고 종신형을 여러 번 선고받아 복역하는 것에 비한다면 월터의 제안은 썩 나쁘진 않았다.

「나라에 헌신하면서 이윤도 낼 수 있는 건데, 이런 기회는 흔치 않지요.」 월터가 말했다.

「알았어요.」 조가 말했다. 「그런데, 월터, 사실 제 형편이 그렇게까지 나쁘진 않아요.」

「오, 그렇소? 어째서?」

「최소한 고용 차별 금지법 위반은 아니거든요.」

선행으로 선행하기

철저히 기밀에 부쳐 왔던 정보를 FBI와 공유하자니 마음이 편하지만은 않았다. 사실 그날 이후로 한 달 동안 조는 일찍 퇴근한 뒤 집에서 보통 성공한 사업가라면 필요하지 않을 법한 종류의 판타지들에 탐닉하며 시간을 보냈다. 〈슈퍼자지의 모험〉 같은 이야기는, 아무리 7학년 시절에 짜릿하게 즐겼다고는 해도, 보통 성공한 사업가라면 구태여 다시 추억하고 싶어 하진 않을 터였다. 조도 미친 과학자가 주입한 약물 때문에 성적으로 미쳐 날뛰는 슈퍼히어로라든지, 크립토나이트의 힘으로 발동하는 33센티미터짜리 성기의 초인적인 정력에 대한 이야기로 스스로를 위로해야 할 필요성을 느끼진 않는다. 하지만 왠지 몰라도 조가 그동안 여러 해에 걸쳐 개발해 온 정교한 판타지들은 이 시기엔 하나같이 도움이 되지 않았다.

하지만 시간이 좀 지나고 나니, 그때 월터가 했던 말에 약간의 진실도 들어 있었음을 알 수 있었다. 피뢰침 에이전시와 FBI가 함께 시너지를 일으켜 실제로 성과를 냈기 때문이었다.

조가 월터와 긴밀히 협력해 공적 영역에 피뢰침 서비스를 도입한 뒤로, 성생활은 무분별하지만 다른 측면들은 양호했던 어느 정치인 한 명이 모든 방면에서 완전히 변했다. 그는 이전의 두 선거 운동에서 극도로 질이 나쁜 인신공격을 당하고 참패한 이력이 있었는데, 제때 공급한 피뢰침 시설이 그에게 기적을 행사한 것이었다. 이번 선거에서 그는 죽은 강 세 개를 정화하겠다고 공약했다. 그건 조 역시 확고한 문제의식을 갖고 있던 사안이었다. 그 후보자는 모처럼 불미스러운 개인사들이 아니라 정책 공약에 초점을 맞출 수 있었고, 공약 면에서는 상대 후보와 비교가 되지 않았으므로 거뜬히 압승을 거두었다. 조가 뿌듯해할 만한 일이었다.

게다가 높이 조절 시설을 메이저 리그로 진출시켰다는 성과도 있었다. 조 혼자서는 몇 년이 걸려도 해내지 못했을 일이었다. 워싱턴 DC와 뉴욕은 물론이고 49개 주의 각 수도마다 시설이 설치된 것이었다. 숫자보다도 더욱 중요한 것은 상징적인 의미였다. 이 변화는 사람들에게 메시지를 전해 주었다. 투표로 선출된 정부라면 **모든** 시민을 대표해야 하는데, 누군가가 체구가 작다는 이유로 그 시민에서 제외된다면 뭔가 심각하게 잘못된 것이라는 메시지 말이다.

그래서 조는 FBI가 무슨 짓을 꾸미고 있을지 생각하지 않으려 애쓰면서 긍정적 측면에만 초점을 맞췄다. 생각해 보면, 어른이 되어 하는 일들은 어렸을 때 상상하던 것과 반드시 일치하진 않는 법이다. 어렸을 때는 항상 우주인이나 미식축구 팀 쿼터백 등등이 될 거라 상상하고, 어째서 많은 어른들이 청소기 판매 같은 따분한 일이나 하면서 인생을 보내는지 이해하지 못한다. 하지만 어른이 되면 경제적인 현실에 직면해야 한다. 그거야 당연하다. 그리고 또 한편으로는, 다른 방식으로도 사회에 기여할 수 있다는 것을 깨닫게 된다. 어렸을 때부터 하수 처리장에 들어가고 싶다는 꿈을 꾸는 사람은 아무도 없지만, 누군가가 그 직업에 종사하지 않는다면 세상 사람들 모두 끔찍한 병으로 죽게 될 것이다. 그래, 조 역시 딱 그만큼 중요한 영역에서 세상을 청소하는 일을 맡은 셈이었다. 게다가 그 과정에서 키 작은 사람들이 더욱 편하게 살 수 있도록 — 키가 작게 태어난 게 그들의 잘못도 아니니 — 세상을 바꾸는 법까지 찾아낸 것이다.

가끔 불안해지면 그는 이언을 생각했다. 이언은 여전히 KC(캔자스시티 토박이들은 자기네 도시를 이런 줄임말로 불렀다)에서 존 포스터 덜레스를 읽고 있을까. 아니면 JFD를 대체할 새로운 영웅을 찾아냈을까?
생각해 보면 그는 이언과 아주 잠깐 마주쳤다가 자기
갈 길을 갔을 뿐이었다. 하지만 이언이 그 뒤로도 매일
매일 작은 몸으로 사는 것은 변함없었다. 그건 그가 일
상적으로 감수해야 하는 조건이었다. 무엇보다도 자주
부딪치는 것은 그를 난쟁이라는 고정 관념에 비추어 보
는 사람들의 시선일 것이다. 그런데 그건 사실 굉장히
멍청한 짓이었다. 조의 키는 178센티미터인데, 외로울
때 자신과 동질감을 나눌 사람을 만나겠답시고 키가 같
은 사람을 찾아 돌아다니지는 않는다. 전혀. 조만 특이
해서 그러는 게 아니라, 그 누구도 친구를 사귈 때 키가
같은지의 여부를 따지지는 않는다는 것이다. 사람이 사
람과 나눌 수 있는 온갖 공통점 중에서 키가 같다는 것
처럼 흥미롭지 않은 것도 없기 때문이다. 글쎄, 만약 당
신의 키가 어느 수준 이하라는 사실이 중요한 의미로
작용해서 그 비슷한 키를 가진 사람들에게 동질감을 느
낀다면, 그런 경우에 중요한 요소는 키 자체가 아니라
는 것은 명백하다. 당신은 당신의 키에 대한 사람들의
선입견에서 영향을 받는 것뿐이다.

조가 생각하기엔, 사람들의 선입견을 어떻게 뜯어고
칠 수는 없는 노릇이었다. 하지만 다른 사회적 약자들
은 최소한 그런 편견을 감수하고 나아갈 수 있도록 각
종 혜택을 지원받기라도 한다. 그런데 어디서 도덕적

시늉 삼아서라도 난쟁이 사원을 채용했다는 경우는 들어 본 적도 없었다. 전혀.

월터가 공직 선거 입후보자들과 FBI 사이에 돈독한 관계를 쌓으려 최선을 다하는 동안 조가 할 수 있는 일은 옆에서 지켜보는 것뿐이었다. 하지만 적절한 시설을 설치하는 작업에서라면 얘기가 달랐다. 사실 조는 월터에게서 새로운 서비스 방향의 윤곽을 듣자마자 그 서비스에 맞는 시설의 구조를 전체적으로 다 생각해 둔 터였다. 조가 이렇게 무언가에 큰 영향을 미칠 수 있는 기회는 다시 없을 것이다.

조는 아이디어맨이었기에, 현금 흐름을 걱정할 필요가 없어졌다고 해서 아이디어가 그만 떠오르는 것은 아니었다. 새로운 아이디어는 계속 생겨났고, 일단 아이디어가 생기면 실행에 옮겨 보고 싶어졌다. 그중 하나는 높이 조절 ATM이었다. 벽의 화면과 키패드를 위 아래로 움직일 수 있게 하고, 카드 및 현금 투입구는 두 위치에 달아 두는 것이다. 그중 어느 투입구에 카드를 넣느냐에 따라 화면이 자동으로 적절한 위치로 이동하도록 할 수도 있으리라. 꽤 복잡한 프로그래밍이 필요하겠지만. 아니면 버튼이라든지 손잡이 같은 수동 조작기로 이용자가 원하는 투입구를 선택하는 방법도 가능하다. 유감스럽게도 이 아이디어를 고객에게 관철시킬 방도는 아직까지 떠오르지 않았다.

하지만 일단은 뭐든 소신대로 밀어붙일 작정이었다. 사람들과 구태여 **실랑이를** 벌일 것도 없었다. 그냥 저질러 보고 결과를 감수하면 된다. 정부 청사들에 높이 조절 ATM 및 화장실이 설치되어 있으면 그 자체만으로 비즈니스계에 보내는 메시지가 된다. 그 메시지를 무시할지 말지는 사람들의 선택이지만, 적어도 신호를 못 봤다고 할 수는 없을 것이다.

이런 식으로 조는 나름의 최선을 다했다. 그는 정치에 엮이고야 말았고, 정치에 휘말린 사람들은 모든 걸 정확히 자신이 원하는 대로만 할 수는 없다는 것을 금세 깨닫게 된다. 다만 손이 묶이지 않은 곳에서만이라도 뭔가 좋은 일을 하려고 노력할 따름이었다. 당연하게도, 손이 묶여 있으면 할 수 있는 일이 별로 없고, 거기서는 앞으로도 당분간은 손이 묶여 있어야 하니까 말이다. 이것이 월터와 함께 일하면서 조가 체득한 진실이었다. 여러 면에서 불편한 진실이었지만 잘 받아들여 보는 수밖에 없었다.

반면 월터는 일이 풀려 가는 모양새가 무진장 즐거웠다. 첫째, 그는 최대한의 능력을 발휘해 나라에 봉사하고 있었다. 둘째, 새로운 국면이 그의 커리어에 미치는 악영향은 전혀 없었다. 셋째, FBI가 가장 오래되고 치명적인 숙적에게 결정적인 한 방을 먹이는 것을 볼 수 있어서 뿌듯했다.

월터가 처음 FBI에 들어왔을 때는 내부의 에너지가 여러 갈래로 분산되던 시절이었다. 공산주의도 여전히 국가 안보의 위협이었고 그만큼 심각하게 다뤄졌지만, 마약과의 전쟁도 나라에 중대한 타격을 입히고 있었다. 조직범죄는 말할 것도 없었다. 그렇다 보니 CIA 감시를 맡을 인력 자체가 부족했다.[25] FBI는 그때 인력 충원에 소홀했던 대가를 지금 치르고 있었다. 다른 데에 주의가 팔려 있는 동안 CIA의 세력이 급격히 커져 버린 것이다. 그런데 또 한편으로 CIA는 너무나 멍청하다는 점에서도 최악의 적이었다. 신문만 읽어도 그치들이 얼마나 엉망진창으로 일을 하고 있는지 알 만한데, 신문에 실린 건 그 광대들이 실제 벌이는 짓거리의 절반도 못 되었다. 제 앞가림 정도는 할 줄 아는 조직이 그들의 권한을 넘겨받아야 마땅한데, 안타깝게도 일이 그런 식으로 굴러가진 않았다.

하지만 세상이란 돌고 도는 법이다. 피뢰침 같은 수준의 감시와 통제가 현실화된다면, FBI는 국가 안보를 가장 위협하는 존재를 마침내 제어할 수 있게 될 것이었다.

---

25 CIA (중앙 정보국)은 첩보 및 특수 공작을 전담하는 정보기관으로 FBI (연방 수사국)와는 견제 관계에 있다.

미래는 우리 것

경쟁

FBI와의 협력으로 얻은 시너지는 피뢰침 에이전시의 지반을 확장하는 주요한 계기가 되었다. 그러나 아이러니하게도, 피뢰침 에이전시가 완전히 다른 차원의 물에서 놀게 된 것은 갑작스럽게 등장한 경쟁업체 덕택이었다.

초창기에 조는 피뢰침 서비스와 성매매 사이에 뚜렷한 구분을 지으려 각고의 노력을 기울였다. 너무 새로운 개념이라서 사람들은 듣자마자 성매매부터 떠올렸기에, 두 가지의 차이를 이해시키기 위해서는 많은 준비 작업이 필요했다.

물론 유능한 피뢰침들 중 일부는 보다 전통적인 성(性)산업 분야에서 종사한 경력이 있었다. 그런 경력이 있는 사람이 사무 기술 몇 가지를 배워서 피뢰침이 되는 것은 상대적으로 수월한 반면, 거꾸로 사무직 경력이 있는 사람이 그쪽 방면으로 자기 분야를 넓히기는 그보다 더 어려웠다.

지나고 나서 돌이켜 보면 그리 놀랍지 않은 현상이었다. 비서직에서부터 시작한 여성들은 전보다 훨씬 많은 돈을 버는 대신, 완전히 새로운 도전들이 필요한 근무 조건에 적응해야 했다. 그런데 반대쪽에서 출발한 여성들은 입장이 좀 달랐다. 어떤 경우에는 실소득이 오히려 〈감소〉했다. 겨우 현상 유지 정도인 경우도 있었고, 현상 유지를 위해서는 초과 근무를 해야 하는 경우도 있었다. 즉 그들이 중점적으로 추구한 것은 막대한 금전적 이득이 아니었다는 뜻이다. 그들의 지향점은 처음에 조가 사업을 구상할 때 생각했던 이 직업의 주요한 매력들과 겹치는 경향이 있었다.

훗날 한 여성이 털어놓기를, 그녀는 원래 에스코트 에이전시[26]에서 일을 시작했다고 한다. 보수가 좋았기 때문이었지만, 나중에 자기만의 고객망을 구축하고부터는 더욱 많이 벌 수 있었다. 하지만 그쪽 일은 하다 보면 생활 방식 전체가 영향을 받아서 돈이 들어오는 족족, 심지어는 들어오기도 전에 써버리는 버릇이 생겨서 문제였다. 언젠가는 신용 카드로 3만 달러나 긁은

26 사교 모임에 동반할 파트너를 소개하는 회사를 뜻하는데, 실질적으로는 성매매 알선업체인 경우가 많다.

적도 있었다. 저축을 해야겠다고 매번 다짐은 하지만 좀처럼 마음대로 되지가 않고, 가끔씩 아침에 일어나서 거울을 보면 몰골이 말이 아니고, 그러다 보니 돈은 이대로 새어 나가기만 할 것이며 언젠가는 아예 들어오지도 않게 되리라는 것을 깨달았다. 문제는 그럭저럭 괜찮은 급여라도 주는 다른 종류의 직업을 찾기가 힘들다는 것이었다.

그런 그녀에게 피뢰침은 제2의 직종으로 이상적이었다. 열일곱 살 때부터 그녀는 오전 9시부터 오후 5시까지 사무실에서 일하는 생활이라면 딱 질색이었지만, 스물일곱 살이 되니 그런 직업에 딸려 오는 건강 관리 혜택, 연금 제도, 합리적인 고용 보장 기간 등의 매력을 알 수 있었다. 그렇게 서른일곱까지, 심지어는 마흔일곱이나 쉰일곱까지도 일할 수 있을 터였다. 연령이 높아지면 당연히 피뢰침 직무는 그만둬야 하는 시점이 오겠지만, 그때쯤이면 이미 주요 직책으로서 자질을 증명하고 많은 책임을 맡고 있을 단계였다. 게다가 피뢰침으로 일하면서 받았던 높은 연봉은 차후 연금에도 반영될 것이다.

그뿐만이 아니었다. 피뢰침 일은 장기적으로 재정에 이득일 뿐만 아니라 전보다 스트레스도 훨씬 덜했다. 이전 업계에서 가장 짜증스러웠던 점은 어울리고 싶지 않은 사람들과 사교적으로 교류해야 한다는 점이었다.

육체적으로 매력적이지 않은 사람의 맨몸을, 더욱이 순식간에 늙어 버리는 몸을 봐야 하는 고충은 말할 것도 없었다. 그런데 피뢰침 일을 하면서는 그런 문제를 고려할 필요가 전혀 없었다. 그러자 비로소 그녀는 자신이 얼마나 오랫동안 얼굴에 커다란 가짜 웃음을 붙여 놓고 살았는지를 실감했다.

초창기에는 피뢰침이라는 사업이 세간에 알려지지 않았기에 이런 종류의 직업에 관심이 있을 만한 여성들은 그 존재 자체를 몰랐다. 따라서 채용 과정에 어마어마한 노동이 소요되었고, 그렇게 채용을 한다고 해도 신입들은 자신이 합류한 조직의 성질에 맞지 않는 철저한 사후 관리를 요구했다. 하지만 사업의 인지도가 높아지면서부터는 형편이 상당히 나아졌다. 성적인 서비스를 제공할 때 예상되는 충돌들에 이미 각오가 되어 있는 여성들이 피뢰침에 지원하기 시작했다. 그러자 직원 수는 꾸준히 늘어 갔지만 직원 상담에 드는 비용은 기존과 같은 수준을 유지했다. 또한 적합한 인재를 구하는 데에 소모되는 시간은 현저히 감소했다. 여러 의미에서 조가 만난 새로운 돌파구는 긍정적인 영향을 미친 것이다.

그러나 이런 일이 으레 그렇듯, 좋은 현상에는 부작용도 꼭 따랐다. 주류 성산업계에서 앞날을 고민하던 여성들에게 피뢰침에 대한 소문이 퍼져 나가면서, 그들과는 또 다른 관심사를 가진 사람들도 소식을 접한 것이었다.

사람들은 한 업체가 개척한 신천지에 다른 업체들도 끼어들 여지가 있음을 금세 알아차렸다. 하지만 당연하게도 그들이 이 일을 보는 시야에는 특정한 선입견이 있었다. 그들이 속해 있던 산업의 고유한 가치 척도에서 근거한 선입견 말이다. 출발한 배경이 그렇다 보니, 그들은 조가 달성하고자 하는 것이 무엇인지 제대로 이해하지 못했다. 그들은 대체로 이 분야의 경제적 측면을 중시했고, 그 경제적 측면 덕분에 피뢰침 시스템에 부여할 수 있었던 가치는 간과했으며, 따라서 겉으로 보이는 사업의 모양새를 잘못 해석했다.

조의 첫 경쟁자는 에스코트 에이전시 업계 출신이었다. 그는 레이라는 이름의 남자로, 열 개의 주요 도시에 에스코트 에이전시를 꾸리고 있었다. 그래서 피뢰침 개념을 처음 들었을 때 그는 곧장 그런 의미로 해석했다.

세부적인 내용을 알아보기도 전에 그에게 가장 먼저 떠오른 생각은, 이 신개념이 에스코트 에이전시 운영자라면 누구나 맞닥뜨릴 수밖에 없는 문제에 대한 해결책이 되리라는 것이었다. 그들이 취급하는 상품이 시간의 흐름에 지나치게 예민하다는 문제가 바로 그것이었다. 아가씨들은 모두 유통 기한이 있었지만, 유감스럽게도 그 유통 기한이 언제인지를 알 만큼 객관적인 자기 인지력을 갖추지 못한 이들도 많았다. 그런 아가씨들은 제때에 스스로 적절한 조치를 취하지 못했기에 꼭 제삼자가 개입해야 하는 사태가 벌어졌다. 레이도 사람들에게 상처를 주고 싶지는 않았지만, 에이전시의 평판을 유지하려면 그들이 진실을 직시하도록 만드는 데에 시간을 얼마간 쓸 수밖에 없었다.

그 과정이 만만치는 않았다. 상대방이 재정 상태를 정리하는 절차를 거쳐야 한다면 특히 힘들었다. 일을 그만두면 모종의 현실적 타협을 해야 할 게 뻔한 아가씨를 문 밖으로 내보내자니 기분 좋을 리가 없었다. 마찬가지로, 앞날이 창창한 아가씨가 처음 들어왔을 때, 몇 년쯤 지나 그녀도 비슷한 모종의 선택을 할 수 있다는 가능성을 염두에 두자면 기분이 좋을 리 없었다. 물론 재정 관리를 잘한 덕분에 일을 그만둘 때 그러한 선택을 하지 않아도 되는 아가씨들도 있었지만, 그런 경우는 드물었다. 안타깝지만 그 현실은 레이가 어떻게 바꿀 수 있는 것이 아니었다.

그런데 피뢰침 업종에서는 아가씨들이 시간에 덜 구애받을 터였다. 그런 환경은 신체 노화에 덜 예민할 수밖에 없을 테니까. 그렇다면 아가씨들이 자신의 경험을 활용하면서 동시에 새로운 기술 몇 가지를 배울 기회도 될 거라는 뜻이었다. 이는 그가 언제까지고 맞닥뜨릴 문제를 보다 인간적으로 해결할 수 있는 방법이었다. 사업적인 측면에서도 썩 괜찮아 보였다. 여자들은 자기 관리를 잘 한다면 30대 중반이 되어서도 스물다섯 살의 몸을 유지할 수 있다. 문제는 몸에서 가장 먼저 늙는 부위가 얼굴이라는 것이지만. 그래도 이런 환경에서 일하는 여자들은 누구든지 자기 관리만 잘 하면, 보통은 기대치를 현실적으로 낮춰야 할 나이를 한참 넘어설 때까지도 돈을 벌 수 있을 것이고, 그들이 소속된 에이전시도 그만큼 돈을 벌 것이다.

그래서 레이는 자신이 소유한 에스코트 에이전시 지점들을 통해 피뢰침 사업을 시작했다. 비즈니스계에 연줄은 많았으므로, 비용에 민감한 회사들을 대상으로 영업해서 서비스를 개시할 수 있었다. 저비용 전략을 선택한 것은 그가 직원 상담이니 채용이니 하는 간접비에 들일 돈이 없었기 때문이었다. 그런데 문제는 그가 피뢰침들을 눈에 띄지 않도록 사원들 틈에 섞어 넣는 작업을 조만큼 철저하게 하지 않았다는 것이었다. 하루에 일고여덟 번씩 화장실에 가는 여직원이 누구인지야 어차피 뻔하다고 생각한 탓이었다. 게다가 그는 피뢰침 일과 사무직을 병행하는 직원들을 관리하는 데에 필요한 복잡한 고려 사항들을 제대로 파악하지 못했다. 초기에는 한 아가씨를 안내 데스크 담당자로 앉히는 실수를 저지른 적도 있었다. 그녀가 피뢰침 일을 하느라 바빠서 하루에 한 시간 꼴로 데스크를 비우고 전화도 받지 않으니 회사 경영진 측에서는 화가 머리끝까지 났다.

얼마간 시도한 끝에 레이는 이 사업이 주는 이득보다는 말썽이 더 많다고 결론내렸다.

새로운 에이전시가 생겼다는 소문은 물론 조의 귀에도 들어갔다. 그 에이전시에서 일을 시작했던 여자들이 조의 에이전시로 찾아오는 경우도 왕왕 있었다. 그래서 조는 그의 라이벌이 어떤 접근 방식을 취했는지 훤히 짐작할 수 있었다. 솔직히 별로 걱정되진 않았다. 걱정할 가치도 없었다. 그자가 깜냥도 안 되는 분야에 덤벼들었다는 게 너무나 명백했으니까.

한편 에스코트 에이전시 두 군데를 운영하고 있던 멜이라는 남자는 더욱 넓은 범위에 두루 흥미가 있었다. 그래서 그는 이제껏 다른 사람들이 몰랐던, 에스코트 에이전시 일과 피뢰침 일 사이의 기본적인 차이를 간파해냈다. 에스코트들은 성공하려면 개성이 있어야 한다. 반면 피뢰침들의 개성은 어디까지나 벽 너머에, 고객이 볼 수 없는 곳에 있어야 한다.

멜은 피뢰침 사업의 수익 구조도 살펴보았다. 그러자 두 눈이 의심스러운 자료들이 펼쳐졌다. 정신 멀쩡한 사업가들이 자기네 직원들에게 무작위로 여자 성기를 제공하는 데에 수백, 수천 달러, 때로는 수백만 달러까지 쏟아붓고 있었다. 숫자를 아무리 계산해 봐도 믿어지지가 않았다. 하지만 결국엔 믿어야 했다. 그리고 믿기로 한 순간, 그는 여기에 자신이 한몫 잡을 여지가 있음을 알았다.

이 시스템에서 낭비되는 자본이 너무나 어마어마해서, 사업의 〈사〉 자라도 아는 사람이라면 비용을 50퍼센트쯤 줄이고도 터무니없이 많은 수익을 낼 수 있을 지경이었기 때문이다.

그가 생각하기엔, 이 모든 걸 생각해 낸 장본인은 완전히 별개인 두 가지 사안을 혼동하고 있었다.

첫 번째 사안은 시설을 이용하는 남자들의 신원을 보호하는 문제였다. 이건 가치 있는 기능이었다. 그 점에 대해서는 이견의 여지가 없었다. 남자들이 건강과 평판을 망칠 위험을 감수할 필요 없이, 안전하게 격리된 칸막이 안에서 보호받으며 성욕을 해소할 수 있는 것이다. 애초에 섹스를 돈 받고 파는 부류의 사람들이 상대의 건강이나 평판을 지켜 줄 거라 믿을 순 없다. 그건 경험적으로 충분히 검증된 사실이다. 모두가 쉬쉬하던 이 문제를 언급이라도 하기 시작한 것은, 멜이 알기로는 피뢰침 서비스가 최초였다.

하지만 서비스를 제공하는 여자들의 신원을 보호하는 것은 완전히 다른 문제였다. 순전히 사업적 관점에

서 보자면, 그렇게 하는 데에는 아무 이득도 없었다. 숙
련된 사무직 여직원들을 사업에 끌어들이느라 기괴할
만큼 부풀려진 봉급을 지급해 가면서 온갖 수고와 비용
을 들일 하등의 이유가 없다는 뜻이다. 그 제약만 없애
면 이미 이쪽 분야의 일을 하고 있는 인재들을 동원해
서 하루 온종일이라도 끊임없이 서비스를 제공할 수 있
을 터였다.

그러면 사업 방식도 더욱 폭넓게 고려할 수 있었다.
아예 건물 한곳에 전용 시설을 마련해 놓고 그곳에서
수많은 고객들에게 서비스를 제공하는 방법도 가능하
다. 그렇게 하면 피뢰침을 직원으로 둘 형편이 못 되는
작은 회사들도 고객으로 받을 수 있을 것이다.

이 아이디어를 착상한 작자는 이 세상에 제 성기를
내놓는 여자가 얼마나 많은지 모르거나, 아니면 그걸
얼마나 경제적으로 판매할 수 있는지를 모르는 모양이
었다. 우물 안 개구리에 가깝게 살아온 그 남자의 이력
을 보니 수많은 잠재 인력을 끌어들이는 법을 모를 만
도 했다. 예컨대 실내 화장실조차 없는 나라에서 이주
해 온 여자가 있다고 치자. 미국인들은 당연스럽게 여
기는 온갖 편의 시설들이 그녀에게는 절실하다. 그런
여자라면 주당 40시간 일하고 최소한의 급여만 받아도
감지덕지할 것이다. 그중 상당 시간은 고객이 삽입할
때까지 기다리기만 하는 데에 쓴다고 하면 더더욱. 누

구든 일을 하고 싶어 하는 사람에게는 자립할 기회를 주어야 마땅하다. 그게 바로 이 나라의 원칙 아닌가.

서비스를 팔 방향을 잡았으니 이제는 수익 구조를 짚어 볼 차례였다. 그가 보기엔 현재 피뢰침 서비스의 수익 구조는 완전히 비효율적이었다. 직원들을 위한 구내식당을 운영하는 회사는 많고, 그중 어떤 회사들은 식사비 일부를 지원하기도 하지만, 공짜로 끼니를 먹여 주는 회사는 절대로 없지 않던가?

그렇다는 것은 서비스 이용자들에게서도 수익을 창출할 여지가 많다는 뜻이었다. 예컨대 1개월 동안 시설을 아주 많이 쓸 수 있는 사용권을 판매할 수도 있다. 어떤 이유로든 시설을 빈번하게 사용하고 싶은 사원은 그만큼 돈을 내면 되고, 그럴 생각이 없는 사원들은 안 내면 된다.

여기엔 아직까지 활용되지 못한 가능성이 너무나도 많이 널려 있었다. 생각하면 할수록 끊임없이 새로운 아이디어가 튀어나와 그를 사로잡았다. 이쪽 직종 아가씨라면 누구나 알다시피, 손님들은 여자 친구에게서 얻을 수 없는 것을 시도하고 싶어한다. 요즘 남자들은 인터넷을 통해 인생엔 여자의 질 외에도 많은 것이 있음을 안다. 애널도 있고, 질과 애널을 동시에 하는 방법도 있고, 기타 등등. 여자 친구가 응해 주지 않는다면 시설에서는 그런 시도를 할 수 있기를 기대할 것이다. 사업

363

가라면 이런 기대치를 이용해 더욱 큰돈을 받아 챙길 생각을 해야지, 어째서 도리어 그런 시도에 〈벌칙〉을 준단 말인가?

그래서 멜은 간결한 사업 계획서를 작성한 다음, 이 분야에 관심은 있지만 본격적으로 뭘 해볼 엄두까지는 못 내던 사람들에게 보여 주었다. 그들은 그의 계획이 상당히 그럴싸하다고 보았다.

돈은 인생의 전부가 아니다

이럴 때 위협을 느끼는 사람들도 있을 것이다. 기업들이 성추행이라는 이름의 지뢰밭을 잘 헤쳐 나갈 수 있도록 도와줄 혁신적인 상품을 독점 출시해 놓고 출장을 떠났는데, 출장을 마치고 돌아와 보니 자신의 사업이 더 이상 독점이 아닐 뿐만 아니라, 반값도 안 되는 가격으로 〈거품을 뺀〉 서비스를 판매하는 업체까지 생겨났다고 생각해 보라. 아주, 아주 위협적인 상황이라 할 만하다.

사람은 이런 순간을 맞닥뜨렸을 때에야 비로소 자신이 어떤 인간인지를 알게 된다. 조의 조수인 미치는 출장에서 돌아온 그에게 나쁜 소식을 전하며 걱정을 내비쳤다.

「이게 어떤 의미인지는 사장님도 아시겠죠.」 미치가 말했다. 「저런 서비스를 매력적이라고 생각할 사람은 아주 많을 거예요. 특히 서비스를 사용하는 남자들도 돈을 내게 하는 콘셉트 말이죠. 그런 건 저절로 팔리게 되어 있다고요.」

「음, 나는 일단 편지부터 확인해야겠어.」 조는 별로 심각하지 않은, 집무실에서 키우던 화분이 죽었다는 소식쯤 들은 사람처럼 대꾸했다. 「그동안 뭔가 흥미로운 연락이 왔나 봐지.」

그는 자기 집무실로 들어가 편지 봉투들을 뜯었다. 희한하게도 그는 위협감을 **조금도** 느끼지 않았다. 그가 느낀 것은 차라리 안도감이었다. 훗날 사람들은 그가 이런 이야기를 하면 좀처럼 믿지 못했다. 예상 못 한 경쟁자가 나타나 별안간 50퍼센트나 저렴한 상품을 내놓았는데 안도감을 느꼈다니, 믿기 어려울 만도 했다. 하지만 그들은 더 큰 그림을 보지 못하고 당장 코앞에 있는 사건에만 초점을 맞추기 때문에 그렇게만 생각하는 것이다.

보통 사람들은 인생은 하나밖에 없다는 사실을 전혀 염두에 두지 않는다. 그러나 사업은 인생의 일부일 뿐이다. 사업을 삶 전체와 조화시키는 법을 헤아리지 않으면, 어느 날 아침 일어나 보니 당신의 단 하나뿐인 인생을 손익 계산에 홀랑 팔아넘겨 버렸음을 깨닫게 될 것이다. 물론 남은 시간 동안 쓸 돈은 그만큼 많아졌겠지만, 돈이 아무리 많아 봤자 지난 시간을 살 수 없다는 것을 유념해야 한다. 10억 달러를 낸다 해도 단 1분도 살 수 없다.

순전히 재정적인 관점에서만 보자면 독점 사업만큼 좋은 것도 없다. 상품을 사고 싶은 사람들은 무조건 그 회사만을 찾고, 가격은 그야말로 회사가 부르는 게 값이 되니까.

하지만 인생에서 원하는 것을 추구하는 문제에 있어서는, 어떤 종류의 독점 사업이냐에 따라 답이 달라진다.

만약 당신이 그 사업 덕분에 두터운 명망을 쌓고 사람들의 존경을 받고 있다면, 그건 멋지고 훌륭한 일이다. 더욱이 그 명망을 독점하고 있기까지 하다면 더 바랄 것도 없다.

그러나 사람들이 실눈을 뜨고 보는 무언가를 독점 판매하는 경우라면 답이 그렇게 명확하지가 않다. 더욱이 당신의 상품이 사람들의 혐오를 산다면, 그 혐오는 결국 딱 한 군데로 쏠리게 되어 있다. 즉 당신에게 쏠린다는 뜻이다.

이는 당신이 상품의 부작용을 방지할 각종 조치를 마련한다고 해서 해결되는 문제가 아니다. 그래도 어차피 사람들은 당신이 그런 조치를 취하지 않았더라면 생겼을 온갖 불미스러운 부작용들을 상품과 연관짓게 되어 있다. 그들을 상대로 설득하려 해봤자 아무 소용도 없다. 애초에 설득할 기회도 없을 것이다. 사람들은 말 한 마디 들어 보려고도 않고 그냥 자기들의 편견에 입각해 마음을 정해 버리니까. 당신이 할 수 있는 일은 단지 그런 반응을 감수하는 법을 익히는 것뿐이다.

그때 누군가가 당신의 상품과 비슷한, 그러나 당신이 불미스러운 부작용들을 방지하려고 도입했던 요소들만을 싹 걷어 낸 상품을 들고 나타났다고 생각해 보라. 가격은 더 저렴하니 많은 사람이 혹할 것이다. 그리고 자기 사업장 안에서 전면적인 성매매를 벌인다는 것이 어떤 의미인지를 제 돈 들여 알게 될 사람들도 많을 것이다. 직원들의 심리에 어떤 악영향이 가는지, 그토록 불명예스러운 환경에서 매일같이 근무한다는 게 어떤 의미로 다가오는지를 그들은 너무나 뒤늦게야 깨달을 것이다.

그러다 보면 차차 소문이 퍼지게 되어 있다.

당신 자신은 손끝 하나 대지 않고도, 이 사업의 규칙들을 무시할 경우 뒤따르는 끔찍하고 무시무시한 파장을 사람들에게 인식시킬 수 있는 것이다. 당신이 두 배 더 비싼 가격을 책정하는 이유는 그만큼 우수한 질을 보장하기 때문이라는 점, 즉 이 상품은 닷선이 아니라 BMW라는 점도.

그래서 조가 생각하기엔, 이 징그러운 경쟁업체가 출현한 덕분에 그의 피뢰침 주식회사는 오히려 그동안 부족했던 한 가지를 얻을 수 있었다. 품위 말이다. 이건 둘 다 나쁜 와중에 그나마 덜 나쁜 쪽이 부각된다는 차원이 아니었다. 그의 회사가 가족 가치관, 기업 윤리, 책임감 있는 경영의 대변자로 떠오른다는 뜻이었다. 그러면 남들이 어떻게 생각할까 두려워 조를 문 안으로 들이기조차 꺼려 했던 회사 사장들도 이제는 조를 불러들일 것이다. 사실 그 어떤 회사도 피뢰침 없이 버틸 여력은 없기 때문이다. 그 사실을 그들도 인정할 때였다.

이건 조가 주류에 편입될 수 있는 기회였다. 솔직히 조라고 해서 천덕꾸러기 취급받는 게 좋을 리가 없었다. 그동안 남들 앞에서 공공연하게 만나선 안 될 사람으로 여겨지고, 건물 안에 청소부밖에 없는 시간을 굳이 골라서 약속을 잡아야 하고, 자신이 하는 일을 거짓말로 꾸며 내야 했던 처지가 기쁘진 않았다.

이 염가 판매 업체는 조의 부담을 덜어 주고 있는 셈이었다. 조는 거의 4년째 이 산업의 책임을 홀로 지고 있었다. 나이도 어느덧 서른일곱에 접어들었다. 그동안 그가 정정당당히 경기에 임해 왔다면, 이제는 비즈니스계에서 존중받는 일원으로 대우받으며 여생을 보내면 안 될 까닭이 없었다.

이런 가치에는 값을 매길 수 없다. 무엇이든 비용을 고민할 필요 없이 할 수 있을 만큼 돈을 많이 벌었다면, 그 이상 돈을 쌓을 필요는 없지 않은가. 미국의 모든 기업과 거래할 필요는 없다. 그랬다가는 뭘 어떻게 해야 할지도 모를 것이다. 돈이 원하는 만큼 생겼으면 그 외의 중요한 문제들을 고려해도 될 때다. 예컨대 『뉴스위크』나 『타임』에 〈올해의 사업가〉로 실린다면 어떨까? 하버드에서 명예 학위를 받는다면? 이런 성과는 돈 주고 살 수 없다. 세간에서 걸출한 인물로 여겨져야 얻을 수 있는 것이다. 스스로 걸출해지는 것만으로는 안 되고, 남들이 그를 그런 사람으로 여겨 줘야만 가능하다. 그런데 지금 이 똥 덩어리 같은 게 등장해서 조에게 명망 있는 삶을 대접하고 있는 것이다.

〈그래, 그것 참 고맙군, 친구. 잘 해봐. 그리고 세인트루이스에서 보자고.〉[27]

조는 편지 확인을 마친 뒤 집무실을 나와서 최대한 미치를 안심시켰다. 하버드 명예 학위에 대한 말은 꺼내지 않았다. 미치는 좋은 사람이었지만 인생을 보는 시야가 좁은 편이라, 그런 이야기는 해봤자 와닿지 않을 것 같아서였다. 대신 BMW와 닷선의 차이에 대한 연설을 펼쳤다. 닷선이 나타나기 전까지는 사람들이 BMW의 진가를 알아주지 알았다고. 마찬가지로, 『플레이보이』는 『허슬러』가 나오기 전까지는 그렇게 고상하고 지적인 잡지로 통하지 않았다고.

「그런가요.」 미치가 말했다.

27 영화 「스페이스 잼」(1996)에 나오는 노래 가사.

「미치, 자네가 좀 해줄 일이 있는데.」

「말씀하세요.」

「나가서 『플레이보이』와 『허슬러』를 한 부씩 사서 쭉 읽어 보고 비교해 봐. 각각 어떤 광고주들의 관심을 끌고 있는지, 어떤 기사가 실리는지. 그렇게 해서 각 잡지가 어떤 부류의 독자들의 입맛을 맞추고 있는지를 파악한 다음, 우리가 배울 점이 어떤 게 있는지를 생각해 보게. 그래도 여전히 걱정된다면 그때 다시 얘기하지.」

「알았어요. 지금 바로 할까요?」

「바로 그거야.」 조가 말했다. 「아예 오늘 오후는 집에 가서 쉬고, 내일 다시 이야기하자고.」

사실 조가 내린 지시는 무엇보다도 미치가 유급 휴가 삼아 오락 잡지나 뒤적거리며 오후를 때우게 해주기 위해서였다. 미치는 만사에 너무 심각한 경향이 있었다. 이게 오락 사업의 문제였다. 사업을 사업답게 하다 보면 막판에는 오락의 즐거움이 뭔지를 잊기 십상이고, 그러면 당신의 밥줄이 되어 주는 사람들과 도리어 단절되어 버리는 것이다.

그러니 미치가 별것도 아닌 일을 두고 스트레스 받지 않으려면, 긴장을 늦추고 약간의 오락 시간을 갖는 편이 좋을 듯했다.

이야기할 상대

　조는 이번 일로 스트레스를 받진 않았지만, 그날 하루가 저물어 갈 무렵이 되자 누군가와 이야기를 나누고 싶다는 생각이 들었다. 자신처럼 우려할 일이 아니라고 생각하는 누군가를 만나 대화하고 싶었다.

　미치를 일찌감치 퇴근시키기도 했으니만큼 오늘 저녁은 루실과 같이 먹으면 어떨까 싶었다. 그녀에게 연락해서 물었더니 쿨하게 〈좋죠〉라는 대답이 돌아왔다. 그녀와 안 지 오래되었지만 그 말을 들으면 여전히 초조해졌다. 아직까지 그녀를 집에 초대한 적은 한 번도 없었다.

　돈 걱정이 없어지자마자 조는 공장을 개조한 아파트 한 채를 사들이고, 아주 멋들어진 검은 가죽과 크롬제 가구들과 더불어 비싼 음향 시스템을 사들였다. 혹시 누군가를 집으로 데려와 음악을 들려줄 일이 있을까 해서였다. 자신은 집에서 여유롭게 시간을 보낼 때가 별로 없었지만 좋은 투자라 할 만했다. 가끔 일을 마치고 시내로 돌아와 이 초호화 아파트의 엘리베이터를 타고 펜트하우스로 올라가노라면, 그리고 현관문을 열고 안으로 들어서고 나면, 이 집은 그의 것이라는 실감과 함께 옛날에 구질구질한 트레일러에서 살던 시절이 떠올랐다. 이 집은 구질구질해질 틈이 없었다. 일주일에 두 번씩 청소부를 쓰고 있었으니까.

그는 루실을 식당으로 데려가 저녁을 샀다. 다 먹어 갈 때쯤 불쑥 〈그래, 하는 데까지 해보자〉 싶어져서 그녀에게 같이 집에 가서 음악 듣지 않겠느냐고 물었다.

「아주 좋은 생각이네요.」 루실이 말했다.

그래서 그녀와 함께 펜트하우스로 갔다. 조가 사놓은 CD는 두 장뿐이었다. 앨범 재킷에 〈클래식〉이라고 적힌 마일스 데이비스의 음반, 그리고 카를로스 조빙이라는 브라질 재즈 아티스트의 음반. 조빙은 「이파네마에서 온 소녀」의 작곡가였고 그 외에도 조가 잘 모르는 다른 곡들을 쓴 사람이었다. 대부분은 포르투갈어로 되어 있었는데 아마도 그래서 그가 들어 본 기억이 없는 것 같았다. 음악으로 분위기를 조성하고자 한다면, 〈이지 리스닝〉이라고 분류된 음반은 피해야 한다. 진정한 음악이면서 〈이지 리스닝〉처럼 편안하게 들리는 음악을 찾아야 하는 것이다. 그래서 마일스 데이비스의 CD

가 이상적이라고 판단했다. 특히 볼륨을 작게 틀어 놓으면 원하는 효과를 내기에 좋았다.

루실은 검은 가죽 소파에 앉았다.

「뭐 마실 것 드릴까요?」 조가 물었다.

「다이어트 코카 콜라요.」 루실이 말했다.

조는 가슴이 철렁 내려앉았다. 그는 모든 걸 대비했다고 자신했다. 이사 오면서 그가 가장 먼저 한 일은, 돈이 얼마나 들든 상관없이 인류에 알려진 모든 종류의 음료를 집 안의 바에 갖춰 놓는 것이었다. 칵테일용 음료도 빠뜨리지 않았다. 미네랄워터를 탄산이 있는 것과 없는 것을 포함해 여섯 종류로 구비했고, 토닉워터, 소다수, 쓴 레몬도 마련했으며, 온갖 과일 주스를 한계치까지 장만했다. 코카 콜라, 펩시 콜라, 캐나다 드라이 진저에일, 세븐업, 심지어는 마운틴듀도 있었다. 보통 사람들은 세련된 사교를 즐기는 현대인이라면 마운틴듀를 마시진 않을 거라고 생각하겠지만, 뭐 어떤가. 자수성가한 백만장자가 자기 집에서 자기 하고 싶은 대로 하겠다는데. 그런데 어쨌거나, 아무튼, 왜인지는 몰라도 다이어트 음료를 살 생각은 미처 못 했다. 「루실.」 조가 입을 열었다. 「정말 미안하지만 다이어트 코카 콜라는 마침 다 떨어졌어요. 페리에는 어때요? 기본도 있고, 레몬 맛, 라임 맛도 있어요. 라임 페리에에 얼음을 부숴 넣어 드릴까요? 어떠세요?」

「그러면 스카치위스키에 얼음 넣어 주세요.」 루실이 다리를 꼬며 말했다. 그녀는 흰색 민소매 드레스를 입고 있었다. 돌리 파튼만큼 엄청난 볼륨은 아니어도, 루실은 확실히 현재 직종에서는 활용하지 못하는 게 아까운 자산을 갖고 있었다. 조의 시선이 자꾸만 아래로 미끄러졌다. 그는 재빨리 눈을 돌려서 그녀의 치맛자락 끝을, 음, 거기서부터 얼굴을 보려고 시선을 옮기다가 우연히 가슴을 스쳤던 척했다.

「바로 준비해 올게요.」 조는 바 쪽으로 건너갔다.

이윽고 그는 치즈와 통밀 크래커를 올린 접시, 땅콩 한 그릇과 함께 위스키 두 잔을 가지고 돌아왔다.

그때부터 조는 자신이 인류 역사상 전대미문의 사교적 난제에 부딪쳤음을 깨달았다. 장애인 전용 화장실 벽을 사이에 두고 후배위에 가까운 성격의 접촉을 했을 확률이 5분의 1쯤 되는 상대에게 대체 무슨 말을 할 수 있을까? 밖에서 점심이나 저녁을 먹으러 만났을 때는 그냥 가벼운 대화만 나누면 되니 괜찮았다. 하지만 지금은 그녀를 집으로 데려와 분위기 조성용 배경 음악까지 틀어 놓고 소파에 마주 앉아 있는 상황이었다. 이런 때에는 조가 무슨 말이나 행동을 해도 그녀를 쉽게 여기는 셈이 되어 버릴 것이다. 그가 5분의 1 확률로 이미 그녀의 안에 들어가 봤을 수 있다는 이유로, 그리고 만약 그런 적이 없다 해도 그녀가 그런 일에 이미 동의한 사람이라는 이유로.

만약 루실이 아닌 다른 여자였다면 쉽게 접근해도 괜찮았을 수도 있었다. 상대가 그의 집까지 오는 데에 동의했다는 점을 참작한다면 더더욱. 하지만 루실은 실로 다크호스였다. 그녀가 상대방을 어떻게 생각하는지는 도저히 짐작할 수가 없다.

조는 위스키를 한 모금 마시고 땅콩을 한 알 먹었다.

성매매는 관계자 모두에게 불명예스러운 일이지만, 그래도 매춘부들을 만나는 데에 일정한 시간을 쓰는 남자라면 그 경험으로 사교 기술을 기를 순 있을 듯싶었다. 반면 피뢰침은 순전히 육체만을 거래하는 활동이기에 그 어떤 사회적 교류도 수반되지 않았다. 바로 그렇기 때문에 사내 분위기가 망가지지 않을 수 있는 것이다. 그렇다면 이런 조건에서는 아무리 자주 이성을 통해 성욕을 해소해도 이성과 대화하는 법은 까맣게 모를 수도 있다는 뜻이었다.

조가 이 문제를 곱씹으면서 루실과 예의 바른 잡담을 나누고 있던 중, 루실이 물었다. 「저 소리는 뭐죠?」

집 안쪽에서 무언가가 새된 음색으로 낑낑거리는 소리가 새어 나오고 있었다.

「아, 쟤는 엘로이예요.」 조가 말했다. 「혼자 살다 보니 좀 외롭기도 해서, 개를 한 마리 키우면 좋겠다 싶더라고요. 개 산책 시켜 주는 서비스가 있어서 제가 출장

나간 동안에는 그쪽 사람들이 녀석을 돌봐 주고요. 덕분에 이제는 텅 빈 집에 들어올 일은 없게 됐죠. 지금은 혹시 당신이 개를 안 좋아할까 봐 서재에 둔 거예요.」

「저는 개 있어도 괜찮아요.」루실이 말했다.「나오게 해주는 게 낫겠어요. 답답해하는 것 같은걸요.」

조는 서재로 가서 문을 열었다. 그러자 엘로이가 그의 어깨높이까지 대여섯 번 뛰어올라 인사하더니 냅다 거실로 뛰어나가서 루실을 향해 미친 듯이 짖어 댔다.

「이놈, 그쯤 해둬라. 응?」조가 말했다.

왈! 왈! 왈!

「엘로이, 내가 그만하랬지? 계속 그러면 서재에 도로 가둘 거야. 난 경고했다.」

왈! 왈! 왈!

엘로이가 문득 바닥의 융단 <u>끄트</u>머리에 눈길을 주더니, 이번에는 그쪽으로 덤벼들어서 으르렁대며 귀퉁이를 씹어 댔다.

「어이!」조가 말했다.「그거 3천 달러짜리 융단이라고, 엘로이.」

<u>으르르르릉.</u>

「공놀이나 하자.」조는 전화기를 놓아둔 협탁의 서랍을 뒤져서 잿빛으로 바래 가는 테니스공 하나를 꺼냈다.「엘로이! 엘로이! 이거 봐라!」

<u>으르르릉. 으르르릉. 으르르르릉.</u>

조는 엘로이 쪽으로 공을 던졌다. 그러자 엘로이가 펄쩍 뛰어서 공을 입으로 낚아채더니 거실을 뛰어다녔다.

「엘로이! 야! 이쪽으로 와야지!」

엘로이가 공을 물고 달려왔다. 조는 녀석의 입에 물린 공을 붙잡고 빼내려고 씨름을 벌였다.

으르르릉. 으르르릉.

엘로이의 꼬리가 프로펠러처럼 윙윙 돌았다. 만약 개가 헬리콥터와 같은 공기 역학적 특성을 갖고 있었다면 녀석은 지금쯤 충분히 날아오르고도 남았다.

「이 망할 놈의 개 녀석.」 조가 말했다. 「너 사냥개로선 진짜 쓸모없는 거 알기는 하냐?」

그는 가까스로 공을 도로 빼앗았다.

왈! 왈! 왈! 왈!

「견종이 뭐예요?」 루실이 물었다.

조는 재빨리 손목을 젖혀서 공을 거실 한쪽 구석으로 던졌다. 그러자 엘로이가 부리나케 뛰어갔다.

「잘 모르겠어요. 잡종이라서요. 비글 피가 좀 섞여 있을 것 같긴 하네요. 그런데 제 생각엔, 몇백 달러씩 하는 혈통이 다 무슨 소용인가 싶어요. 중요한 건 개의 성격이잖아요.」

엘로이가 공을 물고 돌아와 펄쩍펄쩍 뛰었다. 개는 말을 할 수 없다. 〈냐냐 냐냐냐, 인간아, 침범벅 된 더럽고 낡은 테니스공이 갖고 싶어 죽겠지?〉라고 말할 순 없는 것이다. 적어도 그렇게 긴 말은 못한다. 그래서 메시지를 전하기 위해 펄쩍펄쩍 뛰고 꼬리를 흔드는 수밖에 없다.

으르릉. 으르릉. 으르릉.

「엘로이는 유기견 보호소 출신이에요.」 조가 공을 빼앗은 다음 다시 던지며 말했다. 「제가 집을 자주 비워서 그때마다 누군가 다른 사람이 돌봐 줘야 하겠지만, 그래도 죽는 것보다는 낫잖아요. 그렇게 생각해서 데려왔어요. 녀석도 이만하면 꽤 잘 살게 된 거죠.」

엘로이가 공을 물고 소파 뒤로 들어가 숨었다.

으르르르르르르릉.

조는 눈을 굴렸다. 「엘로이, 네가 그렇게 시끄럽게 굴면 우리가 어떻게 대화를 하겠어?」

으르르르릉.

「엘로이라는 이름은 직접 지으신 거예요? 아니면 보호소에서?」 루실이 물었다.

「제가 지었어요. 엘비스 프레슬리를 기리는 뜻이에요. 우선 〈엘〉이라는 글자로 시작하고, 〈엘로이〉는 스페인어로 왕이라는 뜻이니까, 〈엘비스는 왕이다〉라는 뜻이기도 하죠. 왜 이런 이름을 지어 줬냐 하면, 녀석과 눈을 딱 마주친 순간 〈넌 한 마리 사냥개일 뿐이야〉라는 노랫말[28]이 생각났거든요. 아무래도 사냥개 피는 전혀

28 엘비스 프레슬리의 「사냥개」에 나오는 가사.

없는 것 같지만, 녀석의 성격을 보니 어쩐지 그게 떠오르더라고요.」

「그랬군요.」 루실이 말했다. 「잘 어울리는 이름 같아요.」

으르르르렁! 으르르르르렁!

「보호소에서는 이름을 붙이는 시스템이 따로 있었어요.」 조가 말했다. 어쩐지 전보다 편안해진 기분이었다. 어색한 분위기를 푸는 데에는 역시 귀여운 동물 만한 것도 없다. 마음이 느긋해지고 나니 그의 눈이 돌리파튼 같은 루실의 체형을 확실히 인지했는지, 과녁에 그려진 동그라미를 조준하듯이 자꾸만 그쪽에 초점을 맞추려 들던 것도 멈췄다. 그는 주머니에 손을 넣은 채 테이블 쪽으로 걸어가서 술잔을 집어들었다. 「이름 열 개를 정해 놓고 돌려 가면서 쓰더라고요. 백설 공주에 나오는 일곱 난쟁이 이름, 스누피, 그리고 〈101마리 달마시안〉에 나오는 개 두 마리 이름. 그 이름들을 다 붙이고 나면 처음부터 다시 시작해요. 그러니까 〈스니지 2세〉라고 해버리는 거죠. 언젠가는 스니지 1세가 입양되거나 안락사돼서 없어질 테니, 그때 쓸 이름을 미리 붙이는 식이라고 할까요.」

「허.」 루실이 말했다. 「슬픈 얘기인걸요.」

「그러게요.」

「그런데 그렇게 하면 좀 불편하지 않나요? 일곱 난쟁

이들 이름, 그리고 스누피와 퐁고까지 아홉 개는 다 수
컷 이름이고 암컷 이름은 하나밖에 없잖아요.」

「저도 그게 궁금하더라고요.」 조가 말했다. 「그래서
서류 작성하는 동안 접수 담당자와 이야기하면서 물어
봤더니, 그냥 그 개를 입소시킨 사람이 어떻게 생각하
느냐에 따라 다르대요. 스누피라는 이름이 유니섹스라
고 생각하는 사람들도 있으니까요. 그래서 그냥 선착순
으로 이름을 붙여 주다가, 만약 이름 짓는 데에 까다로
운 사람이 암컷 개를 데려온다면 그때는 그 암컷 달마
시안 이름으로 붙인대요.」

「퍼디타요.」 루실이 말했다.

「맞아요. 퍼디타 1세, 퍼디타 2세, 퍼디타 3세…… 어
쩔 때에는 퍼디타가 스물다섯 마리나 있을 때도 있다더
군요.」

「그런 얘기는 처음 들어 봐요. 진짜 놀라운 것 같아
요, 이런 일들.」

조는 술잔을 들고 위스키를 한 모금 마셨다. 이 화제
로는 대화가 더 이상 이어지지 않을 듯했다. 그런데 문
득 이런 생각이 들었다. 〈내 사업이 없었으면 이 나라
남자들은 여전히 성욕을 해소하고 싶을 때마다 이런 대
화를 하고 있었겠네. 4년 전의 방식 그대로!〉

루실과의 대화가 즐겁지 않은 것은 아니었다. 다만
이 방식 외에 다른 대안은 없었다면 어떨지 상상하게

되는 것이었다. 아니, 상상이 아니었다. 이미 그렇게 살아 본 적이 있으니까. 그런 삶이 어떤 것인지는 잘 알았다. 누구나 다 알았다.

〈내일 당장 죽는대도 나는 이 사회에 충분히 공헌한 거야.〉 그는 생각했다.

조는 저렴한 서비스를 제공하는 업체가 등장했다는 이야기로 화제를 넘겼다. BMW와 닷선에 대한 이야기도 하고, 자신은 하버드에서 명예 학위를 받으면 어떨까 생각 중이라는 농담도 덧붙였다.

「저는 전혀 걱정하실 필요 없다고 봐요.」 루실이 차분하게 말했다.

조도 그렇게 생각하긴 했지만, 누군가 다른 사람이 그렇게 말해 주니 마음이 놓였다. 조수 세 명이 숫제 겁에 질려 떠는 걸 보고 난 터라 더더욱 그랬다.

「그 업체 사장이 충분히 생각해 보지도 않고 덤벼든 것 같은데요. 제가 생각하기엔 아마, 그 사람이 고려해 본 적도 없는 온갖 파장이 일어날걸요. 온전한 피뢰침 시스템에서는 부적절한 관계가 생길 가망성은 원천 차단할 수 있어요. 만약 어떤 피뢰침이 그 회사 남직원 한 명과 친척 관계라고 쳐요. 그러면 절대로 그 둘이 이어질 일은 없도록 컴퓨터 프로그램을 조정할 수 있겠죠. 그런데 새로 생긴 에이전시에서는 그런 안전 보장을 어떻게 하겠어요? 거기선 수요에 맞춰서 공급하겠단 식이잖아요. 그러려면 컴퓨터 프로그램이 관리할 수가 없어요. 고객이 돈만 낼 수 있으면 밤이고 낮이고 아무 때나 들이닥칠 테니까요. 이건 그냥 화를 자초하는 짓밖에 안 돼요. 그러다 보면 누군가가 돈 내고 자기 혈육과 관계를 맺게 되는 건 시간문제란 말예요. 미안하지만, 조, 이건 완전히 틀려먹었어요. 명망 있는 회사 사장치고 이런 데에 엮이고 싶은 사람은 없을 거예요. 시장이 없을 거라는 뜻은 아니에요. 비용을 절감하려고 앞날 생각도 않고 무턱대고 뛰어드는 회사들이 있기야 있겠죠. 하지만 근처에도 가지 않으려 하는 회사들도 아주 많을걸요.」

〈와우.〉조는 마음속으로 감탄하면서, 자신이 애초에 루실에게 끌렸던 이유를 새삼 되새겼다. 그녀는 정말 영리했다. 기가 막히게 속 시원한 지적이었다. 고객들이 어떻게 해서 저쪽 업체 가격은 그렇게 쌀 수 있냐고 물어보면 그녀의 주장을 유용하게 써먹을 수 있을 것이다. 그가 생각하기에는 그 누구도 반박 불가능한 주장이었다.

무엇보다도 멋진 것은, 이렇게 되면 피뢰침 주식회사가 정말로 전통적 가족 가치관을 수호하는 입장이 된다는 점이었다.

〈나는 높은 데로 갈 테니 자네는 낮은 데로 가보시지, 친구. 나는 댁보다 먼저 스코틀랜드에 도착할 테니.〉[29]

29 스코틀랜드 민요 「로몬드 호수」에 나오는 가사.

루실이 방 안을 둘러보는 고압적인 태도란, **지구상에서** 어떻게 이렇게까지 역겨운 짓을 하는 사람이 있을 수가 있냐고 말하는 듯했다. 조는 그녀에게 뭐라 할 말이 없었다. 워낙 격조 있는 여자였으니까.

조가 집에 책을 많이 갖추지 못한 데에는 여러 이유가 있지만 우선은 집에서 보낼 시간이 별로 없기 때문이었다. 붙박이식 음향 시스템이 설치된 벽에는 유리와 크롬 재질로 된 책꽂이도 있었지만, 거기에 꽂힌 건 CD 두 장과 페이퍼백 책 몇 권뿐이었다. 사업에서 성공하길 원한다면 시간을 최대한 효율적으로 이용해야 하는 법이다. 그리고 나머지 것들은 큰돈을 번 뒤에 해도 늦지 않다는 점을 기억해야 한다. 그만큼 **충분한** 여유 시간이 생길 테니까. 집을 돌보며 기나긴 시간을 보내야 할 때가 되면, 과거의 자신이 무언가 할 일을 남겨 두었기를 잘했다 싶어질 것이다. 하지만 사업을 하다 보면 가끔은 스트레스가 너무 심해서 자신을 추슬러야 할 때도 있다. 긴장을 풀고 쉬어 주지 않으면 나쁜 선택을 하게 될 게 뻔할 때는, 두어 시간쯤 앉아서 조용히 책을 읽는 편이 낫다. 적어도 존재하지도 않는 제방의 구멍을 막으려고 허둥거리는 짓에 비한다면야 **해로울** 것은 전혀 없는 일이다.

책에 대한 조의 입장은 이랬다. 그런데 작년쯤부터

는 비행기에서 보내는 시간이 많아져서 조도 책을 꽤 읽게 되었다. 출장 중에 책 한 권을 다 읽으면 보통은 호텔에 그냥 놔두고 돌아왔고, 가지고 돌아올 경우엔 거실에 사람 사는 분위기를 내기 위해 책꽂이에 꽂아두곤 했다.

루실은 묵묵히 책꽂이를 바라보고 있었다. 그러다 시선을 어딘가로 휙 돌렸다.

「오, 『브리태니커 백과사전』이네요!」 루실이 탄성을 질렀다.

그건 조가 브리태니커 샐러리맨으로 일하던 당시 직원가로 싸게 구해 둔 전집이었다. 직원가라곤 해도 돈이 많이 깨지긴 했지만, 그래도 뭔가 찾아보고 싶은 것이 생기면 필요하리라고 생각했다 — 사람이 눈코 뜰 새 없이 바쁜 스케줄을 소화하다 보면 『브리태니커 백과사전』을 집에 두는 것보다 더 심한 짓도 저지를 수 있는 법이다. 인터넷은 멋진 곳이지만, 인터넷상의 자료들을 참고하려다 보면 독창적인 기록 문학들과 그것을 강화할 판타지에 동시에 빠져들 위험성이 백만 배쯤 높아진다. 고객을 설득하느라 성급하게 설명한 학문 분야에서 확실한 정보를 구하고 싶다면, 공인된 전문가들이 편찬한 『브리태니커 백과사전』이야말로 위키피디아의 잡소리를 손쉽게 끌어다 쓰는 사람들이 반박할 수 없는 풍부한 참고 문헌의 보고다. 게다가 이런 경우에 가장 중요한 것은 집중이기에, 돈을 아끼겠답시고 온라인 백과사전 구독권이나 CD를 구입해서 무슨무슨 등급 포르노 사이트로 흘러 들어갈 기회를 덤으로 얻는 것은 사실상 절약이라고 할 수 없다.

루실은 자리에서 일어나, 일할 때 바로 책을 꺼내 볼 수 있도록 마련된 선반 두 개짜리 책꽂이로 건너갔다. 그리고 열두 권으로 구성된 백과사전 전집 중 한 권을 꺼내 들고 펼쳐 보았다.

「이 오래된 백과사전, 정말 좋아해요.」루실이 말했다. 「어렸을 때부터 나도 이걸 가질 수 있으면 얼마나 좋을까 생각하곤 했어요. 냄새도 너무 좋잖아요. 겉면은 깨끗한 가죽 냄새가 나고, 속에서는 갓 만들어진 종이 냄새가 나고. 언제 펼쳐도 그 페이지를 처음 펼쳐 본 사람이 나인 것처럼 똑같은 냄새가 나요.」

조가 백과사전을 찾아볼 일이 얼마나 드물었던가를 생각하면, 지금 그 페이지를 넘겨 본 사람이 정말로 루실이 최초일 수도 있었다. 「무슨 뜻인지 알아요. 저도 가끔은 그냥 아무 페이지나 펼쳐서 뭐라고 쓰여 있나 보기도 하거든요.」

루실은 빙그레 웃으며 내용을 읽어 나갔다. 「날마다 뭔가 새로운 것을 배우는 셈이네요. 그런데 여쭤봐도 될지 모르겠지만, 이런 걸 정말로 사려면 가격이 얼마인가요?」

세 살 버릇은 여든까지 간다고 했다. 『브리태니커 백과사전』 세일즈맨은 상품의 가격을 기밀로 유지하다가 확실히 믿을 수 있겠다 싶은 고객에게만 알려 주는 게 원칙이었다. 「오, 저도 할인가로 사서요. 요새는 정확히 얼마나 하는지 모르겠네요.」

루실은 책꽂이 위에 걸터앉아 다리를 꼬았다. 보는 사람으로 하여금 마음속으로 휘파람을 불게 하는 몸놀림이었다. 그녀는 또 다른 페이지를 넘겨 보며 말했다. 「이것 봐요. 누군지 들어 본 적도 없는 사람들, 이 온갖 정보들…… 그냥 눌러앉아서 몇 시간씩 읽고 싶어진다니까요.」

세일즈맨이라면 누구나 이 일이 확률 게임이라는 걸 안다. 조는 자신의 눈앞에 있는 여자가 과거에 몇 달 동안 그토록 찾아 헤맸으나 찾지 못했던 바로 그 고객임을 불현듯 깨달았다. 미주리주 유레카 사람들 스무 명 중 한 명만 이런 태도였다면 그는 애초에 백과사전을 파는 일을 그만두지 않았을지도 모른다. 인생 전체가 달라졌을 것이다.

세일즈맨은 현실을 직시해야 한다. 그것이 이 직업에서 무엇보다도 슬픈 점이다. 이 세상에 수많은 것들이 결국은 사람들이 자기 적성에 맞는 일로는 생계를 꾸릴 수 없어서 생긴 것들이라고 생각하면 슬플 수밖에 없다. 그는 처음 커리어를 시작했을 때 『브리태니커 백과사전』을 판다는 데에 자부심이 있었다. 그러다 두 번째로 청소기를 택했고, 세 번째로 피뢰침을 택한 것이다. 이렇게 첫 번째 선택지에서는 돈을 벌지 못해서 세 번째나 네 번째, 다섯 번째 선택을 하고서야 정착하는 사람들이 살아가는 세상이 바로 지금 이곳이었다. 가끔은 생각했다. 모두가 완벽하진 않더라도, 그저 몇 명의 사람만이라도 있는 그대로의 자신보다 조금만 더 나았더라면 이 세상은 어떻게 됐을까. 사람들이 첫 번째 선택지까진 아니라도, 그 비슷한 두 번째 선택지를 통해서라도 그럭저럭 살 수 있었더라면 이 세상은 어떤 모습이었을까. 가끔은 눈앞에 어렴풋이 그려지기도 했다.

엘로이가 소파 뒤에서 나오면서 나지막이 낑낑거렸다. 녀석은 조의 옆에 다가와서 테니스공을 바닥에 유혹적으로 떨어트렸다.

조는 발로 공을 툭 쳤다. 엘로이는 으르렁거리고 꼬리를 흔들며 공을 입으로 낚아챘다.

조는 다시금 두 손을 주머니에 꽂아 넣었다. 〈기운 내, 조.〉 그는 자신에게 말했다. 〈우리는 있는 그대로의 우리 자신을 선택할 수 없다고.〉 개는 어떤 이유에서인지 공을 보면 흥분하도록 진화했다. 또 어떤 이유에서인지, 『브리태니커 백과사전』을 보면 흥분하도록 진화된 사람은 상대적으로 소수이다. 평균적인 남성은 평균적인 여성보다 더 섹스에 관심이 있도록 진화했다. 그는 자신이 만들지 않은 세상에서, 어쩌다 보니 그렇게 진화된 사람들 사이에서 밥벌이를 하고 있었다. 그가 할 수 있는 것은 다만 인간 행복의 총합을 증진시키기 위해 능력껏 노력할 따름이었다.

〈나도 알아. 하지만…….〉 그는 자신에게 말했다.

〈하지만은 필요없어.〉 그는 자신에게 말했다. 루실 같은 사람이 더 많다면 물론 좋겠지만, 그녀는 아주 특별한 여성이었다.

조는 초창기에 자신이 천 명 중 한 명의 여성을 찾는다며 떠벌렸던 장광설을 떠올렸다. 그 한 명은 루실이 틀림없었다.

그래도 못내 기분이 울적했다.

루실이 고개를 들었다. 「무슨 문제라도 있나요?」

「아뇨, 아니에요.」 그는 책꽂이 위에 걸터앉아, 펼쳐진 백과사전을 사이에 두고 그녀를 마주했다. 「세상사가 참 묘하다 싶어서요.」

엘로이가 기대감에 찬 표정으로 바닥에 공을 떨어트렸다. 조는 녀석과 놀아 줄 의욕이 나지 않았다. 그러자 루실이 엄지와 검지로 조심조심 공을 집어서 저편으로 던졌다. 엘로이가 그 뒤를 맹렬히 쫓아갔다.

누구나 종종 낙심할 순 있다. 중요한 것은 그럴 때 어떻게 대처하느냐다. 조는 위아래가 거꾸로 뒤집혀 보이는 백과사전 페이지를 시무룩하게 내려다보며, 가족 가치관에 대한 주제로 생각을 돌렸다.

가끔은 자기 자신의 마음이 그 어떤 수수께끼 같은 타인보다 신비롭게 느껴질 때가 있다.

그때 조는 그냥 이런 생각을 하며 앉아 있었다. 〈사람들을 있는 그대로 대해야 돼. 사람들이 지향하는 목표대로가 아니라. 성공한 사업가가 된다는 건 그런 거라고.〉

그런데 퍼뜩 또 이런 생각이 드는 것이었다. 〈하지만 사람들이 지향하는 걸 못하는 이유는 그 과정에 장애물이 너무 많기 때문이잖아.〉 보통 사람들은 올바른 일을 하고 싶어 한다. 그런데 그건 너무나 어렵다. 진심으로 올바른 일을 하고 싶어 하는 사람이 많다면, 그들을 도와주는 것도 그만큼 중요하다. 그리고 그들이 지향하는 곳으로 조금이라도 나아가려면 있는 그대로의 자신을 받아들이고 다루는 법을 익혀야 한다.

그때 기가 막히게 훌륭한 아이디어가 떠올랐다.

천재성이 다시금 발동하다

조는 천재 아니면 미치광이한테서나 나올 법한 대담한 아이디어를 생각해 냈다.

그 아이디어란 요컨대, 〈애초에 세속적인 환경에만 집중했던 게 실수가 아니었을까?〉 하는 의문이었다.

이제까지의 경험을 돌이켜 보면 그는 미치광이는 아니었다.

그렇다면 실수를 한 것이다. 그것도 아주 큰 실수를.

하지만 그 실수를 **인지하는** 데에는 천재적인 발상의 전환이 필요했다.

사실 세일즈맨의 성패란 결국은 어떤 고객층을 대상으로 하느냐에 달려 있다.

다 확률 게임이니까.

고객층, 고객층, 고객층, 고객층.

어떤 사람들은 언제까지고 〈안 사요〉라고만 대응할

것이다.

물론 훌륭한 세일즈맨이라면 그 〈안 사요〉를 〈살게요〉로 바꿀 수 있다. 그건 맞다. 문제는 그렇게 바꾸는 데에 들이는 시간이다. 훌륭한 세일즈맨은 시간 낭비할 것 없이 〈살게요〉라고 말할 법한 사람들을 고객으로 잡을 줄 안다.

따라서 그는 순진하게도, 신실한 기독교인들에게는 이런 종류의 상품이 적합하지 않으리라고 생각했었다.

훗날 그는 이 시절을 회상하노라면 눈물이 난다고 고백했다.

세일즈맨으로서 그가 얻은 교훈들 중 하나는, 그 무엇도 속단하지 말라는 것이었다.

조의 사업이 기존의 조직 형태로 포화 상태에 이르려면 아직도 멀었지만, 세일즈맨으로서 그가 얻은 또 다른 교훈은 더욱 멀리 내다보라는 것이었다.

시간은 가만히 있어 주지 않으니까.

4년 전에는 이 업계가 조의 독무대였지만, 어디선가 난데없이 〈미스터 저렴〉이 나타나 그와 경쟁하고 있는 지금은 또 다른 터전을 모색해 볼 때였다.

〈미스터 저렴〉이 절대로 고객을 끌어들일 가망이 없는 시장이라면, 사람들이 전통적 가족관을 중시하는 곳이리라.

따라서 조는 처음부터 거래를 시도할 기업 목록에서

제외했던 회사 두 곳에 접근하기로 했다.

그 회사들 사장에게 조가 한 이야기의 요점은 평소와 그리 다르지 않았다. 다만 개코원숭이 연구에 대한 이야기는 뺐다.

그 대신 조는 기독교 집안에서 자란 여자들이 직장에서 부적절한 일을 당하고 유혹에 빠져선 안 될 일이라고 지적했다. 기업은 여직원의 순결을 지켜 줘야 할 의무가 있다고. 그런데 인간은 결함투성이로 태어났기에 올바른 행동을 하고 싶어도 실패할 수 있고, 그러므로 기업은 그리스도인의 길을 좇아가려 애쓰면서 인간 육신의 나약함에 시달리는 남직원들도 지켜 줘야 할 의무가 있다고 이야기했다. 남직원들이 매춘부와 어울리다 자신과 가족의 건강을 망치고 자기 평판까지 망칠 위험에 빠지는 편이 좋은가? 발각되면 체면에 먹칠을 하고 내리막길로 치달을 걸 뻔히 알 텐데? 그보다는 그 연약한 자들이 청결한 환경에서 육욕을 해소할 수 있는 수단을 마련해 주는 편이 낫지 않겠는가?

최근에 조는 세속 사회의 어느 고객들에게 이렇게 주장한 적이 있었다. 추산 불가능한 어마어마한 양의 노동력이 인터넷 포르노를 보는 데에 낭비되고 있다고, 그러므로 피뢰침으로 육체적 욕구를 해소시켜 주는 것은 생산성을 높이는 데에 필수 불가결한 조치라고. 이 논지는 기독교 사회에서도 놀라울 만큼 잘 들어맞았다.

「생각해 보세요. 마음으로 간통을 저지르는 자는 실제로 간통을 하는 것과 같습니다. 그런데 불순한 생각으로 고통받는 자들은 그 해악의 원인으로 자꾸만 끌려가게 되어 있습니다. 그렇다면 몇 시간씩 불순한 생각에 사로잡혀 있는 것보다, 몇 분 안에 불순한 행동을 한 번만 하는 편이 낫지 않겠습니까? 정 유혹에 저항할 수 없겠다면, 마음속으로 백 번의 죄를 저지르는 것보다 육체로 한 번의 내통을 범하는 편이 낫지 않습니까?」

이렇게 해서 그는 두 회사 모두를 설득하는 데에 성공했다. 기독교적 가치에 헌신하는 회사들 중 최소한 두 곳이 피뢰침 시스템을 설치함으로써 그는 새로운 가능성을 보게 되었다.

「막달라 마리아를 보세요.」그는 이렇게 말하곤 했다.「죄 지은 적 없는 사람이 있다면 돌을 던지라죠.」

또 발동하다

기독교 사회를 상대하는 과정에서 그는 또 하나의 아이디어를 얻었다. 놀랍도록 단순 명쾌한 아이디어였다.

두말할 것도 없이, 기독교적 가치관을 따르는 회사들 대다수는 인간의 타락한 본성을 인정하고 그걸 어떻게 해보려는 발상에 강력히 반대했다. 근본적으로 보수적인 성향의 사람들이니 어쩔 수 없는 일이었다. 조는 아주 조심스럽게 처신해야 했다. 사람들이 무심결에 뱉은 힌트나, 언뜻 가볍게 들리는 대화에서 나온 미심쩍은 이름 등을 주의 깊게 듣고 참고했다. 그리고 씨알도 먹히지 않을 법한 회사들은 웬만하면 제치고 가망이 좀 있어 보이는 회사들에 집중했다. 하지만 세일즈맨이라면 누구나 알다시피, 모든 고객을 이길 순 없는 법이다.

어느 날 조는 한 남자와 면담을 가졌다. 뒷소문으로 미루어 보면 가망이 있을 듯한 사람이었는데, 막상 이야기해 보니 반응이 예상과는 달랐다. 남자는 그저 조를 빤히 쳐다보더니 이렇게 말했다.

「이 얘기가 다 진짜입니까?」

「맹세컨대 사실입니다.」 조가 말했다.

「생전 처음 듣는 얘긴데요.」

「그야, 워낙 새로운 개념이니까요. 오해받을 위험이 따르죠. 그래서 저희는 고객들에게 철저한 기밀 유지를 보장합니다. 겉으로 보기에 저희 에이전시는 여느 아웃소싱 업체와 어느 면에서나 똑같습니다.」

「그리고 사람들이 이용을 한다고요? 사업을 하신 지 얼마나 됐죠?」

「4년이요. 그동안 모방 업체들이 우후죽순 생겨났죠. 한 가지 강조하고 싶은 점이, 기독교인 회사라면 더더욱 싸구려 모방 업체로 만족하셔선 안 된다는 겁니다. 값이야 더 싸겠지만 돈이 다가 아니니까요. 익히 아시다시피, 주기도문에서는 〈우리가 우리에게 죄 지은 자를 사하여 준 것 같이 우리 죄를 사하여 주옵시고〉라고 합니다만, 가끔은 기독교인다운 용서와 자비의 이상을 지키기보다 거슬러야 더 영광스러워 보일 때가 있는 것 같습니다. 그래서 누군가가 죄를 지은 사실이 주변에 알려졌을 때, 같은 죄인들이 취하는 태도 때문에 그가 원래 신앙의 길로 돌아오는 데에 큰 지장을 받기도 하지요.」

짐은 그의 눈을 피했다. 이제까지 짐은 조가 그에 대한 소문을 못 들었기를 바라고 있었는데, 이 말을 듣자 하니 아마 아는 모양이라고 짐작한 것이다.

「게다가 모방 업체들은 가격을 낮추려다 보니 제일 싼 원료를 써서 이윤을 내려고 합니다. 멕시코인, 니카라과인 등. 그쪽 분들이 뭐 나쁘다는 건 아닙니다만, 무슨 뜻인지 아시겠죠? 정말로 그런 식입니다. 반면 저희 피뢰침은 반드시 최고로 우수한 인력만을 활용하는 것이 원칙입니다. 주위의 이목을 끌 만한 사람들이 회사 곳곳을 돌아다니는 사태가 생기진 않는다는 것이죠. 저희 인력은 현재 귀사에서 일하고 있는 분들과 전혀 다를 게 없어 보일 겁니다.」

「하지만 그렇다면……」 짐이 말했다. 「그러면 구분할 방법이 없다는 거잖아요?」

「바로 그렇습니다.」 조가 말했다.

「끔찍하군요. 세상이 잘못되고 있다는 건 알았지만 이 정도인 줄은 몰랐습니다. 이 나라가 대체 어떻게 되어 가고 있는 겁니까?」

조는 이미 초탈한 자세로 그의 말을 들으며 면담이 끝나기를 기다리고 있었다. 세일즈맨이라면 거래가 말짱 텄을 때가 언제인지를 아는 법이다.

「제겐 스물한 살 된 딸이 있습니다. 얼마 전에 뉴욕으로 올라갔어요.」 짐이 말했다. 「나는 거기로 보내는 게 처음부터 못마땅했는데, 애가 그런 환경에서 일한다는 말을 들으니…….」

「글쎄요, 만약 그렇다면 따님은 다른 회사에서보다 훨씬 존중받으며 일하고 있을 텐데요. 바로 그 점이 지금까지 제가 드린 이야기의 요지이고요.」

「나로서는, 내 딸이 일하는 회사에 이런 시스템이 없다는 보장을 받을 수 있다면 돈이 얼마나 들든 낼 겁니다.」 짐이 말했다.

조에게 기똥찬 아이디어가 떠오른 것은 바로 그때였다. 「그렇군요, 짐. 혹시 그런 회사가 있다는 말이 들리면 반드시 알려드리겠습니다.」

조는 모텔로 돌아갔다. 매상을 못 올렸다는 데에 대한 약간의 실망감은 새로운 아이디어가 몰고 온 흥분으로 상쇄되고도 남았다. 천재적으로 간단명료한 발상이었다.

요컨대, 회사의 인력 〈전체〉를 한 독자적 에이전시가 공급하되, 그 인력의 100퍼센트를 비(非)피뢰침으로만 제공하기로 보장한다는 조건의 계약을 맺는다고 생각해 보라. 미국은 다양한 관점을 수용하는 나라이고, 이 나라에는 피뢰침 없는 업무 환경에서 일하는 것을 선호하는 사람들도 있을 수밖에 없다. 종교적 근본주의 집안 배경 때문이든 뭐든 간에. 그리고 어느 한쪽을 광신적으로 선호하는 사람들이 있으면 거기엔 필히 돈 나올 구멍이 있다는 뜻이다.

5년 전에는 그런 선호를 만족시킴으로써 수익을 낼 시장이 없었다. 〈피뢰침 있는 직장〉이라는 개념 자체가 없었으니까. 그런데 지금 그는 새로운 시장을 만들어 냈고, 예전에는 그저 당연하게만 여겨졌던 무언가를 상품화해 그 시장에 팔 수 있게 된 것이다. 단지 그 상품과 반대되는 상품을 이전에 출시했기 때문에! 순전히 조 덕분에 형성된 시장이니, 거기서 처음으로 수익을 낼 사람도 당연히 조가 되어야 했다.

물론 혹자들은 이렇게 반박할 것이다. 애초에 피뢰침 서비스를 제공한 적 없고 앞으로도 제공할 일이 없을, 평판이 좋은 아웃소싱 업체들이 이미 많지 않느냐. 기업 주도적 성추행 방지 시스템을 멀리하고 싶은 경영자들은 맨파워나 켈리 등의 유명 에이전시들을 이용하면 아무것도 걱정할 필요 없지 않겠느냐.

뭘 모르는 소리다. 그래, 당신이 맨파워에 가서 그곳에서 예전부터 줄곧 제공하던 상품을 요청한다고 치자. 하지만 그렇게 하면 당신은 피뢰침 에이전시에서 당신 같은 고객들을 위한 상품으로 내놓은 ― 사업 구조상 자동적으로 내놓을 수밖에 없는 ― 안전장치를 얻지 못할 것이다.

생각해 보라. 욕구 지향적 사원들을 위한 성욕 해소

수단이 설치된 회사들이 기독교 사회 안에도 다른 데만큼이나 많다면, 그런데도 당신 회사에서는 그러한 성욕 해소 수단을 제공하지 〈않겠다〉고 확실히 못박을 거라면, 당신 밑에서 일하는 남직원들을 다른 의미에서 보호해 줘야 고용주로서 책임감 있는 자세가 아니겠는가?

예컨대 한 젊은 여자가 어떤 이유에서든 간에 피뢰침이 있는 회사에서는 일하기 싫어한다고 하자. 그녀는 다른 육체적 기능을 위해 마련된 편의 시설에는 반대하지 않지만, 그리고 사내에 화장실이 있다는 사실에도 분개하지는 않지만, 왠지는 몰라도 그 외의 특정한 육체적 기능을 위한 시설은 좋아하지 않는다고 치자. 그래, 뭐 그럴 수도 있다.

그런 경우, 그 여성은 자신이 일하고 싶어 하는 종류의 환경을 제공하는 회사를 위해 일정한 양보를 할 수 있을 것이다. 회사 측에서는 그녀에게 그런 환경을 제공하기 위해 기업 주도적 성추행 방지 시스템을 사용하지 않는 위험 부담을 감수하기로 했으니, 그 여성은 만약 사내에 그 시스템이 설치되어 있었더라면 일어나지 않았을 종류의 사건이 일어난다 해도 자신은 개인이든 사측이든 성추행 혐의로 고소하지 않겠다는 각서에 서명하는 것이다. 그러면 그 회사는 최소한의 안전장치를 얻을 수 있다.

바꿔 말하면, 비피뢰침 정책을 시행하는 회사들은

그렇게 보수적인 근무 환경에서 일하는 대가로 회사를 위한 안전장치를 약속할 준비가 된 지원자들을 고용할 필요가 있다는 뜻이다.

바로 이 지점에서 피뢰침 에이전시가 유리한 것이다. 조는 피뢰침이라는 생각만으로도 공포와 혐오감에 움츠러드는 사람들을 상대로 대화하는 데에 너무나 많은 시간을 보냈기에, 피뢰침들과 어깨 한번 스칠 가능성조차 없다고 보증된 인력이 거래될 시장도 있으리라는 것을 알 수밖에 없었다. 물론 그런 반응을 맞닥뜨리는 동안 스트레스는 받았다. 그냥 거절만 당하면 차라리 다행이고, 사회적 및 성적 금기를 넘어선 자에게 사람들이 던지는 표정을 접하다 보면 낙담이 밀려왔다. 하지만 그 덕분에 조는 피뢰침 상품이 불러일으키는 반감이 얼마나 큰지 실감했고, 피뢰침을 피하기 위해서라면 그 어떤 희생도 감수할 준비가 된 사람들이 얼마나 많은지도 알 수 있었다.

그렇기 때문에 조는 경쟁자들보다 우위에 있었다. 피뢰침이 공식적으로 알려지면 대중 일반의 감정도 고조될 테고, 바로 그때 기회가 열릴 것이다. 〈피뢰침 없는 직장〉이라는 개념을 충분히 숙고하고 대비해 둔 에이전시만이 그 기회를 날름 낚아채서 뛰어갈 수 있으리라.

조는 모텔 방 안을 서성거리며 말했다. 「조, 이건 진짜 대박인 것 같아.」

그는 서성거리며 히죽히죽 웃으며 〈와, 대박, 와, 대박〉이라고 생각했다.

이 계획엔 아름다운 점도 있었다. 그가 가족 가치관의 수호자라는 지위를 더욱 단단히 굳히게 된다는 점이었다. 사람들은 그가 하는 일이 세상을 더 좋은 곳으로 만들기 위한 노력이었음을 알아줄 것이다. 남들이 뭐라 하건, 인생은 절대로 돈이 전부가 아니라고 조는 단언했다. 그러나 이 계획은 돈까지 엄청나게 벌어다 줄 거라는 점에서 더더욱 아름다웠다.

그는 도미노에 전화를 걸어 피자를 시켰다.

부자가 되고 싶다면 양립 불가능한 듯 보이는 두 가지 일을 한꺼번에 할 수 있어야 한다. 우선은 침착을 잃지 않고 부자들과 같은 방식으로 생활할 필요가 있다. 좋은 식당, 고급 와인, 빠른 자동차 등, 그 모든 걸 당연하게 여기는 것처럼 보여야 한다. 하지만 또 한편으로는 당신의 뿌리를 잊어서는 안 된다. 결국 부는 보통 사람들로부터, 그들의 힘과 한계로부터 나오는 것이니까. 이 사실을 잊는다면 돈은 오래지 않아 당신을 떠날 것이다.

「그러고 보면 말이야.」 그는 피자가 오기를 기다리면서 방 안을 서성거리며 말했다. 「뜻밖의 경쟁업체가 나타나서 잘된 것 같아. 이 업체가 아니었으면 나는 새로운 시장을 개척하지 못했을 테니까. 그냥 타성에 젖어서 지냈겠지. 그 양반은 완전히 새로운 시장 두 가지를 내게 선물한 셈이야. 정작 본인은 그 시장들을 이용할 수 없겠지만.」

그는 창가로 걸어가서 커튼을 젖혔다.

이 모텔은 95번 주간(州間) 고속 도로의 출구 근처에 새로 지어진 것이었다. 여기서 보이는 풍경은 미국 어느 곳과 똑같았다. 맥도널드, 세븐일레븐, 와플 하우스, 그리고 TCBY 요거트 체인점.

그 브랜드 하나하나가 누군가의 아이디어를 상징하고 있었다. 그 아이디어들은 처음 제시되었을 당시에는 당연해 보이지 않았을 것이다. 그러고 보니 세븐일레븐이 처음 생긴 게 언제였더라? 아침 7시부터 밤 11시까지 운영하는 가게는 그때만 해도 아무도 생각 못 했던 엄청난 혁신이었을 것이다. 사람들은 아마도 이렇게 반응했으리라. 「그냥 좀 기다렸다가 다음 날 식료품점에 가면 될 텐데 누가 굳이 밤 11시에 그 가격으로 먹을 걸 사겠어? 물론 급한 사람들은 이용하겠지. 하지만 그래봤자 아침 7시~9시, 저녁 6시~11시 사이에만 손님이 올 텐데, 겨우 그 수입으로 어떻게 장사를 한담?」 글쎄, 그 답은 당신 코앞에 있다.

와플 하우스도 마찬가지였다. 누군가가 그 아이디어를 들고 나왔을 때 사람들은 낄낄 웃으면서, 아무리 늦어도 아침 11시 이후로는 아무도 와플을 먹지 않는다고, 오후나 저녁 시간대에 누가 와플 먹는다는 얘길 들어 본 적이나 있냐고 했을 것이다.

모두가 실패할 거라고 했던 아이디어를 밀어붙여서 마침내 성공했을 때의 느낌이란 그 무엇에도 견줄 수 없다. 그런데 그 과정에서 운이 얼마나 많이 작용하는지 생각해 보면 참 기묘했다.

〈만약 그날 내가 세븐일레븐까지 걸어갔다가 왜가리를 보지 않았다면, 지금까지도 청소기를 팔고 있었을 수도 있어.〉

「너는 운이 좋았어, 조. 처음 계획했던 일은 이미 성공했잖아. 하지만 성공을 당연하게 치부하진 마. 살다 보면 운이 좋을 때도 있지만 그만큼 나쁠 때도 있는 법이야. 지금까지 이룬 성취에만 안주했다가는 큰 코 다치는 수가 있어.」

하늘이 어느덧 어둑해졌다. 서쪽 산 너머로 미끄러져 가는 태양이 녹아내린 금 같은 빛을 자아내고, 산 아래에 깔린 땅거미 속에서 노란 아치들과 세븐일레븐과 와플 하우스와 TCBY가 황금빛으로 반짝이고 있었다. 저 높이 거위 한 떼가 V 자 대형을 그리며 남쪽으로 빠르게 날아갔고, 고속 도로에는 승용차며 트럭 들이 각각 북쪽과 남쪽으로 달려갔다.

어느 이른 아침에 해변에 서서 펠리컨들을 바라보았던 게 기억났다. 펠리컨은 펠리컨이 하도록 정해진 일을 한다. 도요새는 도요새가 하도록 정해진 일을 한다. 거위는 본능적으로 V 자 대형 안에서 남쪽으로 향하고, V 자 대형은 본능적으로 남쪽으로 향하는 거위들로 이루어져 있다. 녀석들은 해변을 구경하며 도요새의 생활 방식을 연구하거나 하지 않는다. 그저 정해진 일을 할 뿐이다.

동물들은 이토록 아름다운 세상에서 살면서 자신이 그런 줄도 모른다. 이 세상이 시작된 이래 가장 아름다운 아침이 온대도 새는 주위의 아름다움을 모른 채 먹을 만한 벌레를 찾아다닐 것이다. 반면 인간은 차를 멈추고 밖으로 나와서 주위를 둘러보며 〈나는 내 인생으로 뭘 하고 있지?〉라고 생각할 수 있다.

〈사람은 누구나 선택을 해.〉 조는 생각했다. 〈한 사람 한 사람 모두가 선택을 하면서 살아.〉 지금 95번 도로를 따라 차를 달리고 있는 수백 명의 사람만 해도 그랬다. 그들 한 사람 한 사람 모두가 갓길에 차를 댈 수도 있었다. 그들이 갓길에 차를 세우고 이 아름다운 석양을 바라보며 진로를 바꿔야겠다고 생각하지 못하도록 막는 것은 아무것도 없다.

그런데 동물은 더 나은 동물이 되기로 선택할 수 없다. 옳고 그름의 차이를 모를 테니, 더 나은 동물이 된다는 생각 자체가 없을 것이다. 그저 본능에 따라 행동할 뿐. 반면 인간은 본능만 따르다가는 틀릴 수도 있다.

그렇기 때문에 인생은 성공이 전부가 아니라는 사실을 기억해야 한다. 물론 무언가를 할 때는 최선을 다해야 겠지만, 좋은 사람이 되는 것도 중요하다. 이 역시 절대 로 당연하게 치부해선 안 된다.

「이언을 봐.」 조는 자기 자신에게 말했다. 「아무에게 도, 아무 해도 안 끼치고 살아온 한 남자가, 버스에 앉아서 자기 할 일 하면서, 그러니까 『존 포스터 덜레스 유머집』을 읽으며 3페이지로 넘어갈 기대를 하고 있던 참에, 난데없이 킨이 고향인 뉴햄프셔 출신 남자가 나타나 그에게 질문을 하고 쓸데없이 그의 키를 지적하는 발언을 했지. 그런데 이언은 불쾌한 말대꾸로 받아치지 않았어. 그랬으면 정말 쉬웠을 텐데도. 다만 조용히 질문에 대답해 줬지. 이런 게 바로 아량이 아니면 대체 뭐 겠어? 사실 그는 나보다 더 나은 사람이야. 확실히 나보 다 나아. 나는 높이 조절 화장실의 필요성을 대중에 알 리는 일을 하긴 했지만, 아직 모자란 게 많은 사람이야. 한참 모자라지.」

그는 창밖을 내다보았다. TCBY, 세븐일레븐, 와플 하우스는 이제 어둠에 묻혔다.

그런데 그때, 우연이었는지 아니면 무슨 초월적인 힘의 신비로운 조화 때문이었는지 몰라도, 별안간 오줌 이 마려워졌다.

그는 화장실로 들어가 보곤 만면에 웃음을 띠었다.

벽에 이런 팻말이 붙어 있었던 것이다. 편안하고 편리한 화장실 이용을 위해 저희 모텔은 〈어드저스타〉 브랜드의 높이 조절 변기를 설치했습니다. 어드저스타를 안전하게 사용하시려면 아래의 간단한 사용 지침을 참고하십시오. 사용법 안내 아래에는 빨간 글씨의 경고문이 있었다. 어린이가 어드저스타를 가지고 놀지 못하게 하십시오. 어드저스타는 장난감이 아닙니다. 오용시 2백 달러의 벌금이 부과됩니다.

조가 〈높이〉 버튼을 누르자, 어드저스타가 윙윙거리며 내려오더니 바닥에서 몇 센티미터 떨어진 지점에서 멈췄다. 피뢰침 시설과 연동되어 있지 않으니 변기가 바닥 밑으로 들어갈 필요는 없는 것이다. 이건 모텔 측에서 설치한 화장실 설비일 뿐이었다. 조가 〈시트〉 버튼을 누르자, 변기 시트가 벽 속으로 들어가면서 두 살 아이가 떨어지지 않고 앉을 수 있을 정도의 크기로 줄어들었다. 죽여줬다.

그는 이런저런 버튼들을 눌러 보았다. 어드저스타는 위아래, 안과 밖을 이리저리 움직였다. 〈와, 내가 이걸 발명했다니〉 싶은 생각이 들었다. 예상치 못한 곳에서 높이 조절 변기를 만나니 따스한 행복감이 차올랐다. 여긴 대형 모텔 체인이 아닌가. 미국 전역에서 사람들이 이 체인 모텔을 이용하고 있을 테고, 그중 아이를 데리고 있거나 작은 체격을 타고난 숙박객들은 자신을 차별하지 않는 시설을 발견할 것이다. 게다가 아이들이 이걸 써보면 엄청나게 즐거워할 게 분명했다. 모텔 측에서 무슨 명령을 내렸든 소용없다.

조는 자신이 여기에 왜 왔는지를 뒤늦게 기억해 내고 소변을 눴다. 그런 다음 바지 지퍼를 올리고 있는데, 문득 어떤 의문이 떠올랐다. 아이디어맨은 언제 어디서 새로운 아이디어가 떠오를지 모른다. 정말 황당한 순간에, 수많은 사람들의 삶을 개선해 줄 방책을 생각하기에는 가장 어울리지 않는 시간에 그런 걸 떠올리고야 만다.

그 의문이란 이런 것이었다. 조는 밑으로 내려가는 변기를 만들었다. 그다음에는 변기 시트가 작아지는 기능도 추가했다. 그런데 어째서 시트가 더 〈커지는〉 기능은 한 번도 생각하지 못했을까?

「이것 봐, 조.」 그는 말했다. 「이거야말로 네가 할 수 있는 일이야. 지금 당장 실행에 옮길 수 있다고. 새로운 시장에서, 그 시장에 맞지 않을지도 모르는 형태의 상품을 내다 파는 것보단 이 일이 우선이었어야 했어.」

이제 와 생각해 보면 그날 버스에서 자신이 똥배 나온 남자에게 지나치게 비판적이었던 게 아닐까 싶었다. 그가 뚱뚱하긴 했다. 그게 범죄인가? 그가 대체 무슨 권리로 사람들을 비난하고 다닌단 말인가? 미국인 중 60퍼센트가 비만이다. 그보다 더 많을 수도 있다. 인구의 60퍼센트를 비난하고 다닐 셈인가?

「생각해 봐, 조. 남들도 다 똑같이 생각한다는 변명은 아무 소용도 없어. 너 정도의 지위에서 그런 태도를 취하면 남들에게 파급 효과를 미친다고. 그 남자가 자기 몸에 맞는 좌석 찾느라 힘들어하는 것 뻔히 봤잖아. 그랬으면 상품 구상 단계에서 진지하게 고려하고 반영할 수도 있었어. 그런데 안 그랬지. 너는 1만 4천 명에게 도움이 될 기능들은 추가했으면서, 인구의 60퍼센트 중 절반을 차지하는 남자들에게 같은 도움을 줄 생각은 전혀 못 했다고. 이것 봐, 조, 분명히 말하겠는데 이건 도덕적으로 나쁠 뿐만 아니라, 비즈니스 감각 면에서도 글러먹은 짓이야. 지금 너는 대체 뭐 하고 있는 건데? 〈기독교인〉들이 사는 남부에 들어올 생각이나 하고 있었지? 나라 전체의 인구 비율을 따져 보면 가뜩이나 사람도 많은 지역인데. 넌 합리적으로 주의를 기울이지도 않고, 딱 사업 초보 시절처럼, 뭐가 뭔지도 모른 채 무작정 밀어붙이려 하고 있었어. 제대로 생각해 보지도 않고 말이야.」

어쩔 땐 자기 자신에게 가혹해져야 한다. 핑계를 대기는 쉽다. 하지만 그런 핑계에 스스로 넘어가면 안 되는 때가 있는 법이다. 그는 침실로 돌아가서 방 안을 서성거리기 시작했다.

물론 엄밀히 말해서 어드저스타 변기가 인구 전체 중 적은 비율의 소수자들에게만 도움이 된다는 말은 사실이 아니었다. 다만 주위를 둘러보기만 해도 기본 욕구를 충족하지 못하고 살아가는 사람들이 얼마나 많은지를 알 수 있다는 뜻이다. 허벅지 둘레가 10센티미터인 사람이 있다면, 그런 사람이 최대 길이 40센티미터에 테두리 폭은 7.5센티미터쯤 되는 변기 시트에 앉는 것을 의사가 권장하지는 않을 것이다. 아니, 테두리가 있는 변기 시트 자체가 어불성설이다. 이런 경우에는, 최소한 **공중화장실이라면**, 구멍이 뚫린 벤치 형태의 시트가 마련되어 있어야 한다. 그리고 체구가 작은 사람도 이용할 수 있게끔 구멍의 크기를 조절 가능하게 만들면 된다. 생각해 보면 뻔한 일이었다. 그런데 어쩌면 천재성이란 원래 이런 것인지도 모른다. 생각해 보면 뻔한데도 이전에는 아무도 생각 못 했던 무언가를 알아차리는 능력.

방 안을 서성거리면서 그런 생각을 하다 보니 언젠가 텔레비전에서 스모 선수들을 다룬 디스커버리 채널 프로그램을 본 기억이 떠올랐다. 스모 선수들의 생활 방식 하나가 유난히 징그러워서 내내 기억에 남아 있었다. 그들은 너무 뚱뚱해서 자기 밑을 닦을 수 없기 때문에, 누군가 다른 운 좋은 사람이 그 일을 대신 해준다는 것이었다.

글쎄, 징그러울 순 있다. 하지만 이곳 사람들과 달리 일본인들은 자기 신체를 부끄러워하지 않기에 그런 문제를 해결하러 나서기라도 한다. 반면 이 사회에서는 그런 생리적 사실들을 너무 역겨워해서 심지어 화장실 설계업자들조차 알고 싶어 하지 않는다. 모든 화장실에 아래에서 위로 쏠 수 있는 샤워 꼭지 같은 걸 설치한다면, 굳이 사람이 자기 살에 손을 대지 않더라도 버튼 하나로 그곳을 씻을 수 있을 수 있지 않겠는가? 그런 장치를 만드는 것쯤이야 세상에서 가장 간단한 일일 터였다. 하지만 이 사회에서는 평균 체격을 벗어난 사람들의 위생 문제는 그냥 그 사람들이 알아서 할 문제라고 치부한다. 위생이 열악한 공중화장실에 동료 시민들을 맡긴다는 데 사람들이 부끄러워해야 마땅할 텐데, 실상은 그렇지가 않다. 사람들은 부적절한 시설을 공급해 놓고는, 적절한 시설이 없어서 일정 수준의 청결을 유지하지 못하는 뚱뚱한 사람들을 〈비난〉하기에 바쁘다.

생각하면 할수록 자신이 이 생각을 진작 못 했다는 게 믿어지지 않았다. 비만인들의 문제는 그가 직업적으로 다루는 영역의 일부임에도 불구하고, 그 문제들을 책임감 있게 고민하지 않고 뒤로 물러나서 비웃기나 했다. 그 비웃음의 대가로 조는 어마어마한 이윤을 창출할 사업 아이템을 놓쳐 버린 셈이었다. 앞으로도 그런 태도로 일관한다면 그는 자승자박하는 꼴이 될 것이다. 생각해 보면 과체중 시장은 피뢰침 사업과도 중대하게 연결되어 있기 때문이었다.

「조, 좋든 싫든 우리는 뚱뚱한 게 매력적이지 않은 사회에서 살고 있어. 인구의 60퍼센트는 매력적이지 못한 사람들로 인식된다는 뜻이지. 그렇다면 그 계층에는 성적으로 욕구 불만인 사람도 넘쳐날 거야. 회사에서 직원들이 그런 상태로 일한다면 매우 치명적인 악영향을 미칠 수 있어.」

밖이 어두워졌다. 산 너머로 구불구불 뻗어 나가는 고속도로에는 이제 밝은 흰색 전조등과 작고 붉은 후미등을 켠 차들이 각각 북쪽과 남쪽으로 움직이는 행렬만이 보였다.

「게다가 이건 순전히 상업적인 고민만도 아니야. 경영 환경이 좋아지면 수익도 좋아지긴 하지. 물론 맞아. 하지만 여기엔 돈보다 더 중요한 게 걸려 있어. 한 계층의 사람들이 육체적으로 매력적이지 못하다고 인식된다면, 그 사람들은 **어차피** 성산업을 통해 만족을 얻으려 하겠지. 온갖 위험 부담을 감당하면서도. 그러면 그 사람들은 외모 때문에 이미 불이익을 당하고 있으면서, 매춘부와 포주 들에게 휘둘리는 불이익까지 이중으로 당하게 된다는 뜻이잖아. 이건 부당해. 비만인들이 성적 불만족 아니면 불명예, 둘 중 하나를 선택하게 해서는 안 돼. 우리 사회가 그들의 짐을 덜어 주지는 못할 망정 더 얹어 줘서는 안 된다고.」

맥도널드, TCBY, 와플 하우스, 세븐일레븐은 불이

환히 켜졌다. 그 건물들의 주차장을 밝힌 높다란 가로등들의 침침한 노란 불빛이 여기저기 흩어진 차들을 비추고 있었다.

「우리가 고려해야 할 사람들은 이뿐만이 아니야. 만약 결혼하고 나서 살이 붙은 사람이라면? 그러면 부부관계에 긴장이 생길 수밖에 없겠지. 아무리 온갖 것을 공유하는 부부지간이라 해도, 약간의 마찰이 일어나는 요인이 생기는 거야. 그 요인을 제거할 수 있다면 모두에게 좋겠지.」

아까보다 80킬로미터쯤 더 나아간 거위들이 부드러운 밤하늘을 타고 남쪽 여행을 재촉하고 있었다.

「진지하게 책임을 맡고 무언가를 할지는 네가 결정할 몫이야. 책임만 계속 맡아서는 부족할 때도 있어. 언젠가는 너도 무언가를 돌려줘야 하는 거야.」

조는 창문 앞에서 멈춰 섰다. 검은 하늘 저 높이 밝은 별 하나가 떠 있었다.

「앞으로는 더 깊게 생각할 거야.」 그가 다짐했다. 「더 나은 사람이 되려고 노력하겠어. 선한 일을 위해 내 성공을 사용하도록 노력할 거야. 사람이 할 수 있는 것은 결국 노력이잖아. 우리 모두 최선을 다하는 것, 그 수밖에 없어.」

끝입니다, 여러분

조의 사회 공헌이 궁극적으로 어떤 가치가 있는지는 언제까지나 이견이 분분할 듯하다. 어드저스타에 대해서는 나쁘게 말하는 사람을 찾기 어렵지만, 만약 조가 남긴 유명한 업적이 높이 조절 화장실뿐이었다면 조에 대한 평가도 나아졌을 것이다. 피뢰침은 앞으로도 논란거리로 남을 전망이다.

이성애자 남성들의 욕구에만 초점을 맞추는 피뢰침 시스템의 편협한 전제는 이성애자 여성들은 물론이고 성소수자들에게도 광범위한 우려를 불러일으켰다. 사람들이 힘겹게 이룩한 성적 표현의 유산을 묵살해 버린다는 점에서도, 21세기 사회가 추구할 진정한 평등에 암운을 드리웠다고 두려워하는 이들이 많다.

어떤 이들은 이 사업의 근본 토대에서부터 의문을 제기한다.

소송 전문 변호사 한 명과 대법원 판사 한 명이 피뢰침으로 커리어를 쌓았던 것을 보면, 피뢰침 시스템이 그에 적합한 개인들에게는 확실히 큰 기회가 되어 주었던 것으로 보인다. 그뿐만이 아니다. 한 전직 피뢰침 여성과, 스스로 단골 피뢰침 이용자였음을 밝힌 막대한 자산가 한 명이 결혼한 일도 있었다. 이 경우를 보면 피뢰침 서비스가 반드시 참여자들의 사생활에 해를 끼치는 것도 아님을 알 수 있다. 게다가 피뢰침 시스템을 격렬히 증오하는 사람들조차 20세기 말에는 피뢰침 덕분에 섹스 스캔들이 사라졌다는 사실은 인정한 바 있었다. 월터가 원했던 그대로, 피뢰침들은 펄펄 끓는 냄비에 꽉 덮여 있던 뚜껑을 치워 준 것이다. 국토 안보부의 내부자들은 그들이 위태로운 미국 민주주의를 구해 줄 안전장치라며 찬탄을 아끼지 않았다고 전해진다.

그러나 성공한 피뢰침은 모두 특출난 사람들이었다. 천 명 중 한 명의 여성을 찾는다는 조의 목표 설정은 적절했던 것으로 밝혀졌다. 어쩌면 그는 이 직업을 같은 의미로 받아들여 줄 천 명 중 한 명의 〈남성〉을 구한다는 목표도 추가했을지도 모른다. 대중을 재교육하기 위한 미디어 캠페인이 여러 차례 실시되었음에도 불구하고, 대부분의 남자들은 여전히 기업체에 피뢰침으로 기여한 여성과 가족을 꾸리는 것을 불편하게 여긴다. 또한 비평가들은 피뢰침 시스템에 참가한 수많은 여성들이 특출나지 못하고 그런 기대도 받지 못하는 사람들에게 필연적으로 압박을 주고 있다고 비판한다. 이 비판을 더욱 극단적으로 밀고 나가서, 조의 에이전시가 법적 처벌 대상 범죄에서 제외되지 말았어야 했다고 주장하는 사람들도 있었다.

하지만 미국인들의 성격에는 필그림 파더스[30]로 거슬러 올라가는 청교도주의의 잔재가 있고, 그 잔재는 건국 이래 지금까지 미국 내 범죄에 전적인 축복으로 작용하고 있다. 비평가들은 이해하지 못하는 모양이지만, 서비스에 대한 수요가 있는 상황에서 그 서비스를 범죄화할 경우, 거기서 이득을 보는 건 범죄 조직뿐인 것이다. 그러나 조가 월터 파이크와 손을 잡고 있으니 범죄 조직은 들어설 자리가 없게 되었다.

조는 월터와 합의를 맺고 난 다음부터 자기 사업의 적법성에 대해서는 더 이상 걱정하지 않았다. 아니, 언젠가 걱정할 일이 생길지도 모른다는 생각을 그만뒀다고 해야 하리라. 그래서 걱정할 것이 아무것도 없었다.

월터는 조가 기독교인 공동체에까지 도움의 손길을 뻗은 데에 칭찬밖에 할 말이 없었다. 피뢰침이라는 개념을 불편해하는 사람들을 위한 서비스도 따로 개발하

---

30 매사추세츠주에 1620년 최초로 정착한 영국 청교도인들.

겠다는 조의 계획 역시 지지해 주었다. 그러면서 월터는 걱정할 것 아무것도 없다고 재차 강조했는데, 결과적으로 그는 약속을 잘 지키는 사람으로 입증되었다.

불가피성의 법칙, 자기 보호의 원칙, 위험에 처한 국가를 수호할 의무 등의 불문율보다 성문법을 더욱 엄격하게 준수하려고 든다면, 수단을 위해 목적을 희생시키는 해괴한 짓이 될 것이다. 이 이치에 대해 토머스 제퍼슨만큼 잘 표현한 사람도 없다. 월터는 미국 3대 대통령에 대한 존경심에 있어서는 누구에게도 뒤지지 않는다고 자부했다. 그래도 말썽을 자초하고 다닐 필요는 없었다. FBI치고 불필요하게 법을 어기는 것을 달가워하는 사람은 없다. 장기적인 관점에서 볼 때, 부적절한 법안이 제정된다면 가장 간단하게는 그것을 없애 버리고 무언가 다른 현실적인 법안으로 바꾸는 방법을 강구할 수 있다. 이건 누구에게 연락해서 부탁할지만 결정하면 되는 일이었다.

비록 모두가 잘 살기 위한 법안이라 해도, 정치인들이 그런 법안을 국회에 상정하기는커녕 투표하는 모습을 보이는 것조차 정치적 자살 행위로 통하는 경우가 있다.

정치인이라면 누구나 아는 사실이다. 다행히도 지난 세월 동안 자본주의 시스템의 결점들 중 하나를 피해

가는 요령이 개발되었다. 예컨대 표결 문제를 피해 가고 싶다면, 문제의 법안을 무언가 다른 법안에 딸린 조항으로 포함시키면 된다. 모든 의원이 찬성표를 던지는 모습을 보이고 싶어 하는 법안, 이를테면 〈허리케인 재난 구호법〉 같은 것으로. 허리케인 재난 구호법은 확실히 좋은 예시다. 그런 법은 모두가 지체 없이 통과시켜야 한다고 생각하니만큼, 이런저런 세세한 개정 조항을 두고 트집 잡는 사람은 없으리라고 예상할 수 있기 때문이다.

그러면 그 발의안에 어느 정치인의 서명을 남길 것인가 하는 문제가 남는다. 이 문제를 피해 가는 데 검증된 방법이라면, 정치적 자살 행위로 통할 만한 부분을 구체적으로 명시하지 않고 말을 잘 다듬어서 법안을 작성하는 것이다. 숙련된 정치인이라면 바람직한 방향으로 상황이 흘러가도록 표현을 다듬으면서도 자신이 그런 방향을 예상한다는 티를 내지 않는 방법을 안다.

나라의 이익에 헌신하는 남자들은 국가 보안을 위해서라면 순전히 개인적인 목적으로는 하지 않을 행동을 감내하기도 한다. 존슨 상원 의원의 의원실 직원 한 명이 그런 일을 했다. 〈자판기 및 직장 내 스트레스 감소〉에 관한 개정안을 작성해, 기회가 왔을 때 곧바로 추진할 수 있도록 준비해 둔 것이었다. 신중을 기하기 위해 학교 급식 우유 관련 조항도 넣었다.

하지만 자연은 인간이 원하는 대로 드라마틱하게 변해 주지는 않아서, 한동안은 국가적 압박이 필요할 만큼의 홍수나 여타 자연재해가 일어나지 않았다. 그는 차라리 어업 및 삼림법으로 섞어 넣을까 하는 생각도 했다. 그런 방법도 가능하다. 너무나 따분해서 아무도 읽을 리 없는 법안에 슬쩍 흘려 넣는 것이다. 하지만 다행히도 때를 딱 맞춰서 멕시코만에 작은 허리케인이 등장했다. 그리하여 〈자판기 및 학교 급식 우유 개정안〉은 〈허리케인 에델 재난 구호법〉에 재빨리 추가되었고, 허리케인 에델의 희생자들에 대한 염려 속에서 법안은 조속히 통과되었다.

중국에 이런 속담이 있다. 〈정치는 가능성의 예술이다.〉

깊이 파고들면 들수록 맞는 말이다. 하지만 또 기억해야 할 중요한 점이 한 가지 있다. 우리의 초대 대통령인 조지 워싱턴이 이 점을 잘 표현한 바 있으니, 그 명언으로 책을 끝맺기로 하자.

미국에서는 무엇이든 가능하다.

감사의 말

데이비드 리벤이 영화 「프로듀서들 *The Producers*」의 세계로 저를 이끌었습니다. 멜 브룩스는 「히틀러를 위한 봄날」을 썼지요. 저를 열정적으로 지원해 주신 제프리 양, 〈뉴 디렉션스〉의 직원 여러분께 깊이 감사드립니다. 그리고 훌륭한 사업적 조언들을 해주신 에드워드 올로프, 당신 같은 에이전트가 더 많았으면 좋겠네요.

아메리칸드림, 아니, 아메리칸 섹스 판타지

『피뢰침』을 번역하는 동안 주변 사람들이 내게 요즘 어떤 작업을 하느냐고 물어보면 적잖이 난감했다. 이 소설의 줄거리를 설명하기 시작하면 상대방의 눈이 〈동공 지진〉을 일으키기 십상이었기 때문이다. 그야 당연한 일이었다.

「음, 그게 말이지, 무지 웃기고 야한 풍자 소설인데. 미국의 어떤 평범한 세일즈맨이 자기가 자위할 때 상상하는 섹스 판타지를 토대로 사업을 벌이는 내용이야. 그 판타지가 뭐냐 하면, 담장에 뚫린 구멍을 통해 하반신만 드러난 여자한테 뒤에서 삽입하는 건데⋯⋯ 그 남자는 그걸 사내 성추행 예방 시스템이랍시고 미국 기업체들에 도입해. 그게 어떻게 가능하냐 하면, 회사 건물의 남자 화장실과 여자 화장실 사이의 벽을 터서⋯⋯ 음⋯⋯ 여직원들을 들여보내서⋯⋯.」

말하면 말할수록 낯이 뜨거워진다. 아무리 세련되게 표현하려고 해도 추잡하게만 들리고, 그걸 열심히 설명하려고 드는 나 자신도 추잡한 사람이 되는 것 같다. 당황하는 상대방의 얼굴에는 〈어떻게 그런 터무니없는 책이 재미있을 수가 있단 말이지?〉라는 의구심이 그대로 읽힌다. 이쯤 되면 나는 〈읽어 보면 알아〉 같은 말로 대충 얼버무리는 수밖에 없다. 아무래도 세일즈맨으로서는 영 재능이 없는 모양이다.

　하지만 『피뢰침』의 주인공 조는 다르다. 그는 세일즈맨으로서, 그리고 독창적인 사업가로서 자신의 은밀한 판타지로 사람들을 설득하는 데 성공한다. 언뜻 들으면 너무나 터무니없어서 누구에게도 씨알도 먹히지 않을 것 같은 발상을 창업 아이템으로 활용해 그는 고객을 유치하고, 직원을 고용하고, 수익을 내고, 그럴싸한 사회적 명분도 부여하고, 나중에는 사업을 수백만 달러 규모의 산업으로 확장시켜 국가적 지원을 받기까지 한다. 무엇보다도 놀라운 점은 그가 이 과정에서 독자들마저 설득한다는 것이다. 독자들은 책을 읽는 내내 〈이건 말도 안 돼〉라고 생각하면서도, 성공에 대한 야망, 자아실현의 꿈, 사회에 기여하겠다는 포부, 긍정과 도전 정신으로 중무장한 조가 펼치는 뻔뻔한 블루 오션 개척기를 들으며 〈말이 되기는 하네〉라고 생각하지 않을 수 없을 것이다. 왜냐하면, 세상을 어디까지나 〈보고 싶은 대로 보지 않고 있는 그대로 보자〉면, 현대 자본주의 사회는 정말로 조와 같은 인간을 원하며 그의 〈피뢰침 에이전시〉와 같은 기업을 원하고 있기 때문이다. 다시 말해, 사원들의 근무 의욕 고취와 회사 수익 상승을 위한 사내 복지의 일환으로 남직원들에게 성매매 서비스를 제공하는 일이 언제 어디서 일어나더라도 이상하지 않은 곳이 바로 우리가 사는 이 세상이라는 뜻이다.

『피뢰침』의 주된 배경인 1990년대 말 미국이나, 지금 2018년의 한국이나 돈이 곧 미덕인 사회라는 점에서는 별반 다르지 않다. 우리는 〈성공〉이라고 하면 곧 돈을 많이 번다는 의미로, 〈야망〉이라고 하면 곧 돈을 많이 벌겠다는 꿈으로 생각한다. 〈자아실현〉이라는 것은 개개인이 가진 자질이나 욕구를 기업들의 〈니즈〉에 맞추어 회사의 이익에 보탬이 될 수 있는 자원으로 환원해 노동력을 제공한다는 뜻이 된다. 〈사회에 기여〉한다는 것은 이런 사람들로 이루어진 시스템이 더욱 잘 굴러가도록 이바지한다는 뜻이다. 이런 미덕들을 〈긍정〉하고 끊임없이 〈도전〉하는 사람들을 우리는 대체로 좋은 사람이라고 부른다. 순전히 이러한 관점에서 보자면, 피뢰침 에이전시의 창립자인 조야말로 서점가에 즐비한 자기 계발서들이 치켜세우고 수많은 구직자 청년들이 롤 모델로 꼽는 〈훌륭한 사람〉의 전형이 아닐 리 없다.

물론 이런 사회에서도 지켜야 할 선은 존재한다. 흔히 돈 때문에 저버려서는 안 된다고들 하는 인간적 도리라는 것이 있는 법이다. 그 도리라는 게 정확히 무엇인지는 사회와 문화마다 다르지만, 가령 미국에서는 기독교적 도덕관, 가정의 화목, 서로 간의 차이에 대한 존중과 배려, 〈정치적 올바름〉에 따른 예절 등을 꼽을 수 있겠다. 조가 창안한 신흥 성(性)산업은 이 모든 도리를 위배하는 것처럼 보인다. 하지만 조는 온갖 궤변과 수단을 동원해 그 규범들을 격파하거나 심지어 자신의 아군으로 만든다. 그게 가능한 까닭은 단지 조의 영업 실력이 특출나기 때문만이 아니라, 사람들이 그것을 원하기 때문이다. 사람은 돈을 많이 벌 수 있다면 그 어떤 도덕적 원칙이라도 비틀어서 자기 정당화의 구실로 삼을 수 있다. 더욱이 서로에게 폐를 끼치지 않고 다 같이 돈을 많이 벌 수 있는 길이 있다면, 그 길을 막아서는 장애물쯤이야 힘을 합쳐 치워 버릴 수도 있는 것이다.

『피뢰침』의 작가 헬렌 디윗은 성공한 CEO의 자서전과 같은 형식으로 조의 일대기를 펼치며 이러한 사회의 부조리를 신랄하게 비꼬고 웃음거리로 삼는다. 조와 더불어 루실, 르네 등의 등장인물들이 끊임없는 자기 기만을 거쳐서 이 일에 자진해서 팔 걷어붙이고 뛰어드는 꼴을 지켜보노라면 웃음이 나오지 않을 수 없다. 하지만 그들이 끝내 〈성공〉해 변호사, 판사, 자산가가 되어

부와 권력을 거머쥘뿐더러 미국 사회가 그들의 자리를 마련해 주기 위해 약간의 체질 개선까지 감행한다는 결론에 이르면 모골이 송연해진다. 물론 끝으로 갈수록 거대해지고 호들갑스러워지는 『피뢰침』의 흐름은 희극적 효과를 자아내는 과장법에 가깝지만, 그 허풍에 웃다가도 동시에 목덜미에 칼이 들어온 듯 섬뜩한 느낌이 드는 까닭은, 디윗이 거침없이 겨누는 풍자와 폭로의 대상이 궁극적으로는 바로 우리 자신의 현실이기 때문이다. 이를테면 한국 여성으로서 나는 만약 누군가가 2억 원의 연봉을 주는 대신 〈하루에 두 번 개똥을 치우는 일을 해달라〉고 한다면 거절하지 않을 자신이 있을까? 여자들이 남자들보다 훨씬 낮은 임금을 받고 독박 육아까지 하는 상황에서 선택의 여지가 없이 벼랑에 내몰린 경우가 얼마나 많은가? 게다가 한국 사회는 이러한 불평등을 개선하기는커녕 그걸 이용해 돈을 벌고 있지 않은가? 여성의 몸을 상품으로 삼겠다고 제안하고, 그 제안에 응할 수밖에 없는 여성들을 이용해 또다시 불평등을 심화시키는 구조에 우리는 이미 너무나 익숙해져 있지 않은가? 『피뢰침』의 말미에서 조는 여직원들을 피뢰침으로 공급함으로써 돈을 버는 방법뿐만 아니라 공급하지 〈않음으로써〉 돈을 버는 방법도 고안해 내는데, 이 기막힌 발상은 불법 촬영물이 횡행하는 한국의 〈웹하드 카르텔〉의 실상을 떠올리게 한다. 불법 촬영물을 유통하는 서비스와 불법 촬영물을 유통망에서 삭제해 주는 서비스, 둘 모두를 동시에 운영해서 이중으로 돈을 버는 이들이 있다는 사실을 생각하면, 『피뢰침』은 그다지 허풍처럼 느껴지지도 않는다.

경박하고 천연덕스러운 위트로 가득한 『피뢰침』의 서술은 자세히 들여다볼수록 날카롭고 섬세한 사회 분석이 드러난다. 번역하는 과정에서 나는 작가가 여러 민감한 사안들을 얼마나 깊이 통찰하고 세심하게 조율했는지 실감하지 않을 수 없었다. 하지만 풍자 소설은 직설적인 웅변과 달리 우회적이고, 설명문이 아니며, 독자를 비추는 거울 같은 것이다. 만약 조 같은 독자가 이 소설을 읽는다면 모든 걸 진담으로 받아들이며 그의 성적 판타지가 현실이 된다는 데에 같이 흥분할 것이다. 한편 조의 궤변을 정당화하는 장치로 이용되는 장애인 차별, 흑인 차별 문제의 당사자들이 이 소설을 읽는다면 불쾌감을 떨치지 못하더라도 무리는 아니다. 하지만 사실 『피뢰침』이 무엇보다도 심하게 비꼬는 대상은 따로 있다.

헬렌 디윗은 1990년대 말에 이 소설을 썼다. 원래는 더욱 진지하고 〈품위 있는〉 대작인 『마지막 사무라이』를 출간하기 전에 먼저 작가로서 이름을 알리기 위해 『피뢰침』을 비롯한 〈가벼운〉 소설을 몇 권 낼 계획이었다고 한다. 그런데 계획과 달리 『마지막 사무라이』의 판권이 먼저 팔려 버렸고, 『피뢰침』은 지나치게 대담하고 불온하다는 이유로 출간해 주겠다는 출판사를 만나지 못해 무려 10여 년을 방황하다가 2011년에야 겨우 독자들을 만나게 된 것이다. 그 세월 동안 소설을 팔기 위해 출판사들을 전전하며 편집부의 문을 두드리고 〈세일즈〉를 하려 노력했을 작가의 모습을 상상해 보면, 어쩔 수 없이 일렉트로룩스 청소기 외판원 조의 모습이 떠오른다. 사실 세일즈맨으로서의 조가 하는 일과 소설가들이 하는 일은 본질적으로 같다. 자신의 내밀한 욕망과 환상을 어떻게든 말이 되는 이야기로 만들어 낸 다음, 그 거짓말을 최대한 많은 사람들에게 팔아 치워서 돈을 버는 것이다. 조가 자기 판타지 속에 등장하는 인물들에게 이름과 인격과 개성을 부여하고 그들의 미래까지 상상하며 개연성을 신경 쓰는 과정은 작가가 소설의 플롯을 고민하는 과정과 정확히 똑같다. 그러니 헬렌 디윗의 풍자가 궁극적으로 향하는 대상은 작가 자신이라 하겠다. 이걸 『피뢰침』 스타일로 좀 더 과장하자면, 더 나아가 미국의 문학적 전통까지도 풍자의 대상에 들어갈 수 있다. 일찍이 1949년에 아서 밀러가 「세일즈맨의 죽음」이라는 엄숙한 비극을 통해 〈아메리칸드림〉은 허상이라는 것을 보여 준 바 있는데, 이제 21세기가 되어 헬렌 디윗은 발랄한 희극의 언어로 〈아메리칸드림〉은 진짜라고 소리 높여 외치는 것이다. 〈미국에서는 무엇이든 가능하다〉고. (단, 당신이 미처 생각지 못한 방식일 수도 있다.)

그러면 한국에서는 과연 어떨까? 한국에 도착한 『피뢰침』이 우리에게 묻고 있다.

2018년 12월
김지현

옮긴이 **김지현** 고려대학교 국어국문학과를 졸업하고 전문 번역가로 활동 중이다. 단편 「반드시 만화가만을 원해라」로 대산청소년문학상을 수상했고, 환상 문학 웹진 〈거울〉에 창작 및 번역 필진으로 참여하고 있다. 『레딩 감옥의 노래』, 『캐서린 앤 포터』, 『하워드 필립스 러브크래프트』, 『게스트』, 『캐릭터 공작소』, 『신더』, 『오늘 너무 슬픔』 등을 우리말로 옮겼다.

피리침

발행일   **2019년 1월 10일 초판 1쇄**

지은이   **헬렌 디윗**
옮긴이   **김지현**
발행인   **홍지웅 · 홍예빈**
발행처   **주식회사 열린책들**

경기도 파주시 문발로 253 파주출판도시
전화 031-955-4000 팩스 031-955-4004
www.openbooks.co.kr

Copyright (C) 주식회사 열린책들, 2019, *Printed in Korea.*
ISBN 978-89-329-1940-9 03840

이 도서의 국립중앙도서관 출판예정도서목록(CIP)은 서지정보유통지원시스템 홈페이지(http://seoji.nl.go.kr)와 국가자료공동목록시스템(http://www.nl.go.kr/kolisnet)에서 이용하실 수 있습니다.(CIP제어번호: CIP2018040145)